U0805061

孩子们必读的诺贝尔文学经典

荒原狼

【德】H.黑塞◎著 张文思◎译

· 黑塞卷 ·

北京联合出版公司
Beijing United Publishing Co.,Ltd.

图书在版编目（CIP）数据

荒原狼 /（德）黑塞著；张文思译．-- 北京：北京联合出版公司，2015.2（2023.2重印）
（孩子们必读的诺贝尔文学经典）
ISBN 978-7-5502-4482-5

Ⅰ．①荒… Ⅱ．①黑… ②张… Ⅲ．①长篇小说－德国－现代 Ⅳ．①I516.45

中国版本图书馆CIP数据核字（2015）第010880号

荒原狼

作　　者：（德）黑塞/著；张文思/译
选题策划：王成国　郎爱民
责任编辑：王　巍
封面设计：尚世视觉
版式设计：许　可

北京联合出版公司出版
（北京市西城区德外大街 83 号楼 9 层　100088）
福州俊丰彩印有限公司　新华书店经销
字数 320 千字　650 毫米 × 950 毫米　1/16　19.75 印张
2015 年 2 月第 1 版　2023 年 2 月第 2 次印刷
ISBN 978-7-5502-4482-5
定价：40.00 元

目录
Contents

荒原狼

Steppenwolf

出版人前言

这本书包含了一个男人留给我们的记忆，鉴于他曾经这么称呼自己，我们也可以叫他荒原狼。关于这本书是否真的需要一段前言或许尚存争议，但我仍然感觉得到我写下这些文字的必要性，正是通过寥寥数页，试图记录下我对于他的回忆。对于他的过去和身世我压根儿都不知道，但仅仅是他的个性就留给我很深的印象，甚至跟他有某些共鸣。

几年前，年近半百的荒原狼找到我的姑妈，向她要了配有家具的房间。他选了顶层的阁楼和毗邻的卧室，两三天之后带着两只大行李箱和一木箱的书回来了，之后和我们一起待在这里度过了九到十个月的光景。他过着清静的独居生活，要不是我们的卧室相互挨着——正因如此，我们才有几次在楼梯过道和走廊相遇的机会——我们并不应该如此熟识。他并不是一个善于交际的人。诚然，从某种程度上来说，我压根儿就没接触过这么不善交际的人。这就跟他给自己的称号一样，他真的就像是一只在荒原上游荡的狼，一种疏离、野性甚至羞涩而畏缩——他真的非常害羞——的生物，对我来说他简直像来自另一个世界。性情和命运使他的生活浮游于何等深刻的孤独之中，而他又是何其从容地将这种孤独视为自己命运的一部分，当然了，直到我读了他留下的那些记录的文字，我才对此有所认识。但是，早在那些记录之前，通过我们偶尔的邂逅和交谈的只言片语，我对他渐渐地就有了一些了解，我逐渐发现他记录中的形象与他在和我们接触时留给我的苍白、不完整的形象在本质上是一致的。

荒原狼第一次走进我姑妈房间的那一刻恰好我也在场，随后他便成了她的房客。他是中午时分来的。当时桌子上的残羹剩饭还没有清理，而我距离返回办公室仍然有半小时的时间。我从未忘记当时他与我初次相见便留给我的非常奇怪甚至矛盾的印象。他刚刚摁响门铃便穿过玻璃大门，站在门廊的昏暗之中。我的姑妈问他想要什么。但在做出任何回答或报上姓名之前，荒原狼先是将他留着近乎短刺儿发型的尖脑袋抬了起来，神经质地提鼻嗅着周围的气味。

“哦，这里闻起来不错。”他说着冲我姑妈微笑了一下，我姑妈也对他报以微笑。然而对于我来说，这种自我介绍的方式实在有些荒谬而且给我留下了不太好的印象。

“尽管如此，”他说，“我是为了你出租的房间才来的。”

我一直没怎么正眼看他，直到我们三个人一起往顶层房间走时都是这样。尽管不是非常高大，他也称得上是个大个头。他穿着一件时髦且舒适的冬款大衣，衣着虽然随意但得体，胡子刮得很干净，而他的刺儿头到处都显示出一道灰色。就像初来时一样，他一直拿捏着一种我压根儿不喜欢的气质。有一种使人厌烦的犹豫不决的东西，跟他这种敏锐且惊人的外表和他的嗓音都不相称。不一会儿，我就发现他的健康状况并不好，而且长途跋涉更是使他面带倦容。他脸上带着一副古怪的笑容——那一刻同样让我觉得很不舒服——他注视着房子里的一切：楼梯、墙壁、窗户、高大陈旧的橱柜。所有这些似乎都令他满意，甚至让他感到从心眼儿里高兴。尽管他留给我的感觉好像他是从外星球来的一样，但我承认他很有礼貌甚至算得上友好。他立刻答应租下房间，而且没有拒绝任何租房条款以及提供早餐等服务，但是对于他这个人，总是有点外国人的那种……容我想想……那种不讨人喜欢或者说有些敌对的气氛存在。他选择了顶楼的房间和一间卧室，聚精会神而又和蔼可亲地听着姑妈给他絮叨那些琐事：暖气啦、供水啦、服务啦，还有《住户须知》啦，每一项他都应了下来，而且立刻提前付清了所有费用——他的样子看起来就好像他完全置身事外一样，似乎觉得这样做颇有喜感所以并没有把它当一回事儿。仿佛这一切对他来说是一种新奇的体验，他被这种全然不同的生活所吸引着，为自己正在租下这个房间而且能跟大家用德语聊天而高兴。这些或多或少都只是我的第一印象，如果不是有一些小例子来将其改善的话，恐怕并不是什么好印象。首先，他的脸第一眼看去倒是让我觉得不错，尽管他身上散发出那种异域气息。这是一张近乎原始的脸孔，或许还有些忧伤，但是机警、睿智，特征显著且充满智慧。后来，它跟我的印象进一步吻合起来，他彬彬有礼且举止亲切，这似乎让他颇为痛苦，但他仍然没有显得矫揉造作。相反，甚至有某种让人感动的哀怨的东西在里面。我后来才发现是为什么，但是它很快让我又偏向了他那一边。

我们一起查看房间、商定租房事宜，不一会儿我的午休时间已经过了，我必须要回去上班。于是我留下姑妈和他在一起。晚上我回家的时候，姑妈告诉我他已经把房间租下来而且一两天就会住进来。他唯一的要求就是不要把他在这里落脚的消息告诉警察，由于他的健康状况不佳，他几乎是强忍着办好了那些手续又在公共候客厅里闲站着待了一会儿。他对于警察的恐惧跟我之前感受到的他身上那种神秘的异域气息吻合了起来，并且引起了我的怀疑。我告诉姑妈决不应该将她自己置于这种模棱两可的境地，而且对于一个陌生人来说这样的情况更是非常怪异，或许会给她带来某些非常不愉快的结局。但姑妈已经答应了他的请求，而且，确实，她已经彻彻底底被他那种陌生的绅士风度所吸引住了。之前每一次有人租房，她都站在一个人性的、友好的角度来替租房的人考虑，她简直像房客的姑妈甚至像妈妈一样，而很多人正是利用了她的这一弱点。每当我看到姑妈热情地为他人张罗，我都要挑挑这个新房客的刺儿。

由于我对没有通知警察一事终究不太高兴，我需要知道姑妈从他那里到底打听到了什么；他出自怎样一个家庭、他到底想要干什么之类的事。当然她或多或少了解了一些事情，尽管在我走后他只逗留了很短的时间。他告诉她，他只是想在我们的镇子上度过几个月的时光，这样他可以在镇上的图书馆里查阅一些古籍。我得承认，我本以为他租房的时间这么短，这样肯定不会引起姑妈的好感，但是他却赢得了她的芳心，即便他表达自我的方式如此古怪。总而言之，房间是租出去了，我再怎么反对也晚了。

“到底他为什么要那么说，说我们这里很好闻？”我问道。

“我很理解，”她答道，她一贯有这样的洞察力，“我们这里有一种干净整洁、一切井然有序的气氛，令人感到舒适而且体面。正是这种气息取悦了他。看得出他过去就喜欢这种氛围而且对此十分怀念。”

只是这样吗，我心想。

“但是，”我大声说，“如果他过去过得并不是什么井井有条又体面的日子怎么办？如果他有邋遢的恶习而且弄得到处又脏又乱怎么办？或者他整夜喝酒怎么办？”

“我们看着办，我们看着办。”她笑着说道，我也只好就此罢休。

后来结果证明我的戒备心是毫无道理的。这位新房客，虽然其生活算不上井井有条，但也压根儿用不着担心他给我们造成什么麻烦。尽管我们对他费了不少心思，但我还是得承认即便是现在我也算不得和他有过很多的交往。我经常在晚上梦见他，但梦里仅仅是一个类似他这样的人，随着我逐渐对这人产生的好感，我彻底感到了不安并且为他对我造成的影响而深感困扰。

两天后，有个行李员搬进来两件陌生的行李——上面的名字是哈里·哈勒尔。其中一只皮箱非常高级，这给我留下了不错的印象，还有一只扁扁的硬皮箱上的种种迹象表明它是从很远的地方运送到这里来的——至少上面贴满了各个国家酒店寄存标签和旅行社的标牌，有一些来自很远的地方。

不一会儿，他也露面了，也正是从那一刻起，我对这个陌生人逐渐熟识起来。首先我得说一下，从我的角度来说我从来没有促成这种交情的意思。尽管从第一眼看到他时，我就对哈勒尔很感兴趣，但开始的两到三周里，我从来没有试图与他打个照面或者跟他交谈。另一方面，我得承认我确实采取了行动，尽管如此，从一开始我只是时不时地观察他，也曾趁他不在的时候溜进他的屋里，好奇心驱使着我想调查他一下。

我之前已经简单描述过荒原狼的外表了。只需看他一眼，他就会让你觉得他是一个不同凡响、不流于世俗而且有非凡天赋的人。他的脸表现出聪明才智，而举手投足间的谨慎与优雅又反映出他极端感性而且不同寻常的敏感。虽然这种情况并不多见，当某个人跟他聊天时，他会不顾莫谈私事的惯例，而聊起那些发生在属于他的异域国度的很私人的或者他自己的事情来，有些人，比如我，就会跟着了魔似的进入他所描绘的那个世界。他比一般人都想得多，大概跟智力有关；他遇事客观冷静，对思考和知识有十足的信心，这些都是真正聪明的人才具备的。这种人不会别有用心，也不会哗众取宠，他跟别人交谈并不是为了说服别人或者为了显示自己的聪明。

对于这一点，倒是可以举个例子来印证，当然如果我印象中他留给我的这转瞬一瞥可以算得上一个例证的话。当时，有一位享誉欧洲的历史学、心理学专家（同时还是著名的批评家），来到一所学校的讲堂里做演讲。我说服了荒原狼一同参加，当然一开始他也有点想去的意思。我们并肩在讲堂里落座。不久演讲者就登上讲台并开始演讲，很多听众都盼着他能有预言性的发言，但是最后他们被他的狂妄自负弄得很失望。后来，他继续笼统地介绍了一些内容，说了一些讨好观众的话，感谢有这么多人到场云云尔尔。这时，荒原狼瞥了我一眼，但就是这一眼严厉地批评着演讲者和那些扯淡——那种眼神令人难忘而且恐惧，简直胜过千言万语。这眼神不仅仅在批评演讲者，而且其中的微妙与力量就是对这个知名人物的讽刺。这只是其中一部分含义。这眼神流露出比讽刺更多的悲伤之情，确实传达出一种彻底绝望的悲伤。他的这种绝望不仅撕毁了这个演讲者狂妄自负的面具，而且是在讽刺当前的事实情况、公众过度期望的态度以及在演讲之下掩盖的多少有些专制意味的噱头——不，荒原狼的这种眼神是在针砭整个时代、所有过度亢奋的行为、整个社会的动荡冲突、一切空虚浮华、一切肤浅的表面游戏、一切固执武断的想法。唉！这眼神如此深刻，远远要比这个时代的，集体智慧的，我们的文化的错误、瑕疵、绝望要深刻得多。他直达所有人类的内心。仅仅一瞬间，他便充分地表现出一个思考者的绝望，这是一个深知生活全部价值和意义的人的绝望。他似乎在说："看看我们这些大猴子！看吧，这就是人！"顷刻间，所有的名誉、所有的智慧、所有的精神成就、所有通向崇高顶点的过程、所有伟大的不朽的东西都分崩离析，成了猴子滑稽的把戏。

似乎扯远了，背离了我最初的计划和写作意图，好在已经清楚地说明哈勒尔对我来说意义之重大，然而，我最初的打算则是随着我跟他交情的加深，而逐步揭示他的形象的。

既然我已经说了这么多，那么现在还是省下时间来说一点关于他那令人困惑的"陌生感"吧，给大家具体说说我逐渐猜到并开始明白这种"陌生感"的过程，以及它是如何产生又意味着什么的。如果我能够尽量不将我个人的个性品格融入他的故事当中会更好一些。我实在不想写一本我自己的忏悔录来记述一个故事或者写一部心理学散文，而仅仅想作为一个目击者将一些东西记录下来，使其拼凑成一个独特的个体，而正是这个人把《荒原狼》的手稿留给了我们。

打从我第一眼看到他，也就是当他像鹳鸟一样伸长脖子赞赏屋子里的气味时，我当即就对他充满好奇感，我自己也因为这种感觉而吃了一惊；而我出于自然反应就讨厌他。我对他很是怀疑（包括我姑妈，她可不像我是个文化人，但她也一样对他抱有疑虑）——我怀疑这个人病得不轻，在精神方面有病，或者是性格和个性方面的毛病，所以我以一个健康人的角度本能地提防着他。最终，同情代替了防范，这种同情的产生是由于我可怜他长久以来饱受深深的孤独之苦，而且目睹了他在精神上的死亡。随着时间的推移，我对他越来越好奇，并发现这些苦难不是出于天生的缺陷，而是由于他那过人的天赋和能力无从施展，因此无法得到某种宁静与和谐。我眼中的哈勒尔天生具有忍受苦难的能力，通过尼采语录，他创造出一种辽阔无际的令人畏惧的痛苦承受力。同时我发现，他这种悲观主义情绪的根源不是由于他蔑视世界上的一切，而是由于他的自我轻蔑；无论如何他残忍地将整个体系和所有的人淹没在他的话语中，而这种残酷的语言他也从来不吝于用在自己身上。自己总是首当其冲，成为他第一个也是最重要的攻击对象，而他自己也是他最痛恨和轻视的人。

话说到这里，我不禁要从心理学的角度观察这个人。尽管我对荒原狼过去的生活知之甚少，我仍然有充分的理由猜测他的父母是虔诚而严厉的老师，恪守教义，将打破个人意愿作为教育、抚养子女的基础信条。但是，如果真的如我猜想，那么一切摧毁人格和打破意愿的尝试都将以失败告终。他强大而又坚忍，骄傲而且英勇。他们没能让他摧毁自己的人格，却成功地教会他讨厌自己。他孑然一身，天真而又崇高，倾其一生将幻想、思考作为全部财富。每当他遇到尖锐的批评、生自己的气或痛恨自己时，他都会放松要求，鉴于此，他是一个真正的基督徒和殉道者。至于其他人以及他所处的这个世界，他从来没有停止对这一切的爱，仅仅只是爱，爱他们所有，绝不会伤害他们，对周围邻里的爱简直跟他对自己的恨一样深，因此他的一生就是一个人对周围的爱和对自己的恨的最好例证，而他的自我厌恶跟真正的利己主义同出一辙，从长远来说，正是这种自我厌恶感滋长了同样残酷的孤僻与绝望。

尽管如此，是将我对他的想法搁在一边而回到现实问题上来的时候了。我最初对哈勒尔的了解，一半是通过我的侦察活动，一半是通过姑妈的评述，于是开始关心起他的生活方式来。不久你就会发现，他基本都泡在自己的书堆里，和自己的思想度日，追求一些不切实际的东西。他总是在床上躺到很晚，经常到了中午也不起床，还穿着睡衣在卧室和起居室之间来回穿行。仅仅过了几天的时间，这间宽敞舒适带有两扇窗户的起居室，相比之前别的房客住在这里时已然面目全非，而且随着时间推移就越发不同了。很多图片和画挂在墙上，用钉子钉住——有时是从杂志上剪下来的图片，经常更换。墙上还挂着一幅南方风景画、德国小乡镇的几张照片，显然是哈勒尔的家乡，它们中间是一些色彩明快清淡的水彩画，后来我发现这些画都是出自他的手笔。靠近它们的是一些照片，都是同一个可爱的年轻女人——或者不如说女孩更确切。墙上挂了很久的那张泰国佛像被摘下，取而代之的先是米开朗琪罗的雕像《夜》的照片，然后是圣雄甘地的肖像。不仅他的大书箱被书本占得满满的，而且书放得到处都是，桌子上、漂亮的旧衣柜上、沙发上、椅子上还有地板上。书里夹着他的笔记，那些小纸条也经常更换着。书的数量不断增加，除了他亲自从图书馆抱回的一堆书之外，他还经常收到邮寄来的成捆的书。从这个房间就不难看出住在里面的人是一个饱读诗书颇有学识的人，房间里弥漫的烟草味道以及遍地的烟屁股和烟灰就可以证明这一点。这些书并不全是学术书籍，大部分是各个时代诗人的诗歌佳作。他经常窝在沙发上，有好长一段时间沙发上都放着一本《从麦麦特到萨克森，索菲亚的旅程》——这是一本十八世纪后期的作品。歌德作品完整版、一本让·保罗的书已经呈现出磨损的迹象，还有诺瓦利斯、莱辛、雅克比和莱西屯伯格的书页差不多也都出现了这种状况。几册陀思妥耶夫斯基的书上密密麻麻地用铅笔做了笔记。夹在一堆书本和纸张中间的大桌子上的，有一大瓶花。还有一个颜料盒，通常上面铺满灰尘，静静地躺在烟灰和一些杂七杂八的酒瓶中间。有一个用稻草包裹的瓶子里通常盛着意大利红酒，那是他从附近小商店里弄来的，也经常会有一瓶勃艮第或者马拉加葡萄酒，据我所见，还有一个矮墩墩的瓶子里装着一点樱桃白兰地，瓶子几乎空了，后来里面的酒蒸发消失，瓶子被放到房间角落任其攒灰积尘。我不会装模作样地为我这种侦察行为的合法性辩护，我会公开地评说所有迹象表明他过着那种知识分子求知若渴的生活，但是他总是邋遢且无序，这也让我想起我第一次看到他时对他产生的厌烦与不信任。我不仅是一个中产阶级，过着井井有条的生活，热爱工作且严格守时，我还烟酒不沾。哈勒尔房间里的酒瓶简直比他在艺术品位方面的混乱还要让我不悦。

无论他的吃饭时间还是睡觉工作时间都很不规律，而且对此他毫无责任感可言。曾经几天下来，他根本没有走出过房门，除了早晨的咖啡之外也不吃任何东西。有时候我姑妈只看到他扔掉一根香蕉皮，昭示着他吃了顿饭。尽管如此，其他的时间他都会去餐馆吃饭，有时是最高级最时尚的那种，有时是位置偏僻的小酒馆。他的身体看起来并不健康，除了步态有些蹒跚之外，爬楼梯也经常让他感到疲惫不堪，看起来还有其他很多毛病困扰着他，有一次他对我说已经有好多年他都被消化不良折磨而无法睡个好觉了。

第一次和最后一次见到他喝酒，我都制止了他。但有时我也陪着他去他常去的地方，亲眼见他如何在某种情绪的影响下喝酒，尽管无论是我还是别的什么人都没有见过他真的醉酒。我从来不曾忘记我们第一次相遇的情景。我们彼此知道对方，但是仅限于普通的租客知道对方住在隔壁的程度而已。有一天晚上，我下班回家，很惊讶地看到哈勒尔坐在一楼通往二楼的楼梯平台上。他坐在最上面一级台阶上，并且把身子向一边靠靠，好让我通过。我问他是不是出了什么问题，是否需要我带他去楼上。哈勒尔看了我一眼，看得出我把他从某种恍惚的状态中唤醒了。他缓缓地向我投来一个令人愉快又充满悲伤的微笑，一瞬间就让我的心里泛起了对他的怜悯。他邀请我一起坐下。我道了谢，却说我的个人礼仪规范要求我不能坐在别人的房门口。“啊哈，是呀，”他说，笑得更灿烂了，“你说得非常对。但是，等等，我必须告诉你到底是什么促使我坐在这里。”他向前指着，好像是在对一楼房间的入口说话，那里有一扇窗。在楼梯、窗口和玻璃门中间的一块铺着木地板的小空间里，在大衣橱之前，摆放着两盆植物，一盆杜鹃花，一盆南洋杉，就种在大盆中，无须过多照料。植物看起来长势旺盛，保持着干净优雅的形态，我经常注意到它们而心情愉快。

“看看这道门廊，”他接着说道，“摆放着南洋杉还充盈着它的味道。很多次我走到这儿就挪不动步子了，非要在这里停一会儿。你姑妈也是，这里笼罩着一种奇妙的气息，这是一种干净整洁、一尘不染、精心擦拭所以闪烁着不可侵犯的光辉。每当我路过那里，我总是忍不住要深深吸一口它的气味。你难道不会去闻闻它吗，这种气味是由抛光的木地板和一点点松脂混合发出的，还夹杂着红心木和被涤净的植物叶片的味道——正是从这些微小的方面体现出资产阶级干净整洁、谨小慎微，同时富于责任感和奉献精神的精华本质呀。即便我不知道谁住在这里，但是我知道那扇明亮的玻璃门后面肯定是一个一尘不染的凡间天堂，一切都井井有条，一切都是对生命中少许习惯和使命的热切奉献。

“请等等，拜托，思考一下。”看到我没有任何回话，他继续说道，“我是说反话呢。这位好先生，我绝对无意嘲笑中产阶级。确实我似乎活在另一个世界中。或许我无法忍受和南洋杉待在一间屋子里哪怕一天，但是即便我只是一个卑劣的荒原老狼，我仍然是一个母亲的儿子，我妈妈也是一个中产阶级男人的妻子，她也养花，精心打理她的房子和家，使其尽可能干净整洁。松脂和南洋杉的味道唤起了我对这一切的记忆，所以我时不时地坐在这里；所以我看着这个宁静又令人快乐的小花园，好像一切都跟记忆中一样。”

他想要站起身，但发现很难办到；所以当我伸手相助时他并没拒绝。我沉默着，但是我得承认我感受到之前姑妈所说的这个陌生人身上散发出来的某种魅力。我们并肩缓缓地上了楼梯，来到他的房门前，钥匙就在他手里，他再一次友好地看了我一眼，然后说：“你刚下班是吧？当然了，唉，我对这种事情知之甚少。我的生活很边缘化，在事物的临界点上，你也看到了。但是我相信，你也对书籍或者这类东西很有兴趣。有一次你姑妈告诉我你上完了高中而且是一名优秀的希腊语学者。今天早晨我看了一段诺瓦利斯，我能给你看看吗？我相信你会喜欢的。”

他带我走进他的房间，扑面而来一股浓重的烟草味，他从那一堆书中拿了一本，翻动书页，寻找他说的那段。

“这也不错，非常好，”他说，“听听这段：‘一个人应该以受苦为荣。所有一切的痛苦都在提醒我们的崇高身份。’写得多好！比尼采还早八十年。但这不是我刚才说的那段。等等，在这儿呢，我找到了。这段：‘大多数人在他们学会游泳前从来不游泳。’听起来怪怪的是吧？他们不会游自然不游！我们天生就在这个固态的土地上生存，而不是水里。他们自然也没有去思考。他们是为活着而生的，而不是为思考。是的，还有一些人，他思考，他将思考视为己任，他会陷入这种思考，他不满足于生活在陆地上，于是他拿水中的经历作为交换，总有一天他会溺水。”他现在已经深深地把我吸引住了。对此我深感兴趣，所以就跟他待了一会儿，之后当我们在楼梯或者街上相遇时，我们就经常聊一会儿。每当这种时候，我总是感觉他一开始是在揶揄我，但其实并不是这样。他其实很尊重我，就跟他尊重那棵南洋杉一样。他是如此深信并深切意识到自己的孤单，意识到他就是那个在水中游泳的人。他时不时向身边整齐有序的日常生活瞥上一眼——比如说，我往返于家和公司这样的恪守时间的生活，或者用人和电车售票员给他留下的印象——对他来说都像是某种刺激一样会引起他的鄙视。最初，一切在我看来都像是一种荒谬的夸张，是一个闲得无聊的斯文人的故弄玄虚，一种玩笑般的多愁善感。后来我从他那种狼性的空虚孤独的空间越发看出，他其实非常赞赏甚至喜欢我们这个小小的中产阶级世界，这就好像是陆地或某种安全的地方，像是他的家和一种永远遥不可及的宁静，没有任何一条通途能让他到达那里。我们的女佣是一个可亲可敬的人，他每次遇到她都带着真诚的敬意向她脱帽致意；姑妈和他交谈的机会有限，每当这时候她都会吸引他的注意力，有时为他缝缝补补一些小织物，有时为他缝好在大衣上摇摇欲坠的纽扣。他饶有兴致地听她讲话，好像他孤注一掷，极度努力用自己的方式挤进了我们宁静的小世界中并把这儿当成了家，即便仅仅只是一小时也好。

在我们第一次交谈中，也就是关于南洋杉的那次，他称自己为荒原狼，这让我感觉有些疏远而且有点被他弄糊涂了。但这个名字却给我留下了那么深刻的印象！尽管一开始我对这个名字并不习惯，但是很快，我对他就再也没有用过其他的名字，直到现在我仍然找不出任何一个更好的词来形容他。行走荒原的一匹狼迷了路只得待在城镇中，而曾辉煌一时的野外群居生活仍能从他那有些羞涩的孤独感、他的野性、他的焦躁不安和对家的眷恋以及无家可归的凄苦中找到。

有一次我得以整晚观察他的一举一动。那是在一个音乐会现场，我惊讶地发现他就坐在离我不远的地方。他并没有看到我。起初演奏了几首韩德尔的曲子，乐曲声庄严崇高而又动人。但荒原狼坐在那里专注于自己的思考，对音乐或周围的事物都不闻不问。他坐在那儿，心却已经超然远去。他是一个孤独的陌生人，眼神看上去很低落，而且脸上带着一种冷漠且深受困扰的表情。韩德尔的曲子之后是几首弗雷德里曼·巴赫的交响乐曲，仅仅演奏了几小节，我就惊喜地发现这位刚才的陌生人脸上露出了微笑，很快投入了音乐声中。他完全被吸引住了，也就是用了十分钟吧，他兴致勃勃地沉浸在美好的梦境里几乎迷失了自己。我对他投入的注意力多过了音乐。当巴赫的乐曲终了，他清醒过来，移动了身子准备离开，却最终又坐了下来将最后一段听完。是雷格尔的变奏曲，这段编曲使很多人觉得冗长难耐。荒原狼也不例外，开始他打定主意要听下去，又开始神游，将双手放在口袋里，再次陷入了沉思。看不到刚才的快乐地做梦的神情，但最终不开心得焦躁起来。脸上再一次呈现出那种茫然和灰暗。灯光昏暗，身在其中使他看起来显得苍老、病态且心怀不满。

音乐会结束后，我又在大街上看到他，并且跟在他后面走了一段。他把身体裹在斗篷里，闷闷不乐看似疲惫地往我们住的方向走，却又在一家旧式小酒馆前停下，犹豫不定地盯着看了一会儿，走了进去。我突然冒出了某种冲动，也跟着他一起进去了。他坐在吧台后面一个房间的桌子边，老板和侍者看似熟稔地跟他打了招呼。我也向他问候了一声，在他旁边找了个座位坐下。我们在那里坐了有一个钟头，期间我喝了两杯矿泉水，他要了一品脱红酒，然后又要了那杯一半的量。我提到在音乐厅看到他的事，但他并没有接我的话茬儿。他看着我要的矿泉水的瓶子，问我是否喝点酒。我拒绝了他的好意，说我从来不喝酒，这时以往那种无助的表情又浮现在了他的脸上。

“你说得很对，”他说，“过去好多年以来我试着克制自己，也进行过斋戒。现在我越发感觉我自己像个水瓶座，这是个阴湿的星座。”

我带着一点开玩笑的心态去注意他话里的内涵，而且发现他跟看上去不一样的是他竟然真的相信星座，而就在那一刻，他迅速恢复成之前那种温文尔雅的语气，这种口吻经常让我感到受伤，他说：“你是对的。不幸的是，我连那种占星学也不能相信。”

我起身告辞。等他回到我们的住处时已经很晚了，但是从脚步听得出来，他依然像平时一样，没有直接上床睡觉，而是在起居室待了超过一小时的时间。从我的房间可以清楚地听到他的动静。

还有一个晚上令我难以忘却。姑妈出去了，我独自在家，这时门铃响了。我打开门，看到门外站着一位可爱的姑娘，而她立刻求见哈勒尔先生，我认出了她就是他房间挂着的照片中的女孩。我给她指了他的房间就立刻离开了。她在他的房间待了一会儿，后来我听到他俩一起下楼出去了，开心地有说有笑。我非常惊讶于像他这样的隐士也有爱的人，而且还是这样一位年轻漂亮、优雅大方的女孩；于是我对他和他的生活的所有猜想都落空了。但不到一小时的时间，他就只身归来，疲惫地拖着身子上楼，步态沉重且低落。几小时的时间里他都在起居室里轻轻踱步，就好像一只关在笼子里的狼。整个晚上，几乎到黎明时分他的房间还亮着灯。我对那晚发生的事一无所知，所以只能说这么多。再一次我看到他在这位女士的公司里。那家公司位于镇子的一条街上。他俩胳膊挽着胳膊，看起来非常高兴，我惊奇地发现他那张似乎对什么都漠不关心的面孔其实非常有魅力——甚至露出了天真的表情！这也就解释了为什么会有这样年轻的女孩喜欢上他，以及我姑妈为什么会对他有所偏向。尽管如此，那天他晚上才回来，依然像平时一样显得难过和沮丧。我在门口遇到披着斗篷的他，就跟之前几次相遇一样，他拿着一瓶意大利红酒，拿着它大半个夜都坐在该死的楼梯上。这情景使我觉得伤心。他这是过着多么孤立无助的生活呀！没人安慰、得过且过。

至此我已经絮絮叨叨说了这么多。似乎对于他那种具有自杀倾向的生活无须多言。但我仍然难以相信他会在付清了所有的欠款之后没留下一句有征兆的话，更没道别就离开了我们的镇子，突然消失不见了。我们再也没有听到他的任何消息，但我们依然留着他走之后寄给他的一些信件。除了一份手稿，他什么都没留下。手稿是他住在这里期间写的，他还留下了几行字，说明我可以随意处置它。

我无力分辨他的这份手稿中有多少是真实经历。我毫不怀疑其中大部分是他虚构的，虽然我是被迫接受了他的邀请。它们更像是他的精神事件的真实演绎，他试着以一种经历了具体而真实的事件的形式将其表达出来。在哈勒尔的小说中，有一部分神奇的事情发生在他待在这里的那段时间之后，但我毫不怀疑即便那一部分也是以真实的事情为基础的。

那段时间里，我们的这位客人其实在行为和表情上十分善变。他经常出门，有时整夜不归；他的那些书就放在那里没人动。很少的几次，我看到他时被他吓得目瞪口呆，因为他周身散发着一种活泼年轻的气息。有时他看上去确确实实情绪高涨，很是开心的样子。但他也可能立刻陷入新的沉重的失落情绪中，整天躺在床上，对吃的东西提不起任何兴趣。那时那位年轻的女士再次出现，随即发生一场非常激烈的争吵，我甚至可以称之为残酷，于是整座房子陷入了低落的情绪之中。为此，几天后哈勒尔就向姑妈道歉。

不，我确信他并没有轻生。他仍然活着，在别的什么陌生的房子里拖着疲惫的步子上下楼梯，在图书馆里坐上整整一天，在小酒馆耗掉整个夜晚，或者躺在沙发上，聆听自己窗户下面的那个世界，聆听平常人的庸庸碌碌，仿佛心里清楚自己永远被那样的生活排除在外。

但是他不会结束自己的生命，因为尚存一点点微弱的信念，告诉我他仍然过着这样的生活，将心中骇人的痛苦一饮而尽，也正是这种痛苦必定将他引向死亡。我经常想起他。他的出现从来没让我觉得生活更为轻松一点。他并没有给我力量和快乐的天赋。哦，甚至恰恰相反！但我不是他，我有我自己的生活，一种狭隘的中产阶级生活，却是在稳定的陆地上的，这种生活充斥着各种责任义务。所以对于我和我的姑妈来说，我们可以平静而深情地回想他。相比之下，姑妈在这方面一定比我有更多的话可说，但是那些都深深地埋进了她那副好心肠当中。

现在，我们还是回到哈勒尔的手记当中，这份手稿有部分病态、部分美好，还有部分是值得深思的奇思妙想，我必须承认如果在并不认识这个作者的情况下无意中得到这份手稿，我大概一定会觉得恶心并把它扔掉。但是由于我和哈勒尔已经有一些交情，所以在一定程度上我能理解这些文字，甚至还有些欣赏。如果我从中只看到了由他独身、孤僻的脾性引发的病态幻想，那么我也会有些犹豫是否要将它们公之于众。但是我在这份手稿中看到的不止这些。我将其视为时代的记录，因为据我所知，哈勒尔那深入灵魂的病态并不只是单独个体的古怪脾性，而是时代本身的病魇，是哈勒尔所属的那一代人的集体神经症。这是一种病，看起来那些虚弱贫困的人并不会患上这种病，恰恰是这些在精神方面最为强大而且最具天赋的人才会被这种病击倒。

这些文字所记录下的东西，其背后或多或少都是以真实经历为支撑，并不是在试图掩盖或减轻我们的时代的广泛病症。它们也在试着用现实行动来表现病症本身。它们简直是一场穿越地狱的旅程，这是一场通过世间混乱的时而恐怖、时而令人鼓舞的旅程，它们的灵魂存在于黑暗之中，他决心通过这次旅行从地狱的一头走到另一头，与混乱作战，忍受一切折磨。

我可以从哈勒尔的言辞中解释这一点。有一次我们谈到所谓的中产阶级恐惧时他说道："这些恐惧确实是不存在的。一个中产阶级会厌恶我们现世所有的生活方式，将其视为比恐惧和野蛮更甚的东西。每一个时代、每一种文化、每一种习俗和传统都有其自己的个性、弱点和强大之处，有它们自己的丑和美；它们顺理成章地接受着某些痛苦，逐渐将其升华为某种罪孽。只有当两个时代、两种文化或宗教重叠时，人生才会简化成通向地狱的现实的苦难。一个被迫生活在原始社会的中产阶级会跟一个生活在中世纪人类文明中的野人一样感到可悲地压抑与窒息。现在正是时候，整个一代人都被两个时代、两种生活紧紧抓住，结果将是失去了所有自我理解的能力以至于没有标准、没有安全、没有简单的默许。当然，不是每个人对此都有同样的感知能力。天性使然，比如尼采，必须预先承受比一代人更多的痛苦。他必须独自振作精神并承受从几千年前延至今天的误解。

在阅读他的手稿时，我时不时都会仔细思考他说过的话。哈勒尔属于那些被夹在时代中间的人，这些人超然于所有安全与单纯的默许之外。他属于那种注定要在人类全部命运的谜团中生活的人，他将其升华为对自己的拷打，一个只属于自己的地狱。

对我而言，这些手稿记录的意义可以与我们共勉，也因此我决心要将其付梓出版。我还要说，我不会也不允许去谴责它们。就让每个读者自己去权衡吧，就好像他的良心让他做的那样。

作者序言

此文仅供狂人欣赏。

日子一天天过去，一如既往。为了符合我这种原始的退休后的生活方式，我已经打发掉了不少时间。我已经工作了一个或两个小时，认真研读那些古书的每一页。这两小时我都很痛苦，就跟比我年纪更大的老人一样。我抹了药粉，终于为疼痛的减轻而自喜。我躺在热腾腾的澡盆中，专注于这种怡人的温暖。我看了三遍那封带有不受欢迎的字眼和通告的信。我已经做完有氧运动，但是发现今天其实做冥想运动更方便一些。我已经在户外漫步一小时，看到了最可爱的场景，羽毛般的流云像铅笔画一样装点着天空。但是，说到底今天并不是令人非常高兴的一天。确实不是，今天甚至算不上是令人高兴或愉悦的。或者不如说今天只是长久以来落入我命运中的许多天中的一天。那属于一个总是不满足的中年男人能带来适度的喜悦感，完全可以忍受和容忍着的、漠然而平淡的时光；没有特别痛苦、没有特别关心、没有格外担忧和陷入绝望的时光；这样的日子里，我总能平静、客观而且毫不畏惧地思忖，现在是否正是追随阿德尔伯特·斯蒂夫特的大好时候——也用刮胡刀结束自己的生命。

可是他很清楚另外一种日子，在那些日子中，他由于痛风而恼羞成怒，或者饱受头痛之苦，感觉眼球后方每根眼睛和耳朵的神经都被下了魔咒一般在折磨中得到残酷的欢愉，还有那些被来自内部的空虚和绝望而摧毁灵魂的罪恶的日子。在这个令人心烦意乱的地方，这样的日子被追求金钱的吸血鬼吸干，人类世界或者说那些所谓的文化圈子回头对我们嫣然一笑，带着充满谎言的、粗俗而无耻的美人般的魅力，像催吐剂一般紧紧追着我们不放，当所有一切集中到最后那个不堪忍受的病态的自己身上时——这样的人了解那种如同炼狱般的日子，所以跟今天相比可谓大相径庭，足以让他满意。所以你可以心怀感激地坐在温暖的炉子边，在今天早晨读报时确信新的一天已经到来，而这一天并没有战争爆发，也没有新的独裁专政建立，没有政界或金融界特别令人作呕的丑闻披露。你满心感激地为自己那行将腐朽的七弦竖琴调音，使它奏出缓和的、尚且令人愉快的，不，甚至可以说是令人快乐的感恩赞美诗，你的这种满足感使你那既安静又冷漠，甚至有点愚蠢的神感到厌倦，在令人满足的无聊、浓重而又温暖的氛围中，随着痛感的消失，这个点着头的神与这个一同点着头、唱着含混不清的赞美诗的中年男人，看起来是如此相像。

对于那些尚可忍受的唯命是从的日子来说，满足且毫无痛苦的生活确实可圈可点，在这样的日子里无论是痛苦还是欢乐都会被人听到，所能做的唯有轻声低语，踮起脚尖，谨慎地从他们当中穿行而过。但最糟糕的是我无法忍受这种满足。每过一小段时间，这种满足感就要把我塞满了，让我感到难以压制的愤恨和恶心。处于绝望中的我不得不逃离，将我自己丢弃在通往欢愉的路上，或者，如果不行的话，就遗弃在通往痛苦的路上。当我既没有欢乐也没有痛苦，而且已经在这所谓幸福的、尚可忍受的日子里，在这不温不火、无聊乏味的空气中苟延残喘了一段时日，我那充满孩子气的灵魂中就感到非常糟糕，以至于我会当着慵懒酣睡的满足之神的面儿，砸碎我用来演奏赞歌的行将就木的小竖琴，甚至会感到比这供暖充足的房间中更温暖的罪恶的火焰在我身体里燃烧。一种对于炽烈的感情和知觉的野性的渴望在我身体里沸腾，我对着旋律尽失、呆板无聊、正常有序、枯燥贫瘠的生活愤怒不已。有一股疯狂的冲动促使我砸坏什么东西，商场橱窗或者大教堂，亦或者我自己，来宣泄这种愤怒，拽下那些令人崇敬的偶像的假发，为几个反叛不羁的男学生买几张去汉堡的长途客票，或者为那些他们脑袋中既定的规则树立一两个形象代表。在所有一切中，我向来痛恨、憎恶并诅咒的就是这种满足、这种健康和舒适、这种被小心维护着的中产阶级的乐观态度、这种肥胖的欣欣向荣的市井生活。

当黄昏沉沉降临，我仍沉浸在这种情绪中，结束了这尚可容忍、庸碌平常的一天。我并没有让自己变成一个更为病态的人，被窝里的暖水袋在诱惑着我，我却并没上床睡觉，反而自嘲地穿上鞋，对自己所完成的为数不多的工作感到不满和恶心，出门走进夜雾笼罩的街道，在“铁头盔”的招牌下，像大家习惯性的那样去“喝一杯”。

于是我步下位于阁楼的属于我的房间，那个陌生的世界中极为难走的楼梯，那些资产阶级彻头彻尾地清扫冲刷干净光洁的楼道，高尚正派的三人之家公寓，在那天花板下是我的容身之地。我对这样的家庭一无所知，但是，我这样一个无家可归、形单影只的荒原狼，对这种惯常的无聊生活充满愤恨，却总是栖身在这样的房间中。这是我的一个老毛病了。我既没有住在宏伟壮丽的宫殿中，也没有住在贫苦简陋的房子里，取而代之的是，我住在这样体面的、令人厌倦的、一尘不染的中产阶级家中。这里能闻到松脂和肥皂的香味，在这里如果你用力摔门或者穿着脏鞋走进来的话，会引起一片恐慌。毫无疑问，对于这种氛围的迷恋来自我的童年时光，对于类似家的私人的渴望促使我这么做，尽管依然徒劳，我沿着古老而愚蠢的道路前行。再一次地，我喜欢这种反差，一方面是一种孤独、无爱、被驱逐且彻底无序的存在；另一方面则是中产阶级的生活。我喜欢在楼梯上，呼吸这种宁静有序的气息和这种高雅正派的家庭生活。这里有一种东西感动着我，尽管我对它所代表的东西深感厌恶。我喜欢迈过我房间的门槛，在那里所有一切都突然静止了；在那里，取而代之的是将烟灰和酒瓶随手放在一个个书堆当中，那里什么都没有，只有无序和疏忽；那里的一切——书、手稿、思想——都显出一个落魄孤身的男人的迹象，充斥着他的困境、对存在感的疑问以及对朝向一个放弃承载这些重量的新时代的渴望。

现在，我要说说南洋杉。我必须得给你说说这房子一楼的结构，在通往公寓的入口处有一个小小的前厅，我确信那里比别的房间打扫、装饰得更整洁；由于主人超人一般的勤于家务，使得这个小前厅光亮如新。这简直是一个井然有序的小寺庙。那片木地板似乎神圣不可践踏，其上有两个优雅的大花盆。其中有一盆长着一株杜鹃花。另一盆是一株傲然挺立的南洋杉，一棵茂盛的、笔直的小树，一棵完美的标本，幼嫩的枝条上每一根针尖都显示出它因为经常沐浴清洗而带有的骄傲。有时，我知道自己没有引起别人的注意，就把这个地方当做自己的神庙。我坐在高于南洋杉的楼梯踏板上，弯曲着双手休息片刻，我注视着这个小小的秩序井然的花园，冥想着，任凭这里所特有的感人的气氛和几分莫名其妙的孤独感将我带入我的灵魂深处。我想象着在这门廊之后，在神圣的阴影中，有人会说，是南洋杉的阴影。这个处处是闪亮的红木房子，处处是体面人的生活——早睡早起，尽心于责任，充满欢乐又有节制的家庭聚会，周日去教堂礼拜。

有感于那种无忧无虑的生活，我踩在狭窄街巷那潮湿的人行道上。路灯好像戴着一块泪水的面纱，微弱的灯光穿透冰冷的阴郁，吮吸着从潮湿的地面上缓缓反射回的光。那些我早已忘记的青年时代的记忆又回来了。我曾经何其喜爱深秋初冬时分这种忧伤的、阴暗的夜晚，我多么迫切地呼吸着这种孤独的感觉。当我把自己裹进斗篷，迈开步子走过半夜的暴风雨时又是多么地悲哀，我穿过繁华落尽的初冬风景，它们已经足以让人感到孤寂，但又充满深深的欢乐，充满诗意，日后我坐在床边，就着烛光，将这种诗意倾数写下！所有这一切现在都已成为过去。韶光不再，徒留空杯。我这是在后悔什么吗？不，我没有为过去后悔。

我是后悔如今的时光，为我在被动中失去的所有数不清的分分秒秒而后悔，我从中什么都没得到，甚至连唤醒意识的摇晃都没有。但是感谢上帝，总有例外。时不时地，尽管很少，但总有那么几小时带来了我想要的震撼，推倒壁垒，将我从彷徨中拽进活生生的世界的心脏中。忧伤又深深感动的我放任自己回忆这最后的经历。这次经历就发生在一次温馨的古典音乐会上。我快速飞跃天堂，看到忙碌的上帝。我经受着神圣的痛苦。我放弃了一切抵抗，在这世上无所畏惧。我接受了一切，而为了一切我放弃了我的心。这段时光并没有持续多久，或许只有一刻钟吧，但是它却在夜晚把我带回梦里；而且自从那次以后，通过所有沉闷空洞的白天，我偶尔会抓住它微弱的光亮。有时在一两分钟间，我能清楚地看到它，像一则寓言那样穿过我的生命，留下金色的痕迹。但几乎每次它都会被世俗的秽物和尘土所玷污。不久之后，它又闪烁起来，发出金色的光芒，好像我永远不会再失去它一样，尽管很快它就再次消失了。有一次，当我在夜里醒着躺在床上时，它再次出现，我突然出口成章，吟诵出很美但陌生的诗句，太美了以至于我不想冒险停下来去把它写在纸上，到了早晨我脑中一片空白，即便我知道它们仍然躲在我内心深处，就好像果壳内部最硬的核心一样。然而一旦当我读一首诗，或者思考笛卡儿、帕斯卡尔的思想时，它就会浮现出来，闪耀着，发出金灿灿的光芒，直射云霄，只要我跟我深爱的东西在一起时它就会回来。啊哈，但是我在我们的中产阶级生活中就很难发现这种神迹，或者在这精神匮乏的愚蠢乏味时代的建筑、贸易、政治人们本身都很难发现。我如何才能不做一只荒原狼，或者一个粗笨的隐士呢？因为我无法分享它的目的，也无法理解它的任何欢乐。无论是在音乐厅还是画廊，我都无法让这种快乐持久。我几乎不能看报纸，很少阅读当代书籍。我不明白是什么样的快乐促使人们拥进已经过度拥挤的地铁和酒店，进入包装一新的咖啡厅——充斥着令人窒息、深感压迫的音乐——进入酒吧和形形色色的娱乐场所，进入世界博览会等。我无法理解更别提分享这种快乐，尽管它们也是我想得到的东西，在我千百个力求争取的事情当中。另一方面，在极少的快乐时光中，那些发生在我身上的事，对我来说都是生活，都令我欣喜若狂、销魂神迷，大体上，世界大多在想象中寻觅；在生命中它则显得荒谬。事实上，如果世界是对的，如果咖啡馆里的音乐、那些大众所追求的快乐和那些轻易被取悦的美国化的人是对的，那么我就是错的，我疯了。我活在荒原狼的真实中，我就是这么叫自己的；那迷途的野兽发现自己在这个世上无家可归、没有快乐也无法得到充足营养，这个世界对它来说既陌生又无法理喻。

伴着这些熟悉的想法，我走在潮湿的街道上，穿过这镇子上为数众多的最为安静又最为古老的区域。在马路另一侧的阴影中，矗立着一座古老的石墙，每次看到它我都感到欣喜。它古旧而且安详，位于一个小教堂和一家老医院中间，在白天时，我经常让自己的眼睛在它粗糙的表面停留歇息一下。在这个镇子的中心地带，几乎每平方米都有一些夸口的律师、骗人的大夫、理发师或者手足病医生向你喊出他自己的名字，少有如此安静平和的地方。这个时间也是一样，这座墙很安静祥和，即便在它身上发生了什么改变。我惊讶地看到在墙的正中有一扇小巧可爱的门，门上装饰着哥特式尖拱，我实在想不起来这扇小门是一直在这里还是刚刚建成的。毫无疑问它看起来有些年头了，非常古旧，很明显紧闭的门扇已经发黑，很多年前为一个偏僻的修道院的院门，现在或许仍然可以打开，即便这个修道院已经不复存在。或许这扇小门我已经看到过无数次，但并没有注意到它。或许它最近刚刚被喷涂一新，因此才引起了我的注意。我从站的地方立定，仔细审视着它，并没有穿过马路，因为这条街道中间实在太泥泞，并且还有挺深的积水。从我站的侧道看过去，它像是处在阴暗中，有个花环或者别的什么色彩艳丽的东西装点着门扉周围，现在我看得更仔细了，我看到入口处有个明亮的遮挡物，那上面似乎写着什么字。我眯起了眼睛，尽管在泥浆中踩出旋涡，我还是穿街而过，看到整个门上有一个污点在灰绿色的墙上不甚分明地呈现出来，越过那污渍，明快的字母跃入眼帘，随即消失了，忽而复现，旋即再次消失不见。就是它了，我想。他们用霓虹招牌把这堵墙给毁了。同时，我试着破译了其中的几个字母，因为它们忽隐忽现；但是，即便我连蒙带猜仍然很难认清这几个词，因为它们中间的间距很小，而且显示得非常模糊，消失得也很突然。任何什么人想要从这样短暂的展示中读出点儿道道都是不明智的。他是荒原狼，可怜的家伙。为什么他的字母会在这样潮湿的夜晚，在这古老镇子的一条最阴暗的小巷子的古老的墙上时隐时现，为什么它们这样的转瞬即逝、间歇不定又难以辨认呢？但是，等等，最终我得以认出几个字：

魔法剧场

并非对每个人开放的入口

我试着开了一下门，但是沉重的门闩纹丝未动。而霓虹灯也停止了。是突然熄灭的，它可悲得让人觉得它毫无用处。我向后退了几步，踩在深深的泥巴中，但也没有字母再次亮起来。它确实停止了展示。我在泥巴中站了很长时间，但依然徒劳。

之后我放弃了，走回小巷，一些彩色的传单扔得到处都是，让我的注意力都集中到了这柏油路上。我读着上面的字：只准狂人入内！

我双脚潮湿，感到冰冷入骨。然而我仍然站在那里等待着。再没有任何事发生。但是在这段时间，我思考着这些字母的闪动是多么的美妙，在这潮湿的墙壁和黑漆漆的柏油路上显出令人恐惧的时髦感，一些记忆的碎片突然间闪回过来，如同这些闪动的金字，突然亮起又突然熄灭殆尽，消失不见。

我浑身冰冷，跟着我梦里的轨迹缓缓行进，也希望能通过那扇小门进入一个施了魔法的剧场，那可是只有狂人才能进入的地方。同时，我来到市场，那里从来不乏夜间娱乐活动。每走一步几乎都能看到宣传画和海报散发着它们的魅力，女子管弦乐队、游艺杂耍、电影院、球类运动。但是这些没有一样是为我准备的。它们美其名曰“适宜每个人”，其实是为那些我见到的在每个娱乐场所你推我攘的正常人开放的。无论如何，我的痛苦略微减轻。另一个世界向我打招呼，有一些跃动的彩色字母在我的灵魂之上闪烁，拨动它那隐秘的琴弦。那种金色轨迹的微光再次闪现出来。

我摸索着来到那个古老的小酒馆，自从我二十五年前第一次来到这个镇子，这个酒馆似乎就没怎么变过。女老板也罢，那些坐在同样的玻璃杯前面的酒客也罢，似乎都跟以前一样。那是我的避难所。诚然，这仅仅是一个避难所，有点像南洋杉对面的楼梯台阶。我发现，这儿既不是住家也不是公司，除了一些面朝小舞台的桌椅之外一无所有，舞台上陌生的人们做着奇怪的表演。但是，这里的安静跟某些东西一样有价值，没有拥挤、没有音乐，只有一些安静的镇上的居民坐在光溜溜的木头桌子边（桌子不是大理石的、不是挂搪瓷的、不是长毛绒的也不是黄铜的），每个人面前的玻璃杯都盛着香醇陈酿。可能对于这些常客我都有些面熟，他们都是普通的非利士人，在他们那寻常非利士家庭中，都有这样一个为羞涩的满足之神而设置的家庭祭坛；再或许，他们是一些深居简出的人，怀着破灭的理想处于社会次要地位的有思想的酒徒，孤独的野狼和可怜的家伙，就像我一样。我无法这样说。无论是对家的思念还是失望，亦或者出于作出某些改变的需要，驱使他们来到这里，在这里他们就像结婚的人重获单身时光，就像年老的公务人员回想起自己的学生时代。他们所有人都沉默着，所有喝酒的人就像我一样宁愿坐在一品脱埃拉兹啤酒前面也不愿去听女子管弦乐队。在这里我放任自己沉静下来，有那么一小时的时间，或许是两小时。在我轻啜第一口埃拉兹时，我意识到从早晨起床到现在，我还没有进食任何东西。

所有人都有咀嚼的权利，这可真不错。在愉快的十分钟里，我读了一份报纸。我允许一个不负责任的人展示他的精神世界，这个人把另一个世界放在嘴里大啃大嚼，尚未消化就将其再次吐出，随后进入我的眼帘。我细看了报纸上整个专栏。之后从一头被屠宰的小牛肝脏上切下一大片，狼吞虎咽地吃了下去。真够奇怪的！最好的是埃拉兹。我并不喜欢原味烈性酒弥散的那种强烈的诱惑力，它们总是有自己独特的风味，至少我不是每天都喜欢。我最喜欢的是干净、清爽、温和的农村葡萄酒，通常这些酒都没有特别的名字。一个人可以喝很多这样的酒，它带有一种美好的家的味道，能喝出土地、天空和木桶的气息。一品脱埃拉兹和一块上好的面包就是最好的一餐。尽管如此，此时此刻，我已经吃下那份牛肝，这对我来说可是不同寻常的一次放纵，我很少吃肉，而且现在第二杯酒已经摆在了我的面前。这也是非常奇怪的：在某个不知名的绿色小村庄，心地善良强壮的当地人照看着葡萄藤，榨出美酒，送到千里迢迢之外的某个地方，在那里一些失落的、安静的当地酒客和意志消沉的荒原狼得以啜饮一小口心的滋味，并从杯子里重新获得勇气。

我并不在意这是否真的非常奇怪。它挺好的，有助于我振奋精神。当我再次思考那篇报纸上的文章以及它混乱的言辞时，一阵笑声让我精神为之一振，突然那些已经被我忘记的钢琴旋律在我脑海中重新响了起来。它像肥皂泡一样向上飘升，将整个世界缩小映在它那泛着彩虹的表面上，之后轻轻破碎了。那无与伦比的旋律秘密地在我心中扎根而现在又开始萌发出可爱的嫩芽，露出柔弱温和的色调，这时的我是否彻底迷失其中？我或许是个迷途的野兽，对周围的环境非常陌生，但在我那愚蠢的生活中仍有一些有意义的东西，我身体里有某些东西回应着那个来自遥远上方的世界，给出答案并接收来自那里的信息。我的脑海充斥着成千上万的图画：

乔托在帕多瓦小教堂的天蓝色穹顶上所绘的天使群，他们旁边哈姆雷特和头戴花环的奥菲莉亚走过来，世界上所有的悲伤和误解都具有直接的相似性，那边站着热气球驾驶员吉安诺左，在燃烧的热气球上他吹响号角发出巨大的响声，匈奴王阿提拉手里拿着他的新马具，婆罗浮屠将高大的雕像耸入云霄。尽管在成千个不同的心中也存在这些形象，仍然有上万个未知的图景和旋律除了我的心无处可归，除了我的眼无人所见，除了我的耳无人所闻。古老的医院外墙有着灰绿的色彩，其上的污迹和斑点可以构思出无数神奇的壁画，谁来回应？谁会看透它的灵魂？谁会爱它？谁会发现它的渐变色彩那微妙的迷人之处？修士的古书上有它们微缩的图形，两百年前的日耳曼诗歌在一百年前已被它的人们遗忘，人们翻阅书页时的指纹和潮气留下的污渍所浸染的书卷，那些付梓出版的古代作曲家的作品和手稿，那泛黄的激动人心的乐谱经过一冬天的沉睡谱写着它们的梦——谁听到了它们那活泼顽皮又充满希望的音色？谁缔造了一个远离它们的生机勃勃、魅力非凡的世界？是谁仍然记得颀长的柏树覆盖意大利古比奥山丘？即便山上落下巨石将其劈断撕裂，它也能很快挺立起来，动用最后的营养，从顶端长出新芽恢复生机。谁曾品读莱茵河上浮动的迷雾？是荒原狼。谁越过支离破碎的生活，追求那转瞬即逝的、颤抖的生命意义？看似无意义的事让他备受折磨，表面的疯狂正是他的生活，谁秘密地希冀在纷繁混乱的迷宫的最后一个拐角揭示上帝的神迹？

当酒馆女老板想再次为我倒酒时，我在酒杯上方挥了挥手，然后起身。我不再需要酒了。那金色的踪迹炽烈发光，使我记起那些永恒的东西，比如莫扎特，比如星星。一小时之后，我顺过气来，好像又活了一次那样开始面对真实的存在，不再需要经受痛苦、恐惧和羞耻。

我再次走进那被人遗弃的街巷，寒风夹着冰雨拍打在路灯上发出啪嗒声，路灯发出被玻璃笼罩的少许微光。现在，去哪儿？如果现在魔法棒在手，我一定变出一间路易十六风格的小型音乐厅，有几个乐师在那里为我演奏几曲韩德尔和莫扎特的曲子。我会像众神轻啜甘露酒一样饶有兴致地细品这清凉而高贵的音乐。哦，如果此时我有一位挚友，一个住在阁楼中的挚友，就着烛光做着梦，手边还有一把小提琴该有多好！我一定会不顾他正在畅游梦乡，轻手轻脚不发出一点噪声，爬上旋转的楼梯，给他一个大大的惊喜，我们会探讨音乐，彻夜庆祝！曾几何时我经常领略这种欢乐，但已然时过境迁。在那些快乐的旧时光与现在之间横亘着枯萎的岁月。

我徘徊在街头，俨然往家的方向走去，竖起衣领，把拐杖探进人行道的湿泥中。不管我在外面徜徉多久，我总会发现自己没多长时间就回到那个顶楼的房间，那个凑合可以称为家的地方，我既不喜欢也无法摆脱那里；因为那些在冬天的寒夜中露天过夜的时光已经一去不再。现在我只祈祷无论是冰雨还是痛风都不要败坏了这个夜晚给我带来的好情绪，那美好的旋律依然在我脑海中回响，当我深吸一口气时会哼唱起时髦的旋律，我便自己唱给自己听。脑子想着这事儿，我不停地向前走着。是的，即便没有室内音乐会和那样的朋友。何苦为了那种温情而把自己弄得筋疲力尽！独居生活就是要独立。这本来就出于自愿而且经过好多年才终于获得。天真冷！是的，够冷了！但是一切仍然静止不动，美妙而广阔，一如在这群星旋转的空间里冰冷地静止着。

我路过一家舞厅，听到里面的现场爵士乐，热烈奔放，一如未经加工的生肉蒸发的气息。我停留片刻。虽然我挺讨厌这种音乐，但总能体会到一种神秘的吸引力。这对我来说相当矛盾，感觉爵士乐要比现如今一些正儿八经的音乐好上十倍。这种未经处理的野性十足的欢愉气氛达到本能的凡尘世界，令我得到一种简单而坦率的感官享受。

我在这种气息中伫立片刻，嗅着这种尖锐的充满血腥气息的音乐，我闻到了门廊上那种愤怒的气氛，却也对它有点渴望。这种音乐有一半的旋律都黏黏糊糊充满甜腻的多愁善感。另一半则非常野性、情绪多变且生机勃勃。但是无法将两种旋律艺术地融为一体。这是一种衰落的音乐。在罗马下一个帝国一定会出现这样的音乐。比起巴赫与莫扎特以及一些真正的音乐来，爵士乐自然只是一场悲惨的艳遇；但这对于我们现在的所有艺术、我们所有的思想以及跟真正的文化相比，所有姑且可以算作文化的东西而言都是一样。这种音乐至少还算真诚，有一种赤裸裸毫不羞耻的原始感和孩子般天真的快乐。其中蕴涵了一些黑人的东西，还有一些美国人的东西，他们的力量对于我们欧洲人来说似乎总是有种少年般的清新与稚气。欧洲的音乐是不是也变成这样了呢？是不是已经处在这种变化中了呢？我们这些老派的鉴赏家仍然怀着对过去欧洲的真诚的音乐与诗歌的尊敬，是不是变得一无是处，成了顽固的少数派，经受着复杂的神经衰弱症的困扰，成了未来被遗忘和嘲弄的对象？这就是我们称之为文化、精神、灵魂的东西？所有我们称之为美丽和神圣的东西都行将就木，只有我们这几个傻瓜才视其为真正活着的东西？或许它其实已不再真实、不再存活？是不是我们这些可怜的傻瓜一直在自寻烦恼，除了一个有名无实的幻影之外什么都没有？

现在我位于这个镇子的老城区。小讲堂矗立在一片昏暗当中，显得格外不真实。登时，夜晚的经历突然浮现出来，神秘的哥特式门庭，上面贴着神秘的宣传语，被照得忽明忽暗的字母如同嘲笑般闪烁跃动着。上面是怎么说的来着？“并非对每个人开放的入口”而且“只准狂人入内”。我在对面仔细观瞧，暗地里希望这个神奇的夜晚会再次出现，希望那段文字再次向我发出邀请，邀请我这个狂人；希望那扇小门赋予我准入许可。或许我的欲望就在那里，或许我的音乐就会在那里响起。

阴暗的石墙沉静地回望着我，在黎明的黑暗中将自己紧闭，沉入只属于它的梦境中。哪里都没有门，更别提尖拱了；只有黑暗中坚固完整的砖石。我微笑了一下，向它友好地点了一下头，继续前行。“沉沉地睡吧。我不会把你吵醒。总有那么一天你会被推倒或者被贪婪的广告商弄得面目全非。但是，至于现在，你站在那里，似乎永远那么美丽、那么宁静，我爱你这个样子。”

在一条小巷的入口，一个男人突然出现在我眼前，简直突然得让人惊讶，他形单影只，迈着疲倦的步伐走在回家的路上。他戴着一顶帽子，穿蓝色的宽松上衣，肩上扛着一个固定在长杆子上的广告牌，他胸前用带子悬挂着一个敞口的托盘，就好像市集的小贩通常拿的那种。他在我前面疲惫地走着，并不往四周观看，否则我一定会跟他问候一声并且给他根烟抽。我就着下一个路灯的光亮，试图去读他扛着的“旗子”上的文字——是一面系在杆子上的红色广告牌——但是它总是左摇右晃，我什么也看不清。于是我喊出声来问他可否让我看一看他的标语。他停下来，把杆子扶稳了一些。此时我才能看到上面跳动的字母：

无政府主义者的夜间娱乐
魔法剧场
并非对每个人开放

“我就是在找你，”我喊出声来，声音里透着欣喜，“有什么夜间娱乐活动？在哪儿？什么时间？”

他已经继续向前走了。

“并不对所有人开放。”他无精打采地说，声音昏昏欲睡。他已经累了。他要回家，所以他继续往前走了。

“站住！”我喊他，并且跑步追赶起来，“你那个小盒子里有什么？我想从你这里买点什么东西。”

这个男人并没有停下，而是机械地在自己的盒子里摸了摸，抽出一本小书，随手递给我。我迅速接过来，把它放进口袋。当我摸到大衣口袋，从里面掏出一点钱时，他已经转入一道门廊，门从他身后关上，然后消失不见了。他沉重的步子掠过铺满石板的庭院，之后上了一道木楼梯；我没再听到更多的声响。突然我感到非常疲倦。这种感觉向我袭来，让我认识到现在一定很晚了——是必须回家的时候了。我加快步子向前走，沿着通往近郊的马路，不久就来到邻居那片精心打点的花园，在那里，成片的草坪和蔷薇后面是干净而小巧的公寓，住着公务员和中等收入的人们。穿过蔷薇、草坪和小片枞树，我到了公寓门口，找到钥匙插孔和门把手，脚下打滑，通过玻璃门和擦得光洁如新的立橱和盆栽，进到我那没上锁的房间，我假装它是我小小的家，那里有摇椅、炉子、墨水瓶和颜料盒，还有诺瓦利斯和陀思妥耶夫斯基，它们就像妈妈、妻子、儿女、仆人、狗和猫，或者扮演着别的什么更为通情达理的角色那样等着我的归来。

我甩掉潮乎乎的大衣，突然发现了那本小小的书，于是把它从大衣口袋里拿出来。它就像那种市场上常见的可怜巴巴地印制在粗劣的纸张上的众多小书中的一本，写着“一月出生运势”或“如何在一周内年轻二十岁”这样的八卦。但是，当我在扶手椅上坐定，戴上眼镜，却发现它有一种强大的吸引力，突然一种宿命感油然而生，我迫切地读着封面的题头，它看起来像是为了配合算命小册子而做的卷轴。《荒原狼专著——并非所有人可读》。

我怀着极大的兴致一口气读完了这本书，它对我的吸引一页一页加深了。

哈里·哈勒尔

曾经有一个男人，哈里，他叫自己荒原狼。他用双腿行走，穿着衣服，扮成人的样子，然而事实上他是一只荒原上的狼。他已经从所有智力超群的人那里学到了不少东西，所以他现在俨然已经非常聪明了。但是，他还有没学到的东西是：学会在自我和自己的生活中找到满足。很明显，究其原因就是在他的心底，他总是很明白（或者我们姑且可以认为他明白）从现实意义上讲他并不是人，而是一只荒原上的狼。聪明人或许会为他是否真的是狼而争辩，然而无论是与否，他已经变了，或许在他出生之前已然如此，从狼变成了人，或许他仍然被赋予了狼的灵魂，尽管他生得一副人的样子；另一方面来讲，坚信自己是一只狼或许不过是他的幻想或者病态而已。比如，有可能在他的童年时代他是有那么点儿野性不羁、不守秩序，那些将他抚养长大的人发起了一场与他野兽的本性抗衡的战争；而恰恰是这一点，让他意识到并坚信事实上自己只是一只披着薄薄的人类外皮的野兽。在这一点上，有人可能终究会打趣地说，确实应该写一本关于这个的书了。但是这对荒原狼来说却似乎没有什么好处，因为无论自己是一只被施了魔法的狼还是灌输了狼的意识的人，亦或者仅仅只是他的臆想，对他来说都是一样。别人选择如何对待他，跟他选择如何认识自己对他来说都无济于事。这只狼都一如既往地留在他体内。

所以，荒原狼拥有两种本性：人性和狼性。这是他命中注定，而这很有可能没有什么例外。很有可能有不少人不难体会这种感觉，因为这些人体内都具有一定的犬性或狐性，甚至是鱼性或蛇性。在这种情况下，人和鱼共生共存，互不伤害，甚至一方对另一方不无益处。诚然，很多人泰然处之，这种状态着实令人羡慕，甚至那人的快乐更多地来自他身体中的那个狐狸或是猩猩而不是作为人。常识而言也不过如此吧。但是哈里却面对正好相反的处境。他身体中的那个人和狼无法融合在一起，不仅如此，他们还总是互相敌对仇视。一方的存在恰恰会伤害另一方，当二者共存于血液和灵魂中并且充满仇恨时，生活便出了乱子。好吧，他抽中的每支命运之签没有一支能让他轻松。

现在，我们的荒原狼在他意识清醒的生活中时而作为一只狼，时而作为一个人，也有二者共同存在的情况。但是，当他是一只狼时，他身体里的那个人就伺机而伏，一直观察着，随时干涉并对他声讨谴责；当他作为人时，身体里的那只狼也是同样。比如说，如果作为人的哈里有了一个美好的念头而出现兴奋和高尚的情绪时，或者表现出所谓的好的行为，这时那只狼便向他龇牙咧嘴，嘲笑他，向他宣告他的行为在一只野兽看来是多么好笑，就像一出小丑的闹剧一样。这只狼深知在他的心里什么才是真正适合他的东西，也就是说独行于荒原之上、时而将自己连血带肉一起吞下或者追求一只母狼才是他该做的事。对狼来说，一切人类的行为都显得极其荒谬、错位、愚蠢而且毫无意义。然而，当他呈现出狼性时也是一模一样，哈里的感觉和行为都像一只狼那样，向别人露出尖牙，对所有人类以及他们堕落虚伪的礼仪习俗都充满怨恨和憎恶。此时他心中作为人的部分正在潜伏着，观察着这只狼，说他是畜生、野兽，那个人败坏了他作为一只狼的所有简单、健康、野性的快乐，令他在作为狼的存在时而痛苦不堪。

于是你们不难想象，当哈里和荒原狼并存时其实并没有真正的快乐，也没有享受过作为狼的生活。但这并不意味着他在任何程度上来说都是不快乐的（尽管这对他自己来说或许是同一码事，因为每个人都把降临到自己头上的痛苦和不幸视为最甚的那一种）。这并不是针对所有人而言。即便他身体里没有这只狼，或许也不会比现在快乐多少。即便是最不幸的生活也有其灿烂的时刻，也会在沙石当中开出快乐的小花。对于荒原狼也是如此。无可否认，大致说来他并不快乐；他也没让别人得到快乐，尤其是他爱上他人或别人爱上他时。对于所有爱上他的人来说，总是只能看到他心中的一面而已。很多人爱他，是把他当做一个有教养的、聪明而有趣的人而爱，而当她们发现他身体中的狼性时就会感到恐惧和失望。她们一定会这样的，因为哈里就跟每一个性情中人一样，希望自己作为一个整体被爱，他决计不能隐藏和掩饰心中的那只狼，尤其是在那些爱他而他也觉得她的爱很有价值的人面前。然而也有这样的人，她们恰恰爱上了他身体里的那只狼，爱他的自由、野蛮、难以驯服，爱他的危险和强壮，当她们突然发现这个狂野顽劣的狼其实也是一个人时，她们就格外失望，她们哀叹这个人同样渴望美德和精致，喜欢听莫扎特的曲子，也读诗，怀有普通人的理想。通常这些最令人失望和气愤，正是这样，无论何时他与别人联系在一起时，荒原狼便将自己的双重性格和分裂的本性带进了除他以外的其他人的命运当中。

现在，无论是谁觉得自己认识荒原狼，或者觉得能够想象得出他那不幸的支离破碎的生活，其实都是误解。其实他远远没有知道全部。他并不明白，正如规则之下总有例外一样，又好比作为一个罪人会比九十九个正义的人更亲近上帝一样，生活对于哈里而言，偶尔会有例外，也会抽到上上签。有时他可以用狼的方式呼吸、思考、感受，有时他又可以用人的方式，二者清晰无疑，不会混为一谈；即便这种情况很少出现，但他们会以这种方式和平共存，相辅相成，并不仅限于一方始终监视，另一方始终处于沉睡不动的状态，而是互相助长力量，使对方的存在变得更为确定。在这个男人的生命中如此，在世间所有的一切其他事物中也不过如此，日常所用的知识和公认的常理似乎都是出于一个目的，无外乎时不时思维禁锢片刻，然后突破重围，对荣誉之位屈服让步，以达到那些超乎常理的奇迹。现在，无论这些偶尔冒出、转瞬即逝的快乐时光是否以快乐和痛苦最终公平对决的方式，让荒原狼的命运保持平衡或厄运消缓，或许寥寥无几的快乐时光短暂但强烈，这是否远比所有的痛苦更有价值得多，它是否能够再次保持平衡又是一个问题，闲得无聊的人或许会考虑一下以求心灵的满足。凡是狼都会经常思考这个问题，就在那些无所事事且毫无意义的日子里。

为了承上启下，还有一件事不得不提：像哈里这样的人不在少数。很多艺术家就是这种类型。这些人都有双重灵魂，完全是两种不同的存在。其中既有上帝又有魔鬼；既有母性又有父性；既有制造快乐的能力又有忍受痛苦的能力；在仇恨与纠结的状态下，每个人都像哈里一样，两者兼备，又是狼又是人。对于这些人，生活没有休息可言，生命偶尔在为数不多的快乐时光中具有如此的力量和难以想象的美感，那瞬间的快乐喷薄而出，那么高，那么亮，越过了痛苦的海面，它的光芒使光辉扩散到更远的地方，用它的魅力感染了其他人。就像一个娇贵的稍纵即逝的泡沫越过痛苦之海，所有的艺术作品都由此产生，在这片海洋中，茕孑一身之人将自己高高抬升，远在个人命运之上，他的快乐如同明星闪耀，所有看到它的人都将其当做永恒之物并视为自己的快乐。所有这些人，无论他们如何建功立业，其实并没有生活；也就是说，他们的生活并不属于他们自己，也没有任何形式。他们不是英雄、艺术家或思想家，用同样的方法，很多人却可以成为法官、医生、鞋匠或教师。他们的生活由连续不断的潮汐组成，既不快乐又饱经痛苦折磨，恐怖而无聊，除非有人已经做好准备领略那些仅仅出现在少数经历、行为、思想中的和照亮这种混乱生活的艺术作品中的意义。对于这些人，这种绝望和可怕的想法已经降临，或许他的人生只是一个拙劣的玩笑而已，是原始母亲的一次猛烈且不幸的小产，是大自然一次野蛮而悲凉的灾难。尽管如此，对于他们来说还有别的理解，或许这样的人并不是理智不健全的禽兽，而是上帝之子且注定不朽。

任何一种类型的人都有其独到的个性、特征、善恶准则与不可饶恕之罪。夜间出行觅食便是荒原狼最喜欢的事。早晨对他来说简直是一天当中最为痛苦的时光。他惧怕它，早晨从来没有给他带来任何好运。他的生命中没有一个早晨能精神饱满，在中午之前他从来没法做什么正经事，更别提有什么愉快的念头或者为自己和他人创造任何快乐。到了中午他才逐渐温暖过来，身体也逐渐有了生气，只有夜晚才是他的大好时光，做事有效、行动积极，有时甚至还带着满心喜悦。然而这样就限制了他那种对孤独和独立的需要。从来没有一个人对独立的渴望比他更深且更富有热情。在他的青年时代，他还很穷，填饱肚子都是难事，他宁愿饿着肚子、衣衫褴褛，也不愿冒险让自己的独立性受限。他从来没有为了钱或安逸的生活而出卖自己，也没有为了女人向权贵低头；他无数次抛弃了在常人眼中视为优势和快乐的东西，为的就是捍卫自己的自由。他原本可以在公职上大展宏图，只要例行公事或遵从他人就可以，但对他来说没有比这更厌恶和恶心的事了。他讨厌所有形式的公务职业，无论是政府机关还是商业机构，就像他讨厌死亡那样，在他看来最要命的噩梦是兵营中那形同坐监的生活。他人为地避免自己陷入所有类似的窘境，通常要作出不少牺牲。唯独在这里他的体能和品德才能得以休息片刻。在这一点上他绝不妥协也绝不会被收买。在这一点上，他的性格确凿无疑、不容偏差。只有通过道德，他将自己同受苦受难的命运更为密切地束缚在一起。这发生在他的身上，就跟发生在所有人身上一样；他用最深刻最固执的本能竭力争取的东西成为他命运的一根签，但带来的不只是好运气。开始是他的梦和快乐，最后成了他苦逼的命运。追逐权力之人毁于权力，追求金钱之人毁于金钱，屈从顺服的人毁于谄媚迎合，一味求乐的人毁于快乐。他达成了自己的目标。他现在甚至比以前更独立了。他从不听命于任何人，也从不改变自己的做事方式以适应任何人。独立而孤独，做什么或不做什么都由他自己决定。因为每个人都能得到驱使他内心冲动而去追寻的事。他便从自由中得到了哈里，他突然意识到他的自由正是死亡，而他处在孤独的境地。世界以一种离奇的方式将他遗弃在宁静中，没有人再记得他，甚至连他自己都不再关心自己。在越来越稀薄的离群索居的氛围中，他开始感到窒息，慢慢地，因为现在这已经完全不是出于他所自愿，不再是他追求的目标，孑然而独立，已经更像是他命中注定的事和他的审判。那神奇的祈愿已经得到满足而不会再被消除，现在带着渴望和善意张开双臂来迎接社会施加的禁锢对他来说没有一点好处。人们现在将他留在孤独之中，但并不是出于憎恨和厌恶。恰恰相反，他有很多朋友。很多人挺喜欢他。但是这不过是出于同情或友情。他过去收到邀请、礼物和友好的来信，但现在都没有了。没人接近他。他与外界没有联系，在他的生活中没有任何人占有一席之地，甚至都没人想要这么做。现在他周围的人都很孤独，他周围的世界在一种静止不动的氛围中渐渐离他而去，留下他一个人，没有与外界建立关系的能力，他的意愿和渴望都无济于事，难以与之抗衡。这便是他的生活特征中最为显著的一个。

他另一个特征就是他属于自杀者中的一员。这里必须要说一下，所谓自杀者单单指那些当真伤害了自己身体的人这种说法是不正确的。其实，在这些人当中，很多人从某种意义上说只是不小心杀了自己，自杀并非其本意。这些普通人当中很少有什么个性或者会打上深刻的命运的烙印，他们以自杀的方式结束生命，并不是出于对自杀有某种爱好与偏执；同时，从另一方面来说，他们当中大多数被列为自杀者只是由于从自然生理来说他们——或许是大多数人——其实从来没有伤害过自己。而哈里就可以算是一个“自杀者”，这种人的生活并不一定要跟死亡保持多么紧密的关系。很多人甚至不一定非要将自己杀死。这样特别的自杀者最大的特点就是他的自我——尽管这种说法是对是错还很难说——都变成了一个极端危险、非常可疑且已经注定的自然萌芽；在他的眼中，自己总是暴露在极端的危机当中，就好像他站在峭壁顶端，只有一个很脆弱的立足点一样，只要轻轻一推或者他稍有晕眩虚弱就足以使自己落入这虚无的万丈深渊当中。在这种情况下，他们相信自己最为善终的方法便是自杀，并由这样的信念勾勒出命运的底线。我们或许可以臆测，这种通常在其年轻时代便有所体现，又终其一生的脾性表现出了生命力唯一的弱点。然而事实恰恰相反，“自杀者”总表现出异乎寻常的顽强和对生活的渴望，也具有坚强的本性。但是，正如那些一患病就发烧的人一样，被我们称之为自杀者的这些人总是非常敏感且情绪化，稍有刺激便把自杀的概念加以扩大。如果有一门科学具备如此的勇气和权威性，敢于从人性的角度来考量其本身，而不仅仅研究生命现象的机理，如果我们具有人类学和心理学本性上的某些东西，那么上述理论早就为世人所熟知了。

以上对自杀者的说辞可能只是流于表面。自杀其实是一种心理活动，也有部分物理因素。从形而上的角度考虑，自杀这事儿就非常不同而且具备很多更为明晰的因素。就这一方面来说，自杀者表现为将自我作为那些被内在的自杀倾向最终压垮了的人，或是表现为他们在骨子里发现自己的生活目标无法圆满或无法成为自己想要塑造的那个人，从而自我解脱，回到母体、皈依上帝、归于世间一切。很多具备这种天性的人其实并不具备从自杀当中得到救赎的能力，因为他们对于自杀这件事有很强烈的罪恶感。对于我们来说，尽管他们是自杀者，是因为他们看到了死亡而且并不将生命作为一种释放。他们已经准备好放弃生命、屈服于命运、熄灭自我、回归初始。

正如所有的力量都会成为弱点（在某些情况下甚至必须发生如此变化）一样，甚至相反，典型的自杀者会从他明显的弱点中发现力量和支柱。确实，这种情况经常发生。哈里，荒原狼，就是这样一个典型。就跟他所做的许多事那样，他从中发现了慰藉与心灵的支持，而不仅仅是年轻时幻想出来的一出悲情剧，他抱有这样的想法：通往死亡的路随时会出现在他的面前。对他来说，就跟所有人一样，每一个刺激、每一次痛苦的经历、每一个不幸的窘境都立刻唤起他在死亡之路上寻求解脱的愿望。但是，从某种程度上来说，正是由于这种倾向，他为自己塑造了一种对生活大有裨益的哲学。他越发明白生命的紧急出口总是向他敞开，并从这种思想中获取力量，他也变得充满好奇，想要彻底尝尝世间所有痛苦的滋味。如果当真面临太严重的状况，他甚至会带着一点恶毒而冷酷的快意：“我就是想看看一个人可以承受多么大的苦难。如果我真的能够达到极限，我便只有打开这扇通往紧急出口的门了。”有很多自杀者就是在这种想法的影响下得到极不寻常的力量的。

另一方面来说，所有自杀者都有自觉抵御自杀诱惑的责任。他们中的每一分子都十分清楚，在自己灵魂的某个角落，纵然自杀是一种出路，也不过是卑劣的下策，相比之下，被生活所虐要比亲手将生活扼杀高尚且美好得多。明白了这一点，怀着这种病态观念，大多数自杀者会跟自杀的诱惑作斗争以使生命延续，这种观念的来源就跟那些所谓的自我满足的人有一种好斗的意识一样。自杀者们就像抵制某些恶习一样努力抗争。荒原狼也很熟悉进行这种抗争所作的努力。只是他所使用的武器有所改变。最终，在他四十七岁左右的年纪，他产生了一个能令自己高兴且不无幽默的念头，而且由此衍生出某种自娱自乐的方法。他指定自己五十岁生日那天他可以允许自己取走自己的性命。那一天，他将根据自己的心情而定，所以他会与自己达成一致，面对这扇开着的门决定是否使用这个紧急通道。随便什么事都会发生在他身上吧，疾病、贫困、苦难、痛苦都无所谓了，一切都有了截止时间。也就只有几年、几个月、几天的时间，不会再久了。即便事实上他要承受更多的苦难，比预期中更严酷更长久地折磨他，甚至撼动了他赖以存在的生命根基，这一切也要变得容易挨过去了。当他出于某种原因而受到尤其恶劣的影响时，当额外的惩罚加之于孤独寂寞和他生命的野性时，他可以对这些痛苦的根源说道：“只需等待，等上两年，我就会成为你的主宰。”五十岁生日的早晨的情景总是一遍一遍萦绕在他的想象中。他倚仗一把刮胡刀，将所有的痛苦抛之脑后，并在身后关上这扇门，向他祝贺的信件纷至沓来。于是关节中的痛风、精神上的压抑以及身体和头部的疼痛都只能另觅他人了。

现在仍然需要将荒原狼作为一个与世隔绝的现象加以阐释，比如他跟资产阶级世界的关系，这种症候可以追本溯源。让我们回到一开始，这样就可以让事实本身说话，看清他与资产阶级的关系。

从他自己的观点来说，荒原狼完全独立于约定俗成的世界之外，因为他既没有家庭的牵绊也没有成家立业的野心。他形单影只特立独行，说他是一个怪人也罢，身体欠佳的隐士也罢，或者由于某些异于常人的天赋使他从普通人的行列中独立出来也罢。他轻视普通人的生活，并以自己没有成为这样的人为荣，而他是故意这么做的。尽管如此，他的生活在很多方面来说仍然无异于凡人。在银行里他有存款，与社会保持着虚弱的联系。而且，即便他并没有特别注意自己的穿着，但依然透出一种不易令人察觉的体面。他乐于跟警察和收税员或其他有权势的人保持不错的关系。除此之外，虽然暗地里他总是偷偷被资产阶级的小世界所吸引，迷恋于那些又安静又体面、有着整洁的花园、无可挑剔的楼梯、井井有条且充满舒适温馨氛围的家。但他却沾沾自喜于保持着自己小小的恶习、放纵的禀性，任由自己做一个怪人或是一个天才，在一生中从未拥有过一所属于自己的资产阶级式的长期居所。他不是一个容易相处的、暴力的、异常的人，也不会成为罪犯或不法之徒。他住的地方总有资产阶级的人，他总是和他们的习惯、原则和氛围保持一种不变的联系，即便这正是他想反抗的东西。此外，他在一个偏僻乡下、守旧古板的家庭中长大，很多观念和童年的记忆总是萦绕在他的心中。所以从理论上讲，他出身于下层阶级，但实际上严肃地对待一个下层阶级，把自己等同于一个下层阶级，这是超越他理念的。他有能力热爱政治犯、革命党、文化骗子、反社会反国家的不法之徒，把自己当成他们的兄弟，但是对于小偷、劫匪、杀人犯和强奸犯，他却不知道除了用彻底的资产阶级的方式之外，如何才能更好地谴责他们。

从思想和行为上，他可以用这种方法发现并确定一半的自己，而否定另一半的自己并与之抗争到底。就像他在一个家教严格的环境中成长得彬彬有礼一样，他从来没有撕毁自己灵魂的外皮，背弃传统习俗，即便长久以来，那个被赋予了独立个性的自我已经超出了一定程度并将自己从理想和信仰中解放出来了。

这里所谓的“资产阶级”，我们说的其实是一种在常人生活中随处可见的元素，就跟我们平时说收支平衡一样常见。无非是在人类行为中数不清的极端和对立面中寻求一个折中的说法。如果我们从对立的东西中取其一对以此类推，比如虔诚自律与放任纵欲，我们就很容易理解了。对于一个人来说，这完全是开放的，他既可以将自己献身于精神世界、寻求上帝的眷顾和圣洁的理想，另一方面，他同样也可以将自己彻底放任于生命的本能、肉体的欲望，并将所有的努力都倾数付诸瞬间的欢愉。走前一条路你可以做个圣人、经历精神的殉难并得到上帝的眷顾，走另一条则可以做个放荡之徒、得到肉体的享受并为堕落的魔鬼所垂青。现在你正处在二者之间，站在大路中央，这正是有产者们追寻的路。他决计不会向任何一方缴械投降，无论是纵欲的贪念还是禁欲主义。他也绝不会以身殉道或甘于自己的堕落毁灭。恰恰相反，他的理想既不是自暴自弃也不是得到身份的自我认同。他为之努力的东西既不神圣又不邪恶。他只是单纯地仇恨一切。他或许已经准备好侍奉上帝，却又不会放弃物质享受。他已经准备好刚正不阿，却也愿意在这世上活得简单舒适。简而言之，他的目标是为自己在两种极端中建造一个温和的栖身之地，没有暴风骤雨，而他也确实成功了，尽管是以那种极端的生活才有的力道和紧张感为代价。除了以自我为代价，没有人能过上热情而充满紧张感的生活。现在的有产阶级将自我看得比什么都宝贵（就跟他所拥有的那个初级的自我一样）。所以他消耗了生命中的激进，却获得了存在与安全。他最大的收获是宁静的意志，而他宁愿自己为上帝痴狂，一如他宁愿获得短暂的快乐而不是心灵的安慰，追求自由而不是图一时之便，宁愿炽烈的死亡之火而非快乐的温存。资产阶级归根结底是自然出于一时虚弱的冲动所造就的产物，他们充满焦虑，害怕放弃自我，容易统治。因此他们用多数人代替权力，用法律代替武力，用投票公选代替责任义务。

这种虚弱和焦虑感的存在显而易见，无论有多少，都不足以让他自我维持下去，而且，由于能力使然，他在这个世上只能扮演狼群中的羔羊的角色。然而我们还是可以看到，很多时候，尽管多次集权阶级占了上风的时候，资产阶级立刻垮台，他却从没有沉沦屈服；甚至反而表现出对世界规则的胸有成竹。这怎么可能呢？数量上并不占优势，无论品德、论常识还是组织体系，都无法将其挽救于毁灭的危亡。如果一个机体太过虚弱，没有任何特效药能从外界保持其生命的脉动。虽然如此，资产阶级依然兴旺繁荣。这是为什么？

答案很简单：因为荒原狼。其实资产阶级的生命力无论如何都绝不是由那些正常成员的能力体现出来的，而是存在于那些为数众多的“局外人”当中，由于资产阶级理想具有延展性和灵活性，资产阶级正是仰赖这些人才得以生存发展。总是有很多身强力壮、野蛮残暴的当权者分享信徒的生命。我们的荒原狼哈里就是这样一个典型的例子。他已经远远超出了资产阶级的程度，他深知冥想的乐趣不亚于憎恨与自我厌恶带来的阴郁的快乐；他尽管轻视法律、道德和常识却被资产阶级俘虏而无法自拔。所以，资产阶级中的大多数自始至终被插进许多人性层面，很多生命和思想，说实话，他们当中的每一个都会成长的比资产阶级更为庞大并且无条件地听命于生命的呼唤。他们不是被童年的经历固定在资产阶级之上，也不会被它那缺乏紧张感的生活传染；所以他们一直在徘徊，听命于自己的义务职责并为资产阶级服务。所以对于资产阶级来说，那些大人物时常套用的准则公式也同样适用：非敌即友。

如果我们停一下，检视一下荒原狼的灵魂，就不难发现在他高度发展的个性当中蕴涵的来自资产阶级的本性——所有极端的、个性化的结果都是背离其本身的，并产生自我毁灭的意图。我们可以看出他有很强的冲动驱使他既想做个圣人又想纵欲享乐；当然他无法做到这点，由于某些弱点或惰性导致他投身于无拘无束的空间。父母那资产阶级的脾性像与生俱来的星座魔咒那样禁锢着他。这就是他在这浩瀚的宇宙中的仅存之地，也是他最大的束缚。大部分知识分子和大多数艺术家都属于这种类型。他们当中只有最坚强的才能冲破这笼罩着资产阶级大气层的星球，冲向属于自己的外太空。其他人都自暴自弃或者妥协退让。他们蔑视资产阶级，然而他们本身就属于这一群体，并为其增强实力、增光添彩；最后他们走投无路，不得不认同他们的信仰以便苟且求生。这些人在数量上无穷无尽，他们的生命从不承认自己的悲剧性，但是他们仍活在巨大的苦难的阴影中，正是在这种可怖的影响下，他们的天分得以变得成熟并开花结果。极少数能够冲破樊篱的人寻求无条件的回报，他们头戴荆棘王冠，在壮丽华彩中走向堕落，他们的数量当真少之又少。然而，其他人仍身居其中，而且有产阶级的人们通过利用这些人的才能又一次收获颇丰，留给他们一个开放的第三王国，那里有一个神奇但至高无上的世界——幽默。孤独的荒原狼深知没有安宁，痛苦源源不断，深受其害的人们对于灾难的渴望遭到了拒绝，他们从来不能冲破星空，他们感受到了来自彼岸的召唤但是他们无法在这种氛围中幸免于难——对于他们来说正是这些特地为他们保留下来的苦难才让他们的精神更为坚忍并伸缩自如，而折中的方法便是逃进幽默当中。幽默的王国中总是有资产阶级的身影，尽管真正的资产阶级是没有理解幽默的能力的。在这个虚构的王国，所有属于荒原狼那复杂而具有多面性的理想都得以实现。在这里，只要将资产阶级排除在外，我们不仅可以同时赞美圣人和堕落者，还可以使两种极端交会在一起，在同一种论调中这完全可能。现在，既可以信奉上帝又可以与罪人同污，这完全可能，反之亦然。但是无论对于圣人还是罪人（或者对于任何无法界定的人来说），无法对那个冷淡的中庸之道加以肯定的，唯有资产阶级。单说幽默，对于那些在最为努力奋斗的时候被骤然打断的人，对于那些生命中缺乏挫折的人，幽默是一个重大发现，就像苦难折磨中得到的赠与。唯独幽默（或许是最辉煌且浑然天成的精神成就），能将不可能变为可能并且将人类的一切置于其光辉的荫泽之中。身居这个世界却不把它当做世界，尊重法律却不立于其上，拥有财产却好像“一无所有之人”，抛弃一切却当做什么都没有放弃，所有喜欢的东西以及所有通达世故而又高尚的智慧命题的精确表述，唯独幽默的神奇力量才能让这一切实现。

我们不妨猜想荒原狼并不缺乏成功实现这一切的天赋，也有充分的物质资源供他使用，在他那燥热迷乱的地狱中将罪孽熬干，他确定无疑会得到拯救。尽管可能性很小、希望很渺茫。任何喜欢或与他为伍的人都希望看到他被拯救。或许正是这样才让他永远地束缚在资产阶级的世界中，真的是这样，但是他的苦难尚且可以忍受且对他有用。他与资产阶级剪不断理还乱的关系无论是爱还是恨都令人感伤，而这种奴役与束缚却可以让他不再陷入频繁的羞耻心的折磨。

为了达到这种境界，或许应该，至少有这个可能使荒原狼有胆量遁入未知一窥自己的本来面目。他必须深入灵魂的混沌与杂乱之中一探究竟。其命运的谜语会立刻向他透露出那些永恒的东西，对于他来说，或许永远无法率先从肉体的地狱逃脱以寻求情感哲理的慰藉，然后再回到狼性的放荡与盲目之中。总有一天，人与狼会被迫摘下虚伪的情感面具，认清对方的本来面目，直直逼视对方的眼睛。他们要么会互相激发暴怒，从此永远分开使得世间再也没有荒原狼，要么会在幽默的曙光中互相妥协，达成一致。

很有可能，哈里总有一天会被引入上述二者情形之一。总有一天他会学会认识自己。他会手握一面能照亮内心的小镜子。他会长生不朽。他会在一家魔法剧院中找到释放自己那被忽视已久的灵魂所必须的东西。有一万个可能性在等待着他。他的命运会将使这些可能性成真，不给他留下任何选择的余地；因为那些生活在资产阶级世界之外的人就是处于这样一些神奇的可能性当中。无形的虚空就可以让他满足——闪电就可以将其击中。

一切的一切荒原狼都非常明白，即便他的眼睛从来没有在这些内心传记的碎片上停留过。他对这世上一切指派给他的地方充满怀疑——不朽的怀疑，正是这种怀疑使他能面对面正视自己；他很清楚那面镜子的存在，他满心苦楚想要看看自己，而他透过它看到了死亡，于是出于恐惧而退缩了。

在这份荒原狼研究报告的最后还有一个谎言，一个由基本原理产生的错觉需要澄清。一切试图让事情变得可以理解而进行的阐释与心理剖析，都需要以理论、神话与谎言作为媒介，一个有自知之明的作者不应该忽视这一点，并在其阐述的最后部分将谎言剔除澄清，哪怕只是尽其所能也好。如果我区分出了“上”、“下”，那么就需要对二者的状态加以解释，因为“上”也好，“下”也罢，都只是存在于思想中的概念，只是一种抽象的描述。世界本身并没有上下之分。

所以，回到刚才的话题上来，荒原狼也是虚构的。当哈里感觉自己成了一个狼人，并选择让自己成为两个完全对立的生物的合体时，他只是利用自己，使自己成为一个简单化的虚构人物。他压根儿不是什么狼人，他为自己虚构了这个谎言并深信不疑，如果我们没有仔细审视就轻信了这个谎言并且照本宣科地试着将他视为一个具有双面性的存在或将他定性为一只荒原狼，那么这种借助幻想对他的理解就过于简单化了，要想真正理解他，我们现在就得尽力让他呈现在真实的明光中。

将自己分裂成人和狼，肉体和灵魂，哈里试图依靠这样的方法更好地理解自己的命运，而分裂正是将其极大地简化了。真实的逼迫是为了适应谎言，但这是错的，错误且自相矛盾地解释了这个男人发现的，自我和表面上的那个由微不足道的痛苦为源组成的那个他之间的矛盾。哈里发现自己是一个人，也就是说，在思想、感觉和文化的世界里，他具有驯良而高尚的秉性，除此之外，他发现自己也是一只狼，这就是说，在本能的、蛮荒凶残的黑暗世界中，他混沌未开、冥顽不化。这两种显而易见的分裂相互敌视，除此之外，他很清楚偶尔狼和人可以短暂地和睦相处，达成一致。假如他试图通过生命里的某个单一的时刻、某个单独的行为中判断出他的心中到底哪一半是人，哪一半是狼，他就会立即陷入左右为难的窘境，他那看似完整无缺、美好巧妙的人狼理论就会倾数瓦解。因为并不存在单一的人，即便是原始黑人或者傻瓜也不是单一的，哈里为了省事将自己的存在解释为两个或三个主要元素的合集；为了解释像哈里这样的人而将其单纯地分裂为狼或人是一种最为徒劳无功且天真简单的尝试。哈里是由成千上万个自我所组成的，而不是两个。就像某些人一样，他的生活动荡不安、漂泊不定，不能仅仅分为身体和精神或是圣人与罪人那样简单的两极，而是在千万个极点之间摇摆晃动。

我们无须惊讶于即便像哈里这样有超凡智慧和教养的人也会将自己视为荒原狼和人，或者说用如此简化、初级甚至原始的公式来套用在他那如此丰富、复杂的生命机体之上。人类并不具备高等思考能力，即便是精神世界丰富且受过良好教育的人，也习惯性地以天真简单且带有欺骗性的公式来看待自己和这个世界——尤其是看待自己的时候。所以，所有人类天生都必然需要将自己视为一个整体。尽管如此，无论这个错误的观念是多么可悲和脆弱不堪，他总是能得到一次又一次的改善与修正。一个法官坐在杀人犯对面，望着他的眼睛，忽然有那么一刻，法官从自己的灵魂中看到了凶犯的一切感情、潜能和可能性，并听到凶犯发出的声音同自己的一模一样，而下一刻他又恢复成了法官，退回到那个彬彬有礼或文明教养的躯壳当中，行使自己的职责，宣判凶犯死刑。如果具有非凡能力和精确理解力的人可以理解这种对于人的多面性的怀疑，就好像是某种必然的天赋，这样他们就可以冲破对人格和感知必须一致统一的错误观念，而其本身就可以由许许多多的自我所组成，他们只需将此宣告天下，占绝大多数的正常人就会把他们投入大牢、付诸科研、广而告之、宣布他们得了精神分裂性躁狂症，从而保护正当的人性，避免听到那些不幸的人的双唇中喊出的真理的呼声。为什么那些人还要浪费口舌，为什么还要把每一个有思想的人视为不言自明的事表达出来，而这仅有的表述却是对大众品位的违背？因此，一个人如果能得出两个相反的自我的合体这样的假设，那也基本上可以算是个天才了，不管怎么说，他们都是最特立独行和最有趣的人。但是，事实上，每一个自我都远远不是作为一个整体存在，而是在最高层面上的多方面的复合世界，是繁星满布的天空，是将各种形式、状态、潜力、不同阶段的自我以及各种继承下来的东西的混合体。每个人被迫将这种混沌性视为一个整体并将其视为所谓的自我，好像自我就应该是一种平面的、泾渭分明而确定无误的现象一样，表面上看来，似乎这样做就如同吃饭、呼吸一样必不可少。即便是我们当中最杰出的人也要赞同这样具有欺骗性的幻觉。

这类幻想通常仰仗一种错误的类比。每个人从身体构造来说都是单独的个体，但灵魂从来不是单一的。在文学作品中亦然，即便是那些造诣极高的作品，我们都可以从中发现人们总是有种习惯性思维，将人物设定为表面上统一的整体和单一的人格。时至今日，所有的文学作品当中，戏剧已经成为最受作者和批评家褒奖的艺术形式，这是有道理的，因为它提供了将自我以一个具有多重性的实体的方式表现出来的最大可能性，但是戏剧这种光影魔术使人们相信剧中的人物都是一个统一的平面实体，寄居于一个无可争辩的躯壳当中，单一且疏离，一劳永逸。那种天真幼稚的审美方式总是对这种所谓的脸谱化戏剧给予很高的评价，在这种戏剧中每个人物都作为一个单独抽离出来的实体准确无误地塑造出外貌形象。只有经历时间的洗礼之后或者人们渐渐形成普遍的怀疑能力之后，或许才会发现这种处理人物的方式只不过是一种廉价而肤浅的审美心理，我们通常错误地将这一切归因于伟大的戏剧作家，从古至今对于美的概念太过壮丽宏大所致。这些美的概念对我们来说并不是与生俱来的，而仅仅是从外界得到的二手货，而恰恰就是在这些概念当中，以及形成这些美感的可以被我们所看到的躯体中，才能找到对自我与个体的虚构的本源。在古印度诗歌中，这种论调就变得无迹可寻了。印度史诗当中的主人公并不是单一的个体，而是由一系列典型人物所形成的一个整体的集合。而且在当代也有诗歌，其真正的动机就是表现人物灵魂多方面的活动，而其背后隐藏的个人特征和性格品质简直不是作者所真正关心的。任何人想要认清这一点，必须在诗歌的最后下定决心，不把这种诗歌的人物分离开来，而是将其视为具有各种面貌和众多相位的高级统一体，在我看来，这种统一体就是诗歌的精魂。如果我们以同样的方式看待“浮士德”，那么浮士德、梅菲斯托菲利斯、瓦格纳和其他人物团结而成了一个整体并形成了贯穿始终的重要个性；那么，正是单单在这种更为高级的整体中间，而不是在某些人物中，方才揭示出灵魂真正的本性。浮士德说过一句在教师的行列中经久不朽同时又被庸人们争相传诵的名言：“哎，在我的胸膛里，同时住着两个灵魂！”他已经忘掉墨菲斯托，忘记他的胸膛里还有其他许许多多像他这样的灵魂存在。荒原狼也是如此，他相信自己的心里住着两个截然不同的灵魂（狼的灵魂和人的灵魂），所以，他觉得是这两个灵魂使自己的胸口压抑难受、充满束缚。诚然，胸口或身躯只有一副，但居于其中的灵魂却并不只是两个，也不是五个，而是难以计数的。人就如圆葱，外面包裹着成千上万副表皮，又如无数细线编织而成的布匹。古希腊人深谙此道，而在禅宗瑜伽里也特别设计出额外的技巧，能使人卸下人格错觉的面具。

然而一切就跟旋转木马一样变化轮回，没有尽头和终点：印度人不惜付出几千年的努力脱掉虚妄幻想的面具，而西方人却付出了同样艰苦的努力来获得这种虚妄的幻觉，并使之更为强大。

如果我们以上述论调为出发点，就不难想明白为什么荒原狼要在这种荒唐可笑的双重人格的影响下，饱尝这么多的苦难。他就跟浮士德一样，深信对于单单一副胸腔来说，两个灵魂实在是太多了，它们定会将胸膛撕成碎片。而事实恰恰相反，两个灵魂太少了，当他通过如此原始而粗陋的想象努力试图理解自己的灵魂时，我们的荒原狼哈里对他的那可怜的灵魂做出了令人震惊的暴力举动。尽管他几乎可以算得上是最有教养的人，对于他的灵魂，他却像个野人一样只能数到二就再也无法计算下去。他声称自己一半是狼，一半是人，而他也真的这么想。他走到了终点，物尽人穷，筋疲力尽。他把在自我当中所能够发掘出的一切精神的、被升华的甚至是最有教养的东西都归于“人”的那一边，所有的一切本能的野蛮和混沌无序的东西都归于“狼”这一边。但生活远没有我们所想的那么简单，也并非如我们笨拙语言中所说的那样粗糙简陋，哈里勉强使用这种人狼理论套在自己身上，无异于双倍地对自己撒谎。我们担心他将原本背离人性的东西划分到人的那一边，而划分到狼的这一边的东西已经远远超出了狼的范围。

就跟所有人一样，哈里相信自己已经非常清楚人为何物，然而他对此根本就是一无所知，尽管在梦里或其他不受主观控制的状态下，他经常怀疑自己是否真的懂了。只要他不把他们忘却，而是好好保留，至少是尽其可能地留住，为了他自己。人无论如何都不是一种确定持久且一成不变的形式（这只是古代人的一种理想状态，尽管一些聪明人对这一状态的对立面也持怀疑态度）。人不仅仅是一次实验或一种过渡。人只不过是横亘在本性与精神之间的一座又狭窄又危险的桥。人的内心深处最为私密的命运驱使他朝向精神的一端、朝向上帝前进。而他内心深处的欲望却吸引着他，让他回到本性这端，回到母亲的怀抱。在这两种力量的双重作用下，他的生命悬而未决，他颤抖着，举棋不定。无论人们对他有什么样的看法，作为一个“人”，不过就是对资产阶级的一次暂时妥协。人的公约惯例拒绝并禁止某些更为率性的、毫无遮掩的本能，呼吁零星的个人意识、道德和文明。但人的精神不仅是允许的，甚至是必需的。这种契约协定下的人的概念，就像资产阶级所理想的那样，是一种妥协、是一次缩手缩尾、幼稚可笑的实验，目的就是欺骗，既欺骗了狂怒暴躁的本性之母又欺骗了令人讨厌的精神之父，使他们压制对人的严苛要求，从而在二者之间寻求一块温和地带得以容身。因此，资产阶级今天将这些人当做异教徒烧死，或定为罪人将其吊死，明天却又为这些人树立丰碑。

与其说人类是造物主未完成的作品，不如说是精神的挑战；是一种既可怕又充满诱惑力的遥远而充满可能性的实体；正是那些今天被送上绞刑架明天又将名字写上纪念碑的少数人在通往这种可能性的路上踽踽前行，伴随他们的只有艰辛的痛苦和癫狂的喜悦——这都是荒原狼的猜想。尽管如此，被他称为“人”的那个他，跟狼的那个自己相反，在很大程度上来说就跟在资产阶级惯常风气的熏陶下的普通人无异。

在通往完人的路上，在通往不朽的路上，他确实偶尔模糊地感到自己步态踌躇、徘徊不前，一旦踏上这条路就必须付出巨大的努力忍受肉体上的痛苦和精神上的孤独。但是一说到意志坚定地为之努力、回应那最为崇高的要求、向纯粹的成熟男人的精神世界迈进，他的内心深处就怯懦了。他深知这意味着经受更为巨大的痛苦，意味着剥夺权力的放逐、意味着最后的抛弃，甚至会把他带上绞刑架，即便是在这次痛苦的旅程尽头就可以永生不朽，它诱惑着他，而他仍然不愿意承受这些苦难或为这一切而一次次地赴死。尽管他比资产阶级更清楚成为完人的目的，他仍然紧闭双眼，对此视而不见。他已经决心忘记那紧紧依附于自我的绝望，而那依靠生命产生的绝望无疑能完成不朽的永恒死亡，当能令人死亡、剥夺自我的力量完全显露出来时，只要永远抛弃自我就会为他带来不朽。在这些不朽的人当中，也偶尔有他崇拜的人，莫扎特就是一例，他长久以来总是用资产阶级的眼光注视着他。就跟大学讲师喜欢做的那样，他热衷于探寻是什么东西令莫扎特如此完美，他更愿意将探索的成果视为自己至高无上、与众不同的天分，而不是众多力量共同作用的结果，不是自我抛弃、精神折磨的力量，不是出于对资产阶级理想的漠不关心，不是他的耐心和容忍，这些为了变成完人而经历痛苦的人周围是客西马尼花园里的终极孤独，这种孤独使资产阶级的世俗氛围变得稀薄，最终成为冷漠无情的以太世界。

我们的荒原狼至少总是能意识到自身具有浮士德的两重性。他发现这两重性当中，属于灵魂的层面并不完全占有肉体的这一层，充其量他也只是在通往理想中的和谐的朝圣之旅的起点徘徊不前。他既想超越狼性，成为一个完整的人，又想背弃人性，至少能过上真正的狼的生活。我们可以猜测，他其实从来没有认真观察过一只真正的狼。如果他这样做过，那么他应该会看到，或许，即便是真的野兽在其精神层面也并不是完整如一的。人类那结实有力的躯体之美背后隐藏着各式各样不同存在的状态。狼也是一样，它有属于自己的地狱，同样深不见底；狼也是一样，饱受痛苦。不，回归自然只是一个假象般的轨迹，它只会将哈里引向无尽的痛苦和绝望，别无他处。一旦走上了这条路，哈里就再也无法回头，只能变成一只彻底的狼，如果真的这样，他会发现即便是狼也不再是原始纯粹、质朴简单的存在，而已经成了一个复杂的多面性的生物。即便是狼也有两个甚至更多的灵魂同时存在于其胸口内，他迫切希望成为一只狼，其实他只是像那个唱歌的人一样健忘：“我如果可以回到童年那该多好。”歌手深情地唱着童年的赞歌，他想要回归自然、恢复纯真的本性、回到一切事物的本初，但他完全忘了被歌颂的童年充满各种矛盾和复杂的冲突，而且极有可能是一切痛苦的源头。

其实，根本就没有什么回头路，既不能变成狼也不会成为孩子。即便从最初的开端也没有什么纯洁与无辜，也没有真诚与专一。每一个被创造出的东西，即便是最简单的造物也是有罪的，在被创造出的那一刻便是多面性的。一旦被抛入生活的泥流中，即便奋力回游，也无法回到生命的源头。一切试图返璞归真、回归永恒和上帝的路，都不是变成狼或孩子就可以实现的，反而应向罪恶和人生的更深处找寻。自杀并不能真正解决你的问题，总是不幸福的荒原狼。相反，你踏上了更遥远、更艰难、更令你疲惫不堪的生命之旅。你的多面性只会不断地成倍增长，你身体里的复杂性也会越发加剧。你的世界不会越来越窄，你的灵魂也不会越来越纯洁，你只能不断吸收这个世界的一切，最后在你那因痛苦而膨胀的灵魂中独自承担起所有的一切，如果你曾试图寻找心灵的平静的话。这就是佛祖和每一个伟大的人必须走过的路，无论是刻意追求还是无意为之，到了这种境界时他的追求总会得到好运的眷顾。所有人从出生那一刻起就脱离了宇宙万物，分娩总是在一定的限度中进行，这就意味着脱离了上帝，必将再次感到存在的痛苦。回归宇宙万物，解除掉了痛苦的个体的独立性，再次回到上帝的身边，这就意味着要将灵魂扩张直到能够再次将宇宙万物包容海纳。

这里我们所说的并不是经济学数据里所指的人，也不是大街上的芸芸众生，更不是像海边的沙粒或击碎的海浪一样难以计数的泛指的人。我们并不关心那少数的几百万的人，他们的数量并不重要。他们就像交易市场上的股票，除此之外什么都不是。不，我们说的是一个更高意义层面的人，是指那些到达漫长的完人之路的终点的人，是那些高贵的人，不朽的人。天才并不像我们想象的那样稀少，当然也不像很多历史书记载或报纸上报道的那么常见。我们应该说，哈里就可以算得上是个天才，他尝试着成为真正的完美而成熟的人，而不是在每次遭遇困境时就可怜兮兮地念叨自己是个愚蠢的荒原狼。

具有这种能力的人们经常借荒原狼之口，发出“哦，两个灵魂”这样诚惶诚恐又悲愤交加的感慨，他们又经常露出那种对资产阶级的带有同情的怜爱。一个懂得参禅悟佛，又能凭直觉感受到人性的天堂与地狱之存在的人，不应该活在一个被“常识”、民主政治和资产阶级的标准统治着的世界中。只有出于胆小与怯懦他才会甘于在那样的世界活着，也只有当这个世界的规模被过度压缩和资产阶级的门面被过于限制之时，他瘫倒在狼窝的门口，拒绝认清狼并不只是他最出色的一面。在他称之为狼的那一面尽是野蛮，是威胁着高尚生命的卑鄙且危险的怪物。即便他自诩为艺术家并且认为自己拥有绝佳的欣赏眼光，他却无法看到在自己的心里，除了这只狼，还有很多其他东西存在着。他看不到并不只是狼才这么凶猛，还有狐狸、龙、猿甚至天堂鸟，它们都有咬人的嘴。他看不到这整个世界，这个伊甸园以及它所有的表象：美好与恐惧、伟大与卑鄙、力量与温柔，这一切都被荒原狼的形象揉碎压实并封印禁锢起来，正如在他心中那个真实的人也被虚假的存在和资产阶级揉碎压实加以禁锢一样。

一个人会为自己设计一个植物园，用上千百种树、千百种花、千百种水果和蔬菜。试想，看管这所花园的园丁对于不同种类的植物只懂得以能吃、不能吃来区分，那么这个花园中十之八九的东西对他来说都是毫无用处的。他会拔掉最妩媚迷人的花、砍倒最华美高大的树，用一种厌恶嫌弃又羡慕嫉妒的眼光看待它们。荒原狼便是这样对待他那千千万万的灵魂之花。看看他都把什么东西转嫁给这个他称为“人”的东西身上，尽是胆小怯懦、愚蠢麻木、卑鄙低劣——而他将所有强壮而高尚的东西都归于狼性，只因为他无法驾驭它们。

现在让我们与哈里告别，任他独自一人继续自己的征途。他是否已经栖身不朽者的行列——他的坎坷征途是否将他带到了那个终极目标，他会带着何等惊异的目光回首这即将到来又刚刚过去的一切，回望自己迈出第一步时的优柔寡断和这崎岖艰险的荒野小径？他会对荒原狼露出混合了何等复杂感情的微笑，既有勇气与责备又有惋惜与愉悦。

当我读到最后，想起几周前我连夜写下的一首相当怪异的小诗，也是关于荒原狼的。我在凌乱不堪的写字台上扒拉了半天，终于寻得了它，它是这样写的：

荒原狼来来回回小步跑着，
世界在雪中深深沉静。
乌鸦从桦木枝头飞起，
到处不见野兔，也不见牡鹿。
那头牡鹿——它是如此温驯、如此可爱——
如果我能抱抱它，
我会惊异于齿间的口感，
这天空下还有别的什么呢？

我是如此珍惜这可爱的万物，
并在它温柔的呼吸中尽情款待我自己。
我会使出全力吮吸它的鲜血，
然后奋力号叫，直到夜色降临。
我甚至不会轻视一只野兔，
它温暖的肉体在夜里就已经足够可爱。
是不是拒绝了一切，
就会让生活光明一点？
我脖颈的鬃毛已经变得灰白。
我的眼睛视力在下降。
几年前我亲爱的母狼死了，
现在我小跑前行，梦想美味的牡鹿；
我小跑前行，梦想可爱的野兔。
我听到午夜风的呼号。
我燃烧的下颌随着雪渐渐变冷，
我的灵魂承受在罪恶之上。

现在，我面前摆着两幅我本人的肖像画，一幅画得很随意，就跟我本人一样悲伤且懊悔；另一幅则出自一个置身事外的人之手，他甚至比我更了解我自己，画面充满崇高且公正之气。这两幅画——我那神情沮丧、意志踌躇的和被一只无名人之手画成的——给我带来同样的折磨。它们都没错，都将我那无能的存在还原成赤裸裸的真实呈现在我眼前。它们都一览无余地向我展示我所处的状况是何等让人难以容忍、难以维持下去。他听命于荒原狼。他必须用自己的手终结这种厌恶的存在——否则他会在重新认识自我的火焰中熔化，他遭遇了一次重大变故并宽恕了那个新的卸下面具的自我。啊哈！这种转变对我来说尚且未知。我已经经历了很多次了，而且总是在最绝望的时候。每一次可怕的连根拔除的经历都将原本的那个我击成碎片。每次根深蒂固的能量都撼动了它，每次当我失去生命中最为珍惜又格外喜爱的那一部分时，随之而来的是最为真实的自我。一旦我失去了赖以生存的专业技能，我不得不放弃那些原本会向我脱帽致意的人们的尊重。接下来，我那精神失常的妻子会将我赶出我的房子、我的家，于是我的生活彻底毁于一旦。仁爱与自信瞬间变成仇恨与致命的敌意，邻居们带着同情的轻蔑眼神望着我。这便是我的孤独的源头。历经了那些艰苦辛酸的年月，我逐渐树立起新生活的理想，而启迪我的正是知识分子的禁欲主义。我再次获得了某种来自生活的宁静与崇高，让自己服从于抽象思维的实践，遵守严格的冥想的规则。而这种生活的模型也在顷刻间被打破，立刻失去了它那崇高的意图。一次短暂的环球旅行会让我的人生重新开始，新的痛苦与罪恶也纷至沓来。每次当面具被撕碎、理想遭破灭的时候，都是以这种令人痛恨的空虚和寂寞为前奏，还有致命的因孤独和与世隔绝而导致的压抑感，以及这无用而空洞的充满孤独与绝望的地狱，就好像我再一次从中穿过一样。

诚然，每次我的生活受到这样的打击，最后我总是能有所收获，更加自由，精神也为之一振，各种精神层面的认识也更深了，但随之而来的是孤独的加深，那种疏离感产生的寒意也越来越深。从一个资产阶级的眼光去看，我的生活经历着一个又一个的打击，因而不断走向堕落，每一次打击都使我与那些正常的、人们可以接受的、健康向上的生活更为疏远。过去的几年夺走了我的记忆、我的家庭、我的房子。我置身于所有社交圈子之外，茕茕孑立，没有人爱我，遭到很多人的不信任，和公共思想与公共道德越来越格格不入甚至产生激烈冲突；尽管我仍然栖身于资产阶级大环境当中，从我自己的想法和感受中，我对于这个世界来说是一个彻彻底底的陌生人。对我来说，宗教、祖国、家庭、国家都失去了其本身的意义，什么都不是。那些自以为是、自我夸耀的科学家和艺术家都令我恶心。我的观点、品位和所有的思想，它们曾经就像是一个天才的、受人欢迎的人身上最闪闪放光的饰品，现在却都成了被忽视怠慢的种子，被不信任的目光所笼罩。假设我现在正处于所有痛苦的转变过程中，而会因此收获了一些无法用肉眼看到、莫名其妙难以解释的东西，我不得不为此付出高额的代价；而且每一次轮回都让我的生活更加粗粝、更为艰难、更加孤独且危险。事实上，没有什么理由能让我乐于以这种方式轮回进行下去，它只会让我进入更为稀薄的空气中，就像尼采的《收获之歌》里的烟雾一样。

哦，是啊！所有的这些经历、这些转变都是命运为她那历经坎坷、性格执拗的孩子们所准备的、为那些难伺候的顾客所保留的。我对他们太了解了。我对他们的熟悉就跟一个充满热情却并不太成功的运动员熟悉发令枪的响声一样，就跟一个老在交易所里混迹的博弈者对投机倒把、内幕消息、越发虚弱的市场行情和破产的熟悉一样。我真的要在这些经历、转变中再活一遍？所有的痛苦折磨、所有令人压抑的需求，都向那个毫无价值、低贱卑鄙的自我投去不屑的眼光，使我免于最终向死亡的恐惧所屈服。这么多的痛苦一遍遍重演，阻止它们并跳脱出这个状态岂不是更为妥帖、更为简单吗？当然，确实更明智也更容易一些。无论在那本讲荒原狼的小册子上所阐述的关于“自杀”的部分是否完全真实，也没有人能禁止我借助煤气、刮胡刀或左轮手枪来完成那件乐事，我可以让自己从这个不断重复的过程中跳脱出来，身在其中的我常常要将这些苦涩的忧愁一饮而尽，只剩杯底的渣滓才行。不，平心而论，这世上没有一种力量能够说服我穿越死亡的恐惧遭遇另一个自我，去面对另一个改头换面重组后的肉身，当我到达路的尽头，会发现那里没有平静或安宁——而是永远处于毁灭中的自我，而这一切都是为了重塑一个新的自我。随便你将自杀视为愚蠢、懦弱、卑鄙都无所谓，或者称之为无耻下流、声名狼藉的逃避也行；尽管如此，即便是最不光彩的逃之夭夭，只要是能脱离这个痛苦循环的任何形式的逃避都是我现在唯一乐于去做的事。没有什么形式是留给高尚且怀有英雄主义情怀的人的。只有在轻微且快速的剧痛和不可想象的、逐渐将自我吞噬的、无穷无尽的漫漫长痛之间做出一个最为简单的选择。在我这历尽千辛万苦、疯狂不羁的一生中，我演够了堂吉诃德式的角色，在诉诸安逸之前我已经赢得了荣誉，在理智之前我已经写下了我的英雄事迹。现在就是一切的尽头了！

我终于上床睡觉了，透过窗户的玻璃可以看到天光已经发白，又是一个阴雨沉沉的冬日，晨光像铅一样沉闷压抑，透出一派地狱的景象。我将刚才决定的解决办法一起带上了床。但是，就在最后一刻，就在我即将入睡马上要失去意识的边缘，那本《荒原狼专著》的小册子掠过我的脑海，将我引向了那些不朽者。那些美好的、充满吸引力的记忆一次又一次在我脑海中闪回，我想起最近的一次，我感到跟不朽者离得那么近，我在古老的乐曲声中，分享着他那冷峻的、明亮的、简朴的却又带着微笑的睿智。这独特的记忆瞬间上升、射出光芒，随后消失不见；之后我就如大山压顶一般，陷入了浓浓的睡意。

大约到了中午，我醒了过来，现实的状况像是被我一下松绑一样立刻向我袭来。那本小小的书和我的诗就放在我的床头橱上。我的解决之道也在那儿，睡了一觉之后，它已经成形，并且褪去了我年轻时的迷惑，带着一种冷静又友好的问候的神情望着我。欲速则不达。我寻死的决心已经不是一时的心血来潮。它慢慢长大、逐步成熟并结出饱满的果实，命运的微风轻轻摇曳着它，而下一次则会将它狠狠吹倒在地。

在我的小药箱里有一种特别好用的镇痛良药——一种非常强烈的鸦片酊剂。我很少放纵自己使用它，通常都会加以克制几个月才会用上一次。只有当肉体上的痛苦持续折磨着我并超乎我的承受能力时，我才会求助于这种药。不幸的是，它并不能结束我的生命。几年前我曾证实过。有一次，当绝望再次将我战胜时，我吞下大剂量的鸦片酊——那剂量足以杀死六个人，却唯独没有让我死成。真的，我睡着了，躺在床上几小时，完全没有知觉；但是过后，我最为害怕和失望的事发生了，我在半睡半醒之间，感到胃里一阵剧烈抽搐，然后再次陷入昏睡。直到第二天，当我睁开眼睛，清醒地发现自己处于凄凉而阴郁的状态中。我的大脑一片空白，火烧火燎的感觉，使我几乎丧失了全部的记忆。除了像是被下了诅咒一样的失眠和胃里的剧烈痛楚之外，这毒药几乎什么别的痕迹都没有给我留下。

这种暂时的缓兵之计实在没有任何用处。我会用另一种更为可靠的方法完成我决定的事：下一次，当我不得不求助于鸦片酊来暂时缓解我的痛苦时，我或许会允许自己用一种更有效的方式来取代这种权宜之计，也就是说，用子弹或刮胡刀实现绝对确定的死亡。这样我就可以确保自己能够死去了。如果真的如小册子里那个有趣的约定所说，我要一直等到五十岁生日那天——这对我来说似乎太久远了。从现在算起还有两年之久。无论距离那个时刻还有一年或者一个月，哪怕只有一天，那扇门也总是开启着。

我不能说这个决定使我的人生发生了多大的改变。他只是令我对自身的苦难更漠不关心，让我在使用鸦片酊和借酒浇愁时更随心所欲了一点，也使我对我自己所能承受的忍耐极限更为好奇了一些，仅此而已。而那一晚我所经历的其他事却有着更强的副作用。我又将那本荒原狼的小册子读了很多次，有时心怀感激，像是向一个看不见的魔术师妥协屈服，因为他的聪明才智主宰着我的命运；有时又带着轻蔑与鄙视，觉得这本书一无是处，它对我真实的性情和困境知之甚少。这本书只是泛泛地写了大多数的荒原狼和通常意义上的自杀，毫无疑问写得很好，甚至充满睿智。或许对于一个种群、一类生物来说确实是那样，但是对我这样一个独立的灵魂、独一无二的存在和与众不同的命运来说却过于宽泛。

但是，在我脑子里挥之不去的更多的是那教堂墙壁上的幻影，或者说是我的幻想。那跳跃闪耀的、充满启发性的字母所昭示的东西跟荒原狼的论述不谋而合，一个来自陌生世界的声音引发了我强烈的好奇心。连续几小时，我都陷入深深的沉思中。那一小段警示的标语给我留下了越发难以磨灭的印象：“并非对每个人开放！”“只准狂人入内！”如果我能听到那个声音，如果那个世界是对我一人说话，那么从那时起，我一定就是一个狂人了，已经远远不在“所有人”的范畴。看在上天的份儿上，是不是我在不久之前就已经远离了普通人的生活，与正常人的思想和正常人的存在方式相去甚远了呢？是不是在不久之前我就与世孤立并变得疯狂？在我的内心深处非常理解这种召唤都是一样的。是的，我明白它对狂人发出邀请，让他们放弃理智，从传统习俗的牢笼中逃脱，屈服于无拘无束的精神与幻想的惊涛骇浪之中。

有一天，我穿越街道和广场遍寻那个背着广告牌的人，并在那堵墙前来回徘徊了好几次，试图找到那扇看不见的带着警惕的眼睛的小门。一番徒劳的寻找之后，我在圣马丁区遇到一支送葬队伍。我注视着那些送葬的人，他们缓慢而蹒跚地跟着灵车小步前进，我想到了我自己：“在这个小镇或者世界别的什么地方，会不会有某个人，他的死会为我带来很大损失？如果我死了，会不会对世界上某个地方的什么人有某种意义？”倒是真会有这样一个人，艾瑞卡，但是长期以来我们都不住在一起。除了吵架的时候，我们很少见面，而现在我甚至不知道她住在哪里。她时不时会去看我，或者我也会去找她，因为我们都是那种孤独又不合群的人，所以我们莫名其妙地在灵魂上相互联系，在灵魂上同病相怜，幸好我们之间还有某种联系。但是，她如果得知了我的死讯，会不会由衷地舒一口气？我不知道。我甚至不知道我的感情对她依赖到什么程度。要想得到任何一个答案，必须要活在现实的、充满可能性的世界当中。

我一边沉浸在想象中，一边随着送葬队伍，跟在送葬人群后面走到了墓地，那是一座完全由混凝土建成的设施齐全的火葬场。但刚才所说的那位逝者并没有被火化。他的灵柩被放在一个简单的墓穴前，我看到牧师和面容贪婪的火葬场公职人员各司其责，竭力从表面上带着一副悲痛的表情，虽然看起来只是在逢场作戏而已，他们却似乎连自己都骗过了，使整个场面更像一出喜剧。我看到牧师那专业的黑色长袍是如何打着褶垂到地上，看到他们是如何引导那些哀悼的人，迫使他们在死亡的淫威面前低头屈膝。但这都是徒劳。没有人哭泣。死者看起来只是一件可有可无的摆设。不会有谁用虔诚的口吻提到死者，也无论牧师如何称大家“亲爱的基督徒伙伴们”，到处只是沉默的面孔，杂货店小贩、烤面包师傅和他们的妻子们都好像被封住了嘴巴，场面令人尴尬，显得似乎大家都希望这场令人不舒服的葬礼尽快结束才好。葬礼到了最后，两个身份最重要的“基督徒伙伴”上去握了握牧师的手，刮掉粘在鞋底的潮湿的泥土，而死者将长眠于他们刮下的这些泥土当中了，随后不一会儿，大家就毫不犹豫地恢复了平时自然的表情，而那两个人当中的一个看似很眼熟。对我来说，就好像是那天晚上背着广告牌并把那本小书塞到我手里的人一样。

就在我觉得我认出了他的那一刻，他停了下来，弯下腰，小心地卷起他那黑色长裤的裤腿，夹着一把折叠雨伞迈着轻盈敏捷的步子走开了。我在他后面快步追上他，但是，当我赶上他并向他点头致意时，他从表情上看来似乎并没有认出是我。

“今天晚上没有什么娱乐表演吗？”我试着问他，并冲他眨眨眼，就好像两个心照不宣的人互相传递信息那样。但就是这样一个很久之前还很熟练的动作，现在都让我觉得很难。确实，像我这样活着，几乎失去了说话的习惯，我觉得我只是做了一个傻乎乎的鬼脸。

“晚间娱乐表演？”他粗声粗气地问，用那种似乎从来没有落在我身上的眼光看着我说，“去黑鹰俱乐部看看吧，哥们儿，或许那里有你想要的。”

这样一来，我倒是不能确认他是不是那个人了。我大失所望，垂头丧气又漫无目的地走开了。没有动力能让我振作起来，也没有肩负让我振奋的使命。生活又苦又涩。我觉得长时间的厌恶感充满了危机，生活将我远远地推到一边。我发誓决不让这些披着教士的外衣、念叨着毫无感情的基督教教义的、食死尸而贪婪的秃鹰靠近我的坟墓。啊，看看我身在何方，又在想些什么，没有什么东西能让我欣喜，没有什么能吸引我，也没有任何东西能让我感兴趣。一切都很老旧、颓败、灰暗、无力，令人筋疲力尽，散发着腐烂与衰败的恶臭。亲爱的上帝，这怎么可能呢？我这样一个原本充满青春活力、富有诗意的人是如何走到这等地步的？追求艺术、热爱旅行而且周身散发着理想的光芒——现在却是这副样子！麻痹的神经爬满我的全身，何其缓慢且鬼鬼祟祟，这种仇恨与敌意违反我自己甚至每一个人的意愿，这种深深植根的愤怒阻碍了一切感觉，这个肮脏的地狱充满空虚与绝望。

路过图书馆的时候，我碰到了一位年轻的教授，几年前我曾在他身上发现一桩好买卖。我在这个镇子住的最后时光里，大约是几年前吧，我多次去他家和他探讨东方神话，当时我对这个课题非常感兴趣。此时，他突然插到我前进的方向，步伐僵硬，近视，直到我走到他跟前他才认出我。我在这种可悲的境地，几乎要感谢他给我的真诚。他见到我很高兴，当回忆起我们曾经的那些谈话时，这种愉悦变得相当生动。他说他的同事从来没有给他那么刺激和启发性的谈话，所以他时常想起我。他问我要在镇上待多久（我骗他说“几天吧”），为什么不去看望他。尽管我觉得这很荒谬，但这个博学的人用他友好的眼神把我吸引住，我禁不住享受着他给我的友好与善意，像一只饥饿的狗在舔食着面包屑。荒原狼哈里露出了微笑，唾液流过他干渴的喉咙。他违背了他的意愿，向感情屈服了。是的，用更多谎言掩盖一个谎言，我说，我只是为了研究路过这里，并且一定会去拜访他，虽然之前以为这不太合适。他继续恳切地邀请我和他共度这个晚上，我的两颊不习惯于强颜欢笑，在它们抽痛之前，我接受了他的邀请并且让他代我问候他的妻子。

与此同时另一个我——哈里·哈勒尔——站在大街上，面对这个好人那温和慈祥的面孔，感到受宠若惊，非常注意言行的礼貌面带微笑，另一个哈里也站在旁边，就在靠近我手肘旁边，同样露齿而笑。他站在那儿笑着，就好像那个我是一个滑稽、疯狂、不厚道的家伙，前一秒我还龇牙咧嘴充满愤怒地诅咒整个世界，下一秒就极力表示我的好感，对答如流，对这个第一次和蔼可亲地问候我的善良正直的人表现出极大的渴望，就像一个还没断奶的小猪一样满地打滚，这一点点快乐的感觉和友好的尊重成了极大的奢侈。那里站着两个哈里，没有一个代表好的那半部分自己，跟这个受人尊重的学者形成鲜明对照，他们还互相嘲笑，互相观察，向对方吐去轻蔑的口水，就像以往陷入窘境时那样，那个永恒的问题又自然而然地浮现出来：是否所有这些都是人类的愚昧与弱点，是一种普遍的堕落，是否那个感情用事的自我和乖张的性情、那不修边幅的形象和感觉上的两面性仅仅是荒原狼与众不同的个体特性。如果对通常意义的人来说，这种缺陷是普遍的，我就可以恢复体能，重新振作起来投入对整个世界的憎恶中去，但是如果只是个别的特例，这就成了一个可以让我尽情痛恨自己的好机会。

在两个我互相掐架期间，几乎把那位教授给忘干净了；当我突然为他的出现感到不痛快时，赶忙从这种情绪中摆脱出来。我长时间地目送他离开，看他迈着温和敦厚的步子，显得像个天真的理想主义者那样消失在没有什么树叶遮挡的林荫道上。而在我的内心当中，那场斗争爆发得更加激烈了。我机械地把僵硬的手指弯曲又伸直，好像在跟一个秘密的敌人所做的破坏活动暗暗较劲，同时，我意识到我已经被一个陷阱牢牢地套住。八点半去他家小叙的邀请像枷锁环绕在我脖子周围，随之而来的是一系列应尽的义务：周到的礼仪、对相关专业话题侃侃而谈、对别人和谐幸福的家庭而引发思考。所以我怒气冲冲地回到家里。把火气全都撒在加水白兰地上，就着酒吞下了一些痛风镇痛片，躺在沙发上，试图看点书。不久我就让自己成功地沉浸在这本《从麦麦特到萨克森，索菲亚的旅程》当中，这是一本十八世纪的可爱的旧书，不一会儿那个邀请就突然出现在我的脑海中，提醒着我：我还没有刮胡子也没有穿衣打扮。老天爷，为什么我要给自己压上这么沉重的担子？好吧，起来吧，我这么对自己说，给下巴打上剃须泡沫，狠狠地刮干净直到下巴出血吧。我一边做着这些琐事，一边想起在公墓的泥潭中那个肮脏的墓穴，今天有个我素不相识的人被放了进去。我想着那些无聊的基督徒伙伴紧绷着的脸孔，甚至笑不出来。我想，就在那个泥淖中脏兮兮的坑洞里，紧随愚蠢和虚情假意之后以及那些跟愚蠢和虚情假意不相上下的送葬队伍，那由铁质十字架、大理石墓板和金属线与玻璃制成的人造假花所共同构成的令人无法慰藉的情景中，终结的不仅仅是一个陌生人的生命，或许明天或未来某一天我也会在那里终结，与这虚伪矫情的悲伤表演一起埋入泥土中——不，那里还是一切的终点；我们所有的努力与奋斗、我们所有的文化与文明、我们所有的信仰、我们生活中所有的欢愉与快乐——这一切都已经病入膏肓，很快也会埋进那里。我们的整个文明就是一座大公墓，在那里耶稣基督、苏格拉底、莫扎特、海顿、但丁、歌德都只不过是腐朽而分崩离析的石头上刻着的难以破解的名字；那些送葬者环绕一周站在那里表演着假惺惺的悲伤，他们如果还要相信这些铭刻的名字曾经辉煌一时就必须付出更多代价，至少说出些许可以让人用心感受到的悲哀的言辞，或者表达一下对这个世界无法再续辉煌的绝望。然而除了坟墓周围一圈挥之不去的怪相，什么也没有留下。我因此愤怒不已，再次刮破了下巴上那块旧伤口，只好用药剂敷在伤口上，即便是我的衣领仍然很干净，我几乎都没有怎么穿过，我仍然换了一件衬衣，我做这一切都是为了那个甚至没有为我带来一丝一毫快乐的邀请。我的一部分已经准备好再一次逢场作戏，准备好跟那位教授称兄道弟，心中充满期待和我这位好伙计进行一次简单的谈话和一点点的心得交流，一起赞许他那位可爱的妻子，激励我相信这样兴致勃勃以主客身份度过一个晚上从现实来说应该会令人愉快……这样才使我在下巴上贴上创伤膏、穿得板板正正、打好领带，温柔地把自己收拾得停当利落，即便这远远违背了我待在家里的真实意愿。于是这件事还是发生在了我的身上——跟所有人一样。我穿戴整齐出门去拜访这位教授、跟他互相虚伪客套一番，这些事压根儿就是违心的，所以跟大多数人一样，在他们的日常生活中这样的繁缛琐事日复一日年复一年地重复着。这些事压根儿就是违心的，他们违心地给别人回信、违心地交谈、违心地在办公室的椅子上消磨时光；这都成了应尽的义务，机械而且违反意愿，这完全都可以留给机器去完成，或压根儿不做；其实正是这种永不停歇的机器妨碍着他们——正如妨碍了我一样——正确地评判自己的生活，认识到这种生活的愚蠢与肤浅，这无望的悲剧和浪费正是他们所过的生活，而笼罩这一切的是可怕的、含混不清的狞笑。他们都是对的，他们这样生活，玩着他们的游戏，追逐他们想要的利益，不用与这沉闷的机器负隅顽抗，比我单单凝视空虚要对上一千倍，我已经偏离了生活的轨道。我没有责怪别人的意思，尽管偶尔在这寥寥数语中我对他们略有轻视甚至嘲讽，我也没有控诉他们应对我个人所经受的苦难负责。但是现在我已经走得够远，我站在生活的最边缘，只要再向前一步就会跌入深不见底的黑暗，如果我再假装我仍是自己或者奢望生活的机器，仍然为我运转，我就是做了错事、就是在自欺欺人，我仍然规规矩矩地置身于那个充满魅力的世界玩着永恒的过家家游戏。

这个夜晚很是值得我好好评述一番。我先是在他楼下停了一阵，抬头望着他家的窗户。他就住在那儿，我想着，年复一年地进行自己的研究工作，阅读并批注文章、致力于探索西亚和印度神话中的比较法，这一切让他心满意足，因为他相信这一切都是有价值的。他相信他的研究就是他的主人，他要为它尽心服务；他仅相信知识的价值和相信这就是他收获的一切，因为他相信一切都在进步与演变当中。他没有经历过战争，也没有经历过由于爱因斯坦学说的创立而使自己的思想从基础上分崩离析的事（其实他只关心数学）。他从来也不关心人们为下一场即将发生在他身边的战争做了什么准备。他痛恨犹太人和共产主义者。他是一个心地善良、没什么思想、乐呵呵的孩子，他对自己很严肃；其实，他真的很令人嫉妒。所以，我振作起精神，走进他的房子。是一个戴着小帽、围着围裙的女仆开的门。已经有某种预感在警告我，所以我小心地观察着这个女仆把我的帽子和大衣放在哪里，然后我被引进一个温暖的、光线很好的房间，并被告知要在这里等主人出来。我并没有祷告或打盹儿小憩，而是遵从了某个任性的念头的驱使，拿起我第一眼看到的某个东西把玩起来。这东西恰好是一幅镶在框子里的小画，它立在圆桌上，倚靠着背后一根塑料杆的支撑。是一幅蚀刻版画，画的是诗人歌德的老年像，却极具个性，既有轮廓分明的脸庞又有天才般的须髯；既不缺少他那众所周知的炯炯有神的目光，又不缺乏掩饰在宫廷气派背后的悲苦的表情。为了画好这幅画，艺术家特别留心并成功将这两种元素有力地融合在这个老人的画像上，赋予他几分自律严谨又正义凛然的形象，并且没有损害画面的内涵与深度，总之，把他塑造成一位真正的老年绅士，适合用于装饰任何人的会客厅。这幅肖像无疑绝不会逊于任何对歌德的其他形式的描绘。这就跟所有小心翼翼的手工匠师所做的救世主、传道者、大英雄、思想家和政治家一样。或许仅仅是因为技艺精湛反而显得有些做作，我发现我竟被它激怒了。无论如何、无论出于何种原因，这个空洞的、自命不凡的老年歌德似乎突然向我尖叫，发出致命的、不协调的、足以令我抓狂和恼羞成怒的噪声，我已经被激怒了。他告诉我我压根儿就不应该来。这是那些古代艺术大师和国家伟人的家，而没有荒原狼的一席之地。

如果这时进来的是男主人，那么我原本可以幸运地找到合适的借口夺门而出。但是进来的却是他的妻子，我只好向命运低头，尽管我已经察觉到了危险。我们握了手，不和谐的事儿就成功地一件接着一件冒出来。那位女士恭维我看起来不错，尽管我自己知道得不能再清楚——我比几年前我们最后一次见面时可悲得老了不少。她的手跟我那僵硬的手指握在一起就让我时刻想起身患痛风病。之后她接着问我亲爱的妻子的境况，我只得说我妻子已经离开了我，我们离婚了。当教授走进来时，我们都很高兴。他也给了我由衷热情的欢迎并让这场愚蠢的闹剧很快到达了顶峰。他拿着一份报纸，这份报纸是以一个军国主义机构和沙文主义政党的立场出版的。我们握手之后，他指着那份报纸并告诉我其中一篇评论提到的作者跟我重名——也是一个叫哈勒尔的公共评论家，这真是个坏家伙，是个腐败的叛徒——这个坏蛋拿恺撒大帝开涮借此表达政见，说他的国家对于战争的爆发跟敌国要承担同样的责任。这个人跟你可真是大相径庭！这份报纸的编辑把他批了个体无完肤，让他当众出丑。尽管如此，当那位教授看我似乎对此毫无兴趣，就转向了别的话题，对于这对夫妇其中任何一人都不会想到这个让人讨厌的家伙会坐在他们对面，这种可能性对他们来说太渺茫了。但这事儿就是这样发生了，我正是那个浑蛋讨厌鬼。好吧，为什么我会这么小题大做而且心烦意乱？我想想都觉得自己可笑，但是却自动放弃了过个愉快的夜晚的念头。

我清楚地记得教授把哈勒尔说成背叛自己国家的叛徒时的情景。恰恰就在那之后，一种讨厌的沮丧感与绝望感瞬间爬上了我的心头并且变得越来越强烈，这种感觉从葬礼时就有，最终成了一种沉闷的颓丧情绪。后来成了一种肉体上的痛苦，在我身体中激发出一种恐惧和令人窒息的不祥预感。我充分感觉到有什么东西潜伏在前面，等待着我，危险正从我的后方蔓延过来。幸好宣布晚餐已经在餐桌上准备妥当的消息拯救了一切。我们走进餐厅，我在脑子里过了一遍又一遍试图找到一点对谁都无害的话题说说，我比平时所习惯的情况下吃了更多东西，我感到自己每时每刻都变得更卑贱可悲。老天爷啊，我思前想后，为什么我们要将自己置身于这种殚精竭虑的事情中呢？我明显感觉到这位主人也放松不下来，他们的活泼开朗做得那么勉强，或许是我对他们的反应都有些滞后和迟钝，或许因为其他别的家庭内部纠纷所致。他们问我的问题我没有一个能如实回答，很快我就被我的那些谎言所纠缠住并极力克服我所说出的每一个词所带来的恶心的感觉。最后，为了改变一下话题，我开始聊起之前目睹的那场葬礼。但是我并不能把握准正确的基调。我努力营造的幽默感却沦陷为彻底平淡直白的陈述，我们最后几乎争执起来。在我身体的另一半，荒原狼露出尖牙，冲我狞笑着。我们好不容易熬到了甜点时间，这时三个人都只剩下了沉默。

我们回到之前我等待的那间屋子，在那里喝咖啡和烧酒，也许这会帮助我们恢复一点情绪。我的眼睛再一次落在诗人的画像上，虽然它是放在屋子角落边带抽屉的柜子上，但我始终摆脱不了它，尽管有一个声音在我心里向我发出警告，但我还是再一次把那幅画拿到了手里，开始用言语攻击它。我完全被这种感情所左右：现在的情况无法忍受，我只有两条路，要么提起主人的兴趣，感动他们，让他们与我的话产生共鸣，要么任凭情绪彻底爆发。

我说："但愿歌德不是真的这副尊容！你看他这自负高贵的模样！在这样一副大男子主义的外壳下面包裹着怎样一个多愁善感的世界啊！当然了，他肯定有许多可以被人指责的地方，我对他的傲慢无礼也很看不惯。但是把他画成这个样子，这可不行，这也太过分了。"

女主人再次斟满咖啡，表情显得十分受伤，并匆匆离开了房间，她丈夫既难堪又气愤地向我解释道：这幅歌德画像是属于他妻子的，是她最为珍爱的一件私有物品。"即使您从客观上说是对的，您也完全没有必要说得这么尖刻。况且对您的说法我也无法苟同。"

"这您说得对，"我承认，"可惜，这是我的老毛病了，已经成了习惯，我总是尽量多地把自己的想法表达出来，其实歌德在他更好的时候也是这样的。在这间高雅的会客厅里，歌德当然不会允许自己使用那些刻薄的、令人讨厌又不得体却真实的话来表达自己。我诚恳地请求您和您夫人的原谅。请您告诉她，我患有精神分裂症。同时请允许我就此告辞。"

尽管教授已经感到混乱而纠结但仍然努力寻找回旋的余地。他甚至开始回忆起我们以前谈论过的话题，一再说，我们以前的谈话是多么有意思，多么有启发性，在有关密特拉斯神和克里希纳神方面，我的理论给他留下极深的印象，他曾盼望着此时此刻能成为重现当时那激烈讨论的大好时机。我很感激他这么说。但遗憾的是，我对克里希纳神的兴趣以及谈论相关学术研究的乐趣已经消失殆尽。今天，我多次欺骗了他。比如说，我已经在这个城市住了好几个月，而我却告诉他我只到了几天而已。我独来独往，早就已经不适合与体面人家打交道，出于很多原因，首先就是因为我的情绪越来越坏，又饱受痛风的折磨；再者，我经常喝醉酒；最后，为了赶快把事情了结，而且至少在我离开时不再说谎，我有义务把实话告诉他，他今天侮辱了我，令我感到十分悲伤。他支持一张反动报纸对哈勒尔的观点所持有的愚蠢态度，这种固执的报纸只适合那些退休的无所事事的军人，而不适合他这样有学识的人。他所说的那个混账，那个叛国贼哈勒尔和我是同一个人，总体来说，无论对于我们国家还是对于整个世界，我的观点都更好一些，至少有极为少数的有思维能力的人主张理智，热爱和平，而不去盲目地、狂热地煽动一场新的战争。现在我只能对他说再见了。

说完，我站起身，离开了歌德和教授。从衣帽钩上拿到我的帽子和外套，把它们攥在手里，离开了这间房子。幸灾乐祸的荒原狼在我心里如同胜利一般高声号叫，两个自我激烈而极富戏剧性地争吵起来。我很快就明白，这个令人不愉快的夜晚对我来说比对那位气愤的教授意义更大；他只是感到幻想破灭，生了一场气。而对我说来，这意味着最后一次失败，最后一次落荒而逃。意味着我彻底告别了那个高尚的、满是仁义道德的、富有学识的世界，这是荒原狼的一次完胜。我彻底被这个圈子驱逐出去，在我自己眼里这就等于破产，就等于没有一丝一毫信用可言的解雇，没有幽默的光芒可以安慰我。我离开了那个世界，在那里我曾经找到了我的家，以一个肠胃脆弱不得不放弃吃猪肉的人的方式，黯然离开了那个有自己的风俗习惯和文化传统的世界。我在街灯下狂奔，既愤怒又悲哀。这是多么可怕又丑恶的充满耻辱和悲哀的一天啊！从早晨到晚上，从墓地到与教授打了照面。这都为了什么？又是出于何种原因？背负这样沉重的生活负担或者像今晚坐在这样的餐桌前逢场作戏难道还有意义吗？没有任何意义。那么就在今晚让我来结束这场闹剧。回家吧，哈里，割断我的喉咙。别再等了。

我为痛苦所驱使，在街上来回乱走。当然我亵渎人家体面客厅里的装饰品实在是一件太过愚蠢的事，真是又蠢又失礼。可当时的我控制不了自己；即便是现在我仍然无法忍受。我再也受不了这种温文尔雅、虚伪说谎、彬彬有礼的生活了。原因显而易见，我也无法忍受孤独的生活，因为我的同伴已经变得如此难以形容地可恶、令人作呕，因为我用尽全力挣扎着在真空地狱里呼吸却依然感到压抑憋闷，哪一条出路是留给我的？一条都没有。我想起了我的父亲和母亲，想起那长明不灭的青春圣火，那是千百种的快乐，是劳动的成果，也是我的生活目标。这一切的一切都荡然无存了，连悔恨也都无影无踪，留下的只有苦恼和磨难。我仿佛觉得，对仅有的生活的依赖从来没有像现在这样如此令人痛苦。

我在郊区一家僻静的小酒店里休息了片刻，喝了一些加了水的白兰地，然后再次来到街上，像被魔鬼追逐似的在城里胡跑乱撞，穿过老城区那又陡又弯的大街小巷，穿过车站广场。一个念头驱使我走进车站：“到个什么地方去，无论哪里。”我粗略地看了看墙上的行车时刻表，喝了点酒，试图恢复理智的意识。但就在那时我却看见那个我一直甚为恐惧的魔影越来越近，直到我能清晰地看到它。这魔影是我对回到我那个小小的房间、回到那种停滞状态中去的恐惧，是我对于直面绝望的恐惧。即使我再在大街上闲逛几小时，我也找不到逃脱的途径。或早或晚，我都要来到我的门前、来到那堆满我心爱书籍的书桌前、回到那个放着艾瑞卡照片的沙发上。我掏出刮胡刀切断喉咙的那一刻迟早要来。这样一幅图景越来越清晰地展现在我的眼前。我的心也随之越发狂野地跳动着，我清楚地感觉到对于所有恐惧的惧怕，那是对死亡的恐惧。是的，我出奇的惧怕着死亡，惊恐万分。尽管我看不见别的出路，尽管恶心、厌恶和绝望几乎将我吞没，尽管再也没有任何东西能吸引我，能给我带来欢乐或哪怕一丁点的希望，可是一想到死，我仍然会瑟瑟发抖，一想到刀片在一个罪人的肉身上绽放一道缝隙一般的伤口，就感到一股难以名状的恐惧。

我看不到有任何出路可以摆脱这个可怕魔影。假设今天怯懦战胜了绝望，那么明天以及接下来的每一天，我都要重新面对绝望，而且这种绝望由于我的自我轻贱而变本加厉地向我袭来。我一次又一次地拿起刮胡刀，一次又一次地扔掉，直到最后，终究会结果自己。与其这样，还不如今天就干！我曾经这样劝说我自己，就像规劝一个吓破了胆的孩子那样。可是孩子根本不会去听我的话。他跑开了，他要活下去。我重新开始在镇上漫无目的地乱闯乱逛，我绕了很多路，就是为了不回到那栋房子里去，虽然我一直记得它，却每次都故意拖延不想回去。我时不时地走进小酒馆消磨时光，喝上一两杯，然后就像在追踪什么人那样，绕着圈跑，这个圆圈的中心就是刮胡刀，我把它作为人生目标，而它意味着死亡。有时，我真的精疲力竭了，偶尔就在长凳上、喷水池边或马路牙子上一坐，抹着前额上的汗水，听着自己的心脏在激烈跳动。不一会儿，那种时有时无的对于凡人终有一死的恐惧以及一种紧张的情绪便令我渴望活下去。

就这样，我发现自己一直逛到深夜，走得已经很远了，来到这个城镇我不太熟悉的地方，我走进一家酒馆，从酒馆的窗户里传出节奏明快的舞曲。走过入口通道时，我看见门上挂着一块旧招牌：黑鹰酒吧。走到里面我才发现今天是通宵免费场，使这里拥挤不堪、乌烟瘴气、酒气熏天、人声鼎沸，后面的房间里人们在跳舞，因此发出这种震耳欲聋的舞曲声响。我在较近的前厅停住了脚，这里除了一些普通的顾客外没有什么人，有的还穿得很破旧，然而后面舞厅里那些时髦的人看起来也穿得不怎么样。我在人流的推搡之下很快来到吧台边，插空站在一张桌子旁，一位脸色苍白但十分漂亮可人的姑娘背靠墙在桌边坐着。她身穿一件薄薄的跳舞裙，胸口开得非常低，头发里插着一朵枯萎了的花。她见我走近，便专注而友好地望着我，一边微笑着往旁边挪了挪，给我让出一个位子。

“我能坐下吗？”我问了一声，便坐在她旁边。

“当然了，请吧。”她说，“那么你是什么人？”

“谢谢。”我答道，“我没法回家，不能回家，无法回去。我得待在这儿，和您在一起，如果您愿意我这么做的话。真的，我没法回家了。”

她点点头，像是在顺应我的话，就在她点头的时候，我认真观察着她那从太阳穴一直垂到耳边的卷发，我看到那朵枯萎的花是一朵山茶花。从那边传来刺耳的音乐，吧台旁，女招待匆匆地大声报着谁订的什么饭菜。

“好啊，待在这儿吧，”她用一种似乎在安慰我的声音说道，“为什么你不能回家呢？”

“我真的不能。在那里有什么东西等待着我。不，我不能——太可怕了。”

“让它等去吧，你就待在这儿。首先擦擦你的眼镜，那副样子你什么都看不清。给我你的手帕。我们喝点什么吗？勃艮第红酒？”

因为她给我擦了眼镜，我才第一次得以看清她的面貌：她脸色苍白，面部肌肉结实，一双灰眼睛清澈明亮，额头光洁，短短的很有弹性的卷发从她耳朵前面垂下来。她性情温和、充满善意，同时又略带讥嘲地帮助我，为我们叫了酒，就在我们互相碰杯的时候，她低头看了看我的鞋。

“我的天，你这是从哪儿来呀？你这副样子好像是徒步从巴黎归来似的。穿这样的鞋可不能来参加舞会！”

我不置可否，只是时不时地笑笑，就任由她跟我谈天说地。我发现了她的魅力，这连我自己都觉得很惊讶，因为我总是刻意回避她这种类型的年轻姑娘，总用不信任的眼光看待她们。然而就在此时此刻，她对我的照顾对我来说却恰恰正是我所需要的，从此她每次都用这种方式待我，绝无例外。她正像我所需要的那样将我庇护在她的羽翼之下，同时又会嘲讽我，这也恰好是我需要的。她点了一份三明治，要我吃下去。她给我斟上酒，叫我小口啜饮，而且不要喝得太快。接着她表扬我如此顺从。

“真不错，”她鼓励我，“你不使人感到为难。我敢打赌，你已经很长时间没有对别人这么言听计从了。对不对？”

“是的，您赢了。您是怎么知道的？”

“没什么技巧。服从就像吃饭喝水一样稀松平常。如果你太长时间没有服从过什么，服从就变得什么都不是了。难道不是这样吗，你愿意按照我所说的去做吗？”

“很愿意。您什么都知道。”

“你真是让人省心呀。也许，朋友，我还可以说出是什么东西在你家等着你，以及让你如此害怕的东西到底是什么。不过你自己也很清楚，我们用不着谈它了，是吧？真是够傻的！一个人要么上吊，那么只要他确信自己应该这么做，他就有他的理由；要么他可以选择继续活着，而只要活着，他就得为生活操心。就这么简单。”

“哦，”我大叫起来，“如果真的只有这么简单就好了。我已经为生活操碎了心，老天作证，但是这对我一点用都没有。或许吊死自己非常困难。我不知道。但是活着却远比这困难得多。老天，活着实在是太难了！”

“好了，你会看到活着就跟小孩玩过家家一样。我们已经有了一个不错的开始，你擦了眼镜，吃了东西，喝了酒。现在我们走，去刷一刷你的裤子和鞋子，然后你跟我跳个摇摆舞。”

“您看，”我赶忙大声说道，“这就看出来还是我说得对了！再也没有比不能执行您的命令更使我难过的了。可是，您刚才这个要求我却无法做到。我不会跳摇摆舞，也不会跳华尔兹舞、波尔卡舞，什么舞都不会，我一生中从来没有学过跳舞。您现在看到了吧，并不是一切都像您说的那样简单。”

她那闪亮艳红的嘴唇露出一个微笑，坚定地晃了晃她那留着干净利落的波浪卷发的脑袋；就在我看着她时，我觉得我能看到她与我还是孩子时爱上的第一个姑娘罗莎·克莱斯勒的相像之处。不过她的肤色更深，头发也是深色的。不，我不知道这位陌生的姑娘究竟让我想起谁来，我只知道，她让我回忆起青少年时代的某个人。

“慢着，”她喊道，“这么说你不会跳舞？一点不会？连一个舞步都不会？而你还振振有词地说已经在生活中花了多大的工夫，天晓得！你这就是在说谎了。孩子，到你这个年纪不该这样做了。嗯，你连舞都不想跳，怎么能说你已经付出足够的努力为生活操劳了呢？”

“可是我真的不会跳舞——我从来没学过！”

她笑了起来。

“你总学过读书写字吧，我猜你还学过数学，以及法语、拉丁语和其他许许多多别的事？我不介意再打个赌，你肯定在学校里待了十年或者十二年用来学习别的什么你能学的东西。或许你甚至获得了博士学位、精通中文或西班牙语。我说对了吧？做得很好嘛。但你竟然没有抽出一丁点的时间、付出一丁点的金钱去上几节舞蹈课！不，你确实没有！”

“是因为我的父母，”我为自己辩护，“是他们让我学拉丁语、学希腊语、学其他所有一切。但是他们没有让我学跳舞。我们那里不兴学这个。我的父母自己也都没跳过舞。”

她近乎冷冰冰地看着我，用一种当真鄙夷的神色，她脸上的某些东西让我再一次想起了我的青年时代。

“所以你的父母真应该为此自责啦。你有没有问过他们你是否可以来黑鹰酒吧度过一个晚上呢？有吗？你是不是要说他们已经去世很久了？好了，对于这个问题已经说得够多了。现在，就让我们假设你年轻的时候由于太过听从父母的话以至于没有学会跳舞（尽管我可不相信你是什么模范儿童），那么你在独立成人之后的这么些年都干什么去了？”

“好吧，”我只好承认，“我也搞不清我自己——这些年我上过学、演奏过音乐、读过书、写过书、到处旅行……”

“你的生活观很好嘛。你总是做一些困难和复杂的事，而简单的东西你却压根儿没有学过。哦，当然了，你没时间嘛。有那么多有趣的事情等着你去完成呢，怎么会去学那些简单的小事儿呀。好了，谢天谢地，我不是你妈。但是你口口声声说已经把生活从头到尾体验了一遍发现生活一无是处，其实你只做了那么一点事，这还差得远呢。”

“请别再责骂我了，”我苦苦哀求道，“事情并不是那个样子，我知道我疯了。”

“哦，不要把你受过的苦说得那么好听。你可不是个疯子，教授先生。你要想取悦我你还病得轻呢。对我来说，你看起来可真是用一种愚蠢的方法让自己显得太过精明了，真的像个教授呢。我们再点一个面包吧。然后你可以多跟我聊聊你自己。”

她真的为我又点了一个面包，在上面撒了一点盐又放了一点芥末，为她自己切了一片，并让我把其他的都吃下去。我做了她要求我做的一切，除了跳舞。做这一切真的感觉太好了：顺从地去做一个人要求做的任何事，让某个对我问这问那的人坐在身边对我发号施令、责骂我。如果那位教授或他的妻子一两个小时之前肯这么做，那么对我来说就是最大的解脱了。不，还是不要那么做，维持原样就已经挺好了。要不我会错过很多东西。

“你叫什么？”她突然问。

“哈里。”

“哈里？多么孩子气的名字。你真是个孩子，哈里，虽然你有几缕灰白的头发了。你还是个孩子，你需要有个人来照顾你。我不会再提跳舞的事儿了。但是看看你的头发！你难道没有妻子，没有个相好的人吗？”

“我已经没有妻子了，我们离婚了。情人倒是有一个，不过她不住在这个镇上。我们不经常见面，而且相处得不怎么好。”

她轻轻地吹起了口哨。

“如果没有人能坚持待在你身边，看来你确实是个难对付的人呢。但是现在我们不说那个，就说说今天晚上发生了什么不同于以往的事？是什么让你如此失魂落魄地到处乱跑？赌钱的时候输啦？打牌的时候没摸到好牌？”

这事儿可不怎么好解释。

“好吧，”我开始说，“您看，其实真的只是一件小事。我应邀去一位教授家里与他共进晚餐——顺便说一句，我自己可不是什么教授——其实我真的不应该去赴宴的。我已经不习惯有人陪伴、交谈聊天了。我已经忘记怎么去和人相处。当我一走进那栋房子，我就已经感觉到有什么出了岔子，当我把帽子摘下的时候我就意识到我或许很快就需要再次戴上它，事实比我想象的还要快得多。喏，就在教授家里有一幅小小的蚀刻版画立在桌子上，一幅愚蠢的画像。它让我心烦意乱……”

“是什么类型的画像，让你心烦意乱？为什么？”她打断我。

“嗯，是一幅描绘歌德的画像，就是那个诗人歌德，您知道的。但是那幅画跟他真实的相貌一点都不像。当然了，没有人能确切地知道他到底长什么样子。他已经逝世一百多年了。尽管如此，当今有些艺术家仍然按照想象为他画肖像，来美化他，这幅画就是这样气我的。它让我非常非常恶心。我不知道您是否能够理解。”

“我非常理解，你放心。继续说下去。”

“早在这件事之前我和这位教授就没有一件事情能看对眼。就跟几乎所有教授一样，他是一个狂热的爱国者，在战争期间他甘愿做一些欺骗大众的事，当然他的目的是再好不过的。但是，我则完全反对战争。喏，就是这样了。接着说今晚的事，其实我完全没有任何必要去看那幅画……”

“显然没有必要。”

“但是我这么做了，首先因为我从心里非常热爱歌德，所以那幅画让我感到很难过，除此之外，我想……好吧，与其说是‘我想’不如说是‘我感觉’更好些。我坐在他们家里，把他们视为和我一样的人，我相信他们跟我一样热爱歌德，我相信他们心中对歌德的想象也和我一样，但在他们的房间里却摆着一幅毫无品位、完全错误、美化取宠的画像，他们还视若珍宝、喜爱备至而完全不顾那幅画所体现的精神，或者至少他们应当意识到那幅画完全违背了歌德的精神。他们觉得画得非常出色，这也不是我所关心的，但是对我来说顷刻间一切都完了，我对他们的信任与友谊、我对人们的亲近感一下子全完了。当然我跟他们也谈不上什么非常深厚的友谊。所以当发现没有人能理解我以至于我完全孤身一人时，我感到非常气愤，也感到悲哀。您能明白我的意思吗？”

“很容易明白。接下来呢？你把那幅画朝他们扔过去了？”

“不，但是我大骂一通然后离开了他们的房子。我想回家，但是……”

“但是你到家会发现没有亲爱的妈妈在那儿安慰你这个傻宝宝或责骂你这个小家伙。我必须要这么说，哈里，你几乎让我为你感到遗憾。我从来不知道你是这样一个小傻瓜。”

对我来说确实是这样，我不得不承认这一点。她给了我一杯酒让我喝下去。事实上，她对我来说就像是母亲。尽管我轻轻一瞥就会看到她是多么年轻貌美。

“也就是说，”她又开始说话了，“歌德已经死了一百年了，你很喜欢他，在你的小脑袋瓜里有一幅非常精彩的图画，很好地描绘了他应该是什么长相，我猜，你有权利这么想。但是那个画像的艺术家也很崇拜歌德，他为歌德作了一幅画而他其实没有权利这么做，那位教授也没有这样的权利，任何人都没有权利这么做——因为你喜欢你的想象。你觉得别人的想象都令你忍无可忍，你必须大骂一通并甩手走人。如果你是个聪明人的话，你就应该嘲笑那个画家和教授——一笑了之。如果你脑子一热，就应该把那幅画摔到他们脸上。但你只是一个小宝宝，你只能跑回家还想把自己吊死。我非常明白你的故事，哈里。这个故事挺有趣的。你把我逗笑了。嘿，别喝得这么快。勃艮第应该一小口一小口地喝。否则你会全身发热的。什么事都得告诉你——真像个小孩儿呀。”

她盯着我，用一位六十岁女教师那样的严厉眼神。

“哦，是的，”我心满意足地恳求道，“把一切都告诉我吧。”

“让我告诉你什么？”

“任何您想告诉我的东西。”

“好啊。我会给你说一些的。我们见面一小时以来，我对你的称呼都是用‘你’，而你总是对我说‘您’。满口的拉丁语呀希腊语啊，总是尽量让你说的话听起来更复杂。当一个女孩亲切地用‘你’这个词时，她可不是讨厌你的意思，而这时你也应该用同样的方式称呼她。好了，现在你已经学到点东西了。第二点——在我们交谈的这一小时里，我知道了你名叫哈里。我知道这个是因为我问了你的名字。但是你对我的名字压根儿不关心，从来没问过我叫什么。”

“哦，不是的——我其实非常想知道。”

“太晚了！如果我们会再见面，你到那时再问吧。今天我是不会告诉你了。现在我要去跳舞了。”

她做了一个起身的姿势，我的心一下子就像铅块一样沉了下去。我害怕她走，害怕她离开我留我自己在这里，因为如果真的那样一切都会回到原来的样子。一瞬间，恐惧和战栗一下子攫住了我，就好像暂时消失的牙痛又突然像火苗重燃一样。哦，上帝呀，难道是我忘记了是什么东西在等着我？难道有什么东西已经被改变了吗？

“等等，”我恳求道，“别走。当然了，你可以跳舞，想跳多久就跳多久，但是请不要离开太久。回来吧，再一次回来吧。”

她笑着站了起来。我原本以为她应该更高一些。但事实上她确实很苗条，却不高。这又使我想起了什么人。想起谁呢？我实在说不清。

“你会回来吗？”

“我会回来的，但是可能要半小时或一小时之后了，或许吧。我想告诉你一些事。闭上眼睛，睡一会儿。这才是你真正需要的。”

我给她让路好让她过去。她的裙边扫过我的膝盖，她拿出一个小镜子，边走边照着，扬扬眉毛，往下巴上扑扑粉，然后消失在舞厅里。我看了看周围：陌生的面孔、抽烟的男人、泼洒在大理石桌子上的啤酒，到处都是喊声、口哨声，隔壁的舞曲声充斥着我的耳朵。我要睡觉，这是她说的。啊哈，我的好孩子，关于睡觉你再清楚不过了，我的睡眠比一只机警的黄鼠狼还轻！在这种喧嚣骚乱的环境中入睡——坐在一张桌子边上、在一片推杯换盏的嘈杂中——谈何容易！我轻轻啜着酒，抽出一支雪茄，四下寻找火柴，但是我其实并不想抽烟，所以我又把烟放在面前的桌子上。“闭上眼睛。”她的声音在耳边响起。老天爷才知道她是从哪里得来这样一副好嗓子的，如此低沉，如此美妙又充满母性。能够听从这样的声音所说之事真是一件美妙的事，这时我突然发现我已经顺从地闭上了眼睛，把脑袋倚在墙上，听着周围上百种混杂在一起的喧嚣杂音，对能想起在这样的地方睡觉的主意感到好笑。于是我下定决心，想站起来走到舞厅门口，想从那里一窥我那漂亮的女孩的舞姿。我把身体向那里移动着，却在那时感到几小时的乱闯乱跑给我带来了多么彻底的疲惫，所以我仍然坐在那里，随即我就按照女孩所说的那样睡着了。我贪婪地睡着，同时充满感激，做了一个又清晰又令人愉快的梦，很长时间以来都我没有做过比这梦更好的了。

我梦见我在一间老式的接见室等待着。起初我只知道要见我的是一位大人物。后来我发现是歌德要接见我。遗憾的是我不是以私人身份来的，而是作为一家杂志社的记者来作采访，我忧心忡忡，不知道是什么鬼把戏让我落入了这样的境地。除此之外，一只蝎子也把我弄得情绪低落，我看到它准备顺着我的腿往上爬。我使劲摇动我的腿，希望把这个讨厌的小爬虫给晃下来，但是我现在却不知道它跑到哪儿去了，也不敢用手去抓。

而且，我也不是很确定我的名字是否被误报到马蒂森那里而不是通报给歌德。而且我在梦里把歌德和比格尔搞混了，因为我以为献给莫莉的诗是他写的。而且，我非常想和莫莉见上一面。我想象她是一位神奇的、温柔的如音乐般美好的女人。我要是没有接受那个该死的报社的委任就不会坐在这儿了。我的坏心情不断地扩张开来，甚至从某种程度上开始怪罪歌德，我突然把所有的想法和责难都强加到歌德身上。现场采访即将开始。还有那只蝎子，尽管危险而且无疑藏在距我不到一米的某个地方，但或许并不是什么坏东西。有可能它预示着某些友好的东西。对我来说，它更像是跟莫莉有什么关系。它或许就是莫莉派来的某个信使——或者是她标志性的动物，危险、美丽正是女人和罪恶的象征。或许它的名字正是乌尔皮乌斯？这时一个仆人拉开了门，于是我站起来走了进去。

年迈的歌德就在房间里站着，个头矮小、身形僵直，胸前有一枚古典式勋章，呈一个饱满的星星形状。他好像仍然一副居高临下威风凛凛的做派，完全是接受拜见的架势，他虽然栖身在小小的魏玛博物馆里却仍然控制着整个世界。诚然，他几乎没有直视我，像一只老乌鸦一样点了点头，抽搐了一下，傲慢地发话了："我相信，现在你们这些年轻人跟我们的审美和为之努力的方向已经很少有共同点了吧。"

"您说得很对，"他那内阁大臣的威严目光使我感到不寒而栗，"事实上我们年轻人真的难以欣赏您的作品。阁下，我们觉得您太自大浮夸，太虚荣做作，太华而不实，又不够坦率诚实。然而毫无疑问，最基本的一点就是不够诚实。"

小老头儿把他严厉的脑袋微微向前挪了挪，他那冷酷的、官腔十足的嘴巴放松了一点，露出一丝笑意，变得更富有生气了。这时，我的心突然怦怦跳了起来，因为我忽然想起一首诗——"夜幕收起了它的翅膀"——我清楚地记得诗中的这一句正是出自这个人的两片唇间。本来，我在此刻已经完全缴械投降，彻底被制伏了，我当真应该放弃一切选择，跪倒在他面前。可我还是直挺挺地站着，听他微笑着说出下面的话："哦，那么您是在指责我不真诚咯？这又从何说起！您是否愿意更为详尽地解释一下？"

我当真乐意好好解释一番。

"沃尔夫冈·冯·歌德，您就跟所有大思想家一样，清楚地认识到人类生活的可疑与复杂并对此深感绝望；卓然超群的美只是瞬间的存在而很快就会再次堕入可悲的境地；达到感情上美妙高潮的可能性虽然存在，却要以日常奴役般的庸碌生活为代价；对永生的精神国度的热切渴望与置人于死地的可怕战争如出一辙，都伴随着同样炽烈的热情和对于已经不再纯洁的天性那神圣的爱；空虚与不确定性总是悬而未决令人恐惧；为变幻无常的瞬间定罪向来都徒劳无益，那永远只是一场浅尝辄止的实验；简而言之，人生注定处于缺乏实际目的的状态——也注定绝望。是啊，对于以上种种您既然已经非常了解，而且一次又一次地说过这样的话；但是您却倾注了您的一生，致力于向人们宣扬完全相反的道义，费尽口舌劝说人们忠于信念、积极向上，并在您自己和其他人面前摊开一幅美妙的幻景，让人们看到我们在精神上为之奋斗的东西都是有意义而且值得为之忍受一切苦难的。您对那些试图一探生活之深浅的人所说的话充耳不闻并压制他们的声音，不让他们说出绝望的真相，不仅仅是你自己，在克莱斯特和贝多芬的作品中都是一样。年复一年，您靠着在魏玛博物馆积累知识、收集材料、书写信件并将它们归档整理勉强为生，好像您在晚年找到了一条正确的途径可以在转瞬即逝中发现永恒，尽管您所能做的，只是将其制成干瘪的木乃伊，以致将自然精神化，尽管您只能将它藏在一副漂亮精美的面具后面。这就是为什么我斥责您的不真诚。”

这位大人物始终用一种沉思的神情望着我，脸上一直带着微笑。

这时他突然提出了一个让我惊讶的问题，他说：“这样说来您对莫扎特的《魔笛》一定非常反感吧？”

我还没有来得及表示反对，他便继续道：“《魔笛》把生活描述成精彩绝伦的赞歌，它赞美我们转瞬即逝的感情，就像赞美永恒和神圣的东西一样。它既不赞同克莱斯特先生也不赞同贝多芬先生，而是宣扬乐观和信仰。”

“我知道，我知道！”我怒气冲冲地喊道，“天晓得，您为什么会用《魔笛》来打败一切，《魔笛》是我最喜爱的东西，比世界上任何东西都要宝贵。莫扎特并没有像您那样活到八十二岁，也没有像您那样在自己的人生中要求长久的寿命、安定的秩序和呆板的尊严！他从来没有自命不凡！他唱出那些神奇的旋律，他穷困潦倒，早早地去世了，并且经常被世人所误解……”

我几乎喘不过气来，恨不得用一口气说完所有的话。我的前额开始冒出汗来。

尽管如此，歌德的回答却很亲切：“我活了八十二岁，这也许是不可原谅的。可是我因长寿而得到的快乐比您想得要少。您说得很对，我迫切渴望一直活下去，这种追求总是能让我充实起来。我始终害怕死亡，并且不断与它斗争。我相信，反抗死亡的斗争以及无条件地、近乎执拗地生活下去的决心，正是推动所有杰出的人物行动和生活的动力。到头来人都不免一死，这一点，我年轻的朋友，我用八十二岁的一生做了令人信服的证明，但即便我只是一个八岁顽童，我以早夭的生命也可以证明这一点。如果这有助于证明我自己的观点，那么我应该再说一下：在我的秉性中有许多纯真的孩子气的东西，好奇、贪玩、乐于消磨时光。当然，我总是不停地玩啊玩啊，等我偶然发现这一点时，可能已经玩够了。”

他一边说着，一边狡黠地微笑着——完全一副捣蛋包的调皮神情。他的身材变得更为高大了，僵直呆板的姿态和脸上痉挛的严肃神情消失了。我们周围的空气里回响着音乐，全是歌德的歌，我清楚地辨认出其中有莫扎特谱曲的《紫罗兰》和舒伯特谱曲的《月光洒满空虚的山谷》。现在，歌德的脸变得红润而年轻，神采奕奕，笑声爽朗，一会儿像莫扎特，一会儿又像舒伯特，就像他们的兄弟一样，他胸前的星形勋章完全由新鲜的野花组成，一朵黄色的樱草花在勋章中央尤其鲜艳夺目地怒放着。

这老头儿想用这样一种开玩笑的方式逃避我的问题和指控，我觉得难以认同，我用责备的眼光看着他。于是他向我凑过来，贴近我的耳朵，这时他的嘴巴突然变得完全像一个孩子那样，他轻轻对我说："我的年轻人，您对老歌德也太认真了。对已经去世的老年人不能这样苛求，否则就是对他们不公平。我们不朽的人不喜欢这样认真，我们爱玩笑。我的年轻人，您要知道，严肃认真是时间创造的一个意外；我不介意向您透露一点：严肃认真是由于过高估计时间的价值而产生的。我过去也是这样，高估了时间的价值，正因为如此，我想活一百岁。而在永恒之中是没有时间的，您看，永恒只是一瞬间，刚刚好足够开一个玩笑。"

事实上已经不可能跟这个老头儿谈论任何严肃的话题，他兴高采烈，手舞足蹈起来，忽而让他那朵胸前星形中的樱草花像火箭一样射出来，忽而又让它变小，消失不见。他精神焕发地翩翩起舞时，我却不期而然地想起，这个人至少没有放过学跳舞的机会。他跳得还真不错。突然，那个蝎子闯进我的脑际，或者与其说是那个蝎子，还不如说是莫莉，我冲着歌德喊道："告诉我，莫莉在这里吗？"

歌德高声笑起来。他走到桌子前，打开一个抽屉，拿出一个皮制的、里面铺着天鹅绒的贵重小盒子，打开盒盖递到我的眼前。我看见，深色天鹅绒上，有一个东西精巧玲珑、完美无瑕、熠熠闪光，原来那里放着一个女人微缩雕像上小巧的腿，这真是一条充满魅力的腿，膝盖微微弯曲，脚掌向下挺伸，这种姿势一直保持到那精美绝伦的脚趾。

我伸出手，想把这条小腿拿过来，我完全爱上了这条小巧的腿，我希望能够拥有它，可是正当我想用食指和拇指小心地把它拿起来时，这个小玩意儿仿佛动起来了，虽然动作极其微小，但我突然怀疑起来，这可能就是那条蝎子。歌德似乎看出了我的心思，甚至这有可能就是他的目的，他就是要让我举棋不定，他想看到我这种既渴望得到又因害怕不敢拿起的矛盾状态。他把那充满诱惑力的小蝎子凑近我的脸，欣赏着我充满渴望跃跃欲试又出于害怕连连后退的窘态，他似乎因此喜出望外。他用这个魅惑而危险的小东西考验我时，人又变老了，变得老态龙钟，好像一千岁，一头银丝，他那干瘪的老脸无声地笑着，带着老年人深邃的幽默独自笑个不止，笑得前仰后合。

我醒来时，已经把刚才的梦完全忘掉了，后来我才想起来。我大约睡了一小时，在音乐和吵闹声中，在酒馆的餐桌上睡觉，我从来没想过这样做的任何可能性。那亲爱的姑娘站在我前面，一只手放在我肩上。

“给我两三个马克，”她说，“我在那边点了些东西。”

我把我的钱包递给她，她拿着钱包走了，很快又回来了。

“好了，现在我还能跟你一起坐一会儿，然后我就得走，我还有约会。”

我吃了一惊。“跟谁约会？”我急切地问。

“跟一位先生，我亲爱的小哈里。他邀请我到奥德昂酒吧去。”

“哦，我原以为你不会把我一个人扔下的。”

“那你就该自己向我提出邀请。别人已捷足先登了。也不错，这样为你省下了不少钱呢。你去过奥德昂吗？过了十二点那里就只有香槟酒了。有像高级俱乐部里用的那种软椅，还有黑人乐队，挺好的一个酒吧。”

这些我从来都没有考虑过。

“啊！”我苦苦哀求她，“让我来邀请你吧！既然我们已经成了朋友，我就以为这是不言而喻的事情。你想去哪里，我就请你上哪里。求你了，拜托让我请你吧。”

“你这样做当然很好。不过你也看到了，说话要算数，我既然接受了人家的邀请就得赴约，我这就要走了。你别为此费心了！来，再喝点酒，瓶子里还剩下一些呢。你把这杯酒喝完，回家舒舒服服地睡一觉。答应我。”

“不，你知道的，我可不能回家。”

“嘿，你呀，还是那些事！你跟歌德还没有做个了结呀？（此刻我才回忆起刚才梦见了歌德。）如果你真不能回家的话，那就留在这里吧，这里有客房。用不用我给你要一间？”

我对此表示满意，我问她在哪儿能再见到她，问她住在哪里。她没有告诉我。她说，我只要稍微用心找一找，就能在这里或别的什么地方找到她。

“我能不能请你去什么地方坐坐？”

“去哪儿？”

“时间地点都由你定。”

“好吧。星期二在老弗朗西斯卡餐厅，共进晚餐。在二楼。再见！”

她向我伸出手来，我这才注意到，这只手跟她的声音很相配，多么美丽丰满、灵巧又热情。我吻了她的手，她略带嘲讽似的笑了。

然后，就在她转身要走的时候，她再一次回过头来对我说：“关于歌德的事，我还要跟你说几句。你看，歌德的画像超出了你可以忍受的范围，其实，对于圣人我有时也有同样的感觉。”

“圣人？你还这样的虔诚？”

“不，可惜我并不虔诚，但是我以前曾一度非常虔诚，以后还会再有信仰。但现在我可没有时间故作虔诚。”

“没有时间？难道虔诚还需要时间？”

“哦，是的。你要想虔诚就得付出不少时间，甚至需要更多的东西，不受时间的约束。你不可能在认真地虔诚修行的同时又为一些非常现实的东西而活，而且认真地对待现实——时间、金钱、奥德昂酒吧以及一切的一切。这是不可能的。”

“我懂了。可是圣人是怎么回事？”

“你听着，是这样的。有几个圣人我特别喜欢，如史蒂芬、圣弗朗兹，还有别的几个人。有时，我看见他们的画像，还有救世主像和圣母像——这些完完全全都是骗人的、歪曲的、愚蠢的画——与歌德像使你受不了一样，这些圣人的画像也使我受不了。当我看见这样一个漂亮又傻气的耶稣基督或圣弗朗兹，看见别人认为这些画既美丽又能给人以教益启示时，我就感到这是对真正的耶稣基督的侮辱。我想，啊，如果这样俗气的画像就使人们满足的话，他当时降生人间，受尽苦难还有什么意思呢？然而我清楚地知道，在我心目中的耶稣基督像和圣弗朗兹像也只不过是一幅人像，离他们真正的形象还相去甚远，在耶稣基督看来，我心目中的耶稣像也显得很蠢，有很多不足，就像我对那些讨厌庸俗的复制品的感觉一样。我跟你说这个并不是说你对歌德像生气发火就是对的，不，你那样并不对。我说这些，只是想表明，我能理解你。你们这些学者、艺术家头脑里总装着各种各样不寻常的事情，但是你们也跟别人一样是人，我们其他人的头脑里也有梦想和戏谑。我已经发现，学识渊博的先生，你给我讲你那一段歌德的故事时，有些尴尬，你动了很多脑筋，试图让一个普通姑娘听懂你理想中的东西。可是，我现在要让你明白，你其实不必那样费脑筋。我能听懂。好，到此为止！你该上床睡觉了！”

她走了，一位年迈的仆役领我走上三楼，然后才问我有没有行李，当他听说我没有行李后，就叫我预付他所称的“睡觉钱”。接着，他带我走过一间又旧又破的楼梯间，进了一间小房子，就丢下我一个人不管了。房间里有一张单薄的木板床，又短又硬，墙上挂着一把骑兵用的军刀，一幅加里波第的彩色肖像，还有一个协会庆典上用过的已经枯黄的花环。如果只为了这么一件睡衣，我付的钱就太多了，幸好房间里至少还有水和一条毛巾。我洗了脸，就和衣躺到床上，让灯亮着，这才有时间思考了。现在歌德的事儿已经了结。我在梦中见到他，太好了！还有这位奇妙的姑娘，要是知道她的名字该多好！一切都是那么地突然，她是闯进我的生活的一个人，一个活生生的人，她打碎了将我从头到尾笼罩起来的死亡的玻璃罩，向我伸过一只手，一只善良的、柔美的、温暖的手。一切都是那么突然，生活中又有了一些跟我有关的事情，想起这些事的时候我可以伴着快乐也可以充满期待。一切的一切都是那么突然，一扇门敞开了，生活穿过这扇门向我走来。我大概又能生活下去了，大概又能成为一个人了。我的灵魂本来已经在寒冷中沉沉睡去，几乎冻僵的身体现在又开始呼吸了，睡意张开那无力微小的翅膀笼罩了我。歌德曾来到我身边。一位姑娘曾命令我吃饭、喝酒、睡觉，既向我展示了她友好亲切的一面，又无情地嘲笑了我，还叫我小傻瓜、小男孩。这位神奇的朋友对我讲了关于圣人的事，她向我表明，即使我的所作所为是那么荒唐我也并不孤独，我并不是一个没人理解又充满病态的与众不同的个例。还有人和我一样。我得到了别人的理解。我还能见到她吗？是的，肯定能见到她。她很可信。“说话算数。”

想着想着我就睡着了，睡了四五个小时。等我醒来时已经十点多了。我的衣服睡得皱巴巴的。我感到疲惫不堪，头脑里尽是昨天几乎被我忘记的一些恐怖的记忆，可另一方面我又觉得生活回来了，充满了希望，有很多美好的想法。当我回到家里时，一点没有经历那种恐怖的感觉，和昨天的想法完全不同。在那段高过南洋杉的楼梯上，我碰见了那位“姑妈”，我的房东。我很少见到她，不过我很喜欢她待人和蔼可亲的方式。我觉得这样遇见她有些不合时宜，我有点难为情；因为我衣冠不整，睡眼惺松，头发蓬乱，胡子拉碴。我向她打了个招呼就想走过去。以往，她总是非常尊重我喜欢独居且不愿被打扰的愿望。而今天挡在我和周围人之间的一层薄纱似乎已经被撕得粉碎，拦在我们之间的栅栏似乎已经倒塌。她笑起来，站在那里。

“您出去逛了一整个晚上，哈勒尔先生，昨天晚上您根本没上床。您一定累极了。”

“是的，”我回答说，我也不得不笑起来，“昨天晚上过得很热闹，我不想扰乱这栋房子的宁静气氛，就在旅馆里住了一夜。我非常尊重您房子的安静和稳重，有时我在这里会有一种格格不入的感觉。”

“您别取笑，哈勒尔先生！”

“噢，我嘲笑的只是我自己。”

“正是在这一点上您不该那么做。在我家里，您不应该把自己当做‘外人’。您喜欢怎么生活都随您乐意就好，不要受拘束。我这里也曾住过一些很受人尊敬的房客，都是些出类拔萃的人，可是他们没有谁能比您更安静、更不打搅和妨碍我们。现在……您要不要喝杯茶？”

我没有反对。我跟她进了会客间，客厅里挂着过时但依然精美的画像，摆放着老式的家具，她为我沏茶，我们就在那里聊了一会儿。她以一种友好的方式东一句西一句地聊着我的生活和思想，但事实上她并没有问太多的问题，她认真地听我近乎自白的陈述，同时这个聪明的女人既尊重又像个母亲那样不把我那种男人的小瑕疵看得太过重要。我们也谈起她侄子，她带我走进旁边一间房子，让我看她侄子最近在业余时间从事的小爱好——自己动手制作无线电收音机。这个勤劳的年轻人晚上就坐在这里，摆弄安装这样一个机器，他完全沉浸在“无线”这种思想中，虔诚地拜倒在科学之神的面前，科学之神终于在几千年后让人们获得了探索世界的真相，然而这种方法大概是每个思想家早就知道并十分巧妙地利用过的东西。我们谈起这些，是因为姑妈对于宗教信仰活动也略知一二，所以并不介意谈论宗教。我告诉她，古印度人很早之前就已经了解当代所有科学技术的力量以及所获得的成就，技术只不过是这方面成就的一小部分，并且为普通人所应用而已，其方法就是为声波设计出暂时还很不完善的接收机和发射器。我要说的是，对于古代知识的精髓是时间的非现实性，迄今为止并没有引起科学家的足够关注，当然，最终它也自然会被“发现”，被机灵聪明的工程师们所掌握。也许人们会很快发现，不仅现在的、目前发生的事件和图像如水一般从我们身边流过，就像人们在法兰克福或苏黎世能听见巴黎和柏林演奏的音乐一样，而且，所有早已发生过的事情都同样被记录下来，完好地保存着，也许有一天，不管有无导线，有无杂音，我们都会听见所罗门国王和瓦尔特·封·德尔·福格威德说话的声音。人们会发现，这一切正像今天刚刚发展起的无线电一样，只能使人脱离自己和自己本身的目标，使人被消遣，被费劲儿的忙碌所织成的越来越密的网所包围。但是，我在讲这些我非常熟悉的事情时，没有用通常那种愤怒又嘲讽的语气反对时代和科学，而是用开玩笑、游戏似的口吻谈论这些事情，“姑妈”笑眯眯地听着，我们就这样大约坐了一小时，喝茶聊天，感到十分满意。

星期二的夜晚就是我邀请了黑鹰酒馆里那位极富魅力又卓越非凡的姑娘共进晚餐的日子，而把这之前的这段时间打发掉可真不容易。星期二终于来临了，这时我才意识到，跟这位素不相识的姑娘的关系对我来说已经变得何等重要，连我自己都感到吃惊。我一心想着她，就想她一个人，期待她能给予我一切，即使我对她并没有一丝一毫的爱恋，我也愿意为她赴汤蹈火，拜倒在她的脚下。哪怕只是想想她会失约或者忘记我的邀请，我就能清楚地看到那时的我会陷入何等境地；那时世界又将变得空洞而一无所有，日子又将变得那样灰暗、毫无价值，笼罩在我周围的将是可怖的宁静，死一样的沉寂，而逃离这无声地狱的出路除了用刮胡刀结束生命以外别无他法。对我来说，在这几天，刮胡刀并没有变得更加可爱，它还是那样令人恐惧且充满威力。然而真相实在令人痛恨：我对于割断自己的喉咙仍然深感恐惧，这种恐惧感冲撞着我的心脏。我的恐惧如此野蛮又顽固，似乎我是世界上最健康的人，我生活在天堂里一样。我非常清楚地认识到我的状况，并没有对生活抱有一丝幻想，我也认识到，正是求生不得、求死不能这两者之间无法忍受的矛盾使我觉得那位不知名的女人——黑鹰酒馆漂亮的姑娘，对我来说如此重要。她是我那恐惧黑洞的小窗，将这个黑暗的世界撕破一道裂缝、投入一线光亮。她是拯救者，是通向自由的路。她肯定会教我如何活下去或者教我如何去死，她肯定会用她结实而美丽的手轻轻地触动我僵化的心，使它在生命的触摸下要么重新燃起热情的炽焰，要么化为灰烬。我无法想象她从哪里获得这种力量，她为什么有这种魔力，她出于什么神秘的原因对我具有怎样深刻的意义，而且我也觉得无所谓；我无须知道这些。现在我一点也不想知道，一点也不想了解，我知道的东西太多了，我厌烦透了。对我来说，最难忍最刺人的痛苦和羞辱就在这里，就因为我如此清晰地看到我自己的处境，如此清楚地意识到我的处境。我看见这个卑鄙的人，看见这只原本残忍的荒原狼像一只陷在蛛网里的苍蝇，而命运正像蜘蛛一样靠近它。它垂挂在蛛网上，显得那样无力而混乱。蜘蛛做好准备随时扑过去将它一口吞下，而那只搭救它的手将它带离危险。关于我的痛苦、心病以及由于神经官能症而着魔的内在联系和起因，我或许能够提出最睿智、最尖锐、最深刻的见解。我对包含其中的机械性一目了然。但是，我迫切需要的并不只是理解。在我深深的绝望中热切期盼的是活下去的决心、解决问题的行动和大家的反应、生活的动力与推劲儿。

在那些等待约会的日子里，我从未怀疑过我的这位朋友会失信，但直到最后一天，我还是非常激动，忐忑不安；在我一生中，我还从来没有像今天这样急不可待地期待夜幕的降临。一方面，这种紧张和烦躁几乎使我忍受不了，但另一方面又给人一种非常奇妙的舒服感觉：整整一天在充满不安、担心和热烈的期待中来回奔忙，设想晚上怎样相遇，怎样谈话，发生什么事情，为这次约会刮胡子，换衣服（特别精心，穿上新衬衣，戴上新领带，系上新鞋带），对我这样一个如梦初醒的人，对我这样一个长期以来心灰意冷、麻木不仁的人说来，真是想象不出这一切是何其美妙、何等新鲜。不管这位聪明而神秘的姑娘是谁，不管她以何种方式跟我产生联系都无所谓；对我来说，重要的是她到那儿赴约，奇迹就发生了。我居然再次找到了一个人类同伴，对生活重又萌发了新的兴趣！最为重要的是让这奇迹继续，我一定会在这魔法般的神奇力量面前屈服，并跟随那颗神奇之星的引导。

当我再次看到她的那一刻是何其令人难忘！我坐在老式但舒服的餐厅里的一张小桌前认真研究着菜单，虽然没有必要，但是我仍然提前打电话预订了座位。水杯里插着两枝兰花，这是我特地为这位新相识的朋友买的。我还要等上一会儿，但是我确信她会来的，所以不再焦虑。不久，她来了。她在门口的衣帽间停了一会儿，然后从她那灰色的明净双眸中发出了机警甚至可以说是有些疑惑的眼光，算是向我打招呼。我谨慎地看着侍者在她面前的举止，满心不信任。还好，他并没有表现得过分亲密，也保持着距离。他严谨而对她充满尊敬。尽管他们相互认识，她叫他埃米尔。

当我把兰花送给她时，她高兴地笑了。

“你可真贴心，哈里。你想让我高兴是吗？你并不确定选什么礼物送给我，但你却非常肯定送给我一件礼物会让我快乐。你害怕侮辱我，所以你选择了兰花，尽管它们只是几朵花，但它们非常可爱。所以我非常感谢你的好意。顺便说一句，从现在开始我不会从你这里接受任何礼物。我靠男人养活，但是我不想让你养活我。看看在你身上发生了多么大的改变！我几乎都认不出你了。那天的你看起来好像是刚从绞刑架上放下来一样，现在你已经几乎又是一副人样了。那么……你有没有执行我的命令呢？”

“什么命令？”

“你还真是健忘！我是问你学会狐步舞了吗？你说你最想做的事莫过于遵从我的命令，对你来说没什么比服从我更能让你感到开心了。你还记得你说过这话吗？”

“是的，我确实说过。而且当真应该这么做。我真的是这样想的。”

“而你并没有去学跳舞吧？”

“能这么容易学会吗——就这么几天的时间？”

“当然了。狐步舞你只要花上一小时就能学会；波士顿舞两小时就可以；探戈需要的时间更长一点，但是你并不需要学探戈。”

“但是现在我必须要知道你的名字。”

她看了我一会儿没有说任何话。

“或许你可以猜一下。如果你能猜到那我会非常高兴。振作起来，好好看着我。你难道没有发现有时我的脸像一个男孩的面孔吗？比如现在。”

是的，现在我仔细地看着她的脸，我必须承认她说得没错。那确实是一张男孩的面孔。过了一会儿我发现她的脸让我想起我自己还是一个小男孩的时候以及那时的一些朋友。他的名字是赫尔曼。就在那一瞬间，似乎她已经变成了这个赫尔曼。

“如果你是个男孩，”我惊讶地说，“我猜你一定叫赫尔曼。”

“谁知道呢，或许我就是那个男孩，不过穿着女装而已。”她半开玩笑地说。

“你叫赫尔米娜？”

她愉快地点了点头，看得出对我猜到她的名字非常高兴。就在那时，侍者送上了食物，我们开始吃起来。她快乐得像个孩子。关于她的一切都让我快乐不已并使我深深着迷，而她最可爱、最有个性的地方则是能迅速改变自己，她既能深刻而严肃，又能立刻变得活泼可笑，而她这么做却没有哪怕一丁点的做作，好像一个极具天赋的孩子熟练掌握着这种技能。她时不时嬉戏作乐，并用狐步舞逗我笑，在桌子底下踩踏我的脚，热情洋溢地赞美我点的饭肴，评论我的精心穿着，尽管她也对我的外貌批评了不少。

在谈话中我问她：“你是怎样让自己看起来像个男孩并让我猜到你的名字的呢？”

“哦，完全是你自己做到的。难道你渊博的学识还没有为你揭示我能让你高兴并且对你来说如此重要的原因吗？因为我就是你的一面镜子，当你望向我的时候，我身体里的某些东西就会回答你的问题并理解你的想法。真的，我们每个人都应该有一面可以互相对望的镜子，每个人望向对方时都能相互提出问题并相互回应，但是一些像你这样乖僻的人就有点特殊。哪怕是最轻微的挑衅都会激怒他们，让他们对最奇怪的观点走火入魔，所以他们无法再从别人眼中看到或读出什么东西，对他们来说似乎别人一无是处。然而当这样的怪人发现这样一张脸，发现能从这张面孔上看到自己的眼睛对他报以理解的目光时，他自然而然就会感到快乐起来。”

“没有你不知道的，赫尔米娜，”我惊讶得叫出声来，“一切都跟你说的一模一样，尽管你跟我截然不同。你是我的反面。为什么你拥有所有我所缺乏的一切东西。”

“就是你想的这样。”她说得很干脆，“你就应该这样。”

就在此时，一阵严肃的阴云笼罩在她的脸上。这张脸看起来真的像一面为我准备的魔镜。突然她的脸变得严肃而极具悲剧色彩，好像一副面具上挖出来作为双眼的孔洞一样深不可测。她拖长了一字一句缓缓地说："你要当心，不要忘记你对我说过的话。你说我对你下命令对你来说就是一种快乐，服从我的命令会让你高兴。不要忘记这一点。你一定会明白的，我的小哈里……就跟我身体里的某些东西恰恰与你呼应一样，它会给你信心，所以你会信任我。那天，当我看到你走进黑鹰酒吧，显得那么疲惫不堪，似乎都不再是这个世界上的人了，我立刻想道：这个男人一定会服从我。他所想要的一切就是要我对他发号施令。而那恰好就是我要对你做的。这就是我为什么对你说话并且跟你交朋友的原因。"

她口吻如此严肃，简直就像是灵魂中有某种深刻的冲动，以至于我几乎不敢让她再说下去。我试着让她冷静下来。她皱着眉摇摇头，带着一种让人无法抗拒的眼神继续说道："我告诉你，你必须遵守诺言，我的小男孩。如果你不守信你会后悔的。你会从我这儿得到很多很多的命令，你会将它们一一完成。都是一些美好的、令人愉快的命令，你会通过服从得到无尽的快乐。直到最后，你会满足我赋予你的最后一个命令，哈里。"

"我会的，"我已经有些让步了，我说，"你的最后一个命令是什么呢？"

我已经猜到了——上帝知道为什么我能猜到。

她战栗起来，好像一阵冷风穿过她的身体，她看起来逐渐从恍惚中苏醒过来。她的眼睛紧紧地盯着我，丝毫没有放过我的意思，突然她变得更加阴郁了。

"如果我明智的话，就不应该告诉你。但是我没有那么聪明，哈里，最起码这次我不想这么明智。我要做的恰恰相反。所以，现在你要把我说的牢牢记住！你认真地听并且不要再忘记。你可能一笑了之，你也可能会为它泪流不止。所以你要当心！我要跟你玩一场生死游戏，小兄弟，在我们开始这个游戏之前，我要亮出我手中的牌。"

当她说这些话时，她看起来是多么漂亮、多么超凡脱俗啊！她的眼睛冷静而又明亮，眼神里浮动着一种从意识中流露出的悲哀。这双眼睛似乎已经忍受过一切可以想象得到的苦难，并对此已经默默赞同。那嘴巴难以说出更多话语，就像是受到了什么阻碍，好像一个人被严寒冻僵了再去说话那样；可是在两片嘴唇之间，在两个嘴角，在很少露出唇边的舌尖的灵活运动中，却流出甜蜜的诱人的性感以及对寻欢作乐的热切要求。在那恬静光滑的前额上披下短短的刘海儿，从那额头一角垂下的卷发中，时不时散发着她那男孩般的生命气息，使她那雌雄同体的魅力如魔咒一般。我带着一种热切的焦虑感，倾听着她的言语，尽管有些恍恍惚惚，半醉半醒。

“你喜欢我，”她接着说道，“原因我之前已经说过了，因为我已经打破了你与世隔离的疏离感。我从地狱之门拉住了你，把你唤醒，把你带进一个全新的世界。但是我希望从你那里得到更多——多得多的东西。我要你爱上我。不，别打断我，让我说下去。我看得出来你非常喜欢我，你也对我充满感激，但是你并不爱我。我一定要让你爱上我，这是我的使命。我靠让男人爱我为生。但是记住这一点，我这么做并不是因为我觉得你非常迷人。我跟你一样，对你有一点点的爱。但是我并不像你需要我那样需要你。现在，你需要我，就目前来说是这样，因为你正陷在绝望之中。你将死却没死，只是因为缺少一只把你推进水里的手，而这只手又把你再一次带回到生活中来。你需要我教你跳舞，教你笑，教你生活。但是我也需要你，不在今天——而是之后的某个时间，需要你为我做一件非常重要也非常美好的事。当你爱上我时我会给你下达最后一个命令，你会遵从它，而这样做对我们俩都好。”

她把其中一束紫褐色的绿茎百合从玻璃杯中稍微提起来一些，俯身凝望着这朵花，过了有那么一小会儿，说：

“这对你来说并不容易，但你会去做的。你会执行我的任务——杀了我。就是这样——不要多问。”

她说完这些话时眼睛仍然盯着百合花，她的脸开始变得轻松，失去了那种如同花朵舒展绽放花瓣时的那种紧紧的张力。一瞬间，她的嘴唇上又露出了妩媚的笑容，尽管她的目光一时间仍显得呆滞，像是被咒语所缚住一般。然后她甩了甩留着男孩般卷发的脑袋，抿了一小口水，像突然意识到我们在吃饭那样开始再次吃起东西来，胃口大开并乐在其中。

这段离奇又可怕的对话我字字句句都听得很清楚。甚至在她还没有说出这最后命令之前我就已经猜到了，而且也不再害怕。她所说的一切听起来都好像是我命中注定的一样令人信服。我甚至没有任何反抗就接受了。尽管她说这番话时那种严肃态度和神情令我不寒而栗，但我并没有将这些话完全当真，也没有完全严肃对待。我灵魂的一部分听进去了她的话并且深信不疑，另一部分则只是为了使赫尔米娜满意并为了让我平息下来而点点头，因为她是那么聪明、那么健康、那么信心十足，而她也有充满幻想的迷茫状态。她最后说的那句话，几乎立刻使那一幕笼罩上一种因不真实又难以实现而显得徒劳的阴影。

反正我也不能像赫尔米娜一样轻轻松松跳脱到现实性和种种可能性中去，所以干脆继续刚才的话题。

“这么说来有一天我会杀死你？”我问道，我仍然在半梦半醒的状态，而她却放声大笑，有滋有味地开始向她的烧鸭发动进攻。

“当然啦，”她轻轻点了点头，“我们说的已经够多了。现在是吃饭时间了。哈里，麻烦你为我再点一些沙拉。你难道一点胃口都没有吗？在我看来，你似乎仍然在学习那些对别的人来说自然而为的东西，即便是享受吃饭的乐趣你都要学。所以，看吧，我的小男孩，我必须要告诉你这只鸭子是多么的美味，当你把那鲜嫩的肉从骨头上撕下来时，那感觉就像过节一样，你一定会打心眼里充满渴望和快乐，就像一个情人第一次为他心爱的女孩宽衣解带一样。你难道不明白吗？哦，你这只小绵羊！你准备好了吗？我要给你一小口剔骨肉。现在张开你的嘴。哦，你看把你给吓得！你看看你，赶紧斜眼把周围瞟了一圈，以防有人看你从我的叉子上咬下一块肉。别怕，你这个回头浪子，我并不想自造绯闻。但是，如果你连自己追求快乐都要先问问别人是否允许，那么你可真是个可怜虫。”

刚才的情景在变得越来越不真实之前就消失了。我越发难以相信是同一双眼睛在刚才流露出那么恐怖的、专注的神情，像是被什么东西迷住了一样。但是现在的赫尔米娜就跟生活本身一样，瞬息万变，此一时彼一时，难以预测。现在的她大快朵颐，鸭肉和沙拉，甜品和利口酒对她来说才是重要的东西，每次端上新的食物对她来说都是一个新的开始。但是，尽管她扮演着一个孩子的角色，她仍完全看透了我，尽管她让我在这场生的游戏中时不时表现得像个小学生一样期盼着每个转瞬即逝的瞬间，她却好像比所有智者更懂生活。这或许是出于最高等的智慧，又或许是出于最纯粹的童真。无论如何，可以确定的一点是，生活的天赋使生命完全解除了武装，此时此刻的我是如此彻底地臣服，如此小心翼翼又如此充满期盼地珍爱每一朵路边的小花，珍惜与之擦肩飞逝的每时每刻闪现出的光芒。我又如何相信像她这样一个食欲旺盛、像个由衷的美食家一样的孩子，会成为我这样一个求死之人那歇斯底里的幻觉的牺牲品？又或者她是一个精于谋算的女人，她自己不为所动，却有意识地让我爱上她并成为她的奴隶？我无法相信。不，她听任眼前的一切，如此简单又彻底，以至于那浮光掠影扰乱她灵魂深处，对她来说就无异于每一次令她欢愉的冲动，让她充分地活着。

尽管那天才是我第二次看见赫尔米娜，但她知道我的一切，我觉得在她面前隐瞒什么秘密都是不可能的。也许她可能不完全理解我的精神生活，或许无法完全理解我跟音乐、歌德、诺瓦利斯或波德莱尔的关系——不过这一点也无法确定，也许她不用费什么力气就能理解这些，就跟她做别的事一样。即使她不理解又有什么关系呢？我的“精神生活”还留下了什么呢？这一切不是都已被打得粉碎，失去意义了吗？可是在其他方面，我个人特有的问题和愿望，她都会理解，这一点我丝毫不加以怀疑。过一会儿我就要和她谈我的一切，谈荒原狼，谈那篇关于荒原狼的文章。以前，这一切都只是我一个人的事儿，我从未向别人说过一个字。我无法忍受那种驱使我的冲动，我现在就要告诉她。

“赫尔米娜，”我说，“最近我身上发生了一些超乎寻常的事。一位素不相识的人给了我一本小书，像集市上卖不出去的那种小册子，我发现书里面详细地写了我所有的故事，跟我有关的事情写得一点不差。太神奇了，不是吗？”

“这小册子叫什么名字？”她顺口问道。

“书名叫《荒原狼专著》。”

“噢，荒原狼好呀！你是荒原狼吗？难道所说的荒原狼就是你？”

“是的，我是荒原狼。我就是这样一只荒原狼，一半是人，一半是狼，至少我自己这么认为。”

她没有答话，而是以一种探究的目光注视着我的眼睛，而后盯着我的手。过了一会儿，她的脸上又显出几分钟前那种深切严肃的神情并流露出阴郁的激情。我相信我已猜出了她此时的想法：我是否具有足够的狼性去执行她“最后的命令”？

“当然，这只是你自己的幻想，”她又开始变得平和起来，“或者，如果你愿意的话，也可说是诗意。但是其中自有深意。今天你不是狼，可是那天，你走进酒吧时，好像是从月亮上掉下来的似的，你身上还真有点兽性。正是这点兽性在那一刻紧紧抓住了我。”

她像是被某个突然冒出的念头吓了一跳，停顿了一会儿，接着又说：“这话真难听，什么‘野兽’、‘猛兽’啊这样的字眼儿！不应该这样谈论动物。动物常常很可怕，可是它们比人还真诚。”

“真诚是什么意思？你指的是什么？”

“你仔细看一只动物，一只狼、一只狗或者一只鸟，或者动物园里哪个庞然大物，如美洲狮或长颈鹿都行。你一定会看到，它们一个个都那样自然，没有一个动物会感到尴尬，它们总是知道自己要做什么。它们不想对你阿谀谄媚，它们也不想强行打扰你。它们不假装，不逢场作戏。它们就是它们本来的面目，就像草木山石、日月星辰。你同意我的说法吗？”

“我同意。”

“通常说来，动物都很悲伤，”她继续说道，“当一个人感到难过时——我并不是说出于牙痛或丢了钱而难过的时候，而是因为他某一次通过某种方式看到了生活和一切事物的本来面目，因此真诚地感到悲伤——那么他看起来就有点像动物。似乎他不仅仅是悲伤，更多的是比平时更真诚、更美好。就是这样，你看起来就是如此，荒原狼，当我第一次看到你时就是这样。”

“那么，赫尔米娜，你对那本对我全部的事都细致描写的书有什么看法呢？”

“啊，你知道，我不喜欢老是思考。我们下一次再谈它。你可以把书给我看看。不，等一等，我什么时候有兴趣读点什么时，你再给我一本你自己写的书。”

她请我给她点一杯咖啡，一会儿显得精神恍惚、心不在焉，一会儿又忽地神采焕发起来，似乎通过冥思苦想，突然找到了一丝线索。

“喂，”她高兴地喊道，“我现在想起来了。”

“想起什么了？”

“狐步舞的事，我一直都在想这件事。好了，告诉我，你有没有一个房间，我们偶尔可以在里面跳一小时舞的房间？房间小没有关系，只要楼下没住什么麻烦的人，不会我们在上面弄得地板嘎吱嘎吱一响，他就跑上来大吵大闹就行。那很好，太好了！这样你可以在家里学跳舞。”

“是的，”我怯生生地说，“在家里学更好。不过我想，还得要有音乐伴奏吧。”

“当然需要音乐。你听着，你可以弄些音乐唱片，花的钱顶多不过请个女教师教你跳舞的学费。学费你省下了，我自己就可以教你。这样，我们什么时候想跳舞就能放音乐，另外，我们还需要一台留声机。”

“留声机？”

“是呀。你买这么一个小机器，再买几张舞曲唱片……”

“太好了，”我喊出声来，“如果你真的教会我跳舞，我就把留声机送给你做酬谢，成交吗？”

这话我说得很爽快，但并不是出自真心实意。我很难想象，在我那堆满书籍的工作室里怎么能放上这样一个我讨厌至极的机器，而且我也无论如何不愿意跳舞。我过去曾有过跳舞的念头，偶尔也可以试着看看怎么跳，虽然我坚信自己已经太老了，骨头也硬了，绝对学不会了。

而现在，似乎所有的事情都来得太仓促、太猛烈了，我是个上了年纪又爱挑剔的音乐家，我不喜欢留声机、爵士乐，不喜欢现代舞曲，我感到我身上的这一切在反抗。现在，要在我的房间里，和诺瓦利斯还有让·保罗在一起，让我那神圣的净地、我的避风港充斥着最为流行的美国舞曲，还要让我被迫随之起舞，这实在太过分了，没有人可以这样要求我。可是，要求我这样做的不是别的什么人，而是赫尔米娜，她发号施令，我服从，就是这样。当然，我理所当然地服从。

第二天下午，我们在一家咖啡馆会面。我去的时候，赫尔米娜已经坐在那里喝茶了，她面带微笑，指着一张报纸，她在那张报纸上发现了我的名字。那是我家乡出版的一张反动的鼓吹战争的报纸，总是一次又一次地对我发动恶毒的诽谤攻击。在战争期间，我反对战争，战后，我也时不时地劝告人们要冷静，要有耐心、有人性，要先从国内出发进行战争反思，而且我坚决抵制日益猖獗的国家主义和沙文主义，他们越发武断、越发疯狂、越发难以自制。现在，又有人用这种方式攻击我了，文章写得很烂，一半是编辑自己写的，一半是从接近他的观点的报刊杂志上许多类似文章中抄袭拼凑来的。众所周知，没有人比这些陈旧思想的卫道士写得更坏了，除了他们，没有人会把这种政治交易做得像这样毫无体面可言，而且说话完全不负责任。赫尔米娜读了文章，从中得知，哈里·哈勒尔是只大害虫，他跟祖国划清界限，只要纵容这种人以及这种思想，青年人因此会变得多愁善感，满口道德仁义，而不再抱有向不共戴天的世敌报仇雪恨的念头，那么，显而易见对这个国家没有任何好处。

“说的是你吗？”赫尔米娜指着我的名字这么问，“好吧，那你可当真为自己树敌不少啊。难道这没有给你造成什么困扰吗？”

我读了几行报纸上的文字。每一句话都是老调重弹的诽谤，多年来一贯如此，我已经对此厌倦了。

“不，”我说，“它才不会让我生气呢。我早就习惯了。我几次三番地表达我的观点，每个国家、每个个体的人都不应该在战争的罪行和政治标语或口号的摇篮中沉睡，而是应该做更多的事，应该扪心自问自己的错误有多深，自己的错误、疏忽大意以及作恶的倾向都应该对战争负有责任，都是引发战争及世界上其他所有罪恶的根源。而避免下一场战争爆发的唯一的可能性就蕴藏其中。他们不会原谅我的，当然他们自己并没有罪，帝国统领、将军、大商人、政客、报纸——他们从来没有为自己所做的事自责过。谁也没有任何罪过。他们甚至相信每件事都是为了做到最好，也只不过就是死了几百万人，让他们长眠地下而已。想想你自己，赫尔米娜，即便这些诽谤的文章不再让我气愤，他们却仍然让我感到伤心。我们国家有三分之二的人每天早晨、每天晚上读这样的报纸，读着用这种腔调写成的文章，每天受到激发、受到警告、被煽动着，他们和平的观念和更多善良的东西被这些文章剥夺了，到头来，这一切的最终目的就是再次发动战争，下一场战争越来越近，而且会比之前任何一场战争更可怕。一切都显而易见又极其简单。任何一个人都能理解，只要花一丁点的时间想一想就可以得出和我一样的结论。但是没有人想这么做，没人想要避免下一场战争，没人想要使自己和自己的孩子逃过下一场大屠杀，如果这就是代价的话。想上一会儿，检视一下自己，问问自己在这场世界性的浩劫和逆天的混乱中负有多少责任——你看，没有人愿意这么做。所以这一切还将继续下去，没有人出来制止，成千上万的人日复一日充满热情地致力于下一场战争。自从我知道这一点，我就已经因惊呆而瘫软了，陷入了深深的绝望当中。留在我心里的再也没有祖国没有理想了。所谓祖国呀、理想呀，都不过是为那些忙于下一次大屠杀的大人物装饰门面而已。任何人性的含义，无论是想、是说还是写，都没有了任何意义，那些仁义道德的思想只能给自己徒增烦恼——因为，即便有两三个人这样做了，还有成千上万的报纸、期刊、演讲、公开的或秘密的会议跟这两三个人对着干，抹杀了他们日常的、微薄的努力，并且总能得逞。”

赫尔米娜聚精会神地听着。

“是啊，”她说，“你的论述已经足够正确了。当然，还会有另一场战争。一个人不需要读报就会知道这一点。当然人们对此很伤心，但是这毫无用处。这就跟一个人尽管做了极大的努力避免死亡，但有一天他突然想到死亡在所难免时的心情一样。亲爱的哈里，与死亡作斗争总是一件美好、神圣、精彩又光荣的事，与战争斗争也是一样。只不过这样的斗争总是无望而且只是堂吉诃德般的空想而已。”

“你说的或许没错，”我热情高涨，高喊起来，“但是真理就像那样——我们肯定不知道什么时候就会死去，确实是这样——但这样的真理会让我们的生活整个单调无聊且愚蠢至极。难道我们应该丢掉一切抛弃精神和所有的努力以及所有人性道德，并且任凭野心和金钱永远统治这个世界，而我们只是坐等下一次鼓动战争的泡沫激烈地没过啤酒杯吗？”

赫尔米娜此时看着我的目光非同一般，这目光充满娱乐消遣的意味，充满嘲讽和戏谑还有一种哥们儿义气，同时又如此严肃、充满睿智、透出难以捉摸的死亡气息。

“你不会这么做的，”她用一种充满母性的声音说道，“你的生活不会变得单调又愚蠢，即便你知道属于你的战斗永远都不会胜利。哈里，如果你为了某些美好的、理想的东西战斗，并且从一开始就知道你的目的就是要得到它，那么这种争斗就成了一种谄媚。理想就非要达到吗？我们活着就是为了消除死亡吗？不，我们活着就是为了害怕死亡，其次就是为了爱上死亡。正是出于死亡的存在，我们生命的火花偶尔的闪光才会显得如此熠熠生辉。你还只是个孩子，哈里。现在照我说的做，跟我走。今天我们还有很多事情要做。我可不想再去为战争或报纸什么的操心了。你呢？

“哦，不，我一点都不想在其他事上花一点心思了。”

我们一起走进一家乐器店，这是我们第一次在城里一起走路。我们挑选各种留声机，打开这个听听，又打开那个，试听各种唱片。当我们选到一架物美价廉的留声机时，我认为很合适，就想马上把它买下，赫尔米娜却不那么干脆，她把我拦住了，我不得不跟她一起到第二家留声机商店。在那里我们也试了各种型号、大小不同的留声机，几乎从最贵的到最便宜的都看了一遍，这时她才同意回到第一家店去，在那里买我之前选中的那一台。

“你看，”我说道，“如果我们当时立刻买了这台，那么事情会变得非常简单。”

“你真的这么想吗？如果我们真的那么做了，而没把所有的机器都看一遍，那么或许明天我们会在另一家商店的橱窗里看到同样的机器却比这便宜二十法郎。除此之外，买东西也是一种乐趣，你要享受这种乐趣就得付出点代价。你还有不少要学的东西呢。”

我们找了个搬运工把东西运回我家。

赫尔米娜仔细观看我的房间，对屋里的火炉和沙发评头论足，试了试椅子，拿起几本书翻了翻，在艾瑞卡的照片前站了许久。我们把留声机放在五斗柜上，周围全是书。然后我的舞蹈培训课正式开始了。她打开留声机，放一首《狐步舞曲》，给我示范做了几个动作，拉起我的手，开始带我跳舞。我顺从地小步慢跑，不断撞到椅子上；我听着她的命令，却无法理解她的意思，时不时踩在她的脚上，我小心谨慎却越发笨拙。跳完第二支舞，她一下子躺倒在沙发上，像孩子似的笑起来。

“哦，你可真够呆板、僵硬的啦！你只需像走路那样，径直往前走就行！完全没有必要把自己弄得那么紧张！我想，你肯定已经跳得很热了吧？来，我们休息五分钟！你看，如果你学会了跳舞，那么跳舞就像思想一样简单，其实跳舞学起来要容易得多。现在你就可以明白为什么人们没有思考的习惯，而且宁愿说哈里·哈勒尔是个出卖国家的大叛徒，还心安理得地静候下一场战争爆发了吧。”

一小时后她走了。临走时她非常肯定地说，下一次我会表现得更好。我却怀有我自己的心事，我对我的呆板迟钝大失所望。我觉得，在这一小时里自己什么也没有学到，我不相信下一次会好一些。不，跳舞需要的能力正是我所完全缺乏的：快乐热情、纯真无邪、生气勃勃。好吧，这一点我早就想到了。

可是，下一次跳舞时我的表现真的好了一些，我甚至从中获得了某些乐趣。舞蹈课结束时，赫尔米娜宣布我现在已经可以熟练地跳狐步舞了。但当她因此而要求我明天必须跟她一起到饭店跳舞时，我大吃一惊，拼命反对。她冷冷地提醒我要对她言听计从的誓言，并且安排好明天一起到巴伦斯酒店喝茶。

那天晚上我在房间坐立难安，书也看不下去。一想起明天我就害怕。像我这样一个年老、害羞、胆怯的怪人竟然要出现在那种充斥着爵士乐、供人喝茶跳舞的时尚沙龙，这简直是最恐怖的念头了。然而还有更恐怖的，就是我必须要以舞者的身份在大庭广众之下现身，而我甚至压根儿不会跳舞。当我独自一人在书房，打开留声机，随着音乐、穿着袜子轻手轻脚地挪动舞步时，连我自己都笑话自己，在我自己看来都为自己感到害羞。

第二天，在巴伦斯酒店里，有一支小乐队在演奏，桌子上摆着茶和威士忌。我做了很多尝试，想收买讨好赫尔米娜，我把蛋糕摆在她面前，为她推荐了一杯好酒，但是她完全不为所动。

“你今天来这里可不是享受的。这是跳舞课的一部分。”

我只好跟她跳了两三支舞，在跳舞间隙，她把我介绍给一位吹奏萨克斯的乐手，他是一个肤色很深、面容好看的青年，大概是西班牙人或南美洲人。她对我说这位乐手能吹奏所有的乐器，能说世界上所有的语言。这位先生表现得和赫尔米娜很熟，甚至可以说是到了非常要好的地步。他面前有两根不同大小的萨克斯管，轮换着吹，在吹奏时他那闪闪发亮的眼睛留心观察着跳舞的人们，流露出快乐的神采。我自己都感到吃惊，我竟然有些嫉妒这个极具亲和力又充满魅力的乐手，不是那种爱情上的嫉妒，因为毫无疑问我和赫尔米娜之间没有爱情可言，而是出于对他们之间那种友谊的淡淡的嫉妒，我对他可完全没有什么兴趣，更谈不上崇敬，并且觉得他不值得赫尔米娜如此惹人注目地大加赞赏。我似乎要在这里遇到一些怪人，我自嘲地想到。后来赫尔米娜就一再被人邀去跳舞，我被独自丢下，喝着茶，听着音乐。这种音乐我以前完全没法忍受，直到今天我才学会如何忍着听一点。老天爷啊，我想，我竟然被带到这样一个地方，厮混于这个陌生的、讨厌的、我一直小心回避的地方，坐在这个我极为鄙视的游手好闲的人们的世界，由大理石桌子、爵士乐、轻佻的女人、四处奔走的推销员构成的寻欢作乐的世界！我悲哀地吞咽茶水，盯着这些二流的故作高雅的人。两个漂亮的姑娘吸引了我的视线。她们都是跳舞好手。我的眼睛追随着她们扭动的身体，带着又是赞赏又是嫉妒的眼神。看她们的身形多么灵活、舞姿多么优美而欢快，步伐多么自信从容啊！

不一会儿赫尔米娜再次出现在我的面前，她对我很是不满。她责备我说我来这儿可不是为了板着脸呆坐在这里喝茶的。我应该打起精神，高兴起来，跳跳舞。可是我谁也不认识怎么办？那有什么关系，难道那边那么多姑娘，没有一个会接受你的邀请吗？

我把那边两个姑娘中比较有魅力的那个指给她看，那个姑娘恰好站得离我们近一些。她穿着漂亮的丝绒裙，满头金发剪得短短的，两条胳膊滚圆丰满同时具有女性的魅力。赫尔米娜坚持要我立刻去邀请她跳舞。我绝望地挣扎着。

"真的，我做不到！"我痛苦地说，"当然了，如果我尚且年轻而且仪表堂堂那么可以——但是我这样一个笨拙的老东西，看在我这条老命的份儿上，谁会跟我跳舞呢——只会让她笑话我。"

赫尔米娜轻蔑地看着我。

"如果真是那样，我当然也会取笑你的，其实没什么。你可真是个胆小鬼！每个人跟姑娘搭讪的时候都要冒被取笑的危险，这就是冒险的赌注。去冒冒险，哈里，最坏的情况也不过就是让她笑话你一下。否则我就再也不相信你会听我的话了。"

她一点不通融。我机械地站起来，心神不宁地向那个漂亮的姑娘走过去，而恰好这时，音乐又开始演奏起来。

"其实，本来我已经有舞伴了，"她说道，用一双清澈的大眼睛上上下下地打量着我，"但是我的舞伴似乎在那边的酒吧耽搁了一段时间，那么，我们跳一曲吧。"

我搂住她，开始迈出第一个舞步的那一刻仍然在心中暗暗惊讶于她并没有把我打发走。而且她很快注意到我不怎么会跳，于是开始由她带我跳。她跳得好极了，连我也被感染了。一瞬间我忘了那些一丝不苟学习过的跳舞规则，好像全身都轻飘飘地浮动起来。我能感觉到她紧绷绷的臀部，感受到她敏捷又顺从的膝盖以及她那年轻的、容光焕发的脸，我向她承认，今天是我生平第一次真正意义上的跳舞。她只是以微笑作为对我的鼓励，我的眼睛像是被施了魔法一样紧紧凝望着她，我用尽一切精彩的溢美之词恭维她的舞姿，她却没有说什么，而是用肢体的魔法让我们靠得越来越近，而且轻轻地抚摸着我。我用右手紧紧搂住她的腰，热切又快活地紧紧跟随着她的腿、她的胳膊、她的肩膀的动作跳着舞。我很惊讶，我一次也没有踩到她的脚。当音乐结束时，我们两人都立在那里，为对方鼓掌，直到乐声再起，于是，随着一阵爱欲的热情，我满心虔诚地再一次完成了这个神圣的仪式。

当舞曲结束时我才觉得太短暂了，我那穿天鹅绒舞裙的舞伴消失在人群中。我这时才突然发现赫尔米娜站在我的旁边，她刚才一直在看我们跳舞。

“现在你明白了吧？”她赞许地笑道，“你有没有发现女人的腿可不是桌子腿啊？好啦，做得很好！你现在已经完全学会狐步舞了，谢天谢地。明天我们就可以接着学波士顿舞和华尔兹了，再过三个星期就可以到环球大厅参加化装舞会了。”

趁着舞会间隙，我们在桌旁落了座，那位萨克斯管演奏师——英俊又年轻的帕布罗先生也过来了，他向我们友好地点点头，在赫尔米娜身旁坐下。他跟她的关系看上去非常亲近。可是我——我必须承认——第一次遇到他时可真是对他一点好感都没有。我无法否认无论是他的脸蛋还是身材都长得很俊美，但除此之外我在他身上就再也没有发现什么优点了。至于他在语言方面的造诣也没有为他增加印象分——况且他在某些程度上也只会说“请，谢谢，是，当然，哈罗”以及诸如此类的几个字，其他的根本不会说。这几个字他当然可以用好几种语言表达。不，这位帕布罗先生其实什么都没说，而且，他看起来也没什么思想，这位俊美的西班牙绅士啊。他的营生就是在爵士乐队里吹奏萨克斯管，看来，他对自己的工作很是热爱，并且愿意一生都致力于演奏音乐。有时，在演奏时他会突然鼓起掌来，他也采取别的方式抒发他的热情，有时会从他的嘴里突然像唱歌似的爆出几个字来，如“噢噢噢，哈哈，哈罗”，但是，除此以外，很明显，他在这个世界上似乎就是为了长得俊美，让女人喜欢，穿领子最时髦的衣服，打出最时髦的领结，在手指上戴满戒指。他取悦我们的方式无外乎跟我们坐在一起，对我们微笑，看着手表，卷卷纸烟——卷纸烟他倒是非常在行。他那一双美丽的极具异国情调的深色眼睛和黑色的卷发，没有包含任何的浪漫气质以及对任何问题的任何想法。从近处看，这个美丽的爱神一般的人物不过是一个扬扬自得、被宠坏了的年轻人而已，只是很有礼貌这点还算让人满意。我跟他谈论他的乐器，谈论爵士音乐的音色，他应该会看出来他是在跟一位老音乐爱好者、老行家谈话。可是他却根本不接我的话，我出于对他的礼貌，或者说其实是为了对赫尔米娜的礼貌，讲了一通话，从音乐理论上为爵士音乐辩护，他却对我和蔼地笑笑，根本无视我的努力。估计他根本不知道，除了爵士乐以外，在这之前还有其他音乐的存在。当然了他人很好，人好而且很懂礼貌，他那双大而空洞的眼睛笑起来确实很有魅力。可是，他与我之间似乎没有任何的共同点——对他来说神圣和重要的东西，对我来说没有一点也同样神圣和重要的样子。我们来自两个完全不同的人种，所以我们说的语言中没有任何两个词是一样的。（然而，不久之后赫尔米娜告诉我一件奇特的事。她说，后来有一次她和帕布罗聊到了我，他让她对我好一点，非常好才行，因为我如此不开心。于是她问他是怎么得出这个结论的，他说：“可怜的人，真可怜啊。看他那双眼睛！他都不知道怎么笑了。”）

当这个黑眼睛的年轻人起身告辞后，音乐又响起来。赫尔米娜站起来说：“现在你应该和我再跳上一支舞。或许你已经不愿跟我再跳舞了？”

现在，我跟她跳舞也容易多了，舞姿更自由也更快乐。虽说没有跟刚才那个姑娘跳舞时那样无忧无虑、忘记自我。赫尔米娜让我带她，她如同一叶花瓣似的轻柔地随我旋转，在她身上我也发现并感觉到了所有的快乐，那种现在变得高涨而如同飞一样的快乐。她也是，周身散发着女性特有的爱的芬芳，她的舞姿也是，仿佛用肢体唱出一首柔美、可爱、充满魅力的性感的歌。然而，我还不能用所有的热情和自由回应她。我不能完全忘掉自己，无法放弃自己。赫尔米娜跟我的关系太亲近了。她是我的同伴，我的姐妹，她是另一个我，但就我们的相似程度来说，她更像我年轻时的朋友赫尔曼而不是我，赫尔曼是我童年时代的朋友，一个充满热情的诗人，是他跟我分享了我所有的热情、所有的精神追求和放肆而骄奢的青春。

“我知道，”当我对她谈到这一点时，她说道，“我很清楚。虽然我仍然要让你爱我，但我并不着急。首先，我们做同伴，我们都一样，都希望成为朋友，因为我们互相认出了对方。现在我们两人要互相学习，一起给予对方快乐。我把我的小技艺表演给你看，教你跳舞，让你既获得一些小乐子又当个傻瓜；你给我展示你的思想，告诉我一些你知道的事。”

“恐怕，我没有什么东西可以给你，赫尔米娜。你知道的远远比我多。你是最聪明的人——而且你是个女人。但是我对你有什么意义吗？我没有让你感到无聊吗？”

“这就是我最不想让你说的话。想想那天晚上，由于绝望和孤独你简直要崩溃了，你来到我身边，成为我的同伴。你觉得是什么原因让我得以认出你并且理解你？”

“什么原因？赫尔米娜，告诉我！”

“因为我跟你是一样的，因为我很孤独，恰好你也是，因为我对生活、对人甚至我自己都没有什么兴趣，而你也一样，我们对他们几乎难以容忍。总是有这样一些人，他们对生活要求太高，却不甘心忍受生活的愚蠢和残忍。”

“你，你！”我大惊失色，喊叫起来，“我理解你，我的伙伴。没人比我更理解你了，尽管对我来说你还是个谜。你在生活方面是个能手，对于一些极其细微的生活细节和快乐怀有你那绝妙的敬意。在生活中你就是个艺术家。你又怎能被生活蹂躏于股掌之间？你该多么绝望啊！”

“我不绝望，哈里。至于忍受生活的痛苦——哦，是啊，我已经颇有经验了！你一定会感到惊奇，我会跳舞而且深知我自己沉溺于生活中一些肤浅的东西里，我原本应该不快乐。我的朋友，你也一定感到惊奇，当你把自己关在家里，身陷最深刻、最美丽的精神、艺术和思想之中时，你对生活如此绝望，感到一切幻想都破灭了！这就是为什么我们能互相吸引，为什么我们能成为兄弟或是姐妹。我要教给你跳舞、玩乐和欢笑的缘故。而你会教给我如何思考、教给我知识，尽管并不那么快乐。你知道吗？我们都是魔鬼的孩子。”

“是的，我们就是这副样子。这魔鬼就是精神，我们都是他不幸的孩子。我们从自然的轨道脱离出来，游离在虚空中。这倒是提醒了我。在那本我给你提过的《荒原狼专著》里面有谈到，大意就是如果哈里以为他只有一个或两个灵魂，他是由一个或两个人格构成的，那么这只是他的幻想。它说每个人都是由十个、百个、千个灵魂构成的。”

“我非常喜欢这样的说法，”赫尔米娜喊道，“就拿你来说，比如在精神方面你已经高度发展，所以你在生活方面就畏缩不前，不懂得哪怕一丁点的生活的艺术。作为思考家的那个哈里已经一百多岁了，但是作为舞者的哈里才只有半天的年龄而已。我们就是要把这样一个他抚养成人，他所有的小兄弟都跟他一样又幼小又愚蠢，发育不良。”

她看着我，微笑着；然后换了一种声调，柔和地问我：

“那么说，你现在对玛利亚喜欢到什么程度了?”

“玛利亚？谁是玛利亚？”

“就是那个和你跳舞的女孩。她真是个可爱的女孩，非常可爱。你对她已经有点神魂颠倒了吧，我可以看出来的就是这样。”

“这么说你认识她？”

“哦，当然了，我们很熟。你真的很想把她据为己有吗？”

“我非常喜欢她，而且她能纵容我那样蠢笨的舞步让我非常高兴。”

“哼！难道这就是故事的全部吗？你应该对她更殷勤一些，哈里。她非常可爱而且舞跳得很好，你已经爱上她了，我很清楚。你会成功的，我很确定。”

“相信我，我可没有这样的远大抱负。”

“现在你有点说谎了。当然了，我知道你还有所依恋。某个地方你还有个情人，你一年和她见一两次面就为了和她吵架。当然了，对你来说一定有某种魅力让你乐于保持这种令人敬佩的友情，但是你必须允许我说句话，你不要把这些看得太严肃了。我怀疑你是不是把爱情看得太过严重了。那只是你的艳遇。你可以用你那种理想的方式尽可能地多爱别人，这都不关我的事。我关心的只是你应该学一点生活的艺术，不要把生活看得那么重。在这方面，我是你的老师，我希望当一个比你理想中的爱人更好的老师，你一定要相信这一点！你现在迫切需要的是再有个美丽的姑娘睡在你身边，荒原狼！”

“赫尔米娜，”我痛苦得喊出声来，“你只需要看看我，我已经是个老家伙了。”

“你只是个孩子。你的疯狂让你学不会跳舞，要不是我险些就晚了，同样，你的疯狂让你无法学会去爱。我并不怀疑理想中的和悲剧式的爱情，你可以做得很好，让你获得荣誉。现在你要学一点普通人恋爱的方式。我们已经开了个好头。很快你就会习惯来舞厅，但是你必须要先学会波士顿舞，我们明天就开始学。我会在三点到你家。顺便说一句，你喜欢那音乐吗？”

“确实非常喜欢。”

“好的，你看到了，我们又迈出了一步。直到刚才你还无法忍受所有的舞蹈和爵士乐。这对你来说这些都是太肤浅、太轻佻的东西。现在你也看到了，没必要看得太过严肃，而这样也会让你非常愉快非常轻松。顺便一说，如果没有帕布罗，这个乐队什么也干不了。他领导着整个乐队并为之注入活力。”

正如留声机降低了我的审美情趣、污染了我书房中的知识分子情调，正如那些美国舞曲像一个陌生人、一个不速之客闯进了我精心营造的音乐世界，是的，就是它们破坏了一切，而与此同时，又有新的、可怕的、分崩瓦解般的东西全方位地影响着我原本刻意与外界划清界限的深深隐居的生活。荒原狼也好，赫尔米娜也罢，他们那关于有上千个灵魂的说法一点也不错。除了所有原有的灵魂做着身体的主人，每天都有一些新灵魂如雨后春笋般出现在我身上，它们大吵大闹，它们创造出各种各样新的困惑，我现在能像看一幅图画那样清楚地看到我过去的人格简直就是一种幻觉。过去我只是凑巧比较擅长和追求的东西如今却吸引了我全部的注意力，我只画了一个哈里的画像，只过了一个哈里的生活，而这个哈里是一个受过很好教育的，在诗歌、音乐、哲学几方面受过很好训练的专家；我将其余的自我都丢在一边，任其变得越来越混乱，成为潜力、本能、冲动的混合体，而我将它们视为累赘，并将这一切贴上荒原狼的标签。

同时，尽管我从幻觉当中恢复过来，我却发现这种人格分裂绝对不是一场令人愉快、引人入胜的冒险。相反，常常是非常痛苦的，几乎令人不能忍受。那留声机的声音经常像魔鬼的号叫一般充斥着我的耳朵，那声音所到之处，周围的一切都因为它而变了一种调调。很多次，当我在某家时髦饭店，在一群面目光鲜、衣冠楚楚、终日寻欢作乐的人中间跳舞时，我似乎觉得自己背叛了生活中我原先奉若神明的东西。哪怕赫尔米娜只让我单独过上八天，我也会马上摆脱这些令人费解而可笑的生活。然而赫尔米娜总在我身旁；虽然我不是每天见到她，但我每时每刻都在她的眼皮子底下，听她引导，受她监视，让她鉴定，就连我想要反抗和逃跑的想法，她都能微笑着从我脸上看出来。

随着以前那些被称为个性的东西遭到不断的破坏，我开始理解为什么尽管我如此绝望却又那样害怕死亡。我开始注意到，这种令人厌恶的、可耻的对死亡的恐惧正是我以前中产阶级虚伪生活的一部分。原先占主导地位的哈勒尔先生——那个天才的作家，莫扎特和歌德的研究专家，那个对艺术中的形而上学、对天才与悲剧、对人性都写出过值得一读的文章的作者，躲在他那个堆满书籍的工作室里的多愁善感的隐士——这样的哈勒尔先生现在却不得不一步一步对自己提出批评，而且无论在哪方面他都无法证明这种自我剖析的准确性。这位天才而有趣的哈勒尔先生虽然宣扬了理性和人性，抗议战争的粗野残忍，然而，在战争期间他并没有像他的思想必然导致的结论那样，让人拉到刑场枪毙，他反而找到了某种适应办法——一种非常体面、非常崇高的妥协，当然妥协终究是妥协。此外，他反对权力和剥削，但他在银行里存有许多工厂企业的股票，他心安理得地使用这些股票产生的分红利息。他身上的一切都存在着这种矛盾。哈里·哈勒尔很巧妙地伪装成理想主义者、蔑视世界的人，伪装成忧伤的隐士、愤恨的预言家，但他骨子里仍然是中产阶级的一分子，他认为像赫尔米娜那样的生活是可鄙的，为在饭店里虚度的夜晚、在那里浪费掉的金钱而生气、而内疚，他对自身解放和自我完善的希望并不迫切，相反，他非常强烈地渴望回到以前那舒适的年代；回到精神方面的活动能给他带来欢乐和荣誉的时刻。同样，那些被他蔑视嘲笑的报纸读者也渴望回到战前的理想时代，因为那时的生活比从受苦受难中学习要舒服得多。真见鬼，这位哈勒尔先生令人作呕！然而，我还紧紧抓住他不放，或者说抓住他已经丢弃的面具不放，坚持与精神调情，坚持他那种资产阶级的对于混乱和意外的恐惧（死亡也属于这种意外），并且我经常轻蔑又有几分嫉妒地将现在的哈里——这位舞池里的多少有点胆小和滑稽的门外汉——与以前弄虚作假的、理想主义的哈里作比较，他现在在自己身上发现了令人不快的性格特征，这同前几天在教授家里的歌德蚀刻版画中使他感到讨厌的所有特征完全相同。他自己——老哈里——原来也是这样一个符合资产阶级式的理想化了的歌德，也是这样一个目光过于高尚的精神英雄，他周身散发着充满智慧的人性的光芒，就像上了润发油一样闪闪发亮，他几乎被自己思想的高尚性超了过去！哦，这个魔鬼！现在，至少这幅高尚的图画已经破败不堪亟待修补了！理想的哈里·哈勒尔被不幸地大卸八块！他就像一个掉到小偷群中的高官显贵——原本华丽的马裤已经被撕成碎片——他如果通情达理，现在就应该去学学如何扮演好一个衣衫褴褛的角色，而他却穿着那身衣不蔽体的破布，透出一种体面高贵的氛围，并以发牢骚为借口，以至于彻底失去了尊严。

我发现我身边总是有帕布罗——也就是那个乐手的身影，仅仅因为赫尔米娜是那样喜欢他，那么热切地需要他的陪伴，因此我不得不修正对他的看法。帕布罗留给我的印象是一个俊美的废物，有那么一点花花公子的虚荣；像一个孩子一样快活、无忧无虑，似乎他唯一的乐趣就是吹奏他的玩具喇叭，用甜言蜜语和巧克力就能哄住他。帕布罗却对我如何看待他毫不在意。对他来说，我的看法和我的音乐理论一样，都无所谓。他总是微笑着，有礼貌地、友好地听我讲话，但似乎总是有所克制，一般从不给予真正的回答。相反，除了这些，我似乎引起了他的兴趣。可以看得出来，他努力讨我喜欢，向我示好。在一次同样徒劳无益的谈话之后，我确实被激怒了，甚至气急败坏，而他只是盯着我的脸，眼神中带着不解与悲伤，随即他拿起我的左手，用他那个镀金小鼻烟壶在我手上轻轻磕打，掉出一小点的东西给我，说这东西对我有好处。我向赫尔米娜投去询问的目光。她点点头，我接过这小东西吸了进去。简直就是一瞬间就对我起效了，我变得头脑清醒，甚至感到更快乐了。毫无疑问在这粉末里有可卡因。赫尔米娜告诉我，帕布罗有许多这一类毒品，是他通过各种秘密渠道得到的，他偶尔会给朋友用一点，他可是配制这些药品的大师。他配制的药品有的可以镇痛，有的可以安眠，有的给人美梦，有的活跃精神，也有的能催发爱的热情。

有一天我在码头附近的大街上遇到了他，他立刻与我攀谈起来。这次我终于成功地让他说话了。

“帕布罗先生，”我说，与此同时他在玩弄着一根细细的带着乌木把手的银质文明棍，“你是赫尔米娜的朋友，这就是为什么我对你有兴趣的原因。但是你并没有让跟你在一起的人觉得轻松。很多次我都尝试跟你谈论音乐。原本我充满兴趣，想知道你对音乐的想法和观点，无论这思想或观点跟我的是否相同，但你总是轻视我的话题，甚至不屑于给我最简单的回答。”

他向我投来一个最为亲切和蔼的微笑，这次他倒是很好地回应了我的话。

“好吧，”他心平气和地说，“你看，在我看来谈论音乐没有任何意义。我从来不谈论音乐。对于您那非常得当、精辟睿智的评论我又能说点什么呢？您说的一切都非常正确。但是，您也看到了，我是一个乐手，并不是个理论专家，我并不相信音乐理论，因为对于音乐来说，理论的正确性没有任何意义。音乐并不是依赖其正确性才存在的，而是在于人们有不错的口味和修养等。”

“确实是这样。那么音乐到底是依赖什么存在的呢？”

“关键在于演奏，哈勒尔先生，将音乐尽其所能地演奏好，将一个人所有的才华都倾注在演奏音乐上。这才是音乐的意义，先生。即便我能把巴赫和海顿所有的作品都记在脑子里，并且能说得头头是道，但对音乐来说仍一无是处。但是当我拿起我那如同我的喉舌一般的乐器，现场演奏一段舞曲，无论这段舞曲编得好坏，它都给人们带来了快乐。这乐声推动他们的腿，注入他们的血液中。这才是关键，别无他法。一段略长的休息时间过后，当音乐再次响起时，看看舞池里那些人在那一刻的面孔吧，一双双眼睛是多么明亮，一双双腿多么猛烈地扭动，一张张面孔笑得多么开心。这就是一个人为什么演奏音乐的原因。”

“说得好，帕布罗先生。但是并不只有感官上可以体会到的音乐，还有精神上的音乐。除了那些真正在演奏着的音乐，还有一种不朽的音乐，即便没有人真正在演奏它也是一直永恒存在的。当一个人独自躺在床上，脑子里出现了《魔笛》或《马太福音》中的旋律，这样的事情也是可能发生的，而那时却并没有任何人在吹奏笛子或者拉响小提琴的琴弦。”

“当然了，哈勒尔先生。很多孤独的人在晚上也常常回想起《渴望舞曲》或《瓦伦西亚曲》呢。即便是最贫苦的打字员也可以身在她的办公室，脑子里想着她的最后一个舞步，而且卡着音乐的节奏打字。您说得对。我毫不吝惜所有这些孤独的人享受这些无声的音乐，无论是《渴望舞曲》、《魔笛》还是《瓦伦西亚曲》。但是他们从哪里得到这些孤独又无声的音乐呢？当然是从我们，我们这些音乐家这里。肯定有人之前演奏过而有人听到过，一定是将这些音乐溶进了血液，这样才会有人在家里、在自己的房间里想到或梦到它。”

“即便如此，”我冷冷地说，“也不应该把莫扎特的乐曲和最流行的《狐步舞曲》相提并论。你演奏的人类神圣而不朽的音乐跟这种风靡一时的廉价东西可不是一回事。”

当帕布罗从我的声调中察觉出我已经有些激动时，他立刻做出了最亲和的表情，并且轻柔地触碰我的胳膊，说话的声调都带出一种令人难以置信的温柔。

“啊哈，我亲爱的先生，您对他们音乐地位的判定一定非常准确。对于莫扎特或海顿与《瓦伦西亚曲》各自所处的地位完全随您所好，我无话可说。音乐对我来说都一样。不是为了我而决定音乐的地位的。从来没有人这样问过我。或许莫扎特的乐曲仍然可以演奏上百年而经久不衰，而过两年就没人再去演奏《瓦伦西亚曲》了——我想我们完全可以交给上帝来安排。上帝可是非常正直，而且他博古通今，无论是华尔兹还是狐步舞都知道。他肯定能作出正确判决的。尽管如此，我们乐手只能做好我们的本职，只要完成自己的职责并且发挥自己的天赋去演奏就是。我们要演奏那些真正有人需要的东西，我们一定要竭尽全力将它演奏好，竭尽我们所能使这音乐美妙而令人印象深刻。”

我叹了口气，终于放弃了交流。这个人还真是不好对付。

很多时候，新的与旧的，痛苦与快乐，恐惧与喜悦能够以一种非常奇怪的方式互相交织在一起。我时而在天堂，时而又在地狱，通常却同时置身二者当中。老哈里和新哈里会在一瞬间发生激烈的冲突，下一刻又和睦相处。有时老哈里好像已经死去，他们之间的纠纷也就随着老哈里被埋葬而一笔勾销，但突然某个时候他又出现在那里，发号施令，称王称霸，反对一切，而年轻的新哈里则沉默寡言、胆小羞赧，总被逼得走投无路。另一些时候，年轻的哈里则擒住老哈里的脖子，用尽全力掐他的喉咙。他们之间尽是无数的痛苦呻吟、无数的垂死挣扎、无数次产生用刮胡刀一了百了的念头。

通常，痛苦与快乐像同一个大浪向我扑打而来。有一次，也就是我在公开场合跳舞后的几天，我在夜里回到卧室，突然大吃一惊，简直不敢相信眼前的一切，心中又是惊慌又是恐惧，却同时感觉像着了魔一般兴奋——我发现可爱的玛利亚就躺在我的床上。

一定是赫尔米娜给了我这个大大的惊喜，这简直是她所做过的最暴力的事。因为我毫不怀疑是她把这只极乐鸟送到我身边的。这天晚上我没有像往常一样与赫尔米娜在一起，而是在大教堂里听他们演奏古老的教堂音乐。这是一次美好而忧伤的远足，到我以前的生活中探幽的远足，回到我青年时代生活过的地方，回到我的理想中的天地。教堂的哥特式大厅高高的，里面只点着几支蜡烛，在暗淡的烛光中，精美的网状拱顶像幽灵似的来回晃动；在这里我听了布克斯特荷德、帕赫贝尔、巴赫和海顿的作品，我又一次走上了我爱走的老路，我听见一位女歌唱家优美地演唱巴赫的曲子，在那些美好的旧时光中我和她曾是朋友，以前我多次听过她那令人难以忘怀的演唱。这古老的乐声及其无限的尊严和圣洁又唤醒了我青年时代所有虔诚、喜悦和热烈的感情。我忧伤地坐在高高的教堂合唱室里，沉思着，在这个高尚的、永恒的世界里我成了客人，这个世界一度曾是我的故乡。我在教堂待了一小时的时间，当演奏海顿的一首《二重奏》时，我突然热泪盈眶，我没有等音乐会结束，放弃了与女歌唱家再次见面的机会（哦，要是换作以前，听完这样的音乐会后，我总会和艺术家们度过那些令人兴奋而充满热情的夜晚），我悄悄地从教堂里溜出来，在夜晚静静的小街上闲逛，走得疲乏不堪。街上有些地方，饭馆里爵士乐队正在演奏现实生活中最为时髦的舞曲。哦，我的生活变成了一个如此忧郁的迷宫！

我在夜色中独自前行，久久思索我与音乐之间的关系以及它对我的重要意义，我又一次地意识到这种引人入胜同时性命攸关的关系正是整个德国精神的终极宿命。在德国精神当中，对于任何一个其他人来说，与自然法则的母性联系都是以一种音乐的霸权形式存在的。我们知识分子非但没有像个男子汉一样跟这种倾向作斗争，甚至还向精神的、标语式的、字面上的东西屈服，成为它们的忠实听众，我们总是梦想着一种无须语言的话语，这种语言能说出不可言传的东西，为没有形式的东西赋予形式。德国知识分子没有倾其所能真实而诚挚地扮演自己的角色，而是持续不断地反抗文字、反抗理性，向音乐示爱。德国精神也是这样，在音乐中、在绝妙的声响创意中、在感觉与情绪的美好中一饮而尽，德国精神已经将其极具实践性的天赋中更为伟大的部分丢在一边，任其衰败。我们国内的知识分子当中没有一个人活在现实里。我们对现实总是感到陌生和敌对，这就是为什么无论是在德国现实中、在我们的历史上，还是在政治领域还是在公共观念当中，知识分子总是扮演着一个可悲的角色。好吧，我们可能经常反思这一切，但并不是出于某种时刻转型或做点实际事情的紧张感，做出严肃而负责任的行为，而是仅仅用美学、智慧和艺术的追求让自己无暇脱身。但是一切总是以顺从的放弃告终，向命运屈服。军队的将军和大企业的首脑人物说得很对，我们知识分子一无是处。我们喋喋不休，空有才华，但对现实毫无益处，我们是多余的，无法对任何人负责。我只有咒骂着，将一切诉诸刮胡刀。

就是这样，我思绪万千，脑子里还回响着音乐的余音，心情悲哀而沉重，绝望地渴求生活、渴求现实、渴望生命的意义以及一切已经失去的无可挽回的东西。最后我回到了家，爬上楼梯，进屋点了灯，想读书却又徒劳地什么也读不下去。想起明天的约会，我被迫晚上还要到泽西水酒吧去喝威士忌和跳舞的约会，于是心里感到一阵恼火和怨恨，不仅针对我自己，而且也恼恨赫尔米娜。尽管她是出于好意而且她或许还是一个非凡的女孩，但她应该做得更好，而不是像现在这样让我深陷这个陌生的、复杂的、光怪陆离的世界，在这个世界我永远是个陌生人，我身上最美好的东西受尽苦难，逐渐荒废。

于是我伤心地打开灯，走进我的卧室，悲伤地开始脱衣服；这时我被一种不同寻常的气味吓了一跳。房间里飘着一股忽明忽暗的暧昧香气，我四下查看，发现可爱的玛利亚躺在我的床上，对我微笑，闪动着蓝色的大眼睛，眼神中有一点点胆怯。

“玛利亚！”我叫了她一声。我第一个想法就是，要是我的房东知道了，她会从我这里收回这间住房的。

“我来了，”她轻轻地说，“你生我的气吗？”

“不，不，我知道是赫尔米娜把钥匙给您的。是这样的吧？”

“噢，这让你生气了，我还是走吧。”

“不，美丽的玛利亚，留在这里！只是我很悲伤，只是今晚而已。今天我不可能快乐起来，或许明天会好一点。”

我略微向她弯下腰，于是她用她那一双宽大而又结实的手捧住我的头往下一拉，给了我一个好长的吻。我挨着她在床上坐下，拉着她的手，请求她说话轻点，以免我们的谈话被别人听到。我看着她那美丽丰满的圆脸蛋，她就躺在我的枕头上，脸像一朵巨大的鲜花，那么陌生而奇妙。她慢慢地把我的手拉到她的嘴唇上，又滑到衣服下面，放在她那温暖、宁静、呼吸均匀的胸脯上。

“你无须表现出快乐，”她说，“赫尔米娜跟我说过，你有许多苦恼。这谁都能理解。我还称你的心吗？不久之前当我们一起跳舞时，你显得非常爱我。”

我吻她的眼睛、嘴巴、脖子和胸脯。刚才那一会儿我想起赫尔米娜时还带着对她的苦闷和责备。现在我却把她送的礼物捧在手里，满心感激。玛利亚的爱抚并没有破坏我今天晚上听到的奇妙的音乐。相反，我觉得她和这音乐完全相称。我慢慢地从她那可爱的胴体上脱下她的衣服，我吻遍她的全身，一直吻到她的脚上。当我躺到她身边时，她那如花的脸庞朝我转过来，对我绽放了似乎全知全能的慷慨的笑脸。

这天夜里，我躺在玛利亚身边，睡得时间不长，然而却睡得深沉安宁，一如孩子。我们醒了几次，我尽情享受她那温暖的青春气息，我们低声交谈，我得知了许多有关她和赫尔米娜的生活中原本就让人十分好奇的东西。对这一类型的人和他们的生活我以前知道得很少，只是在戏剧界才偶尔有所接触，早年我跟类似的人有过偶然的交往——既有男人也有女人，他们的生活一半是为了艺术，一半又是为了及时行乐。现在，第一次，我才得以一窥他们的生活，他们异常纯真无邪又格外腐化堕落。这些姑娘大多出身贫贱，然而她们都很聪明，相貌可人，因此无法甘愿一辈子只靠某一种收入低微而毫无乐趣的职业勉强糊口，她们几乎所有人都在闲暇时间打工，有时就靠她们的独特魅力和放荡轻佻过活。她们时而在打字机旁工作几个月，时而成为富有的花花公子的情人，接受他们的零用钱和馈赠。她们有时穿着华丽，车接车送，住在豪华酒店，有时又忽然住进狭小的顶楼公寓，虽然在某些优厚的条件下她们会嫁给那些有钱人，但总的说来她们并不希冀婚姻。她们中的大多数人对爱情并没有过多的渴望，即使不情愿地付出自己，也只是为了钱或让自己卖个好身价。而另外一些人也就是玛利亚这一类型的人，她们在爱情方面有非凡的才能，没有爱情就一事无成。她们活着就是为了爱，除了那些正式的有利可图的朋友之外，她们还有其他爱人。她们勤勤恳恳又忙忙碌碌，忧心忡忡又无忧无虑，聪明又很少思考，这些美丽的蝴蝶过着及时行乐的生活，她们像孩子一般天真又有极好的教养，个性独立，不是每个人都能用金钱收买她们，她们期望幸运和好天气中也有属于她们的那一份，从对生活的热爱上获得益处，而又不像中产阶级那样过分依恋生活。她们确信自己会与一位童话中的王子走进他的宫殿，所以时刻准备着，尽管她们几乎并没有意识到，等待她们的是日后的艰难生活和悲惨结局。

就在那个美妙的夜晚以及随后的日子里，玛利亚教给我很多东西，不仅教给我迷人的游戏和感官之乐，而且还教给我新的理解方法、新的视角和新的爱情。舞厅、游乐场、电影院、酒吧、酒店休息间这些花花世界，对我这个独善其身的唯美主义者来说，始终含有某些低贱的、禁忌的、有失体面的东西，而对玛利亚、赫尔米娜以及她们的女伴们来说，这个花花世界简单而纯洁，既不好又不赖，既不值得去爱也不值得去恨。在这个世界中，她们的信仰、她们的渴望都如花朵般怒放后迅速凋谢。她们在这个世界如同在家一般放松，熟悉这个世界的一切。就像我们这种人喜爱一位作曲家或者一位诗人那样，她们喜爱香槟酒或特色佳肴；就像我们这种人对尼采或汉姆生表现出巨大的热情、激动那样，她们同样的热情倾注在一曲新的流行舞曲或某位爵士乐演唱者的伤感歌曲上。

玛利亚给我讲述那位漂亮的萨克斯管吹奏家帕布罗，谈起他有时为她们演唱的一首美国歌曲，她谈起这些时是那样地全神贯注，充满钦佩爱慕，比任何一个在艺术方面很有教养的人谈起高雅的艺术享受时表现出的狂喜更使我感动，也留给我更为深刻的印象。不管那首歌曲怎么样，我出于同情都准备与她一起陶醉其中。玛利亚那充满爱意的言语，她那充满渴望、神采焕发的目光使我的美学壁垒打开了又长又宽的缺口。诚然，也许有一些东西是美好的，一些少量的、杰出的、筛选出来的东西，高居首位的自然是莫扎特，他的作品毫无疑问是非常崇高的，但是就没有什么局限吗？我们这些专家和批评家年轻时热烈地爱慕过的某些艺术品和艺术家，今天我们不是又觉得那些东西很可疑、很糟糕吗？我们曾经不就是这样对待李斯特和瓦格纳的吗？在许多人看来，甚至连贝多芬不也是如此吗？玛利亚对一首来自美国的歌曲爆发出的如同孩子般的热烈感情，不同样也是纯洁的、美好的，毫无疑问是一种崇高的艺术体验吗？跟某位学术界的首脑人物对《特里斯坦》的狂热、跟某位乐队指挥在指挥《第九交响曲》时感受到的狂喜难道不是一样的吗？况且这不就是同意了帕布罗先生的观点，并证明了他说的是正确的吗？

玛利亚也似乎很喜爱这位英俊的帕布罗。

“他确实是个俊美的男人，”我说，“我也很喜欢他。可是，玛利亚，告诉我，既然你喜欢他，又怎么会也对我产生兴趣呢？我这个沉闷无聊的老家伙既不英俊，头发也已灰白，既不会吹奏萨克斯管又不会演唱英文情歌。”

“别说得这么严重，”她责备我，“这是非常自然的事。我也喜欢你。你身上也有美好的东西，正是这些东西让你如此可爱，让你与众不同。我不想让你变成别的样子。这些东西不该谈论，也不能要求解释。你瞧，你吻我的脖子或耳朵时，我就觉得你喜欢我，我中你的意；你吻我时有那么一点羞涩，这就告诉我：‘你取悦了他，他因为你的美貌而心怀感激。’这让我非常、非常高兴。而在另一个男人身上，我喜欢的恰恰是相反的东西，他吻我的方式好像他并不在乎我，好像他的吻是他对我的一种恩惠。”

我们又睡着了。当我再次醒来时，发现我的胳膊仍然环绕着她的身体，我那美丽的、漂亮的鲜花。

说来也真奇怪！对我来说，这朵美丽的鲜花始终是赫尔米娜送给我的一件礼物！她始终站在她背后，总是像假面具似的躲在她背后。突然，艾瑞卡的形象映入我的脑海——我那远方的生气的情人，我那可怜的女友。她的容貌几乎并不比玛利亚逊色，只是没有玛利亚那样青春焕发、那样风流倜傥，在做爱时也没有那么多小技巧，她就站在我的面前，那一会儿她的形象既清晰又痛苦，既让人爱怜，又深深地与我的命运交织在一起，然后她消失了，再次被我遗忘，带着一点点的遗憾消失在远方。

就这样，在这个美妙温柔的夜晚，我生活中经历过的许多画面又一一浮现在我眼前。长期以来，我的生活是那样空虚贫乏，脑子里空无一物。现在，在爱神厄洛斯的触碰下，灵感的源泉源源不断地涌现出来。某些瞬间，由于悲喜交加，我的心脏似乎停止了跳动。啊，以前，我的生活画廊一度多么丰富多彩，可怜的荒原狼的灵魂密布着永恒的星辰与高贵的星座，显得多么充盈、密集啊！幸福的童年和母亲慈爱的面容像是越过遥远的群山，向着深不可测的蓝色天空投去的轻轻一瞥，耳边响起我情意绵绵的合唱声，声音清晰，我最初与传奇式的赫尔曼——赫尔米娜的精神上的兄弟——开始这种充满情谊的合唱，许多女人的形象如同刚刚冒出水面的荷花向我游过来，散发着芳香，超凡脱俗，这些女人我曾经爱过、歌唱过，渴望得到她们，但是我只跟她们中的少数人有过接触，试图占有她们。我的妻子也出现了，我跟她一起度过好几个年头，她教给我友谊，也和我发生过很多令我垂头丧气的冲突。尽管我们的夫妻生活有种种不足，我对她的信任仍然不可动摇，直到那天她冲我大发雷霆、毫无预警地离我而去，使我在精神和身体上都一蹶不振。这时，我回首往事，才看到我对她的爱和信任是多么深刻，然而由于她的背叛，我的爱和信任遭受了多么大的打击，造成了一生难以磨灭的创伤。

这些形象——他们有几百个之多，有的有名有姓，有的压根儿没有——一下子都回来了。他们让这个爱欲之夜重新生出新鲜的感觉。我想起了那些在苦难中已经忘怀的事情，它们是我生活的财富和价值。这些经历就像星星一样难以磨灭、永恒不变，尽管我已经将它们忘记，却无法将其抹去。他们的阵列组成了我生活的故事，他们的星光就是我存在的价值。我的生活道路是艰难、迷惘和不幸的，由于人性的缺点让它更加苦涩，但是它非常富足，由于丰富而骄傲。即便在人世间所有的苦难当中，那依然是如王子般高贵的生活。通往死亡的路程中只有一小段正如其本身一样，我生命的核心是高尚的，它有它的目的和个性，它不是为了鸡毛蒜皮的琐事而生，而是在于所有永恒的星辰。

时间已逝，从那以后又发生了很多事，又有很多东西有了变化，对于那一晚的事，我只能记得很少一部分，只能记起我们说的某些话，记得我深深地陷入了爱的温存当中，记得我从亲热后的疲惫中沉沉睡去又醒来时那种清醒的时刻。但是，自从我变得颓废败落以来，是那一夜第一次令我自己的生命焕发了不屈不挠的光辉，也让我再一次认识到这是命运中的一个契机，让我看到了我生命废墟中神圣的碎片。我的灵魂再一次有了呼吸。我的眼睛再一次睁开。有那么些时刻，我感到兴高采烈，我只要抓住那些散乱的图像并将我的生命提升到哈里·哈勒尔的高度，并且作为荒原狼，将这一切组成一个完整的画面，我就能让自我进入一个想象中的不朽世界。难道不是这样吗？每个人生命历程的终极目标不就是这样设定的吗？

早晨，我和玛利亚分吃一份早餐之后，我只能偷偷摸摸地把她送出我的住处。之后，就在这天，我在附近的街区租了一个小房间，作为我们单独私会的地方。

我的舞蹈老师赫尔米娜忠于职守，总是按时前来，我只好学波士顿舞和华尔兹。她很严格，对我铁面无情，一节课也不让我闲着；因为已经决定要我和她一起去参加下一次化装舞会。她向我要了买礼服的钱，可是她却拒绝告诉我有关礼服的任何情况。她也不准我去拜访她，就连问问她的住处都是禁止的。

离化装舞会还有将近三个星期，这段时间对于我们精彩的幸福生活真是再合适不过了。看来，玛利亚是我第一位真正的情人。以往我爱过的女人，我总要求她们又有思想又有教养，而我却完全没有注意到，即使最聪明、最有教养的女人也从未回应过我身上那些标志般的个性，反而始终对抗它；我带着我的各种问题和想法找这些女人，可是对一个几乎没有读过一本书、几乎不知道读书是怎么一回事儿，连柴可夫斯基和贝多芬也分不清楚的姑娘，我绝不相信我会爱她超过一小时。玛利亚没有受过教育，也不需要走这些弯路，更不需要把这些当做爱我的替代品，她的问题全部都是直接来自感官。她从感官中提取出极度的快乐，这赋予了她一种独特的艺术才能和全部使命，从她那特殊的体形、她的肤色、她的头发、她的声音、她的皮肤以及她的气质中，她都充分发掘了每一种能力，并调动肢体的每一条曲线、每一段直线、每一个最为柔软的部位，她会在爱欲中发现对我的回应与理解，并且调动一切认知来回答瞬间的欢愉。在我第一次羞涩地和她跳舞时，我就感觉到了这一点，当时我就捕捉到她身上散发出来的独特香气，并被她用心培养的非凡的情感所深深的迷恋。当然，赫尔米娜，这个无所不知的女人，把这个玛利亚介绍给我，这绝对不是一个偶然。她像夏天一样热烈，像玫瑰一样散发芬芳。

我可没有那样的福气能成为玛利亚唯一的情人，我甚至不是她最喜欢的那个。我只是众多情人中的一个。她并没有太多时间和我在一起，通常我们只是在中午待一小时，她很少跟我过夜。她从来不在我这里拿钱，看来这是赫尔米娜特别关照过的。但是她倒是乐于接受我的礼物，只要我给她，她就会高兴，或许是为了那个红色漆皮的小钱包，或许是为了我放在里面的两三个金币。其实，她会为了那个小钱包而嘲笑我。因为它虽然很好看，但是已经降价，而且很快就要被时尚淘汰了。在这类事情上，我实在知之甚少，甚至比我对爱斯基摩语的了解还要少。现在我从玛利亚那里学到很多，首先就是对一些小玩意儿的了解，我知道了这些时尚的奢侈品不只是闲得无聊时的玩物和低级趣味的东西，不只是视财如命的商人的发明，恰恰相反，它们形成了一个小世界，或者说是一个极有权威的、美丽的、形形色色的、由各种各样的物品组成的大世界，所有这些东西都只有一个而且是唯一的目的：为爱情服务、使情感得到提炼。从舞会用的脂粉到香水，从戒指到雪茄盒，从腰带扣到手袋应有尽有。其实，手袋并不是手袋，钱包并不是钱包，鲜花并不是鲜花，扇子并不是扇子。它们都是爱情、魔法和快乐的人造材料。每一个都是一个传达信息的使者、一个走私贩、一件武器、一次战斗的呼喊。

玛利亚到底爱谁，这是我常常思考的一个问题。我想她真正爱的是那个年轻的萨克斯管乐手帕布罗，爱他那双忧郁的黑眼睛，爱他那白皙的、与众不同的、忧郁的双手。我过去认为帕布罗只是一个让人昏昏欲睡的爱人，被宠坏了而且在爱情方面消极被动，但是玛利亚却让我相信他比任何一个获得荣誉的战士或优秀骑士更奋发、更迅捷、更具有男子气概。

就这样，我听到了很多秘密，知道了我们周围某个爵士音乐家、某个演员、某些女孩和男子的秘密，我知道了各种各样的秘密，看见了表面以下的种种联系和敌意，逐渐熟悉并进入了这个环境（尽管我原本对这个世界来说是彻彻底底的陌生人）。赫尔米娜的事情我也听说了不少。而且我经常和玛利亚爱慕的帕布罗在一起。她也不时地需要那些秘密的麻醉品，而且也总让我分享，帕布罗则总是非常热心地为我们效劳。有一次，他很直率地对我说："您如此不幸，这不好，不应该这样，我为您感到惋惜。试着抽点淡鸦片吧。"我对这个快活、聪明、天真而又深不可测的人的看法逐渐改变了。我们成了好朋友，我也常常服用一点那些麻醉品。他开心地观察着我对玛利亚的一往情深。有一次，他在郊区一家旅馆顶楼他自己的房间里举行了一次"联欢会"。房间里只有一把椅子，玛利亚和我只好坐在床上。他给了我们一种用三个小瓶子里的液体混合而成的神奇饮料。过了一会儿，我的情绪变得好极了。他两眼发光，提议我们三人一起纵情狂欢一把。我二话没说就断然拒绝了，我觉得这种胡闹对我来说太不可思议了。不过我斜了玛利亚一眼，看她如何反应，虽然她立刻对我的拒绝表达了赞同的意思，但我在她的眼睛里仍看得出她对这个提议抱有一闪而过的欣喜，并对放弃这个提议流露出惋惜之意。我的拒绝同样令帕布罗非常失望，但并没有伤害他。"很可惜，"他说，"哈里在道德上的顾虑太多了。没有办法。要是照我说的玩，那可美极了，真是美极了。不过我有别的替代的办法。"我们三人都抽了几口鸦片，一动不动地坐着，睁着眼睛经历了由帕布罗所描述的情景，这时，玛利亚快乐得全身颤抖起来。过了一会儿，我稍感不适，帕布罗把我放到床上，给了我几滴药水，我闭眼躺着，感到有人在我的眼睑上各自吻了一下。我接受了这吻，我宁愿相信吻我的是玛利亚，但其实我知道吻我的是帕布罗。

有一天晚上，他更让我吓了一跳。他来到我屋里，对我说，他需要二十法郎，求我给他这样的恩惠。作为回报，他提出今晚可以把玛利亚让给我，让我和她一起过夜。

“帕布罗！”我简直震惊了，“你简直不知道你在说什么。把一个女人作为我们之间交易的交换品，这简直是最为可耻和堕落的事情。我真不应该听你的建议，帕布罗。”

他很同情地看着我：“您不愿意，哈勒尔先生。很好，您总是给自己找麻烦。如果您不愿意，今晚无须跟玛利亚睡在一起。但是请把那些钱给我吧。我会还给您的，现在我急需这笔钱。”

“干什么用？”

“给阿戈斯蒂诺，您知道，就是那个矮个子，他是第二小提琴手。他已经病了八天，谁也不管他，他身无分文，现在我的钱也用光了。”

既然如此，一部分出于好奇，另一部分也是为了惩罚我自己，我跟着他去看阿戈斯蒂诺。阿戈斯蒂诺住在一间很简陋的顶楼里，确实是一间很令人难受的简陋的阁楼。帕布罗给他送去牛奶和药品，给他整理床铺，打开窗户通风，在阿戈斯蒂诺发热的脑袋上敷上一块湿布散热，他的动作干净利落，轻柔熟练，像个优秀的护士。就在那天晚上，我又看见他在酒吧演奏，直至第二天天亮。

我和赫尔米娜长时间地详细谈论玛利亚，谈她的手、她的肩膀、她的腰身，谈她笑的姿态、吻的方式、跳舞的样子。

“这个她给你看了吗？”赫尔米娜曾经有一次这么问，并且向我描述了一种特殊的用舌头接吻的方式。我请她亲自表演给我看，她却很严肃地拒绝了。

“这是以后的事，”她说，“我现在还不是你的情人。”

我问她是从哪里知道玛利亚亲吻的技巧以及某些只有她的情人才会知道的秘密的。

“哦，”她叫出声来，“我们毕竟是朋友呀！你觉得我们互相之间还有什么秘密吗？我只能说你拥有了一个好女孩。没有什么人和她一样。”

“可是，赫尔米娜，我确信你们之间仍然有一些互相不知道的秘密，或者说，难道你也把你知道的关于我的一切情况都告诉了她？”

“不，这是另一码事。这些事情她不会懂的。玛利亚是个奇妙的姑娘，你很幸运，但是你我之间有些事情她完全无法理解。当然，我跟她讲了很多你的事情，远远超出你当时所愿意让她知道的范围，可是我得为你争取她的芳心，你也看到了！但是，无论是玛利亚还是别的什么人，都不可能像我一样理解你。我也从她那里了解到一些关于你的情况，玛利亚把她所知道的关于你的一切都告诉了我。我对你知道得一清二楚，就像我们经常在一起睡觉一样。”

当我和玛利亚在一起时，有件事让我感到更为好奇，也更增添了神秘感。玛利亚告诉我她想像把我搂在怀里那样抱着赫尔米娜……于是，一种全新的、间接的、复杂的关系出现在我面前，一种新的生活和爱情的可能性，令我想起那篇分析荒原狼的文章中关于成千个灵魂的说法。

从我认识玛利亚到举行化装舞会之间只有很短一段时间，在此期间，我过得当真非常幸福，但是我却从未有过真正解脱的感觉，也从未感觉达到了一种极乐的状态。我甚至很明确地意识到这一切都只是序幕，是在为别的事作准备，一切都迫切地向前推动，正戏的主旨就要来到。

跳舞我已经学会了不少，跳得还蛮不错，看来，我可以去参加舞会了。随着舞会日期的临近，人们也越来越多地谈论着关于舞会的话题。赫尔米娜有一个秘密，她坚持不告诉我她在舞会上会化装成什么人参加。她说，到时候我会认出她的，要是我认不出，她就会帮我，可是，事先我什么也不许知道。我打算穿什么戴什么，她也一点不好奇，于是我决定不化装。当我想邀请玛利亚参加舞会时，她告诉我，她已经有了舞伴，况且她已经有一张入场券，我感到有点失望，我只好一个人去参加舞会了。这是本城第一流的化装舞会，每年一次，由艺术家协会在环球舞厅举办。

这些天我很少见到赫尔米娜，唯独在舞会开始的前一天她到我这里来待了一会儿。她是来取我给她买的入场券的。她平静地坐在我房间里，我们谈了一些话，我觉得这次谈话很奇特，给我留下了深刻的印象。

“你做得当真非常出色，”她说，“跳舞很适合你。任何一个人只要四个星期不见你，就几乎认不出你了。”

“是啊，”我承认，“多年来一切都没有像这般顺利过。这一切都是你的功劳，赫尔米娜。”

“哦？不归功于你那漂亮的玛利亚吗？”

“不。她也是你赠给我的，就跟其他一切一样。她太好了。”

“她正是你需要的情人，荒原狼。她漂亮、年轻、脾气好，在爱情方面是个专家，而且你不能每天都占有她。如果你不是和别人一起分享她，如果她对你来说不是一个来去匆匆的过客，你就不会这么高兴了。”

是的，这一点我不得不承认。

“那么你所需要的一切现在都有了吗？”

“不，赫尔米娜，并不是这样。我有了一些非常美好、非常愉快的东西，一种巨大的喜悦，一种非常亲切的安慰，我真的感到非常快乐。可以说，我很幸福……”

“好吧，那么你还想要什么呢？”

“我还想要更多的东西。我并不满足于做个快乐的人，我并不是为快乐而生的，这不是我的生活目的。我命中注定要的是与此相反的东西。”

“那是说，你要的是不幸？你看，你已经有够多的不幸了。当时，你因为惧怕刮胡刀都不能回家去呢。”

“不，赫尔米娜，那是另一回事。我承认，那时我确实很不幸。但是，那是一种愚蠢的不幸，那种不幸不会将我引向任何地方。”

“为什么呢？”

“因为我既然仍然期冀死亡，就不应该产生对死亡的恐惧。我所需要并深深渴求的那种不幸与这完全不同。那种不幸会让我怀着对死亡迫切的渴望和强烈的欲望并经受巨大的痛苦。那与其说是一种不幸，不如说是一种快乐，是我一直等待着的快乐。”

“我理解那种感觉。在这一点上你就是我的兄弟。但是，你为什么反对你现在在玛利亚身上找到的幸福呢？你为什么不满足？”

“我并没有反对这种幸福。哦，不是这样的，我爱它，我感激它。它就像阴雨连绵的夏天遇到的一个阳光明媚的日子那样美好。可是，我感到它不会持久。这种幸福也不会带来什么结果。它使人满足，可是，满足并不是我吸收养料的食物。它安抚了荒原狼，使它昏昏入睡、心满意足。但这并不是可以为之去死的那种幸福。”

“那么死是必须的吗，荒原狼？”

“我是这么认为的，是的。我的幸福感让我相当满足，我尚且可以忍受相当长的一段时间。但是，这种幸福时不时地给我片刻的时间，让我恢复我的渴望，那么，我渴望的并不是永远保持这种幸福，而是再次受苦，只是以一种比之前更美的、也更折中的方式。我渴望那种能让我做好准备并乐于去死的苦难。”

赫尔米娜温柔地看着我的眼睛，而她眼神中的忧郁似乎可以在一瞬间隐没进她的脸庞。她的眼睛多美啊，简直美得让我惧怕！她斟酌字句、一个词一个词地组织在一起，缓慢地说出了下面的话，她说得那么慢以至于我不得不全神贯注才能听清，她说：

“今天我要对你说点事情，这些事我很早之前就知道，而且你也知道；但是，或许你从来没有对自己说过。现在，我要告诉你关于我自己、关于你、关于我们的命运我所知道的一切。哈里，你过去是个艺术家、思想家，一个充满欢乐和信仰的人，始终在追踪伟大永恒的事物，从来不满足于美丽的、细小的事物。但是，生活越是把你唤醒，越是使你恢复自己的本性，你的困苦就越大，你就越来越深地陷入痛苦、不安和绝望之中，这些东西将你淹没至你的脖子。而你一度认识、热爱和崇敬的一切美好而神圣的东西，以及你原本对人类、对我们的命运的信仰对你来说都无济于事，这一切都将变得毫无价值，都将成为一堆碎片。你的信仰已经找不到任何可以呼吸的空气。窒息而死是一种艰难的死亡。是不是这样，哈里？这就是你的命运吧？”

我再三点头，表示同意。

“你心目中本来有一幅生活的画面，那是一种信仰，一种要求，你原本已经做好准备去做一番事，准备去受苦牺牲，但是你逐渐看出，世界根本不要求你有所作为，根本不稀罕你的牺牲以及诸如此类的事情，生活并不是去扮演英雄的角色或充满丰功伟绩的英雄史诗，生活只是一间舒适的房间，人们在这个房间里满足于吃吃喝喝，满足于一杯咖啡、一件针织品、一副纸牌、一台收音机等。谁要是要求更多的东西或者谁的身上获得了某种不一样的东西——比如英雄气概、美好的东西、对伟大诗篇或圣人的崇敬之情——这个人就是个傻瓜或者是一个堂吉诃德式的人了。很好。我的情况也是这样，我的朋友！我是个极具天赋的姑娘。我生来就是要过上那种高水准的生活，我对自己的期望很高，只做伟大的事。我能扮演一个很棒的角色。我可以当一个国王的妻子、可以做个革命党人的情妇、可以当某个天才的知己或做某个殉道者的母亲。可是，实际生活却只允许我变成现在这副样子，当一个有着卓越品位的高等妓女，即便是做成这样就已经够难的了。我的情况就是这样。有一段时间，我一度很绝望，很长时间我都在埋怨自己。尽管我相信生活肯定最终会走上正轨，但是如果生活嘲弄了我那美好的梦想，我想，大概是我的梦想太过愚蠢而且误入了歧途。可是这对我一点帮助也没有。我眼不瞎耳不聋，也是出于好奇，于是我仔细观察这所谓的生活，观察我的熟人和邻居，观察了大概五十个人，我看到他们的命运，然后，我看到了你。我才知道我的梦想是对的，比别人的都对上千倍万倍，你的梦想也是对的。错的是生活、是现实。像我这样一个女人只能在贫困中以一种毫无意义的方式坐在打字机前从大老板那里赚得微薄的薪水，或者仅仅为了钱财而跟某个富有的人结婚，或者去卖力气，除此之外别无选择；就像你这样的人被迫陷入孤独与绝望之中，不得不用刮胡刀作一个了断。或许我的麻烦是出自物质和道德方面的，而你的则更多的是在精神方面——但是我们走的路是一样的。你害怕跳狐步舞，厌恶酒吧和舞厅，嫌弃爵士音乐，反对这一切鄙陋俗气的东西，你以为我不能理解？这一切我都非常理解；同样，我明白你不喜欢政治，各种政党和新闻媒体的各种空谈以及他们不负责任的行为让你沮丧失落，你对战争丧失信心——无论是已经发生的战争还是即将发生的——也对现如今的人们的思想、读物、建筑、他们演奏的音乐、他们的庆祝方式、他们所接受的教育感到深深的绝望！你是对的，荒原狼，你一千个对，一万个对，可是你还是会失败碰壁。面对当前这个简单、悠闲自足、容易满足的世界，你太兴奋也太饥渴了。你有太多个不同的维度。任何想在这个世界活下去并自得其乐的人一定不像你我这样。如果这个人不要胡乱演奏而要听真正的音乐，不要低级娱乐而要真正的欢乐，不要钱而要灵魂，不要忙碌无为而要真正的工作，不要逢场作戏而要真正的激情，那么，这个庸碌琐碎的世界就不会有这样的人的栖身之地……”

她低下头看着地板陷入沉思。

“赫尔米娜，”我轻声温柔地叫着，“我的姐妹，你把一切看得多么清楚呀！然而你却教我跳狐步舞！不过，你说我们这种与众不同的人在这个世界无法生活，这话是什么意思？这是什么缘故？只是在我们这个时代如此，还是一直都是这样？”

“这我不知道。为这个世界的名声考虑，我宁愿自欺欺人，设想这一切仅仅只是我们这个时代才这样，这只是一种病，一种暂时的不幸。元首们正在拼命地准备下一次战争而且颇有效率，我们其他人则在跳狐步舞，我们做事挣钱，吃夹心巧克力，在这样一个时代，这个世界看起来肯定可怜得很，简单得很。但愿以往的任何时代都比现在好得多，但愿以后也会好起来，比我们的时代更丰富、更宽阔、更深刻。不过，这对我们毫无帮助。也许向来如此……”

“向来都是今天这个样子？这个世界自古以来都是为政治家、奸商、奴仆和寻欢作乐的人们而存在的吗，而不让别人呼吸哪怕一点点的空气？”

“这我就不知道了，谁也不知道。无论如何都是一样的。不过，现在我想起你最喜欢的人，我的朋友，你有几次跟我谈起过他，还给我朗读过他写的某些书信，他就是莫扎特。在他的那个时代情况如何？在他那个时代谁统治世界，谁获益最大，谁定调子，谁是最重要的人？是莫扎特还是商人，是莫扎特还是那些普通人？他是怎样死去，又是如何被埋葬的？我的意思是或许自古以来都是这样，以后也将永远如此，学校里所说的历史，那些我们必须花心思去背的东西，所有那些英雄、天才、伟大的业绩和高尚的感情，这都不过是一场骗局，都是学校老师为了教化学生的目的编造出来的，好让孩子在规定上学的年限里有点事做。时间和世界，金钱和权力属于平庸的人和肤浅的人。而其他人，那些真正的人则一无所有，属于他们的只有死亡。”

“他们除了死亡其他什么都没有吗？”

“有，那就是永恒。”

“你指的是他们的名字能流芳百世，能给子孙后代留一个好名声吗？”

“不，荒原狼，我说的不是荣誉。难道荣誉还有什么价值吗？难道你以为，所有真正的人都名扬四海，泽被后人吗？”

“不，当然不是这样。”

“所以，我说的不是荣誉。荣誉只是学校老师们所关心的事。不，我说的不是荣誉。我们称之为永恒的东西，虔诚的人把它叫做上帝的天国。我这样想：如果除了这个世界的空气再也没有别的空气可以呼吸，除了时间的背面就不存在永恒，那么我们这些人，我们这些有更高要求的人，我们这些有更多的维度的人压根儿不会为生活做出更多规划，永恒就是真理的国度。莫扎特的音乐属于这个国度，你崇尚的那些大诗人所作的诗属于这个国度，那些创造了奇迹、壮烈牺牲、给人类树立了伟大榜样的圣人也属于这个国度。但是，每一次真正的行动、每一种真正的感情所包含的力量也都属于永恒，即使没有人知道它、看见它、记录它或为子孙后代写下它。在永恒中没有后世，只有今世。”

“你的话不错。”我说。

“虔诚的人，”她若有所思地继续说道，“他们毕竟是最了解这些的。这就是为什么他们要树立圣人的形象，并且创立了他们称之为圣人团体的组织。这些圣人是真正的人，是救世主年轻的兄弟。我们一生都与他们相伴，他们就在我们所做的每一件好事中、在我们脑海里涌现的每一个勇敢的念头中、在每一次爱情的经历中。早年的画家们把圣人团体描绘在金色的天空，光芒四射，美丽而平和，我过去以为这些圣人组成的团体就是我所谓的永恒。这是时间与表象的彼岸王国。我们是属于那里的，那是我们的家乡，我们的心向往那里，荒原狼，因此我们渴望死亡。在那里，你又会找到你的歌德，找到你的诺瓦利斯和莫扎特，我也会找到我的圣人，克里斯托弗、奈里的菲利普。有许多圣人过去有可能是罪人，甚至罪孽和恶习也可能是通向圣人的道路。你也许会笑，但是我经常这样想，甚至我的朋友帕布罗也可能是个隐蔽的圣者。啊，哈里，我们不得不越过这么多的污泥浊水，经历这么多的荒唐蠢事才能回到家里！而且没有人指引我们，我们唯一的向导是乡愁。”

最后几句话她又说得特别轻，现在房间里又恢复了平和与安静，夕阳西沉，它的余晖使我书房中许多书的书脊上的金字闪闪发光。我双手捧起赫尔米娜的头，吻她的前额，把她的脸颊贴在我的脸颊上，我们就这样像兄妹一样靠在一起坐一会儿。我多么希望今天就这么待着，晚上不用再外出啊！可是，玛利亚已经答应和我共度这化装舞会前的最后一个夜晚。

然而，我到玛利亚那里去时，一路上想到的并不是玛利亚，而是一直在想赫尔米娜的话。我仿佛觉得，这一切也许不是她自己想出来的，而是我自己的想法。极具洞察力的赫尔米娜读出了我的思想，她像呼吸一般把它们吸收了，然后又把它们返还给我，所以这些思想具有自己独特的形式，使我看来感觉像是全新的东西。当时我特别感激她的是她说出了对永恒的想法。我正需要这个思想，没有它，我既不能生也不能死。我的这位教会我跳舞的朋友，今天又为我带来了一种神秘感，这种超脱的感官使时间变得虚无，并赋予世界以永恒的价值和神圣的实质。

我不禁想起我的歌德梦，想起这位年事已高、自以为聪明的智者，他曾那样毫无人性地嘲笑我，用一副长生不朽者的姿态开我的玩笑。现在我第一次明白了歌德的笑，那是一种不朽者的笑。它并不是为了嘲笑什么人或什么事，它只是简单的光，只是光明，那是一个真正的人经历了人类所有的苦难、罪孽、错误、热情和误解，进入永恒、进入空间的世界后留下的东西。而“永恒”不是别的，正是对时间的补偿，是对纯真无邪状态的回归，所以也可以说它经过转换再次回到了空间。我到我们常去吃晚饭的地方与玛利亚碰面，但她还没有来。我坐在安静的、井井有条的餐厅里等她，我仍在回想刚才与赫尔米娜的谈话。赫尔米娜和我交流的这些思想，我觉得如此亲切而熟悉，就好像完全是从我自己的某篇神话故事或某个寓言当中形成的一样。这些不朽者，在永恒的空间中延续着自己的生命，他们以另外一种形式沉浸在如同以太一样晶莹透亮的永恒当中，那清爽的星光闪烁，那地外世界的闪闪发亮的宁静——然而对于这一切，为什么我觉得如此熟悉亲切？

我思考着，忽然想起莫扎特《遣性曲》和巴赫的《平均律钢琴曲》中的段落，在这音乐中，我觉得到处都有这种清爽的、星光似的光明在闪烁，在以太的明净中震颤。是的，它就在那儿。在音乐声中，有一种时间在空间中冻结凝固的感觉，在它之上是无边无际的、超出凡人的、宁静的、永恒的、神圣的笑声。哦，我梦中的老歌德与这笑声契合得多么完美啊！突然，我听见我四周响起这种深不可测的笑声，我听见不朽者的笑声。我着迷似的坐在那里，着迷似的从礼服马甲的口袋里摸到我的铅笔，然后四下寻找纸张，这时我看到桌子上放着一张酒单，于是我把酒单翻过来，在背面写起来。第二天我才在口袋里找到这首诗。是这样写的：

不朽者

长久以来从泥淖山谷散发出臭气
不断上升直至我们将其变成生活狂热的大浪
财富过剩、饥饿肆虐，死亡的烟雾
在恐惧的边缘将人吞噬
贪婪无度，连空气都要禁锢
杀人犯的双手、放高利贷人的双手、祈祷者的双手
在恶臭的气息中呼吸
人类成群结队，被恐惧和欲望鞭笞
鲜血温暖，吞吐着福音和蛮荒的热度

吃掉自我又呕吐而出
孵化成战争和可爱的艺术
淫乱的房间用愚蠢的疯狂粉饰
像一座幼稚的杂货集市
一切熠熠生辉
不断滚动直至腐烂
在欢乐的目光中
为每个新生命而上升
随即再为归于尘土的死亡下沉

但是我们永远居住在你之上
住在以太之星的晶莹冰冷之中
我们分不清白天，分不清黑夜，没有时间之别
我们不以年龄、不以性别作为衣服上的装饰

你所有的罪行和痛苦都是在自己吓唬自己
你的谋杀和淫荡的快乐
对我们来说只是一场表演而已
就像很多太阳在我们周围环绕
日夜更替不过是它们带来的改变
我们窥探你疯狂的生活
之后让我们恢复精神的自我
群星整齐有序时隐时现
我们的呼吸是冬天
我们只能用视线
向天空这头巨龙摇尾乞怜
冰冷宁静和永恒不变是我们永恒的存在
寒冷与星光是我们永恒的笑颜

我写完诗，玛利亚也来了。一顿令人愉快的晚餐之后，我陪着她来到我们的欢乐小屋。那一晚，她比以往任何时候更可人、更温暖、更亲切。她给我的爱是如此温存，让我有种最彻底的狂热与放纵的快感。“玛利亚，”我说道，“你今天像一位女神一样慷慨大方。别把我们两人都弄得精疲力竭了，毕竟明天还有化装舞会。明天会是怎样的一位骑士陪伴你？我非常害怕，会有一个童话般的王子将你带走，我就再也无法见到你了。你今天对我的爱意就好像是一对恩爱的情侣即将分离，最后一次互相道别时那样。”

她把嘴唇紧贴我的耳根，轻声对我说：

“别这样说，哈里！每一次都可能是最后一次。如果赫尔米娜过来把你带走，你就再也不会回到我身边了。也许就在明天，她就把你带走了。”

就在那舞会的前夜，我有一种独特的感觉，这是在之前的几天都没有过的感觉，这种感觉很陌生，又比以往更具有力量，既苦涩又甜蜜，在两种情感中摇摆不定。我感到的是幸福。这是玛利亚以及她百依百顺的神奇魅力。玛利亚的美丽和纵情，尽情享受、抚弄、吸收了千百种细腻迷人的性感，而我上了如此的年纪才开始对这一切有所了解。我接受着那甜蜜的欢乐波涛的拍打。然而这只是外壳，内部的一切才意义重大，被命运绷得紧紧的，与此同时，我在爱意与温柔中迷失，为这甜蜜的、引人入胜的充满爱意的小东西拼命忙碌着，一不小心就陷入了幸福的拥抱之中，在我心中始终意识到我的命运在高速运转，像一匹受惊的马一样冲撞奔跑，直冲着悬崖绝壁奔去，正是我对死亡的恐惧与渴望驱使着它。就像不久前，我还出于胆怯而刻意避开轻易获得那种毫无思想而仅仅从性爱得到的欢愉，并且对玛利亚那笑容可掬的送上门来的美貌感到恐惧，而现在的我虽然感到对死亡的惧怕，但这种随着恐惧我已经意识到改变的时刻越来越近，一切都将变成一种解脱。

我们彼此默默无言而全神贯注地深深浸没在爱欲中，我们比以往任何时候都更接近彼此，我们属于彼此，然而与此同时，我的灵魂向玛利亚告别了，向她所赋予我的一切告别。我从她那里学到了很多，然而最后这次我又有所收获，我学会了像个孩子一样将自己沉浸在这种肤浅的生活游戏中去寻找瞬间的欢乐，像个孩子或动物那样享受纯洁的性爱，进入了一种（在我早期的生活中）我几乎从来未曾了解的状态，我将这种状态视为一种例外。我把感官享受和两性关系都视为一种痛苦的嗜好，总是伴随着罪恶，品尝禁果那甜蜜而又使人害怕的味道总会让一个精神生活丰富的人本能地抵抗。现在，赫尔米娜和玛利亚向我展示了这个纯洁的性爱乐园，我已经满心感激地成了这个乐园的一位熟客；但很快就到了我向更远的地方继续前行的时候。对我来说，这个乐园太令人愉快、太温存了。我命中注定要跟生活的拥挤纷繁道别，为生命那永恒的罪恶作出补偿。轻松的生活，轻松的爱情，轻松的死亡，这些都不是为我准备的。

关于明天的那场舞会姑娘们对我说了很多，我似乎已经与这场舞会紧紧地联系在了一起，即将到来的是非同寻常的快乐和放纵骄奢的狂欢。或许一切都会达到高潮，或许玛利亚的猜想是对的，或许这是我们在一起的最后一夜，或许那个早晨会为我带来一场命运轮回的新的开始。欲望让我内火中烧，恐惧让我呼吸急促，我像动物一样紧紧地抓住玛利亚，在我身体中有一股野性的欲火爆炸燃烧，发出剧烈耀眼的光。

夜里失去的睡眠第二天全在白天补上了。我回到家，感觉累得要死，洗了个澡，将房间弄暗，准备大睡一场。当我脱衣服的时候，我看到了那首被我忘在口袋里的小诗，我已经忘了我写的是什么了，并且立刻把它丢在了一边。我忘掉了玛利亚，忘掉了赫尔米娜，忘掉了化装舞会，睡了整整一个对时。我起来的时候已经是晚上了，我在刮胡子的时候才想起那场化装舞会还有一小时就开始了，于是我不得不找出搭配礼服穿的衬衫。我情绪很好，把一切收拾利索，准备出门去吃点东西。

这是我第一次参加化装舞会。当然早些时候我也时不时地出席这种节日庆典，有时也觉得这种舞会挺有意思，但我从来不在舞会上跳舞，我只当一个优秀的看客。别的人谈起这种舞会时流露出满腔热情和喜悦，我听了都觉得他们未免可笑。而现在这个重要的时刻就要来了，我几乎痛苦而忐忑不安地等待着。因为我无须带女伴一起去，所以决定晚一些再去，况且赫尔米娜也是这样建议我的。

我已经很少去钢盔酒吧了，那曾是我过去的避难所，在那里，失望的男人们消磨掉整晚的时光，啜饮着他们的酒，过着单身汉般寻欢作乐的生活。但这些已经不再适合我现在的生活。可是就在这个晚上，我像是被它吸引着，等我发现时已经身在那里了。命运与别离将快乐与恐惧交织的心情强加于我，在我一生的朝圣之旅中，途中的驿站和冥想的神龛再一次攫住从过去的那些东西中散发出的痛苦与美丽的光芒；这个小酒馆还是这样，烟雾缭绕，不久前我还是这里的一位常客，我还在这里试图用那些廉价的酒水麻醉自己，好让我能够回到床上度过孤独的夜晚，让我有足够的勇气对这无聊的生活再多忍受一天。从那以后，我有了其他的特效药，那是一种甜蜜的毒药，更加刺激有力，引得我贪婪地啜饮。我面带微笑走进这家小酒店。老板娘冲我点点头，向我打招呼，那些沉默的常客也向我致意。很快我的面前就摆上了一盘老板娘推荐的烤鸡，用农家式的厚重杯子盛满了明净透亮的泛着泡沫的阿尔萨斯酒。干净的白色木质桌子、老旧的黄色大理石板都呈现出一派友好的样子。当我边吃边喝的时候，浮现出一种变化无常的、衰退败落的、别离欢送的感觉，那是一种所有情感中最为活跃的部分所产生的一种甜美的、仅存在于思想上的痛苦感受，早些时候生活中的一切从来没有过这种被分开的感觉，这种感觉预示着分别的时刻也即将到来，现代人称之为伤感。现代人已经失去了对无生命的物体的感情，他们甚至对最神圣的东西也没有一点爱慕，就像他们对待汽车的态度那样，总是希望更换最新的款式。现代人有这样的能力和实力。他们健康、冷酷而且奋发刻苦——他们是最优秀的类型，他们会在下一场战争中创造最为卓有成效的奇迹，但是这些都与我无关，我走我的路，死亡紧紧伴随着我，死亡才是我的出路。没有什么东西是值得我为之伤感的。我很高兴并充满感激地发现在我那颗灼伤的心中仍然存有感觉的遗迹。所以我任凭这些记忆中的东西将我带走，这些古老的小酒馆以及我对这结实的木椅子、对烟酒的气味、对这种无家可归的破旧不堪的氛围的眷恋，有一种美好的离别的调调和优雅。那些硬座也让我非常亲切，那些农家式的杯子和清爽的阿尔萨斯酒的味道显得非常可爱，这房子里的一切都似乎与我非常亲密，那些醉生梦死的醉汉的脸、那些幻想破灭的人，这么长时间以来我都是他们的兄弟。所有这种带有资产阶级情调的多愁善感与这家带有一点点古风的小酒馆的浪漫气息正好吻合，这种浪漫来自我的童年，那时酒馆啦、香烟啦、烈酒啦仍然还是违禁品——这使它们充满陌生的神秘感。但那时没有荒原狼在我面前龇牙咧嘴、将我的情感撕成碎片。我静静地坐在那儿，沉浸在对往事的快乐怀念中，那些往事仍然散发出令人眩晕的余晖。

一个小贩走进酒馆，我买了一把烤栗子。又来了一位卖花老妇，我从她那里买了几枝紫罗兰，并将其当礼物送给老板娘。直到我想付钱的时候，习惯性地从大衣口袋里掏钱，却没有摸到钱包，这才再一次想起我穿的是礼服。啊，化装舞会！赫尔米娜！

不过时间还早，我拿不定主意现在是否就动身径直奔赴环球舞厅。像最近一段时间每次去参加这一类娱乐活动时在路上的感觉一样，现在我也感到从心底里抗拒。我一点都不想走进那个宽阔而又拥挤的乱糟糟的舞厅。我像小学生那样害怕那陌生的气氛，害怕那个寻欢作乐的世界，害怕跳舞。

我来到大街上闲逛，经过一家电影院，看见霓虹灯光和彩色的巨幅海报闪闪发亮。我向前继续走了几步，又掉头走进电影院，至少在这儿我可以在黑暗中舒舒服服坐到十一点。领座员用遮暗的手电筒引路，带我穿过门帘，进入黑暗的大厅，我找到一个座位，立刻置身于《旧约全书》故事当中。名义上来说拍摄与放映这些电影都不是为了赚钱，好像它们花费巨资、附庸风雅却是为了一个神圣而高尚的目的。甚至在中午，连在校的学生们都被组织集体观看这部电影，影片演的是摩西和以色列人出埃及的故事。电影里人物众多，马匹骆驼无数，宫殿金碧辉煌，法老们雍容华贵，犹太人在炎热的沙漠中艰难行进。电影中的摩西让我想起瓦尔特·惠特曼的肖像，这是个只会在舞台上出现的华丽丽的摩西形象，只见他带领犹太人穿过沙漠，一双眼睛又深邃又炽烈，他拄着拐杖，迈着沃坦式的步子。我看见他在红海边向上帝祈祷，看见红海的海水向两边分开，形成一条路，两边是耸立的由水形成的高山（那些神职人员如果看了电影，一定会为影片制作者是如何表现出如此特效而争论不休），我看见预言家和胆怯的老百姓穿过这条水道前进，看见在他们后面出现了法老的战车，看见埃及人在红海边惊讶得目瞪口呆，害怕犹豫了一会儿后，他们勇敢地朝着那条大道前进，于是巨浪崩塌，将全身衣饰华丽的法老和他的战车、士兵全部吞没。看到这里，我想起了韩德尔的一首非常优美的男低音二重唱，这首歌出色地歌颂了这个故事。接着，我看见摩西登上西奈山，看见他这位忧郁的英雄站在那荒凉的岩石上，而且我还看见耶和华在风暴雷电中向摩西授予十诫，而与此同时，那卑贱的平民在山脚下铸起金牛犊，放任自己大肆狂欢。我觉得这部电影如此奇特，我为能够亲眼看到这些神圣的教义、这些英雄人物、这些神话奇迹而感到不可思议。在童年时代，这些都曾将我们带入另一个世界，而现在，这些神圣的故事却为了钱，在这些心怀感动的公众面前放映，他们安静地坐在那里，吃着自家带来的零食。这还只是当今社会文化批量化生产和大量售空的大环境中随便攫取的一个小场景！我的上帝，与其给他们一条活路，还不如放任埃及人不管，让犹太人和其他所有人在当时就立刻死于暴力来得好，而不用像现如今我们这样苟延残喘，一步步走向死亡。是的，那样确实更好一些！

我内心的拘谨与胆怯一直不愿让自己承认对化装舞会心怀恐惧，看完电影虽然感到兴奋，但那种恐惧并没有减小，反而令人不快地变得更加强烈了。是想起了赫尔米娜，我才不得不鼓起勇气，下定决心乘车去环球舞厅，等我跨进舞厅的时候已经很晚了，舞会早已热火朝天，我还没来得及脱衣服，就陷入了狂欢的、戴着假面具的人群中。我不免有些羞涩，我被人友好地推搡着，有姑娘邀请我去喝杯香槟，小丑们从背后拍我，开我玩笑，所有人都像老朋友那样称呼我。我一概不予理睬，艰难地穿过拥挤的舞厅来到存衣间。我拿到存衣牌时，特别小心仔细地把它放进口袋，心想，也许很快就会用得着它，我很可能出于对这种嘈杂与混乱的厌恶而很快离开这里。

这座大楼的所有的房间都充满节日的欢庆气氛，非常热闹，各个大厅、每个房间连地下室都有人跳舞，所有走廊楼道都挤满了戴着假面具的人，到处充斥着舞蹈、音乐、欢声笑语。我心中感到压抑难耐，赶快从人群中钻过去，从黑人乐队到乡村乐队，从宏伟宽阔、灯火辉煌的主厅钻进各条过道回廊，登上台阶、走进酒吧，走向自助餐台和香槟酒廊。墙上大都挂着年轻画家那风格狂野、逗乐搞怪的画作。今天，全世界的人都聚在这里，有艺术家、记者、学者、商人，当然了，还有整个城镇里对寻欢作乐虔诚有加的善男信女们。帕布罗先生坐在他的乐队里，激情地吹奏着他那根装饰着丝穗的萨克斯管；他认出我时，高声歌唱对我表示欢迎。我被人群裹挟着，从一个房间到另一个房间，一会儿跟着上楼，一会儿又被拥着下楼；地下室的一条过道被艺术家们装饰成地狱，一支打扮成魔鬼的小乐队使劲地在乱弹乱唱。我开始慢慢地寻找赫尔米娜和玛利亚，为了找到她们几次想挤到主厅去，可每次不是没找对路，就是被人群推挤出来。直到半夜，我都没有找到任何一个人，尽管我还没有跳舞，却已经全身发热、头晕脑涨了，我赶紧在一群陌生人中间就近找了一把椅子坐下，我要了一杯酒，觉得像我这把年纪的人已经不适合参加这种喧闹的节庆活动。我沮丧地喝着酒，凝视着女人们裸露的胳膊和后背，看见许多奇形怪状的假面具和化装服饰从眼前飘过，任凭人们在我身边挤来挤去，有几个姑娘想坐到我的怀里或者和我跳舞，我都默默地将她们推开了。有一次，一个姑娘冲我喊“嘿，老东西”，这话一点儿也不错。我决定借着酒劲振作起来，但是这酒也跟我作对，我简直没法喝下第二杯。我慢慢感觉到，荒原狼站在我的背后，伸出血红的舌头。什么事都不能引起我的兴趣，我来错地方了。说实话，我抱着一片好意来到这里，但我在这里却高兴不起来，周围欢腾着快乐的喧嚣，到处都是欢声笑语，到处都是愚蠢的丑态，对我来说这些都是人们被迫假装出来的，都显得那样愚蠢。

大致情况就是这样，于是大约一点钟的时候，我满怀怒火和梦想破灭的失望在人群中开出一条路挤到衣帽间，想穿上我的大衣马上离开。我又一次屈服投降了，倒退到荒原狼的状态，赫尔米娜不会原谅我这样做的。可是我没有别的办法。我一边吃力地挤过人群，向存衣处走去，一边仔细地向四周观看，试图找到一个熟悉的人。然而谁也没有看见。现在我站在存衣处前，柜台后面那位彬彬有礼的侍者已经伸出手来准备接我的存衣牌，我伸手到背心口袋里掏，却发现存衣牌不见了！一定是魔鬼附在上面，即便他已经打败了我却还要跟我开这样恶毒的玩笑！我在各个房间孤独地溜达了够长的时间，就在我坐着喝着淡而无味的酒的时候我还在口袋里摸到过它，我一次又一次地击败那个打退堂鼓的念头，这期间我总是能在它该在的地方找到那块又圆又扁的小牌子，现在它却不见了。什么事都跟我作对。

“存衣牌丢了？”这时，一个穿着红黄衣服的小魔鬼打扮的人在我旁边尖声尖气地问我，“在这里，朋友，你可以拿我的。”他二话没说就把他的存衣牌递了过来。我机械地接过来，在手指间翻过来翻过去，转眼间，这个机灵的家伙很快消失不见了。于是，我仔细检查着这张纸片想看清上面的号码，这时我才发现，上面根本没有数字，取而代之的是几个潦潦草草写成的很小的字。我请存衣处的侍者等一会儿，走到最近的一处灯光下看写的是什么，只见上面只有很小的几个字母，简直难以辨认，但我依稀看到上面潦草地涂写着这样的话：

> 今晚在魔法剧场
> 只准狂人入内
> 入场券为你的思想
> 并非对每个人开放。赫尔米娜在地狱里。

我就像一个木偶一般，刚才似乎有一瞬间，我身上的线从操纵者手中滑落，在短暂的麻痹僵死和眩晕昏迷之后，再一次苏醒过来，获得了新生，重新开始演绎它的角色。同样，我像是被神奇的细线牵引着，怀着巨大的热情和对年轻的渴望将自己投身到喧闹的气氛当中，我已经从一种无精打采、疲惫不堪的老年状态中恢复过来。从来没有一个罪人如此迫切地冲向地狱。就在刚才，那双漆皮皮鞋还把我的脚挤得生疼，那浓烈的香水味还让我觉得反胃，那热情的气氛还与我无关。现在我像是长了翅膀一般，双脚腾空，迈着一步舞的舞步穿过每个房间，向地狱奔去。空气中充满神奇的魅力。热腾腾的气氛嵌入我的身体，让我感觉飘飘欲仙，音乐仍然狂躁喧闹，色彩依旧迷离动人，女人的肩膀依然香气芬芳，无数喧闹大笑的人们、舞曲欢快的旋律、所有被照亮的眼睛都散发出熠熠光彩。一个跳着舞的西班牙女孩飞进我的怀抱说："和我一起跳舞！""不行，"我说，"我要飞速前往地狱。但是我很乐意你亲我一下。"我的嘴碰上了她面具下的红唇，我们热吻起来，我这才认出是玛利亚。我用胳膊紧紧地搂着她，她的厚实的嘴唇就好像六月怒放的玫瑰一般。直到我们跳起舞来，我们的嘴唇还紧紧地贴在一起。我们跳过帕布罗身边，他温柔地用萨克斯吹奏出哀伤的曲调，就好像这件乐器是他的情人一般。他那一对如同可爱的动物般的双眼用一种似乎并不专注的眼神拥抱着我们。可惜我们才跳了二十几步，音乐就戛然而止，我缓缓地极不情愿地放开了玛利亚。

"我很想再和你跳一次，"我说，我陶醉在她的温情之中，"来，玛利亚，跟我走几步，我多么爱你美丽的双臂，再让我多拥有你一会儿！可是你看，赫尔米娜已经在呼唤我。她在地狱里。"

"我已经想到了。再见，哈里，我仍然爱着你。"她跟我告别。是的，这就是秋天，这就是命运，它让夏日的玫瑰结出饱满的果实，散发出成熟的气息。

我继续往前跑，穿过长长的走廊，挤过满满当当的人群，走下楼梯，进入地狱。在一面黑漆漆的墙跟前有一盏明晃晃的散发着邪恶光亮的灯，魔鬼乐队正在狂热地演奏着音乐。在一把高高的吧台椅子上坐着一位英俊的小伙子，他穿着晚礼服，没有戴假面具，用一种轻率又略带嘲弄的眼光瞥了我一眼。我被跳舞的人们形成的旋涡推到墙边——这个扮成地狱的地下室小房间里约有二十对舞伴在跳舞。我怀着猜疑又渴望的心情，观察着在场的所有女人，她们大多数仍然戴着假面具并向我投来微笑，但是没有赫尔米娜。那坐在高椅子上的帅气的年轻人用嘲笑的目光望着我。我想，下一次休息时，赫尔米娜就会来喊我的。舞曲结束了，但没有人来。

我走向那间小酒吧，它被压缩在一间又小又低矮的房间的角落里。我走到小伙子坐椅旁边，要了一杯威士忌。我一边喝着酒，一边细看年轻人的侧面轮廓。这人好像很熟，很招人喜爱，像很久之前看过的一幅画，正因为蒙上了一层来自旧时光的特殊的灰尘而变得异常珍贵。噢，我内心忽然颤抖了一下：那不是赫尔曼，我年轻时的朋友吗?

“赫……赫尔曼！”我结结巴巴地叫了一声。

他微微一笑：“哈里?你找到我了吗?”

原来是赫尔米娜，我简直被她的装束误导了。她套着时髦的高领，用一种我并不熟悉的眼神望着我，聪慧的脸显得苍白，宽大的黑色礼服袖子和白色的衬衣袖口都使她的一双小手更显得格外娇小，那条长长的黑色西裤使她那双穿着黑白相间丝袜的小脚显得格外优雅。

“这就是你的装扮吗?赫尔米娜，这就是你让我爱上你的装束吗?”

“到目前为止，我已搞得几位女子爱上了我。现在轮到你了。让我们先喝一杯香槟吧。”

于是我们就在高椅子上安心坐了下来，与此同时周围人们仍在跳着舞，弦乐声声热切而强烈。似乎赫尔米娜没有费多少劲就使我很快爱上了她。由于她穿着男装，我不能和她跳舞，我也不能容忍自己跟她有更多亲密的举动。也正是由于她穿着男装，才显得似乎有一种距离感，有一种中性的美感，然而她的相貌、她的言语、她的肢体动作都向我传达出一种阴柔的魅力，这种魅力包围了我。根本用不着过多的身体接触，我就向她的魔咒屈服投降了，这种魔力本身来自她所扮演的角色。这是一种雌雄同体的魅力。接着她便跟我谈赫尔曼，谈我的童年，谈她的童年，谈论那些在我们刚刚具备爱的能力的岁月。在我们的青年时代，拥抱并不仅为了性爱，而是一切，既包括感官的，也包括精神的东西，他们把爱情的魔力，把童话般富于变幻的能力赋予一切。而这种能力，在长大以后的日子里只有少数具有资格的人和诗人仍然具备，也只有他们才能使用。自始至终，她表现得完全像个年轻男子，抽着香烟，谈吐中显出智慧又轻松幽默，常常喜欢带点讽刺的口吻，但是，她的一举一动都闪耀着性爱的光芒，这光芒照进我所有的感官，让我进入一种魅惑的幻觉当中。

我从前以为我完全了解赫尔米娜。而今天夜里，她却以全新的面貌出现在我的面前！她多么轻柔，悄悄地在我周围织起我渴望已久的网，就像一个调皮的仙子给我喝下甜蜜的毒药！

我们坐在那里边喝香槟边聊天。我们不慌不忙地在各个房间闲逛，看着我们周围的一切。我们在进行一次探险之旅，发现一对对男男女女的风流韵事，这种窃听活动取悦了我们。她会指出一些女人，推荐我跟她们跳舞，教给我引诱不同女人的各种手段。我们扮演着竞争对手，玩着一种扮演角色的游戏，勾引同一个女孩，依次轮番跟她跳舞，用尽一切方法获得她的芳心。这一切都只是一场盛大的游戏，仅仅是我们两人之间的游戏，也让我们在分享共同的激情的同时靠得更近。一切都是童话里的情节。一切都有了新的维度，一切都获得新的含义。一切都是想象出来的，一切都具有象征意义。有个女孩面容姣好，但是看起来愁眉不展。于是赫尔米娜跟她跳舞，吸引她的注意力。很快她们就相约去喝香槟，消失在我的视野里。后来她告诉我她已经征服了那个女孩，但不是以男人的身份，而是作为一个女人得手的，用的就是一种莱斯博斯岛的魔法。而我这边，我渐渐觉得整个大楼到处充斥着舞曲的声音，到处都是戴着面具极度兴奋的人群，这里已经成为一个狂野的梦想天堂。一朵又一朵巨大的鲜花用她们的香气向我示爱。我把玩着一颗又一颗禁果。巨型的毒蛇在绿色的树荫中用它的双眼将我催眠；荷花从黑色的沼泽中伸展怒放；被施了魔法的鸟儿从树上唱着诱惑人心的歌。但是，所有的一切都为了把我引向一个期盼已久的目标，一切都在召唤我，唤起我对一个人的渴望，也仅仅对那一个人。有一次我和一个不认识的女孩跳舞，我用爱人的热情将她弄得神魂颠倒，她被卷入跳舞的人们组成的旋涡当中不能自拔，我们都悬浮在这个不真实的世界，突然她笑着评论我：“我都快认不出你了。刚才你还那样呆头呆脑，那么无聊死板。”我认出来了，她就是几小时前叫我“老东西”的那位姑娘。她以为我已经爱上了她，但下一支舞曲响起时我已经兴致勃勃地和另一个姑娘跳了起来。我跳了两小时舞，也许更长，甚至跳了很多没有学过的舞步。赫尔曼——一位微笑的小伙子，他时不时地在我近旁出现，向我点点头后又消失在人群中。

今晚的经历是我在过去的五十年中从未有过的，尽管或许每个轻佻的女孩或学生对这种事都了如指掌——对整个节日欢乐气氛的陶醉、置身欢腾的人群、神奇地融入其中、体验这种融为一体的神秘欢乐，我常常听人说起这些东西。我知道每个女仆都有这样的经历，我常常看到讲述这些事情的人两眼闪烁着陶醉的光，而我通常总是半是轻蔑、半是羡慕地报以微笑。眼前的这一切，在我的一生中曾千百次地亲眼目睹过，我看过这些兴高采烈的人如痴如醉、释放自我，面带笑容、半疯半癫、专注纵情，他们的脑袋已经被一种普遍的热情弄得神魂颠倒。我看过醉醺醺的新兵和水手，还有沉浸在热情中的伟大的艺术家都是这个状态，还有那些即将奔赴战场的年轻士兵，或许就是在一次音乐节上。甚至就在前不久，我还对这种快乐的闪光和微笑感到惊奇，并且对其又是爱慕又是嘲弄又是嫉妒，这闪光就出现在我的朋友帕布罗身上，就在他沉浸在自己的萨克斯演奏中，与他的乐队在一起演出时，他望着他的指挥、鼓手或者演奏班卓琴的乐手，他眉飞色舞，陷入极端的狂喜中。我有时会想，这种微笑，这种孩子似的光彩，只有很年轻的人才会具备，只有那些没有鲜明的个性、人与人的个体之间不存在巨大差别的人当中才会有。可是今天，在这幸福的夜晚，我自己——这只荒原狼——也面带微笑，焕发出这样的神采。我自己也畅游于这孩子般天真的童话故事式的幸福中，我自己也从共同狂欢、音乐、节奏、酒和性感的欢乐中呼吸那甜蜜的梦幻并陶醉其中；以前，经常听到某些学生对舞会侃侃而谈、赞叹有加，我听着，常常只当这是他们的某种排遣，并且带着一种阴郁的优越感去听。我不再是我自己了，我的个性溶解在节日的陶醉中，就像盐遇到水那样溶解了。我跟这位或那位女人跳舞，然而我占有的不仅仅是我搂在怀里的女人，不仅仅是在我胸前任我抚摸，嗅着她们的香气的女人，而是所有在这大厅里跳着同一个舞、和我一样随着同一舞曲摇摆的每个女人都属于我；她们神采飞扬，如一朵朵大鲜花飞掠过我身旁。

不过我也属于她们，大家都是你属于我、我属于你。男人也是一样。我是他们当中的一员。他们对我来说也不再是陌生人，他们的微笑就是我的微笑，他们的追求就是我的追求，我的就是他们的。

一种新的名叫“渴望舞曲”的狐步舞在那个冬天风靡世界。我们一旦跳起这个舞就跟跳不够似的。我们都被这个舞曲深深吸引、陶醉其中难以自拔，无论何时只要这个乐曲一响，每一个人都一同哼起同样的旋律。我不断地跳舞，跟我遇到的每一个女人跳，跟我跳舞的人有非常年轻的女孩，有正值妙龄的女子、有芳华已过的半老徐娘；跟她们在一起我都会感到发自内心的狂喜——我快乐地笑着，光彩照人。当帕布罗看见我如此神采奕奕，他的眼睛也闪出幸福的光芒，在他看来，以前的我就好像一个哀伤又可怜的魔鬼一样，他甚至兴奋地从演奏坐的椅子上站起来，使劲地吹奏他的萨克斯管，随即他又登上椅子，高高地站在上面，鼓起腮帮吹奏着，随着《渴望舞曲》的节奏，使劲地摇摆着身体和乐器，我和我的舞伴一起向他飞吻，高声地和着节拍唱起来。啊，我一边跳一边想，让该在我身上发生的事情发生吧。至少我已经感受过幸福了，我兴高采烈、神采奕奕，我脱离了我自己，成了帕布罗的兄弟，成了一个孩子。

我已经完全失去了对时间的感觉，我不知道幸福之中的陶醉感持续了有多久，是几小时还是只有一瞬间。我也没有发现，舞会越是热闹，人们越是集中在一个狭小的空间中。大部分人已经离开，走廊过道已经变得安静，许多灯光已经熄灭，楼梯上已经没有人在走动，楼上的舞厅里，乐队一个接一个地停止了演奏，离开大楼；只有主厅和地狱里还在喧闹，跳舞的人们闹得更加热火朝天、如痴如醉。我不能和打扮成小伙子的赫尔米娜跳舞，我们只能在舞曲停下的间歇匆匆见上一面，互致问候，后来她干脆消失不见了，不仅是我看不到她，而是我从脑子里忘掉了她。我不再有什么思想了。我完全迷失在这个迷宫中，迷失在那舞蹈的旋涡里。芳香的气息，音乐的旋律，人们的叹息、言语萦绕在我的周围。不认识的人向我致意，我像是被他们陌生的目光点燃了，被陌生的脸孔包围着，被音乐的声浪推动着。

过了不久，我突然有段时间恢复了部分的意识，最后一帮留下来跳舞的人挤在一个更小的房间里，把房间撑得满满当当——这也是唯一还有音乐在演奏的房间了——突然，我看到了一个身穿黑色衣服的小丑，是一位姑娘化装的，她把脸涂成白色，她的妆容崭新如初、充满魅力，她是唯一一个戴着面具的人，像是一个令人销魂的魅影，整场舞会下来我在此之前从来没有见过她。在场的其他人在最后一段时间都面露疲态、脸上发热、衣服发皱、衣领软塌、发型松散，只有这个穿黑衣的女小丑站在那里妆容光鲜，优雅平滑的白色脸庞隐藏在面具之后。她的衣服没有任何褶皱，她的头发梳理得一丝不苟。她的飞边衣领和尖尖的袖口整整齐齐。我向她跑过去，用我的胳膊环绕住她，拉她过来跳舞。她那喷了香水的飞领领口触到了我的下颌，她的头发轻轻扫着我的面颊。她的身体洋溢着青春的活力，以此回应我身体的摆动，整个晚上都没有人能做得像她这样，既伴随着一种来自身体中的温柔以及对我的动作百依百顺，又通过施展她诱人的魔法迫使我的动作和她产生新的接触。当我一边跳一边弯下腰想吻她时，她的嘴巴突然露出微笑，那是一种胜利的让我熟悉的微笑。一瞬间，我认出了丰满结实的下巴，认出了她的肩膀、胳膊和双手。这是赫尔米娜，她不再是赫尔曼了，她换了服装，如此光鲜照人，喷了香水、扑了粉。我们嘴唇炽热地碰在一起。在我们跳舞的那段时间，她怀着强烈的渴望，把膝盖以上整个身体都紧紧地贴在我的身上，然后她将嘴唇移开，抑制着自己，像是要从我身边逃开那样。当音乐停止时，我们仍然紧紧地抱在一起，就站在我们原本的位置一动不动。我们周围那一对对男女又是拍手又是大叫，要求疲惫不堪的乐队重新再把《渴望舞曲》演奏一遍。这时，我们突然感到天已黎明，看到了窗帘后面透出白色的晨光，它提醒我们快乐已经接近尾声，它预示着疲倦所带来的一系列症状即将向我们袭来。突然人群中爆发出一阵大笑，我们又一次盲目而绝望地摆动着我们的身体，音乐和灯光汇成一股洪流充斥着房间。我们的舞步准确无误地踩着乐点，仿佛被音乐施了魔法一般，一对对舞伴相互抚摸，再一次感受到欢乐的巨浪的扑打。此时的赫尔米娜已经放下了她胜利的姿态、放弃了她的嘲讽和冷酷，她知道，她无须费力就能让我爱她。我是属于她的。她跳舞的方式、她的容貌、她的微笑、她的热吻都表明，她把自己送给了我。这个狂热的夜晚中，所有女人，所有跟我跳过舞的女人，所有令我激动不已同时也被我的热情点燃的女人，所有我追求过的女人，所有满怀渴望依偎在我怀里的女人，所有被我用灼热的目光与我熔化到一起的女人，都变成了同一个女人：就是被我紧紧搂抱在怀里的这个。

这场让人结成姻缘的舞曲一直持续着。一次又一次，音乐最终减弱了。乐手们放下手中的乐器，钢琴师从琴边起身。第一提琴手疲惫地摇晃着脑袋。然而每一次他们都被最后一批如痴如狂的舞者打动，再一次开始弹奏起来。每一次他们都弹得更快、更狂野。终于，我们跳完最后一支舞，仍然相互搂抱着站在那里，上气不接下气，直到关上了琴盖，我们的胳膊才像这些疲惫的提琴手、小号手一样瘫软地垂下来，笛子演奏者眼神中流露出睡意，把笛子收进盒子。门开了，一股冷风涌了进来，侍者披着斗篷出现在人们面前，酒吧服务员熄灭了灯。整个场面呈现出一种诡异的氛围，刚才还热火朝天地跳舞的人们打着冷战赶紧穿上大衣斗篷、竖起衣领。赫尔米娜站在那里，脸色苍白但露出微笑。她慢慢抬起手臂，把头发理到背后，就在她做这个动作时，一只胳膊呈现出独特的光影，一种难以形容的、令人眩晕的温柔的阴影，从她的腋窝一直延伸到她衣服下暗藏的胸部，她那小小的、瑟瑟发抖的曲线由于阴影的作用在我面前毕露无遗，就像她的微笑一样，包容了她的全部妩媚，包容了她优美身段的全部魅力。

我们站在那里，互相凝视着对方，我们是大厅里最后的两个人，也是整座楼最后的人。我听见下面什么地方发出“砰”的关门声，玻璃杯破碎的声音、痴痴的笑声都渐渐远去，期间夹杂着汽车发动机急促的噪声。远远地，不确定距离、不确定高度的某个地方我听到一阵笑声，宣布一切庆祝活动的结束，听上去既爽朗快活又很可怕、很陌生，仿佛是由水晶和冰组成的那么冷酷，明亮泛光，而又冰冷无情。我似乎之前在哪里听到过这个笑声，到底在哪里我又说不清。

我们两人站在那里，互相瞅着对方。有一瞬间，我清醒了过来，立刻感到令人恐惧的疲惫向我袭来，汗湿的衣服瘫软无力又黏糊糊地贴在身上，一种厌恶感油然而生，看见我的手呈现出红色、血管毕露，从皱皱巴巴不成形的袖口伸出来。但这种情绪转瞬即逝，赫尔米娜只向我看了一眼，就把这种疲惫感抹去了。我自己的灵魂仿佛从她的眼睛中瞧着我，在她的目光下，一切现实都崩塌了，我感官上对她的爱意也随着现实崩塌了。我们像着了魔似的互相瞅着，而与此同时，我那可怜的小小的灵魂也在望着我。

“你准备好了吗？”赫尔米娜问道，她的笑容消失了，她胸脯上的影子也消失了。那陌生的笑声在陌生的房间里显得既响亮又遥远。

我点点头：“哦，是的，我准备好了。”

就在这时，帕布罗出现了，他用他那快活灵动的眼睛望着我们，那原本应该是一双动物的眼睛，但是动物的眼睛总是严肃的，而他的眼睛总是笑眯眯的，正是这种笑意使他的眼睛变成了人的眼睛。他用他惯常的友好与诚意，示意我们过去。他穿着一件彩色绸缎便服，红色的大翻领，衬衣领子已经变软，红色的花边映衬着他那张疲乏苍白的脸，但是这副颓态一下子就被他眼睛中射出的光芒所抹杀。现实就这样被擦除抹去了，因为这双眼睛也具备这种魔力。

我们向他走过去。在门口他轻声地对我说：“哈里仁兄，我要邀请你参加一次小小的娱乐活动。只准狂人入内，入场券就是你的思想。你准备好了吗？”

我再一次点了点头。

我这位亲爱的伙伴像是有些担心那样用两只胳膊挽着我们俩，右臂挽住赫尔米娜，左臂挽住我，带我们走下楼梯。我们走进一间小小的圆形屋子，从天花板上射下淡蓝色的光，除此之外房子里几乎是空的，只有一张小圆桌，三把简单的扶手椅。我们在椅子上坐下。

我们这是在哪儿？我在睡觉？我在家里？我在驾车飞奔？不对，我坐在一个闪亮着蓝色灯光、空气稀薄的圆形房间里，现实的层面已经变得极为模糊。

赫尔米娜脸色为什么那样苍白？帕布罗为什么喋喋不休？也许正是

我在让他讲了这么多话，正是我通过他的嘴巴在说话？难道从他那双黑色的眼睛里注视着我的，不正是我自己的灵魂吗？就像一只因为迷路而不知所措的小鸟。从赫尔米娜的灰色眼睛里看着我的，不也是我自己的灵魂吗？

我们的朋友帕布罗温和友好地看着我们，就好像是在主持一场用他的友谊举行的仪式一般，他说了那么多话，滔滔不绝地讲了那么久。我以前从未听到过他说两个连贯的句子，以为他对探讨问题和咬文嚼字完全不感兴趣，我几乎从来无法相信他有独立的思想。现在，他却用他优美的、温柔的嗓音侃侃而谈，非常流利，无可挑剔。

“我亲爱的朋友们，我邀请你们来参加一次娱乐活动，哈里已经对此期盼良久，甚至连做梦都常常梦到。时间确实有点晚了，毫无疑问我们都有点累了。所以，首先，让我们休息一下，给自己提提神。”

他从嵌在墙壁里的小柜子中拿出三个杯子：一个精巧的小瓶子，还有一个带有东方风格绘有不同颜色的木质小盒。他从瓶子里倒出液体斟满了三个杯子，又从木盒里拿出三支又长又细的黄色香烟，从丝质上衣口袋里掏出一盒火柴，给我们点着了火。我们靠在椅背上，慢慢地抽着烟，香烟冒出的烟雾很浓，犹如在焚香一般。我们慢慢地一小口一小口地喝着散发出芳香气味的液体，那味道非常陌生。很快它们就发挥了难以估量的作用，到处都令人欣喜快乐、充满生气——就好像我们的身体被充了气，不再受到球引力的羁绊。就这样，我们安静地坐在那里，吞云吐雾、啜饮琼浆，随着时间一分一秒地过去，我们都渐渐觉得身体越变越轻，情绪更加安详平和。

似乎从很远的地方，响起了帕布罗温暖的声音：

“亲爱的哈里，今天能款待你是我的莫大荣幸，为此我感到非常高兴。你常常对自己的生活感到非常厌倦。你一直在努力，但是始终无法逃脱对吗？你最大的渴望就是抛弃这个世界和这个世界产生的现实，进入一个由你自己创造的现实中去，到一个超越了时间概念的世界中去。当然了，你很明白那所谓的另一个世界藏在哪里。那个属于你的灵魂的世界。只有在你的内部才存在另外一种你所渴望的现实。我只能给你那些已经在你心中存在的东西，除此之外别无他物。我能为你打开一个画廊，里面除了属于你自己灵魂的画卷之外什么都没有。我所给予你的只是一次机会、一种激励、一把钥匙。我能帮助你看到那个属于你自己的世界。仅此而已。”

他再一次将手伸进他那件华丽的上衣口袋，拿出一面圆形的小镜子。

“你看，以前你眼中的自己是这样的。”

他把镜子举到我眼前。（我忽然想起一首童谣：“小镜子啊小镜子，我手中的小镜子。”）尽管镜面有些模糊不清，但我仍然看见里面映出一张焦虑不安的、自作自受的、精神疲惫不堪、总是怒气冲冲的面孔——那是我自己，那个哈里·哈勒尔，而在哈里的内部我又看见了荒原狼，一只怯懦的、健美的、迷惘的狼，他的眼神充满恐惧，时而被愤怒点燃，时而又透出悲伤。这只狼的形象通过不停地运动流进哈里的体内，如同一条支流注入大河时那样混乱而欢腾。这是一场痛苦的角逐，每一个形象都试图将另一个压下去。这个流动的、尚处于早期的狼的形象，从他那双优美怯懦的眼睛中流露出多么难以言说的忧伤啊！

“你看见的自己就是这样的。”帕布罗又轻声细气地说了一遍，把镜子放回口袋。我感激地闭上眼睛，小口抿着那杯万能良药。

“我们休息过了，”帕布罗说，“我们喝了点东西，也聊了一会儿。你们不再觉得疲乏的话，我现在就带你们去看我的西洋镜，参观一下我的小剧院。你们难道不一起来吗？”

我们站起身，帕布罗微笑着在前头引路，他打开一扇门，将一块幕布拉到一旁。于是，我们发现我们置身于一个马蹄铁形状的剧院长廊里，我们正好站在中央的位置。拱形走廊向两边展开，弯弯曲曲的过道的每一侧都有很多的——确实多得令人难以置信——窄窄的门，每个门都通往一个剧院包厢。

“这是我们的魔法剧场，”帕布罗解释道，“一个给我们快乐的地方。我希望你们能从中找到各种各样为之一笑的东西。”他一边说着一边大笑起来，一种短促的笑声，但这笑声却强烈地震撼了我，这跟我先前在楼下听到过的爽朗的、异样的笑声一模一样。

“在我的小剧院有无数的包厢门，十扇、一百扇甚至一千扇，你们想要多少就有多少，每扇门后都有你们要找的东西在等着你们。这是一间漂亮的名画储藏间，亲爱的朋友，但像你现在这样走马观花浏览一遍，对你一点用也没有。一种被你习惯地称为人格的东西会检查你的每一次选择，并蒙蔽你的双眼。毫无疑问，你早就猜到，不管你如何描述你所渴望的东西，称之为克服时间也好，从现实中解脱出来也好，简而言之就是你希望从你所谓的人格中摆脱出来。这人格是一座监狱，你就困在里头。假若你就以那副样子进入剧院，就只能用哈里的眼睛、通过荒原狼的老花镜去观察一切。因此，请你将这副眼镜放到一边，放下这尊贵的人格，把它们留在这里的存衣处，随时都可以取回，悉听尊便。你刚才参加过的漂亮的舞会，分析荒原狼的专著文章以及我们刚才服用的少许兴奋剂大概已经让你做好了充分的准备。哈里，你将自己那尊贵的人格留下以后，就可以任意在剧院的左边参观。赫尔米娜参观右边。一旦进到了里面，你们又可以随便见面。赫尔米娜，请暂时退到幕布后面去，我先要给哈里介绍一下参观的方法。”

赫尔米娜钻进幕布，消失在了右边的过道中，那里有一面巨大的镜子，从地板一直到拱形的天花板上，覆盖了整个后墙。

“好，哈里，现在跟我来，尽可能地让自己心情愉快。举行这次娱乐活动的全部目的就是让你高兴起来，教给你如何去笑——我希望你不要让我为难。我相信你现在感觉很好吧？不觉得害怕吧？那么很好，非常好。现在你将进入我们梦想的幻影世界，没有恐惧，只有最真实的快乐。首先，你需要用一次微不足道的自杀获得进入这个世界的通行证，这就是这里的规矩。”

他再一次取出那面小镜子，举到我的面前。我再一次看到小镜子中映出了那个模糊不清的图像，一个狼形的东西在这个映象周围环绕着，时而从这个映象中间径直穿过。对于这个映象我再熟悉不过了，而且它实在太令人讨厌，以至于如果它被毁灭破坏掉的话，我一点都不会感到悲哀。

“现在你可以抹去这个已经没有用的多余的映象了，我亲爱的朋友。你只需要做这么点事。你这么做了，它就会获得满足，如果你的情绪允许的话，你只要真诚地大笑着观看这幅画就行了。现在的你是在一所幽默学校里。真正的幽默始于你不再对自己太过严肃的那一刻。”

我的双眼盯着这面小镜子，看到镜子里面作为人的哈里和荒原狼正在抽搐颤抖。甚至有那么一小会儿在我的内心深处有什么东西也抽搐起来，那种感觉很模糊但也很痛苦，就像回忆、像乡愁、像悔悟。然后，一种新的感觉取代了这轻微的压抑感。这种感觉类似人们用可卡因麻醉后从嘴里拔出一颗牙时的感觉；人们既感到轻松，深深吐出一口气；同时又感到惊讶，居然一点都不疼。这种感觉伴随着一阵轻松的快意，同时还有一种大笑的渴望，是那么的难以抵挡，以至于我忍不住放声大笑起来。

镜子里那副令人悲哀的画面最后颤抖了一下，随即消失不见了。小镜子一下子变得灰暗，好像被火烧过一般焦黑混浊。帕布罗也大笑起来，接着他就把这个小东西扔掉了，镜子翻滚着顺着走廊消失在黑暗中。

“笑得好，哈里，”帕布罗大声喊出来，“但是你还要学着像不朽者那样笑。你终于除掉了荒原狼。用刮胡刀是杀不死他的。注意不能让他活过来！你很快就会将现实的闹剧置之脑后。下次我们再碰面时我们可以喝结拜酒啦，亲爱的好兄弟，我从来没有比今天更喜欢你了。我们可以一起谈论并争辩哲学问题，还可以谈谈莫扎特、格鲁克、柏拉图和歌德，直到你由衷满意，只要你觉得值得一谈就行。现在你可以理解以前我们为什么是不可能这么做的了吧。但愿你成功，至少能摆脱掉荒原狼。因为从自然角度说，你的自杀当然不是彻底的死亡。我们是在魔法剧院里，这是一个视觉图像组成的世界，而不是现实。请你找出优美有趣的图画，表明你真的不再迷恋你那有问题的人格！但是，如果你仍然想要重新获得这种人格，那只要再看一看镜子就行，我马上可以把镜子举到你面前。不过你知道那句古老的谚语吧：手里的一面小镜子比墙上的两面大镜子更宝贵。哈哈！”（他又笑起来，他的笑声是那么美、那么令人惧怕。）“好了，现在只剩下一个有趣的小小仪式。你已经扔掉了你人格的老花镜。来，现在对着一面真正的镜子瞧一瞧！它会让你高兴的。”

他一边笑一边拥抱了我，动作有些滑稽可笑，他让我转过身来，这样我就正冲着墙上的那面大镜子。在镜子里，我看到我自己。

我与镜子里的自己对望了一会儿，看起来它并没有什么不同，只是镜子里的我情绪高涨、精神爽朗、面带笑容。但是仅仅就在我认出自己的一刹那，镜子里的映象破裂开来成了碎片。镜子里我的形象分成两个、三个、四个、十几个、二十几个，都从大大小小的碎片里跳跃着，一整面巨大的镜子没有一块是完整的，里面映出的全是哈里，或者说是部分的哈里，每个形象都在我认出它是我自己的一瞬间消失不见。这些难以计数、形形色色的哈里有的和我一般年纪，有的比我更显苍老，有的已经非常年迈。其他形象则非常年轻。他们都还只是年轻人、小男孩、少年、顽童、幼儿而已。五十多岁的哈里和二十多岁的哈里在做游戏。三十多岁的哈里和五岁的哈里在一起。有的庄严肃穆，有的嬉戏打闹，有的受人尊敬，有的引人发笑，有的衣冠楚楚，有的衣着凌乱，甚至还有半裸着的、长头发的、头发掉得快秃了的哈里，他们都是我，而他们的形象转瞬即逝，我只能看到他们一闪而过，刚刚认出他们，他们就跑开了。他们四散跳跃奔跑，有的向左，有的向右，有的向镜子深处跑，有的从镜子中跑出来。有一个穿着雅致的年轻小伙子哈哈笑着跑到帕布罗胸前，拥抱他，拉着他一起跑开了。一个十六七岁的英俊少年特别招人喜欢，他像一道闪电似的飞快跑进走廊，急切地看着所有门上的小牌子。我跟他跑过去。看到他在一扇门前停住了脚，门上的标牌这样写道：

所有的姑娘都是你的

请投币

这个可爱的少年头朝下纵身一跃，自己跳进投币口，消失在了门后边。

帕布罗也不见了。那面镜子和那些难以计数的形象都是如此鲜明，我意识到我现在已经离开了自己的身体，离开了魔法剧场，我充满好奇心地从一扇一扇门前走过，仔细观瞧上面那些诱惑我进去的邀请文字。

有一扇门上这样写道：

快乐打猎

汽车大狩猎

这样的描述吸引了我，我打开窄窄的小门走了进去。

我立刻置身于一个充满噪声同时又令人兴奋激昂的世界。公路上的汽车——其中一部分还是装甲汽车——在街道上横冲直撞，追逐行人。它们直接把人撞倒，然后要么把路人留在那儿任其自生自灭，要么从他们身上碾过，或者把他们直接撞到墙上。我立刻明白了：这是一场人与机器的战争，这是一场早有预谋、很久以来蓄势待发、我一直以来深感恐惧而现在终于爆发的战争。战场上到处都是死人，都是七零八落的人的肢体，到处都是撞坏的、扭曲的、烧毁的汽车。飞机在这个令人恐惧的混乱之地上空盘旋，常常遭受从房顶和楼房窗户里埋伏的人们用步枪和机关枪进行的袭击。所有的墙上都贴着狂野宏大而又激动人心的标语，上面巨大的字母就像火炬一般炽烈，号召全国的人站在人的一边对付机器，去反抗那些肥头大耳、穿金戴银、喷洒香水的富贾财阀，就是他们用机器从其他人的身体中压榨血汗，号召人们消灭他们并毁掉他们的那些咳着废气、嗷嗷乱叫的大汽车。号召人们放火烧毁工厂，削减人口，将部分受尽折磨的土地清理干净，让土地长出青草，让落满尘垢的水泥世界又变成森林、草地、荒原、溪流和沼泽。相反，另外一些标语牌色彩丰富柔美，文字巧妙和风趣，警告所有与这个国家有利害关系的能以审慎的态度思考问题的人们，让他们反对这股暴动的潮流（这正是从一个更为温和也更幼稚的层面，表明这个人群是由那些具有卓越智慧的人和知识分子组成）。这些标语引人入胜地描绘了秩序、劳动、财产、文化、法律的好处，赞扬机器是人类智慧最为新颖也最崇高的发明，在机器的帮助下，人将变成神。我认真地读着这些红红绿绿的标语，思考着上面的话，并对它们啧啧称奇，像火一般炽烈而富于雄辩的言语影响着我的思考，逻辑严密，极具力量。当我站在这幅标语前我就觉得它是对的，一会儿当我站在另一幅立场截然相反的标语前，觉得这个说得也对，它们都是对的。周围激烈的射击声始终在打搅我。好了，整件事的主题明确清晰：这是战争，是一场激烈的、真诚的、非常令人同情的战争，人们不是为帝国君主或是共和国而战，不是为了争夺国界而战，也不是为某党某派、某种信仰或是别的什么道貌岸然的、夸张做作的东西而战，归根结底不是为什么卑鄙勾当而战。而是每一个因空间窄小而感到窒息的人，每一个觉得生活索然无味的人，他们在用这样激烈的方式表达他们的厌恶，力求全面破坏虚假文明的世界。在每一双眼睛里，我都看到他们毫不掩饰的杀机和破坏欲，我自己的两只眼睛也开出两朵狂野的血红的玫瑰。我跟他们一样，甚至比他们更高涨，两眼闪着明亮的光，我也兴高采烈地加入了这场战争。

然而一切之中最妙的是我学生时代的好朋友古斯塔夫突然出现在我的身旁。他是我童年时代的朋友中最调皮、最强壮，对生活最有热情并富于冒险精神的一个，我已经很多年没有见过他了。当我看见他眨着浅蓝色的眼睛向我示意时，我从心里高兴起来。

他招呼我，我立刻开心地向他走过去。

“天哪，古斯塔夫，”我欣喜地喊道，“我可有些年头没见到你了！你现在当了什么了？”

他生气地笑起来，完全跟小时候一样。

“你又来了，你这个傻瓜，总是絮絮叨叨问这问那。如果你非要知道，我只好告诉你，我当了神学教授了。可是老天开眼，现在神学已经吃不开了，这是战争，我的兄弟。一起来吧！”

一辆小汽车喘着粗气向我们开过来。他一枪把开车的人打下车，像猴子那样敏捷地跳上汽车，把车停在我面前，让我上车。接着，我们像魔鬼那样飞快地穿过枪林弹雨，穿过毁坏的汽车向前驶去，向城外开去。

“你站在工厂那边？”我问我的朋友。

“哦，老天爷啊，这是个品位问题，我们到城外再考虑。不，既然你说到了这个问题，我觉得我们应该选择另一方，因为归根结底都是一样的。当然了，我是个神学家，我的祖师爷路德当时曾帮助贵族和富人对付农民，现在我们要使双方力量平衡一下。哦，这辆破车，但愿它还能坚持一两千米。”

迅捷如风，我们是上帝的宠儿，我们飞速向前行驶，开进一片静谧的地带，这里绿草如茵，林木茂盛，有几英里宽，然后穿过一大片平坦的区域，慢慢开上一座峻峭的山。我们在光滑、闪烁的公路上停下，公路一边是陡峭的岩壁，一边是矮矮的护墙，弯弯曲曲向上盘旋，弯儿拐得很急，越盘越高。公路下面有一池碧蓝的湖水波光粼粼地闪耀着。

“这里的景色太美了！”我说。

“确实很美。我们可以把这条路叫做车轴路，据说有不少型号不同的车轴在这里被扭断了，小哈里，注意啦！”

有一棵巨大的松树长在路边，树上用木板搭了一个临时的小棚子作为瞭望哨，形成射击的有利地势。古斯塔夫冲我爽朗地笑了笑，心照不宣地冲我眨了眨他的蓝眼睛，我们急忙下车，爬上松树，呼吸急促，隐蔽在瞭望哨里。我们很喜欢这个瞭望哨。在里面，我们找到了步枪、手枪和几箱子弹。我们刚刚冷静下来就听到最近的拐弯处响起一辆高级轿车的喇叭声，喇叭声嘶哑高傲，汽车在闪光的山路上吼叫着，以高速径直开过来。我们手里已经端好步枪。激动之情油然而生。

“瞄准司机！”就在汽车正要从我们下面开过时，古斯塔夫下令道。我瞄准为首的那个司机模样的人，开枪射击。那人应声倒下，汽车仍在向前行驶着，一头正撞到岩壁上，又反弹了回来，由于自身太过笨重，车屁股猛烈地撞向路边的矮墙，就像一只大黄蜂又冲又撞，车翻了个底朝天，随着一声巨响跌入了山下。

“你打中他啦！”古斯塔夫笑道，“下一辆轮到我了。”

又有一辆车开来，三四个乘客坐在车后座上。车里一个女人，一条丝巾裹着她的头发，随风向后摇曳着。我的心中充斥着一种真诚的同情与懊悔之意。谁知道在这条丝巾下面会是一张多么漂亮的面孔呢？天哪，假若我们扮演强盗劫匪的角色，至少也该效法那些好的榜样放女人一条生路。但是，古斯塔夫已经开枪了。司机抽搐了一下，应声倒下。汽车撞到陡峭的岩壁上，向后翻了个四轮朝天，发动机仍然运转着，车轮在空中徒劳地旋转。突然随着一阵可怕的爆炸声，车子顿时着了火。

“一辆福特车，”古斯塔夫说，“我们得下去清扫道路。”

我们从松树上下来，看着还在燃烧的汽车残骸。车很快就烧完了，我们折断小树做成撬杆，把烧坏的汽车推到路边，翻过矮墙，推下悬崖，山下的灌木被打断，噼噼啪啪响了好一阵。翻动汽车时，两个死者从车中掉了出来，躺在地上，衣服烧坏了一些。有一人的外套还算完好，我检查他的口袋，看看能否找到点什么，表明他是干什么的。我掏出一个皮夹，里面装的全是卡片。我拿起其中一张，看到上面写着：“Tat Twam Asi!”①

“这话还真是机智，”古斯塔夫说，“其实说实话，这些被我们杀死的人叫什么名字都无所谓。他们跟我们一样都是些穷鬼。他们的名字无关紧要。这个世界肯定要毁灭，我们也一样。最没有痛苦的解决办法就是把这个世界在水里溺上十分钟。好了，现在我们还是工作吧……”

我们把尸体随着那辆车扔下悬崖。又有一辆车嘟嘟地开过来。我们干脆就从我们站的地方向它射击。车子又像个醉汉那样跌跌撞撞打着弯前进，然后侧翻，吐着气停住了。一个乘客仍然坐在车里，一位年轻的漂亮姑娘从车子里爬出来，却没有受伤，她脸色苍白，浑身剧烈地颤抖着。我们彬彬有礼地向她问候想要帮她一把。她却受了太多惊吓说不出话，头昏昏沉沉地盯了我们一会儿。

“好吧，我们还是先去看看那个老小子吧。”古斯塔夫说完转向车里的那位乘客。他就坐在死去司机后面的座位上，身子紧紧贴着椅背，他是一位绅士，灰白的头发剪得短短的，睁着一双聪慧的浅灰色眼睛，但是他似乎伤得很严重，嘴巴流着鲜血，发僵的脖子歪斜着。

① Tat Twam Asi！原为梵语，大意为“那就是你”或“你就是那样”。

“请允许我自我介绍一下，我叫古斯塔夫。恕我冒昧打死了您的司机。不知我们是否有这样的荣幸请教您的尊姓大名？”

老者那双小眼睛冷冷地、悲伤地看着我们。

“我是首席检察官罗林，”他慢慢地说，“你们不仅杀死了我可怜的司机，还打中了我，我觉得我不行了。你们为什么要向我们开枪？”

“您的车超速行驶。”

“我们是以正常速度行驶，甚至比正常速度更慢。”

“昨天那还是正常速度，今天就再也不是了，首席检察官先生。今天，在我们看来车辆以任何速度行驶都太快。我们正在毁坏汽车，毁坏所有的汽车以及所有其他的机器。”

“也要毁掉你们的枪？”

“是的，假如我们有时间，就会轮到枪了。或许到明天或者后天，我们大家就都完了。当然，您是知道的，我们的世界总是人口过剩，真是太可怕了。好了，现在我们要放进来一点新鲜空气。”

“难道你们毫无选择地向每个人开枪？”

“当然了。很多情况下这么做无疑会带来遗憾。比如说，对于这位漂亮的女士我就觉得非常抱歉。我猜，她是您的女儿。”

“不是，她是我的速记员。”

“那就更好啦。现在请您下车，或者我们把您拉出来？我们要把车毁掉。”

“我宁可与汽车同归于尽。”

“随您的便。请允许我再提一个问题。您是一位公共检察官。我始终不理解，一个人是怎么当上检察官的。您控告别的人，您判他们的刑，他们大部分是穷鬼。您就靠这个生活，是吗？”

“是这样。我履行我的职责，这是我的责任。正像刽子手的工作是吊死那些被我判以死刑的人一样。你们现在不也在履行职责吗？你们也在杀人。”

“我们是在杀人。不过，我们不是为了履行职责，而是为了让自己高兴，或者干脆说是出于不满，出于对这个世界的绝望。出于这种原因，我们发现杀人是一种娱乐方式。杀人从来没有使您感到快乐吗？”

“你们太无聊了。请你们行个好，快完成你们的工作吧。如果你们还知道职责的概念的话……”

他打住了话头，动了一下嘴唇，像是要吐了。但他嘴里只流出一点血，沾在他的下巴上。

“请您等一会儿！”古斯塔夫很有礼貌地说，“职责这个概念我不是不知道，只是现在不知道了。以前，我的职业经常与这个概念打交道，我以前是神学教授。我还当过士兵，在前线打过仗。对我来说职责就是权威人士和上级长官一次又一次命令我去做的事情，而且绝对不是好事儿。我宁可反其道而行之。但虽说我现在已经不知道什么是职责了，却知道罪责这个概念——也许这两者就是同一样东西，自打从母亲肚子里出来，我就有了罪。我被宣判定罪，惩罚我的方式就是活着。我要尽无数义务，要属于一个国家，要去服役当兵，要去杀人，要为国家购买炮火而纳税。现在，就在此刻，像以前一样，生活之罪再一次迫使我不得不像在战场上一样去杀人。但这一次我心里一点都没有反感。我已经将自己托付于罪责。我一点也不反对把这个人口拥挤的愚蠢世界打个粉碎。我很愿意帮助毁灭世界，我自己也乐于与之一同毁灭。”

检察官极力要在那沾着血污的嘴上露出一丝微笑。虽然他没有完全成功，但可以看出他有这个意思。

“这很好，”他说，“这么说我们是同行咯。那么就请履行你的职责吧。”

与此同时那位漂亮的姑娘在路边倒下，昏过去了。

这时又有一辆车嘟嘟响着喇叭全速开上来。我们把姑娘拉到一边，靠到岩壁上，让新来的车开到前一辆车的残骸前。那辆车来了个急刹车，车头翘到了半空中，又完好无损地停住了。我们赶紧端起枪，瞄准新来的人。

“下车！”古斯塔夫命令道，“举起手！”

从车上下来三个男人，乖乖地举起双手。

“你们当中有医生吗？”古斯塔夫问道。

他们都摇了摇头。

“那就请你们行行好帮个忙，小心点把这位先生从座位上抬出来，他受了重伤。你们带上他，把他送到最近的城市。向前走，把他抬下来吧！”

那位老先生很快就在另一辆车上安置好了，古斯塔夫下令让他们开车离开了。

那位女速记员清醒过来，看见了这一切。我们都很高兴得到了这么漂亮的战利品。

“女士，”古斯塔夫说，“您失去了您的雇主。但愿在其他方面，那位老先生和您并没有什么瓜葛。您被我雇用了，您现在应为我们效力，所以做我们的好同志吧。好了，就说这么些，现在时间不多了。一会儿这里就会有麻烦的。您能爬树吗，女士？能？那好。您在我们俩中间爬上去，这样我们可以帮您一下。”

我们三人以最快的速度爬到树上的瞭望哨里。姑娘在上面感到不舒服，想吐。但她喝了点法国白兰地，很快就恢复过来了。她还有精神赞美这一派湖光山色并且告诉我们她叫多拉。就在这时，下面又开来一辆汽车，车没有停，小心谨慎地绕过倒在那里的汽车，继而又马上加大了油门。

“胆小鬼！”古斯塔夫哈哈笑起来，开枪射中了司机，汽车呈之字形歪歪扭扭地撞到护墙上，车里着起了火，车体在悬崖上挂着，摇摇欲坠。

“多拉，”我说，“您会用步枪吗？”

她不会，但是我们教给她如何装子弹。起先，她笨手笨脚，弄破了手指，就大吵大嚷着要创伤膏。可是古斯塔夫告诉她这是在打仗，她应该拿出勇气。过一会儿一切都好多了。

“但是，我们变成什么样的人呢？”她问道。

“不知道，”古斯塔夫说，“我的朋友哈里喜欢漂亮的女人，他会照顾好你的。”

“可是，警察和军队很快就会到这里来把我们杀死的。”

“不会再有警察或者别的类似的什么人了。我们可以选择，多拉。我们可以安安静静地留在这里，打坏所有试图通过这里的汽车；或者我们也可以自己开上一辆车，让别人向我们开枪。选择哪一种都一样。反正我主张留在这里。”

这时有一辆大声地嘟嘟鸣叫着的车从我们下面开过来。这辆车很快就给撂倒了，四轮朝天躺在路上。

“射击能使人这么快活，真可笑，”我说，“以前我还反对战争呢！”

古斯塔夫微微一笑：“是呀，世界上确实充斥着太多的人了。以前这个问题还没有这么明显。现在，每个人不仅要呼吸空气，还要有一辆汽车来开，这才注意到人实在太多了。当然，我们做的事也并不理智，太幼稚了，就跟战争一样，从更大范围来说战争也很幼稚。以后，人类肯定会学会用理智的手段控制人口的增长。现在我们是以一种极不理智的方式来处理这个令人无法继续忍受的状况。尽管如此，我们的主旨是正确的——我们在减少人口。”

“是的，”我说，“我们做的也许是件疯狂的事，然而这也许是有益的、必要的。如果一个人过度理智把弦绷得太紧的话其实并不是件好事，他努力将并非理智所能达到的事情安排得井井有条，而这样做并不好。这样就会产生两种理想：美国人的理想和布尔什维克的理想，这两种理想都极度理智，但是二者都可怕地过分压抑生活，使之更为贫瘠，因为两者都潦草地把事情简单化。人与人之间的相似性原本被视为崇高的理想，现在却演变成千篇一律的机械化创造的产物。或许，我们这些疯子能使它重新变得高尚起来。”

古斯塔夫哈哈一笑，接过话茬说道：“老弟，你说起话来真像是在写书。喝一口你这智慧之井的泉水真是一种快乐。也许你讲的话确实有某些道理。不过，现在还是劳驾你先装上子弹吧，你对我的品位来说显得有点太过梦想了。随时都会有小鹿不知从哪里跑过来，我们用哲学可打不死它们，必须用枪膛里的小球才行。”

开来一辆汽车，马上就被打中了，公路被堵住了。有个红脸膛的矮胖男子幸免于难，在被毁掉的破车旁挥手跺脚，四下观瞧，发现了我们藏身的地方，吼叫着跑过来，举起手枪向我们开了几枪。

“快走开，要不我就开枪了！”古斯塔夫冲下面喊道。那汉子瞄准他又开了一枪。于是我们也开了两枪，把他打倒了。

后来又开上来两辆车，我们把它们击毁了。这以后，路上空空的，寂静无声。很明显这一段路很危险的消息已经传开了。于是我们有时间欣赏面前的美景。湖的彼岸，在山谷中远远地坐落着一座小城，城的上空冒着烟，我们看见房子一幢接一幢地起了火，我们也听见了枪声。多拉哭了一会儿，我抚摸着她那沾满泪水的脸颊。

“难道我们大家都得死吗？”她问。没有人回答她。这时，下面有一位步行的人走了过来。他看见那些被破坏的汽车，便围着车东闻西看。他弯腰钻进了一辆车里，不一会儿从里面拿出一把艳丽的花阳伞、一个女式手提皮包和一瓶酒。他心满意足地靠着矮墙坐下，直接对着瓶口喝酒，一边从提包里拿出锡纸包着的东西吃了起来。待他把那酒喝光之后，他又开始赶路，兴高采烈，胳膊底下还夹着花阳伞，悠闲自得地走了。我对古斯塔夫说：“你能忍心向这个好人开枪、在他脑袋上开个洞吗？天晓得，我可做不到。”

“也没有人要求这样做。”我的朋友大声咆哮起来。但是他的心里也好受不到哪里去。我们一旦看到这样一个人，他的所作所为是那么与人无害、那么平静安详、那么天真，我们突然觉得，与他所处的纯真状态相比，我们那些曾以为值得嘉奖且认为必不可少的行为变得多么愚蠢又令人厌恶。见鬼去吧，所有这些鲜血！我们为我们自己感到羞愧。不过，即便是将军在战争中甚至都有可能会有同样的感觉。

“我们不要继续在这里待下去了，”多拉苦苦哀求道，“让我们下去吧。我们在车子里肯定能找到点吃的东西。你们这些布尔什维克难道不饿？”

山下，在烟火弥漫的城里响起了教堂的钟声，那钟声带着一种巨大的狂野的恐惧。我们顺着树往下爬。当我帮助多拉跨过棚子的栏杆时，我吻了她的膝盖，她大声地笑了出来。正在这时，那些支撑的木板裂开了，我们两人一起跌入一片虚无当中……

我现在又回到了圆形走廊里，仍然为刚才的捕猎大冒险而激动不已。在这些数不胜数的门上都有一块牌子，上面的描述充满了诱惑：

变身大法
随你所愿变成任何动植物

古印度爱经
性爱指南，爱的艺术
零基础课程；四十二种不同方法及实践

快活自杀术
自己把自己笑成碎片

成仙术
东方智慧

西方世界的败落
价格公道，盛况空前

艺术纲要
用音乐的手段
从时间转换到空间

笑的眼泪
幽默小屋

独身隐居一点通

社会交际活动的完全替代品

门上的牌子似乎无穷无尽。有一块是这样写的：

性格构建指南

保证成功

看起来这间值得我进去一探究竟，于是我走了进去。

这是一间幽暗而安静的房间，一个男人以东方人的方式席地而坐，面前放着类似大棋盘的东西。乍一看，他好像是我的朋友帕布罗，至少，他也穿着类似的华丽的丝绸上衣，同样有一双闪闪发光的黑眼睛。

“你是帕布罗？”我问。

“我谁也不是，”他友好地解释，“在这里，我们没有名字，在这里，我们不是任何人。我是个棋手。你希望在性格构建方面获得相应的指导吗？”

“是的，请赐教。”

“那就要麻烦你先给我提供你部分的形象碎片，任由我来支配。”

“我的形象……”

“你曾亲眼看见你那所谓的性格破裂成无数碎片，我要的就是这个。没有形象我无法进行下去。”

他把一面镜子递到我面前。从镜子里，我又看见我这个人的统一体分解为许多的我，看起来好像数目比之前还多。不过，现在这些形象都很小，个头也就跟棋子一般大，棋手不慌不忙地用手指拿出一打，把它们放在棋盘边的地上。同时，他语气单调地发话，就像一个人常常重复同样的课程那样用单调的声音说：

“你虽然熟知这样的观点，即人是一个持续的统一整体，但这个观点其实是错的，令人不快的。你也知道，人是由许许多多的灵魂构成的、由无数个‘我’组成的。把人性格的统一整体分解为许多的形象碎片，此举一直被视为疯狂的行为，为此，科学界还发明了‘精神分裂症’一词作为它的名字。当然，没有主次，没有某种次序和分类，这种多样性就无法统一。在这个意义上，科学是对的。但从某种程度来说，科学认为对于那些居于从属地位的自我来说可能存在一个唯一的、对其具有强大约束力的、终其一生的秩序，这就不对了。科学界的这个错误带来了某些令人不快的后果，这个错误的观点唯一的优点在于使国家委任的牧师和教师的工作简单化了，省去了他们从根源上进行思考和实验认证的麻烦。这个错误还带来了严重的后果，很多人被视为是正常人，甚至被当做社会最有价值的一部分成员，然而他们其实是无可救药的疯子；而另一方面，许多人被视为疯子，其实他们原本是天才。因此，我们要用一个新概念补充科学界这漏洞百出的心理学，这个概念为‘构建灵魂的艺术’。我们向任何一个有自我解体经历的人展示这种艺术，他随时都可以将这些原先的自我破裂开的碎片以自己喜欢的秩序重新加以组合，以求达到在生活的游戏中，实现无穷无尽的多样性。就像剧作家就可以用少数几个角色创造出精彩的戏剧，这样说来我们也可以从分崩离析的自我中构建出全新的组合，随之而来的是它们之间出现新的相互作用、相互影响的方式、各种尚未定型的状态使我们永远乐此不疲地观看下去！”

他一言不发同时准确从容地用灵巧的手指拿出我的几个形象碎片，有老头子、小伙子，还有儿童、女人，有活泼愉快的和愁容满面的，有强壮有力的和弱不禁风的，有敏捷聪明的和愚蠢笨拙的，所有这些小人儿都被迅速地安放在那面巨大的棋盘上，开始一场游戏。他们立刻就开始组成集团、组建家庭；游乐嬉戏和冲突战斗，结成或友好或敌对的关系，他们构成了一个小小的世界。我快活地看着，不一会儿他就当着我的面让这个生气勃勃而又井井有条的小世界演化升级，让他们比赛、厮杀、结盟、打仗，让他们求爱示好、结为连理、生儿育女，我看得欣喜若狂简直着了迷。这真是一出角色众多、感人至深又扣人心弦的好剧。

然后，他用手在棋盘上迅速地一抹，轻轻地把棋子推成一堆，用艺术家的技巧思考了一下，用同样是这些形象的棋子摆出了新的玩法，使他们结成新的组织、新的关系，构成新的错综复杂的情况。第二场游戏与第一场有一定的相似性，这是用同一种材料建立的同一个世界，不过重点变了，时间变了，主旨大意也与之前不同，因此所呈现的情景也不尽相同。

就这样，聪明的人格建筑师用同一些形象组成一场又一场游戏，这些形象每一个都是我的一部分。这些游戏从远处看很相像，很明显地属于同一个世界，出自同一个来源，然而，每场戏又都是全新的。

“这便是生活的艺术，”他用一种梦幻般的口气说道，“将来，你自己就可以像艺术家那样随意升级你的生活游戏，使它具有生气。你可以随意使它变得更为复杂、变得更加丰富多彩。一切都掌握在你的手心里。在更高一层意义上说，一切智慧始于疯癫，那么，我们也可以说，一切艺术、一切美好的幻想都始于精神分裂症。甚至一些学识渊博的人也从局部上认识到了这一点并加以组合整理，例如，在《王子的神奇号角》这本引人入胜的书里就能读到。这本书描写了一位学者辛苦勤奋的工作，经历了不少痛苦，在许多疯子与艺术家这样被关起来了的天才们的帮助下才得以不朽的故事。话就说到这儿了，请收起你的形象碎片在身上带好。这种游戏还会经常为你带来乐趣。今天或许你的某个形象成长为一个让你难以忍受的怪物，明天你就可以将它贬低成一个没用的人偶。倒霉的灰姑娘在下一场游戏中就可以变成公主。希望你能从中得到快乐，我亲爱的先生。”

我满怀感激，深深地向这位极具天赋的棋手鞠了一躬，把小棋子装到口袋里，从狭窄的门中退了出来。

本来我想一回到走廊里就坐到地上，把这个游戏玩上几个钟头，永远玩下去。但是，不一会儿，我刚回到明亮的圆形剧院走廊里，一股新的令人难以抗拒的潮流就把我席卷而去。一幅闪闪发光的海报出现在我的眼前：

精彩的驯狼表演——驯服荒原狼

一看到这几个字，许多截然不同的感情就一起涌上我的心头。我的心被以前的生活和我已经抛之脑后的现实中的各种各样的恐惧和压抑弄得生疼。我用颤抖的手把门打开，发现我置身于集市上设置的小摊位一样的地方，里面安了一道铁栏杆，把我和简陋的舞台隔开。舞台上站着一个驯兽师——这人穿着廉价又花哨的夹克衫，带着一股装腔作势的劲儿——尽管他留着浓密的大胡子，上臂肌肉发达，但看起来却似乎跟我很像，这一点让我非常不快。这个强壮的汉子像牵一条狗那样，用绳子牵着一只又大又漂亮、瘦得可怕、眼神中透出惊吓并且畏畏缩缩的狼——真是让人惨不忍睹，既让人感到厌恶又能激发人们心中的兴趣，既觉得恐怖又同样有种神秘的娱乐感。我看着这个残忍野蛮的驯兽师是如何让这只高贵而又卑贱的唯命是从的肉食动物，表演一连串的把戏并让在场的人为之惊叹的。

无论如何，这个让我讨厌的和我一模一样的人，都确实令人难以置信地把他的狼驯得服服帖帖。那只狼全神贯注，从每一个命令，对每一声呼唤、每一声鞭响，都像狗一样作出反应。它双膝跪地、躺倒装死、后腿直立，非常顺从地用嘴巴衔面包、鸡蛋、肉、小筐子，它甚至用嘴巴拉起驯兽人扔下的鞭子，给他送过去，一边还卑躬屈膝地摇着尾巴，表现出了令人难以置信的服帖。一只兔子被送到狼的面前，接着又上来一只白色小羊羔，狼张大嘴巴露出牙齿，直流口水，馋得浑身发抖，但是它甚至都没有去碰它们一下。兔子和羊羔浑身打战，蜷缩着身子蹲在地上，狼按照命令以优美的姿势从它们身上一跃而过，它甚至在兔子和小羊羔之间坐下，用前爪拥抱它们，和它们组成一幅动人的家庭景象。这时，它从人手里舔吃一块巧克力。狼竟然学会了掩盖自己的本性，这是何等的不可思议，目睹这种情景，我站在那儿感到全身汗毛都竖了起来。

尽管如此，在节目的第二部分一切都变了，既是对吓坏了的观众有所补偿，也是对狼唯命是从的补偿。精彩优雅的驯兽表演一结束，驯兽师就带着一种胜利的微笑，扬扬得意地弯下腰，与狼掉换了角色。这个与我的相貌如出一辙的驯兽师表现出一种谦卑尊敬的姿态，把鞭子放到狼的脚边，变得跟先前的狼一样焦虑不安、瑟缩发抖、唯唯诺诺。狼却哈哈笑起来，舔了舔嘴巴，原先那种局促不安和虚伪的掩饰一扫而光，它的眼睛闪闪放光，绷紧了身子，表现出一种恢复野性的洒脱与快乐。

现在轮到狼下命令，人来服从了。人按照命令，双膝跪地，装成狼的样子，伸出舌头，用刻意磨得尖利的牙齿撕碎身上的衣服。他按照狼的命令，时而用两条腿走路，时而用四肢爬行，他像动物那样坐立，装死，让狼骑在身上，给它送去鞭子。他就像一只狗一样兴高采烈地屈服于任何侮辱、扭曲他的人性的事。一位漂亮的姑娘走上舞台，靠近被驯的男子，抚摸他的下巴，用脸颊轻轻地蹭他的脸，但他却依然四肢着地，继续扮成野兽的样子。摇摇头，再一次向美女龇出尖利的牙齿——那个女人吓坏了，转身跑下舞台，给他递去巧克力，他轻蔑地闻了闻，用鼻子猛地把它推开。最后白色的小羊羔和肥硕的杂色小兔子再一次登上了舞台，这个人使出最后一招，也是他扮演狼的角色中最具有乐趣的一部分上演了。他用手指和牙齿抓住惊叫的小动物，从它们身上撕下一块块皮肉，狞笑着生吞活剥了它们，最后甚至津津有味地喝那冒着热气的鲜血，还美滋滋地闭起了双眼。

我被吓坏了，赶紧逃出门来。我看见，这个魔法剧院很明显并不是圣洁的天堂，在它那漂亮的外表下暗藏着整个地狱。哦，上帝，难道这里也无法给人带来解脱吗？

由于害怕，我来回乱跑，感到嘴巴里既有血腥味，又有巧克力味，两种味道都让我感到十分厌恶。我只想逃离胃里翻江倒海的恶心的感觉，别无他求。我努力克服，希望能看到一幅更容易忍受、稍许友好一点的画面。一个声音从我心中响起："哦，朋友，不要看这些小牌子上的注释！"怀着满心恐惧，我回想起战争期间我偶尔看到的，那些来自前线的恐怖的照片——那一堆堆尸体横七竖八地堆在一起，由于头上戴着的防毒面具，有的尸体的脸甚至变成了狞笑的样子。我出于人道考虑反对战争，但我却被这些照片吓得不轻，我是多么愚蠢与幼稚啊！现在我知道了，所有的驯兽师、所有的将军、所有的疯子都能在自己的脑子里孕育某个思想或创造某个画面，都跟我一样恐怖，一样野蛮和邪恶，一样残忍和愚蠢。

我舒了一口气，回忆起剧院走廊起点的那块牌子，我还看见那个英俊的小伙子急不可待地向它冲过去。

所有的姑娘都是你的

总而言之，这对我来说似乎是最值得追求的东西了。我为又能逃脱那个该死的狼的世界而高兴，进了那扇门。

一阵春天的芬芳气息扑面而来。一种青年时代和少年时代的气氛围绕着我，那么熟悉又那么神奇，使我的心脏里也仿佛流动着当年的新鲜血液。刚才我的所作所为、所思所想都远远地离我而去，我又变得年轻了。一小时以前、几分钟以前，我还以为我刚刚懂得了什么是爱情、什么是欲望、什么是渴望和骄傲，现在我却发现那都是一个老年人的爱慕和渴望。现在我又年轻了，我现在心中感到的是年轻的、新鲜的、真实的，就像炽热的流动的火一样强烈的牵动人的渴望、这像三月和煦的春风能使一切孵化的热情。哦，被遗忘的火又重新燃烧起来，以往的声音又深沉地越响越大，血液在沸腾，灵魂在欢呼歌唱！我是个十五六岁的孩子，我的脑海里全是拉丁文、希腊文，能背诵许多优美的诗行，我的思想充满追求和功名心，我的想象充满艺术家的梦想。但是，在我心中比所有这些熊熊烈火燃烧得更深沉、更强烈、更可怕的是爱情之火，对性事的如饥似渴，对欲望的狂热和预感。

我站在一座岩石小丘上，山下是我的家乡小城。微风带着一阵早春的紫罗兰的清香穿过我飘逸的头发。我看到流经小山下城镇的河流闪闪发光，看到我家的窗户，所有这一切的目光、声音、气味都是那样使人陶醉而充实，那样清新，让人沉浸到创造之中，一切都射出深沉的光彩，一切都在春风中神游飘忽。以前，在刚进入青春期那充实的、诗意般的岁月中，我所看到的世界就是这样的。我站在山丘上，春风抚弄着我长长的头发！我沉浸在梦幻般的爱情的渴望之中，用迷惑的手从刚刚发绿的灌木上摘下一个半开的嫩芽，把它举到眼前，闻它（一闻之下，以往的一切又都清晰地涌现在我的眼前），接着，我用嘴唇含住这个小绿芽玩味着，咀嚼起来，我的嘴唇至今还没有吻过任何一位姑娘呢。尝到这种又酸又苦的味道，我突然明白了现在所经历的事：一切又都回来了。我又在经历少年时代即将结束时的最后一年，此时此刻正是早春的一个星期天的下午；这一天，我在独自散步时碰到了罗莎·克莱斯勒，我很害羞地向她打招呼，像是疯了一般爱上了她。

就在那一天，她独自一人翻过小山，向我走过来，像一场梦一般。她并没有看见我，随着她的身影与我越来越接近，我的心也越来越被紧张、忧虑与惴惴不安所填满。她的头发梳成两条粗粗的辫子，两边的脸颊上各自垂下的一缕散发在微风中飘动。我有生以来第一次发现她竟然是这么的美丽，也是第一次发现那吹动她纤细的发梢的微风是这么美好、这么如梦似幻，她穿着薄薄的蓝色长裙以及从裙子的下摆露出的富有朝气的小腿是那么地优美、那么地魅惑诱人，正像我方才咀嚼的嫩芽发出又苦又香的味道，让那种令我恐惧的快感和春天的痛楚一瞬间浸透我的全身。我只看了这位姑娘一眼，全身心就都充满一种极致的对爱情的预感、对女性的预感。那一刻，我被那种巨大的爱的能力、承诺的力量、无名的欢愉、难以想象的诱惑力、极度的痛苦与煎熬所震撼并填满，并且从内心深处最深刻的罪恶感中解脱。哦，舌尖上渗出的春天的苦涩是多么的尖锐啊！哦，吹动她玫瑰色脸颊两侧的乱发的春风是多么顽皮啊！她现在已经走到我跟前，一抬起头就认出了我，就在那一刻，她脸上微微泛出红晕，转过脸看着别处；但是就当我摘下头顶的青年帽向她致意时，她又很快镇静下来了，她微微抬起头，笑着对我还礼，笑容透着成熟与稳重。然后，她完全表现出一副这个地方的女主人似的从容姿态，缓慢地向前走去，我对她的万千祝福、期望和渴望，此刻都变成闪耀的光环笼罩着她。

这是三十五年前一个星期天的事。此时此刻，当时所有的情景又一一出现在我的眼前：山丘和小镇，三月的春风和嫩芽的味道，罗莎和她棕色的头发，越来越强烈的渴望和甜蜜的痛苦带来的窒息的感觉。一切都跟当时一样，我仿佛觉得，我一生中从来没有像那一天爱罗莎那样爱过别人。这次，我明白我一定不能错过机会，除了问候她我还要有别的方式表达我的爱意。我看见当她认出我时脸上一下子泛起了红晕，以及她竭力想掩饰自己而表现出的艰难，我立即明白她喜欢我，而这次邂逅的经历对她来说和对我来说都是一样的。这一次我不再像上次那样呆板地讲究礼数而只是脱帽致意，傻乎乎地放任让她从身边走过，尽管我仍然感到由于窘迫而产生的强烈的痛苦，而是感到血液当中涌动的东西在催我做出以下的事。我高声喊道："罗莎！谢天谢地你终于来了，啊，你这美丽姑娘，太美了！我如此诚心诚意地爱你。"这也许不是此刻可以说的最明智的话，反正这里也不需要理智的机智，这几句话完全足够了，甚至带来更好的效果。罗莎没有摆出一副成年人的样子，也没有继续向前走，她停住脚步，看了看我，脸色变得更红了。她说："老天保佑，哈里——你真的喜欢我吗？"她健壮的脸上由于那双棕色眼睛而焕发着光芒，这双眼睛告诉我，自从那个星期天我的罗莎与我擦肩而过的那一刻起，我以往的整个生活和爱情全部都是错误的、混乱的，充满了愚蠢的不幸。现在，无论如何，这个无心的错误得到了更正。一切都不同了，一切又都变好了。

我们伸出手，紧紧握着，手拉手地慢慢向前走去，感到无比幸福的同时又感到有些窘迫。我们不知道该说点什么或做点什么，于是为了不那么窘迫我们走得快了一些，后来干脆加快脚步跑起来，一直跑到喘不过气来才停下。我们始终没有松手。我们两人还是孩子，不知道互相之间应该做点什么。那个星期天，我们甚至都没有亲吻一下对方，但我们都感受到了巨大的、难以衡量的幸福。我们面对面站着，喘着粗气，良久才在草地上坐下，我抚摸她的手，同时她用另一只手羞答答地抚弄我的头发。过了一会儿我们又站起身，互相比比谁个子更高，我比她高一个手指肚的高度，但我觉得我没有那么高，于是坚持说我们俩完全一般高矮，上帝将我们设计成一对，所以以后我们会结婚。这时罗莎说，她闻到了紫罗兰的花香，我们跪在春天矮矮的草地上找紫罗兰，我们找到了几枝短柄紫罗兰，每找到一枝就将自己的紫罗兰送给对方。天渐渐凉了，阳光斜照在岩石上，罗莎说，她该回家了，我们两人都有凄楚的感觉，因为我可不敢陪她回去。可是我们现在在一起分享同一个秘密了，这秘密是我们最可爱而且只属于我们的财富。我留了下来，仍站在悬崖上面的岩石上，把脸朝着山下，悬空在陡峭的向下的绝壁边，俯瞰整座小镇，终于看见山岩下她那可爱的小小身影在下方很远的地方出现，看着她路过山泉、走过小桥。我知道，尽管我远远地躺在这山崖上面，但是我们之间有了一条联系的纽带，有一条河流从我这里通到她身旁，有一个秘密在我们之间飘忽往复。

整整一个春天，我们常常见面，时而在这里，时而在那里，有时在山上，有时在园子篱笆旁。待到丁香花盛开时，我们羞怯地第一次接了吻。我们这些孩子能够给予对方的东西不多，我们只是轻轻地吻了一下，还缺乏激情烈火，我只敢轻轻地抚弄她耳边松软的头发。但是这一切都是我们的，都是我们在爱情和欢乐方面所能做的。每一次小心地互相接触，每一句幼稚的情话，每一次不安地等待，我们就学到一种新的幸福，我们就在爱情的阶梯上又攀登了一级。就这样，就从罗莎和紫罗兰开始，我再一次重温了一生的爱情经历——但这一次是在更加幸福的星辉闪耀之下。我失去了罗莎，但是阿穆佳德却出现了，阳光越来越炽热，星星更加迷人，而无论是罗莎还是阿穆佳德都不属于我，我还得一级一级地往上攀登，去经历各种各样的事情，学习很多东西，我只好又失去阿穆佳德、失去安娜。每一个我在青年时代爱过的姑娘，我都重新爱了一遍，但是现在的我能激发她们每个人的爱意。有一些东西我可以给她们每一个人，她们每一个人也给了我某些东西。以往只在我的想象中存在过的愿望、梦想和可能现在变成了现实，成了我的亲身经历。哦，你们这些美丽的鲜花从我面前一一飘过，伊达和劳拉，所有我曾经爱过一个夏天、一个月或者一天的姑娘！

据我观察，我现在就是那个血气方刚、面容出众的小伙子，刚才我还看到他如此迫不及待地冲向爱情的大门。现在我只是经历了我自己的一小部分——这一小部分的自我在我的现实生活和真实存在中可能只表达出十分之一或千分之一还不到，但我现在却将他淋漓尽致地发挥着。我看到这一小部分的自我茁壮生长着，并没有因为其他部分的自我而受到困扰。并没有因为那个思想家的我而感到不安，并没有被荒原狼折磨，并没有因为诗人的那个我而显得轻薄，也没有因为不朽者的幻想而相形见绌。都没有——我现在只是一个情人，除此之外什么都不是，我呼吸着爱情的幸福和痛苦，除此之外什么都没有。阿穆佳德早就教会了我跳舞，伊达教给我如何接吻。艾玛则是其中最漂亮的一个，在一个秋天的夜晚，这个女人在一片摇曳的榆树林中，第一个让我吻她棕褐色的胸部、第一个给我饮下激情的美酒。

在帕布罗的小剧院里，我经历了许多许多，这些经历很难用语言表达，哪怕是其中的千分之一。所有我爱过的姑娘现在都是我的，每个姑娘都给我一点只有她才能给我的东西，我也给每个姑娘一点只有她才知道如何从我这里取走的东西。我饱尝了爱、幸福、欢乐、迷惑和痛苦，在这梦幻的时刻，我生活中所有错过的爱情又在我的花园里、在这个梦幻的时刻开出灿烂的花朵。有的洁白娇嫩，有的耀眼炽热，有的黯然失色，有的已经凋谢枯萎了，它们一个个象征着炽烈的欢乐，热切的梦幻，火热的忧伤，充满恐惧的死亡和光华四射的新生。我遇见各种各样的女人，有的需要我暴风骤雨般地追求才能得到，有的需要用结婚的方式示爱才能取悦，有的只能一步一步慢慢地征服。她们是我生活中每一个充满阳光的小角落，在这里即便只是一瞬间，那性爱的声音都在呼唤我、女人炽烈的眼神都在点燃我、女孩雪白肌肤的闪光都在诱惑我，这一切都浮现出来，而这些被我错过的所有的快乐都是这么的美好。这一切都是我的，每个姑娘都用她自己的方式来爱我。那个长着一双奇特的深棕色眼睛、头发浅黄的女人出现了，我曾经在一列快车过道的窗户边跟她一起站了一刻钟，后来，她曾多次在我的梦中出现，她不说一句话，但是她所教给我的爱情的艺术却是让人难以想象的、令人恐惧的、致命的。那个马赛港的中国女人，皮肤光滑，安静不多话，露出玻璃般的微笑，黑色头发光滑柔顺，一双眼睛游移闪烁，她也知道一些让人难以想象的事情。每个姑娘都有她的秘密，都有一股自己家乡的土生土长的气息，以各自的方式接吻欢笑，以各自特殊的方式害羞，又以各自特殊的方式风流。她们来而复去，洪流把她们带到我身边，也把我冲到她们身边，又把我从她们身边冲走，我是这条性爱的洪流中的弄潮儿，在玩耍嬉戏间尽情感受这条大河的魅力、它的危险以及它为我带来的重重惊喜。我惊异地发现我的生活居然可以如此丰富多彩——原本看似那么贫穷、如此缺乏爱情的荒原狼的生活——居然可以充满着爱情的种种机会与诱惑。我过去把它们耽误了。我逃避它们。我不断让它们出错。我急于忘记它们。可是，它们保存在这里，数量庞大却一个都不缺。现在我看见它们，毫不抵抗地放弃自我，任凭自己沉入它们的地下世界里那玫瑰色的黄昏中。甚至帕布罗曾经邀请我一同尝试的那种独特的极具诱惑力的做爱方法也回来了，还有一些更早的我之前没有完全把握的东西，那些奇妙的三人或四人的欢愉游戏，此刻它们都笑着抓住我的胳膊，让我与它们一同跳舞。许多事情发生了，许多游戏进行着，所有这一切都是无法用语言描述的。

当我再一次从这充满诱惑、罪孽和纠葛的永无止境的大河中露出头来时，我已经变得沉默而平静。我已做好了准备，具备一切爱的知识和才智，而且技巧熟练——时机已经成熟，该到赫尔米娜出场了。在我那出场人物众多的神话中，她作为最后一个形象出现，她的名字在这无穷无尽的行列的最后一列，就在那一刻，我恢复了知觉，结束了这个风流的爱情童话，因为我不愿在魔镜那模糊的光芒中见到她，属于她的不是我的棋局中的一个棋子——整个我都是她的。哦，我现在就要用不同的形象碎片重新铺陈我的棋盘，我要让一切都围绕她展开，要让一切都趋于圆满。

大河的洪流把我冲上了岸。我又一次站在寂静无声的剧院走廊里。现在做什么呢？我伸手摸到口袋里那些有着各自不同形象的棋子——但是那种重新陈列棋子的冲动很快消失了。我周围是一个由门、牌子和魔镜组成的世界，无穷无尽。我漫不经心地看了一下离我最近的一块牌子，上面的字一下子把我抓住了，我不禁打了个寒战，看到上面赫然写着：

如何为爱杀人

我的脑子抽动了一下，闪现出一幅记忆中的图画，尽管这个画面只存留了片刻，我却清楚地看到：赫尔米娜坐在一家饭馆的桌旁，突然撇开了一切吃吃喝喝的东西，沉浸在深不可测的言语中，她的脸上透着一种令人恐惧的认真严肃的表情，她对我说，她让我爱上她只是出于一个目的，就是让自己死在我的手上。一股极度痛苦与黑暗恐怖的洪流冲击着我的心。突然，一切又在我眼前涌现。突然，我又一次看到了命运最终的呼声揪住了我的心。我绝望地把手伸进口袋，摸到棋子，想施展一下小小的魔法，重新布一盘棋局。可是棋子已经不在口袋里了。我掏出来的不是棋子而是一把匕首。我吓得要死，沿着走廊乱冲乱跑，穿过每一扇门，突然来到大镜子前。我向镜子里看去。镜子里立着一只漂亮的大狼，跟我一样高。它安静地站着，一双不安的眼睛略带羞怯地滚动着。就在它向我投来一瞥时，它的眼睛闪闪放光，嘴巴似乎是在狞笑，所以它的嘴似张非张，露出血红的舌头。

帕布罗在哪里？赫尔米娜在哪里？那位对性格构建侃侃而谈的聪明的家伙又在哪里？

我又朝镜子里看了一眼。我已经疯了。我一定是疯了。镜子里根本没有狼在吐舌头。镜子里映出的是我，是哈里。我的脸是灰色的，我被所有的幻想遗弃，被所有的罪孽折磨得精疲力竭，脸色苍白得可怕，然而镜子里的终究还是个人，是可以与之说话的人。

“哈里，”我说，“你在这里做什么？”

“不做什么，”镜子里的那个人说，“我只是等待而已。我在等死。”

“死？它在哪里？”

“它来了。”那个人说。这时，我听见从剧院内部的空房间里传来乐声，这音乐既优美又可怕，这是《唐·璜》中预示着石头客人即将到场的音乐。随着一阵恐怖的、如钢铁般叮当作响的声音，那冰冷的乐声穿过这座鬼影重重的房子响了起来，这音乐来自另一个世界，来自那些不朽的人。

“莫扎特！”我想起来了，随着这个词一同出现的是我内心生活中最可爱、最高尚的画面。

这时，在我身后响起一阵洪亮的笑声，这笑声既令人畏惧又冰冷，好像是一个未知世界的人发出的一样，那个陌生的世界超越了一切苦难，而且天生具有神圣的幽默感。这笑声让我全身发凉。我转过身，看到莫扎特向我走来。他边走边笑，从我身边走过，步态闲散而安静，他打开一间包厢的门走了进去。我急切地跟随这位我青年时代的偶像——我一辈子追求的爱与崇敬的目标。音乐还在响。莫扎特站在包厢栏杆旁，在戏院中什么也看不见，只有无边无际的黑暗。

“你看到了，”莫扎特说，“没有萨克斯管一切也运转正常——尽管这个结论已经可以肯定，但我完全不想贬低这优美的乐器。”

“我们在哪里？”我问。

“我们置身于《唐·璜》的最后一幕中，莱波雷诺跪在地上。这一幕华丽又宏大，音乐也很棒。当然了，音乐里包含了各种各样非常人性的东西，但是仍能感觉到其中内涵的另外一个世界——听得到那笑声，不是吗？”

“这是人们谱写的最后一支伟大的乐曲，”我这样说道，语气中带着教师和学者那种自大与浮夸，“当然了，后来出现了舒伯特。还有雨果·沃尔夫，哦，我肯定忘不了又可怜又可爱的肖邦啊。我的大师，您在皱眉头？哦，是啊，还有贝多芬嘛——他的音乐也很精彩。但是，虽然确实很优美，但所有的作品都像是狂想曲，有种分崩离析的东西在里面。自从《唐·璜》问世以来，还没有任何一部作品能像它一样具有如此充沛的力量。”

“不要让自己太过紧张吗，”莫扎特哈哈笑起来，语气中有一种令人恐惧的讥讽意味，“也许你自己就是个大音乐家吧？好了，我已经放弃了我的职业，已经退休安享晚年啦。我偶尔去瞧一瞧这些玩意儿只是为了娱乐而已。”

他举起手，好像自己是个乐队指挥一样，随后一轮明月或者说某个苍白的星体在某处冉冉升起。我靠近剧院包厢的边缘，从那里向下望，看到的是一个深不可测的空间。那里浮动着云絮一般的薄雾，高山、海滩闪着银光，我们下面是一块如整个世界般无限扩张的荒原。在这片荒原之上，我们看到一个从面容上看去高尚可敬的老绅士，留着长长的胡子，沉默着，带领一支由上万名身穿黑衣的男子组成的庞大队伍。他周身透出一股忧伤阴郁与绝望的氛围。莫扎特说：

“看啊，那是勃拉姆斯。他努力救赎，但这要耗尽他毕生的时间。”

我这才意识到那成千上万的黑衣男子正是他的乐手，根据神意判断，他们演奏的部分在勃拉姆斯的总谱中是多余而冗赘的。

“编曲太过厚重，材料浪费得太多。”莫扎特点点头说。

不一会儿，我们又看到了理查德·瓦格纳，他走在另一支浩浩荡荡的游行队伍为首的位置，如同带领着一个广阔无垠的空间，我们感觉到那来自几千人的压力，他们努力向瓦格纳靠拢。而我们看到，他似乎也用缓慢而忧郁的步伐拖住自己，步履蹒跚。

“在我年轻的时候，”我伤心地评论道，“还将这两位音乐家视为我所能想到的最极端的反差。”

莫扎特笑了。

“是的，向来如此。只要离得稍远一点去看，这样对立的反差总会显出一种越来越相似的趋势。况且编曲的冗赘也不是瓦格纳或勃拉姆斯个人的错误，那是他们那个时代的症结。”

“什么？难道他们要为此付出如此沉重的代价吗？”我喊出声来，以此表达我的反对情绪。

“这是自然而然的事。法律必须按正常程序执行。只有他们还清了他们的时代的债务，才能知道他们是否还剩下个人的信用债务要还。”

“可是他们俩谁都不能还清这样的债！”

“他们当然还不了。亚当偷吃了禁果，他们对此一样无能为力，但他们仍然要为禁果之罪而还债。”

“这太可怕了。”

“当然了。生活向来都是这么可怕，我们对此无能为力却仍然要为此而负责。人生来有罪，如果你连这一点都不知道，那么你所受的宗教教育可真够别具一格了。”

现在的我觉得心彻底地凉了，很是凄苦。我看见我自己成了一个疲惫不堪的朝圣者，拖着沉重的步子，走在另一个世界中，穿越沙漠，身上载满很多自己所写的多余而无用的书籍，背着所有自己写的文章和散文，后面跟着一支长长的由排字工人组成的队伍，他们不得不为我的书排版印刷，还有一队读者大军，他们不得不囫囵吞下我所写的全部文字。我的上帝——除了这些以外，还有亚当和禁果以及全部原罪。所有的这一切都需要用无休止的炼狱来偿还！只有等到这所有罪责之后，才能提出这样的问题：是否有任何个人的、属于我自己的东西得以保留？是否我所做的一切，以及带来的所有后果都只是海上空洞的泡沫和随波逐流时泛起的毫无意义的涟漪？

莫扎特看见我拉长了脸便大声笑了起来，笑得在空中翻起筋斗，笑得直跺脚。与此同时他对我大声喊叫："嘿，我这年轻的哥们儿，难道你的舌头刺痛，你的胸口压迫难受吗？你想起了你的读者，那些吃腐肉的家伙，你想起了你的排字工，那些卑鄙的教唆犯、那些把杀人刀磨亮的人吧？你这个可怜虫，你快笑死我了，笑得我全身发抖，都要把马裤的针脚撑破了。哦，你这个笨到心眼儿里的蠢蛋，满身都是蠢乎乎的油墨，还带着你那可悲的灵魂。我会给你留下一根蜡烛，如果那能让你感到解脱的话。你被人轻视、被人议论，戴着有色眼镜、戴着枷锁，总是可怜地磕磕绊绊，被人抓住尾巴摇来晃去，犹犹豫豫，没有多少时间可以供你浪费了。见鬼吧，我祈祷什么人愿意把你带走，大卸八块，再重新拼接起来，直到你为你那些东拼西凑的非法剽窃的文章赎罪为止。"

尽管说这话的人是莫扎特，但这话实在让我忍无可忍。怒气让我没时间陷入忧伤之中。我抓住莫扎特的辫子，他却一下子飞走了。辫子越来越长，仿佛像彗星的尾巴，我挂在这尾巴的尽头，晕头转向地打转。见鬼——我身处的这世界可真冷！这些不朽者居然可以容忍这样稀薄又冰冷的空气。不过，冰冷的空气仍然使人感到愉快。我能感觉到这种快乐，即便这只是我在失去知觉前的转瞬即逝的感觉。一种带着苦头又泛着金属光泽的冷冰冰的快乐传遍我的全身，我感到一种迫切的想要大笑的欲望，就像莫扎特那样尖厉地、狂野地、超乎寻常地大笑。但是就在这时，我停止了呼吸，失去了知觉。

当我恢复知觉时，脑子里是迷迷糊糊的，全身疲惫不已。光滑的地板上照射着走廊里白色的光。我没有置身于不朽者之中，尚且没有。我仍然站在苦难之谜、狼与人之谜和那些折磨人的复杂事物的一侧。我找不到任何让人高兴的地方，没有任何一个可供休息、安葬的地方能让我忍受。必须会有什么东西来结束这一切。

在那面大镜子里，哈里面对我站着。他的脸色并不好，样子就跟那次拜访教授、一直到在黑鹰酒吧看别人跳舞的那天晚上差不多。不过，那是很久以前的事了，好多年了，几个世纪之前了；现在的他变老了。他学会了跳舞，到过魔法剧场，听过莫扎特的大笑。跳舞啊、女人啊、匕首啊都不会再吓倒他了。即便是那些没有什么天分的人，有了几百年的经历也该变得成熟了。我长时间地望着镜子里的哈里。我对他还是非常熟悉的，而他看起来仍然像那个十五岁的男孩，那个在三月里的星期天在悬崖峭壁边对少女罗莎摘下青年帽的模糊形象。然而，从那以后他又老了好几百岁。他曾经对音乐和哲学有所追求，尔后他的生活就充斥着战争、钢盔、酒吧的阿尔萨斯酒、与诚实的学者大谈印度死神这样的事。他爱过艾瑞卡和玛利亚，与赫尔米娜成了朋友，用枪扫射汽车，和皮肤细嫩的中国女人睡过觉，遇到过歌德和莫扎特，他在时间之网上弄出各种各样的窟窿，并将现实的虚伪撕开一条条裂缝，尽管这样做让他成了一个囚徒。尽管他再一次遗失了那些漂亮的人形棋子，但是他的口袋里有了一把不错的匕首。继续吧，老哈里，筋疲力尽的老疯子！

真见鬼，生活的滋味是多么苦涩！我向镜子里的哈里吐了一口唾沫，一脚把它踢了个粉碎。我慢慢地在响着回音的走廊里前行，仔细扫视着每扇门，上面都曾做出如此之多灼灼诱人的承诺，现在门上的牌子都不见了。我缓慢地从魔法剧院的几百扇门前走过。难道我不是今天去参加了化装舞会？从那时以后已经过了几百年。很快就不会再有年月日之说了。尽管如此还是得做点什么。赫尔米娜还在等我。会有一场奇特的婚礼，悲伤的巨浪将我吞噬，如此恐怖，我这个奴隶，我是个荒原狼。滚，见鬼去吧！

在最后一扇门前我站住了。悲伤的浪已经将我包围。哦，罗莎！哦，一去不复返的青年时代！哦，歌德！哦，莫扎特！

我打开了那扇门。映入眼帘的是一幅简单而美丽的画面。我看见地面铺着的小地毯上赤身裸体地躺着两个人，一个是美丽的赫尔米娜，一个是英俊的帕布罗，他俩靠在一起躺着，在性爱的欢愉之后精疲力竭地沉沉睡去。美啊，真美，优美的身材，可爱的画面，精美的身体。赫尔米娜右胸下有一块新出现的圆形印记——这是帕布罗用他美丽闪亮的牙齿留下的爱的咬痕。就是在那里，就是在那个产生印记的地方，我把匕首捅进赫尔米娜的身体，刀刃整个都没了进去，鲜血从赫尔米娜白皙精美的皮肤汩汩溢出。如果情况稍微有一点不一样，我都会用我的嘴唇把鲜血吻干。但现在发生的一切让我没有这么做。我只是看着血怎样流出来，看见她的眼睛痛苦地睁开了一会儿，露出深深的惊奇的表情。"她为什么惊奇？"我思忖着。这事终究因我而发生了。然后我想起该把她的眼睛合上。但不等我去动，她的眼睛自己就闭上了。所以一切都完成了。她只是向一侧稍微歪了一下头，于是从腋窝到胸脯，我又看到那一丝微妙的阴影浮动。似乎它是想提醒我回忆起什么，但是我什么都不记得了！不一会儿，她就安安静静地躺在那儿了。

我看了她许久。随着一阵颤抖我终于醒了过来。我转身想离开那里。这时，我看见帕布罗伸了个懒腰。我看到他睁开眼睛，伸展四肢，看见他俯在美丽的死者身上，嘴上露出微笑。我想，他这个人永远不会严肃对待任何事，什么事情都能让他笑起来。与此同时，帕布罗小心翼翼地翻起地毯的一角，盖在赫尔米娜的身上，一直到胸脯的位置，这样就把伤口掩盖住了。接着，他一言不发地走出了包厢。他要到哪里去？大家都扔下我一个人不管了？我一个人待在那儿，和遮盖住一半的我爱的人的身体在一起——我在嫉妒。她那苍白的前额上挂着男孩子一般的卷发，她的嘴唇依然闪耀着红润，跟惨白的死气沉沉的脸形成鲜明对比，它们微微张开着。她的头发散发出雅致柔和的香气，一只小贝壳一样的耳朵从头发中露出来，熠熠闪耀。

她的愿望实现了。她还尚未属于我，我就把这个我深爱的人杀死了。我做出了一件意想不到的事，现在的我双膝跪倒，呆呆地凝视着，完全不知道这个行为意味着什么，我甚至不知道，这件事做得是好是对还是恰恰相反。聪明的棋手和帕布罗会对这件事说些什么呢？我什么也不知道，我无法思考。在那张越发苍白黯淡的脸上，涂抹着口红的嘴显得越来越红了。我的整整一生正是这样。我的那微不足道的幸福和爱情正像这僵硬的嘴巴：画在死人面具上的一点点红色。

战栗、荒芜的冬日般的孤立感，还有一种缓缓地、慢慢增长的寒意从那张死气沉沉的脸上，从那惨白的肩膀上和惨白的胳膊上散发出来，我的双手和两片嘴唇都变得越来越麻木。我将太阳熄灭了吗？我让一切生命的心脏停止跳动了吗？这就是死亡的寒意吗，这就是我强行进入的那个空间吗？

随着一阵战栗，我盯着那石头一般僵硬的额头，盯着僵直的头发还有耳朵发出的冰冷苍白的微光。那种冰冷的感觉从这些部位死一般流动而出，但是，难道这不美吗？它发出声响，它响彻四方。它就是音乐！

难道我曾经不是也感受到过这种战栗吗？同时我发现了这就是快乐，难道不是吗？我曾经不是也听过这样的音乐吗？是的，就是来自莫扎特和那些不朽者。

几句小诗又一次出现在我的脑海中，我曾在哪里见到过它们：

我们不仅居住在你之上
不仅住在以太之星的晶莹冰冷之中
我们分不清白天，分不清黑夜，没有时间之别
我们不以年龄、不以性别作为衣服上的装饰
……
冰冷宁静和永恒不变是我们永恒的存在
寒冷与星光是我们永恒的笑颜

这时包厢门开了，莫扎特走了进来。我第一眼并没认出是他，因为

他没有梳辫子，没穿齐膝马裤，也没穿带扣鞋，而是穿着入时。我正要扶住他的后背，免得他沾上从赫尔米娜胸膛流到地上的鲜血，他却紧挨着我坐下了。他就坐在那里，开始忙着摆弄放在他身边的一个小装置和一些小零件。他做这些事的时候非常严肃认真，这儿紧紧，那儿拧拧，我带着惊奇的眼神看着他灵巧敏捷的手指，我要是能看到他用这双手弹奏钢琴该多随我愿啊，哪怕一次也好。我若有所思地看着他，也许更确切地说，我已经沉浸在幻想之中，迷失在这双精美、灵巧的手中，对其赞赏有加。至于他到底在做什么，他手里组装操作的东西是什么这些问题我压根儿都没有留意提防。

尽管如此，很快，我就发现他正在组装一台收音机，并且很快就让它开始运转起来，现在他拧开大喇叭，说道："现在播放的是慕尼黑，韩德尔的《F大调协奏曲》。"

那一刻，我的诧异与恐惧简直无法用语言表达——那魔鬼似的铁皮桶真的毫不犹豫地发出了声响，像患支气管炎一样吐出黏痰和嚼碎的橡皮的混合物，留声机的主人和收听广播的人还一致把这种噪声称为音乐。当然了，在浓浊的黏痰和嘶叫声背后还真的能隐约听出那神圣的音乐的轮廓，就像一幅名家的画作尘封在厚厚的灰尘之下一样。我能分辨出雄壮庄严的乐曲结构、吹奏乐曲时深沉宽阔的换气声和宽广的弓弦浑厚的声响。

"我的上帝啊，"我恐惧得叫出声来，"你在干什么，莫扎特？你真的要把这个玩意儿强加给我、强加给你自己吗？这是我们这个时代的胜利，在消灭艺术的战争中最后一个制胜的法宝。一定要这么做吗，莫扎特？"

他却大笑起来。

这个人的笑声是多么奇特啊！这是何其冷酷又阴森可怖的笑声啊！这笑寂静无声却能粉碎摧毁一切。当他又拧又旋他那该死的螺丝刀并忙活着修理那个铁皮大喇叭时，他那深深的满足感已经给我造成剧烈的痛苦。他仍然在笑，他让这恼人的、足以置人于死地的、蓄意要杀死我的音乐从喇叭里慢慢地不断地流出来；他仍然在笑，他回答我说：

"拜托，我的朋友，别为此伤脑筋！无论如何，你没有发现这优美的乐曲吗？没有什么灵感吗？是啊，现在你这个心怀宽广的人，让这美妙的乐曲感动感动你吧。你听到这浑厚的低音了吗？它们就好像神在大踏步前进时的声响。就让老韩德尔的音乐启示渗透你焦躁不安、不知停歇的心吧，让它平静下来。你这个可怜虫，你要做的只是聆听，无须替他悲哀也无须对此嘲弄，只要远远地躲在这愚蠢荒谬到无可救药的机器后面、躲在这被视为神圣的音乐形式之后。注意听着，你会学到一些东西。观察这个疯狂的大喇叭是如何肤浅地做着世界上最愚蠢、最无用、最该受到诅咒的事。它把握住一些音乐演奏中你最喜欢的地方，让这些位置都变得没有差别、同样愚蠢而粗糙，并对它们进行拙劣的扭曲，除此之外，不要再往那些毫无意义的地方钻牛角尖啦；毕竟这个机器不会损坏音乐的原始精神，只是越发凸显了机械原理的无用与无知，而且它对音乐的干预与玷污也只是空洞虚弱的。听听吧，你这可怜虫。好好听听。这对你很有必要。现在你听到的不只是因收音机而扭曲走形的韩德尔，在大多数可怕的伪装之中他仍然是神圣的；你还听到也看到了一位最值得尊敬的人，以及一种最令人向往的生活的象征。当你听收音机时，你就是目睹了一场永恒的战争，这场战争发生在思想与表象之间、易逝的时间与永恒的不朽之间、凡人与圣人之间。我亲爱的先生，恰恰就如同收音机一样，它没有任何顾忌地用短短十分钟将最可爱的音乐会聚起来，而从不考虑是否在一个最不可能的地方播放，无论是最富丽堂皇的音乐厅中、简陋的阁楼中还是放到一群兴高采烈打着拍子、大口吃喝、打着哈欠、昏昏欲睡的听众当中，恰恰正是它剥去了这种音乐感官上的美丽外衣，对音乐又挠又抓、蹂躏糟蹋但是却无法破坏它原始的本质，生活也是这样，也就是所谓的现实，不过是这个世界弄出的一个表面崇高的游戏，而且把生活糟蹋得一塌糊涂。现实谱写了那些令人毫不感兴趣的曲调——也就是大多数神奇的交响乐的黏液。在理想与现实之间、在管弦乐队与听众的耳朵之间，它到处将这种机械、这种行为、这种令人恐惧的紧张情绪和空洞浮华的东西强加于人。生活就是这样，我的孩子，我们只能听之任之，如果我们不傻，我们还可以对它冷嘲热讽。像你这样批判收音机，同样也批判生活的人越来越少了。首先还是学学如何聆听吧！学学什么东西需要严肃对待、剩下的一笑了之吧。难道你过去所做的事就对你自己更好吗？更高尚、更恰如其分、更有品位？哦，不，哈里先生，你没有这么做。你为你的生活创造了令人恐惧的病史、使你的天分变成了不幸。据我观察，对于那位如此美丽、如此迷人的年轻女性，你发现除了将匕首捅进她的身体将其毁灭之外没有别的用处。我说得对吧，你怎么想呢？”

“对？”我绝望地喊道，“不！一点都不对！我的上帝，一切都是错的，一个又愚蠢又糟糕的错误！莫扎特你听着，我是一只野兽，一只愚蠢、愤怒的野兽，既病态又堕落。你说得即使一千个对，然而就这个姑娘而论也是错的——是她自己渴望死亡，我只不过是满足了她的愿望而已。”

莫扎特默默地笑了，然而他还是好心地关掉了收音机。

我的自我辩护听起来是那样出人意料和愚蠢至极，即便我对此打心眼里深信不疑。但我突然想起一件事，赫尔米娜曾经说过关于时间和永恒的事，我当即就觉得她的思想如同是我自己思想的映射一般。尽管如此，我却理所当然地认为她想死在我的手上完全是出于她自己所愿，而丝毫没有被我的思想所左右。可是，在那个情况下，我为什么不仅接受了这个可怕又不近人情的想法，而且甚至提前猜到她要告诉我的事情呢？或许正是因为这个想法本来就是我自己的。为什么正好在我看见她裸体躺在另一个人的怀抱里的时候，我把她杀死了呢？莫扎特无声的笑听起来似乎无所不知、嘲弄一切。

“哈里，”他说，“你真是个爱开玩笑的人。难道这位漂亮的姑娘除了让你捅自己一刀以外，对你真的就别无所求？这话你还是拿去骗别人吧！好了，至少你已经刺到她了。这个可怜的孩子已经僵硬地死去。或许现在正是看看你这英勇壮举会带来什么后果的大好时机了。或许你想逃避这件事的后果？”

“不，”我吼出声来，“难道你一点都不明白吗？我怎么会逃避后果？我渴望的不是别的，正是接受惩罚，惩罚，惩罚，把脑袋放到断头台上，接受惩罚，得到报应，除此以外别无他求。”

莫扎特用一种令人难以忍受的嘲讽的眼神看着我。

“你总是这么令人同情。但是你会学会幽默的，哈里。幽默向来就是绞刑架下的苦笑，现在的你就在绞刑架下面，这迫使你学会幽默。你准备好了吗？很好。现在就到你的检察官那里，让法律定你的罪，直到你的脑袋在黎明破晓时分在监狱里被砍下。你准备好了，是吗？”

突然一则通告闪现在我的眼前：

哈里的处刑

我点头表示同意。我突然置身于一个空荡荡的院子，四周被带铁栅栏窗户的高墙围了起来，院子里还站着十二个穿着晨礼服和长袍的绅士，有一架新竖起的绞刑架。我站在院子里，由于清晨灰蒙蒙的天气而瑟瑟发抖，我的心里只有痛苦和恐惧，但是我已经做好一切准备并且心甘情愿接受行刑。我按照命令向前跨出一步，又按照命令跪下。检察官摘下他的帽子，清了清嗓子，其他先生也随他清了清嗓子。他展开一份官方文件，举到眼前，读道：

“先生们，站在你们面前的是哈里·哈勒尔，他被告蓄意滥用我们的魔法剧场。哈勒尔不仅在那里用所谓的现实侮辱了崇高的艺术，而且用一把刀子的映象杀死了一个姑娘的映象，除此之外，他还表现出他把我们的剧场当做自杀工具的意图，他的一切行为表明自己非常缺乏幽默感。因此，我们判处哈勒尔以永生不死的惩罚，剥夺他十二小时不准进入剧场的权利。被告人被嘲笑的惩罚不得赦免。先生们，大家一块儿笑起来：一，二，三！”

随着那声“三”的口令，全体在场的人异口同声地爆发出洪钟一样响亮的笑声，这笑声整齐如合唱、仿佛来自另一个世界、令人恐惧、难以忍受。

我再一次恢复了知觉的时候，莫扎特还像先前一样坐在我旁边，他拍了拍我的肩膀，对我说：“你已经听见了对你的判决。所以，你明白了吧，你还得学会从广播中听更多生活的音乐。这对你有好处。你在这方面的天赋不是一般的差，你是个可怜的木头脑袋，但是你会逐渐掌握对你的要求。你已经学会笑了，那就是对你的要求。你必须理解生活的幽默，学会在生活的绞刑架下自嘲。当然了，除了那些对你的要求之外，你准备做世界上的任何事情。你已经做好刺死姑娘的准备，你已经做好用庄严与严肃对自己处刑的准备。毫无疑问，你会准备好几个世纪的自我约束与自我蹂躏。对吧？”

“哦，是的，我已经全身心地准备好。”我痛苦地大声喊道。

“当然！这是任何愚蠢的、可怜的、缺乏幽默感和智慧的东西的问题，你是人啊，你这个悲剧演员。好了，我可不是。我才不关心你那浪漫化的赎罪呢。你希望被判刑，好让自己砍掉脑袋，你这个疯子！为了这个低能的理想，你宁愿承受了十倍于死亡的痛苦。你乐于去死而不是活下去，你这个懦夫。见鬼，但是你会活下去的！如果你被判最严厉的惩罚倒是对你正合适。”

“哦？什么是最严厉的惩罚？”

“比如说，我们让这个女孩活过来并且让你和她结婚。”

“不，我还没有做好这样的准备。这一定会带来极大的不幸。”

“就好像那些你亲手设计的一切不幸一样！尽管如此，那些令人同情又致命危险的事够多了。是让你恢复理智的时候了。你会活下去，并且学会笑。你要学会用那个该死的收音机听生活的音乐，学会聆听那音乐背后的精神尊严，学会对它的扭曲变形一笑了之。就是这样了。对你没有别的要求了。”

我从牙缝中轻轻挤出一个问题：“假如我不服从判决呢？如果我拒绝你打扰荒原狼的权力、拒绝你干涉他的命运的权力呢？”

“那么，”莫扎特平静地说，“我只好邀请你再抽一支令人陶醉的香烟了。”他一边说，一边从背心口袋里变魔术一般掏出一支烟递给我，突然他的样子也变了，不再是莫扎特了，他变成了我的好朋友帕布罗，他用那极具异国情调的黑眼睛亲切而热情地看着我，他很像教我玩棋的那个人，简直跟那人长得一模一样，像双胞胎一般。

“帕布罗，”我心头抽搐了一下，高声喊道，“帕布罗，我们这是在什么地方？”

“我们在我的魔法剧场里，”他微微一笑，说道，“无论任何时候，如果你想学探戈舞或是当个大将军，或者和亚历山大大帝谈话，都悉听尊便。不过，我不得不说，哈里，你有点让我失望。你完全忘记了你自己。你打破了我这小剧院的幽默，还尽力把这里搞得一团糟，你用匕首杀人，使这个漂亮的图画世界溅上了现实的污点。你这可做得不好。当你看见赫尔米娜和我躺着时，我希望你至少是由于忌妒才那样做的。可惜你不懂得怎样演好这个角色。我以为你已经把这个游戏学得不错了呢。好了，你下次会做得更好的。”

他拿起赫尔米娜，赫尔米娜在他的手掌中立刻缩小，变得跟一个玩具一样大小，他把她放进背心口袋，然后从一个口袋中掏出香烟。一阵甜美的、浓重的烟飘散开来，散发出令人快乐的芳香。我感到空虚、疲惫，准备睡上整整一年再说。

我全明白了。我理解了帕布罗、理解了莫扎特，我听到他那恐怖的笑声从我背后的某个地方传来。我知道成百上千的生活游戏的棋子就在我的口袋中，一个都不少。我不经意的一瞥，看到了它的意义，这搅乱了我的理智，我决定重新开始这场游戏。它的痛苦我会以此为戒，它的荒诞不经仍会让我战栗。我或许会玩不止一次，而是经常在内心的地狱之间往来穿梭。

总有一天，我会更加精通这个游戏。总有一天我要学会笑。帕布罗在等我，莫扎特也在等我。

彼得·卡门青

Peter Camenzind

第一章

一切都是以这个神话为开始。上帝在寻求自我表达的过程中，赋予印度教徒、希腊人和德国人以诗歌的形态，而且，他每天将诗赐给每一个孩子，周而复始。

作为一个孩子，我根本不知道家乡的高山、湖泊、溪流都叫什么名字。但是，我用我的眼睛看到了阳光下广阔、平坦、蓝绿相间的湖泊，整个湖面闪耀着微小的光，被险峻的高山环绕着，山上最高处的裂隙被泛光的皑皑白雪和细小的瀑布填满，山脚下是依照山势倾斜而上且油光泛亮的草场地，还时不时有果园、茅屋和灰色的阿尔卑斯山地牛群。我那可怜的、小小的灵魂仍然空洞而平静，同时充满期许，任由湖泊和高山的精灵将它们引以为荣的壮丽事迹镌刻其上。耸立的悬崖和峭壁以一副敬畏而反抗的语调述说着它们出生的年代。它们用初生时爆发出的第一声啼哭来讲述那一片洪荒、开天辟地的远古时代，从那备受折磨的子宫中刺出高山的尖顶和波峰。巨大的岩石如同大浪一样澎湃而起，尖声大叫、分化开裂，直到它们瞄准虚无，继而倒塌倾覆。两座山峰拼命角逐，为的都是争夺那一片天空，直到一方获胜，将它的石头兄弟推向一边，任其坍塌粉碎。每天你都能发现断裂的山崖。在每个冰雪消融的季节，山洪都会将巨大的岩石冲刷下来，冲成房子大小，像打碎玻璃一样将它们痛快地击碎，或者将它们推到柔软的草场地带。

那些岩石总是在宣告如上的信息，你只要看看它们那陡峭的石墙一般的断崖和那些层层累积的巨石就很容易明白它们话中的意思，那些巨石扭曲变形、破碎开裂、充满小孔和斑驳的创伤。它们总是宣称：“我们经受过最残忍的苦难”，但是它们仍然骄傲而坚决地说，“但我们平静地忍受着”。它们说这话时牙关紧咬，就像一个远古时代不屈不挠的战士。

是的，它们是战士！在早春的夜晚，它们与暴风雨和湖水展开悲壮而惨烈的战争，时而愤怒的热风在它们那饱经沧桑的峰顶呼啸而过，时而强烈的气流从它们的峰翼生拉硬扯，我目睹了一切残酷的情景。它们整夜伫立在那里——屏住呼吸、坚强不屈，它们的根基顽固地扎进地下，向人们展示着它们饱经风霜侵袭的裂纹、风吹雨淋的悬崖峭壁对抗着暴风骤雨，它们凝聚着所有的力量，仿佛它们要聚集全力发起挑战。每一条新的伤痕他们都欣然接受，我听到那出于愤怒和恐惧而发出的令人心惊胆战的咆哮；它们那恐怖的吼声在整个高地小村中回荡，怒气冲冲而且极具破坏性的力量。

我还看到草场地带、斜坡上和被土填满的岩石裂缝里都长满了青草、鲜花、蕨类植物和苔藓，它们都有一个乡下人赋予它们的名字，既古老又能占卜吉凶。它们是群山的子子孙孙，它们过着丰富多彩、与人无害的生活。我触摸它们，观察它们，闻它们的香味，学会记住它们的名字。尽管如此，我对树木的观察却给我带来了最为深刻的影响。我看到，每棵树都有自己的生活，会形成自己特别的形状，投下与众不同的阴影。它们既是隐士又是战士，它们与群山的关系似乎就如同亲戚一样紧密，因为每一棵树——特别是那些树冠能达到更高峰的树——都必须努力与狂风、恶劣的天气和岩石的贫瘠做着坚忍不拔的抗争，以求得生存的一席之地并长高长大。每一棵树都必须独自忍受这一切并坚持到底，因此才形成了它们自己的外貌形态并带有只属于自己的创伤。这里还有苏格兰赤松，它们枝繁叶茂，整个树冠都向外扩张，而且只向一个方向伸展，有一些红色的树干会随着岩石凸起的形状不断蜿蜒盘曲，这样树体就和岩石挤压在一起并且紧紧相互贴靠着，这是一个热情而有力的拥抱，使它们互为依靠。这些坚强的树像战士一样凝视着我，在我心中激发出深深的敬意和敬畏之情。

我们这儿的男男女女也都和这些树一样。他们生活艰苦、意志坚定、双唇紧锁——他们当中大多数都是这样，而且对他们来说这样最好。因此，我学会了像看待大树和巨石那样看待他们，而且向对待那些沉默的赤松那样尊重和爱戴他们。

我们的小村庄尼米康位于两山之间一个三角形倾斜的坡地上，坡地两边为怪异突兀的岩石，一边傍着湖泊。一条道路通往附近的修道院，另一条道路通往离此地四个半小时路程的邻村，湖边临近的其他村庄都可以由水路相通。我们村子的房屋都是古老的木结构式，没有确切的建造年代，也几乎从来都见不到新近盖成的房子。人们根据需要对这些老房子进行部分翻修，这一年修葺地板，下一年轮到一段房顶。一些半截的木条和木板曾经一度是卧室墙壁的一部分，而现在虽然撤下来了但仍然坚固，当做柴烧尚且可惜，便可以在修整马棚牛圈或谷仓的时候用到，或者给前门加一条不错的门闩也行，反正迟早都会派上用场。这些房屋里的居住者也必须经历类似的转变；每个人都尽量各尽所能，发挥着自己的作用，能持续多久就多久，随后极不情愿地加入到老年人的圈子，最终无声无息地消失，沉入深深的泥土，被遗忘所湮没——一生都波澜不兴，对此也从不小题大做。如果几年来你一直身在异乡，当你重新回到小村子时便会发现，除去几家人户的旧房顶翻新了，几家曾经半新的房顶变旧了之外，其他什么都没有改变，当年还健在的老人虽然已经亡故，但又有另外一些人变成了新的老人，这些人还是居住在同样的农舍里，姓同样的姓，照看着一群同样黑色头发的孩子，这些孩子的相貌和举止跟他们的父辈几乎难以区分。这个群落所缺乏的正是新鲜血液和新生活的熏陶与影响。这里的居民还算得上精力充沛，几乎家家都结下了最近的血亲关系，足足四分之三的人都姓卡门青。教堂的记事簿上一页一页都被这个姓氏填满，教堂公墓的十字架上也随处可见这个姓氏，房子的门头上也粗犷地刻着这样的姓，或者用油漆写成彩色的大字，还有车夫的手推车上、牲口棚的木桶上以及小船上也都可以看到。在我父亲的房子上方也书写着这样的标语，“这座房子由约斯特和弗兰齐斯卡·卡门青所建”，不过提到的这两人不是我的父亲，而是我父亲的一位祖先，我的曾祖父；如果我去世了，即便没有后人，我也十分肯定还会有一个姓卡门青的人搬进这个老房子并且定居下来，只要到时候这所房屋还在而且上面还有屋顶就行。

尽管大家有这种表面上的一致，但我们这个小小的村落的人也分三六九等，也有坏人和好人，有杰出的人和低贱的人，有孔武有力的人和虚弱瘦小的人之分。一些聪明人总是聚在一起戏弄傻子并以此取乐——但这游戏并不以真正的白痴弱智为对象。这里像任何其他地方一样，也是大千世界的微缩写照，而且，因为这里无论身强体壮还是贫贱瘦弱、狡猾机灵和愚蠢实在的人都相互通婚、难逃亲戚关系，所以发现那些骄傲自负、心胸狭窄、蠢笨糊涂的人同处一室彼此发生摩擦冲撞也是毫无意外的事——我们的生活恰好有足够的空间能从各种程度反映整个人类的生活。但是一种压抑的或者说潜意识中的不安总像一层面纱永远笼罩着我们。由于日复一日的辛勤劳作和生活的不幸以及对大自然外力的过度依附，在时间的流逝中，我们越发衰退的种族有了一种忧郁愁思的嗜好。尽管这种嗜好非常符合我们这种坚毅粗糙、棱角分明的脸孔，它却不会产生任何成果——至少不会为我们带来任何快乐。正是出于这样的原因，我们都乐于拿我们当中那少数的几个傻瓜寻开心，他们尽管只是相对有点傻而已，却足够给我们这些取笑他们的人的生活带来一抹亮色。无论何时，当某件意外或恶作剧让这些傻子中的某个人成了当地的笑柄，尼米康人那布满深深的皱纹、被晒成深古铜色的脸上就会闪现出一丝欢乐的微笑，这种快乐的本身还含着一丝自己的优越感而增加的意味，使这种快乐更添油加醋而变得有滋有味起来。他们高兴地咂摸着嘴唇，相信自己对这种傻事和过失的言行肯定有免疫力，并品味着这种自信。这些人的立场在正义与罪恶的中间，并且随时乐意接受来自以上两方面的荣誉——我的父亲正是拥有这种优越感的一个。别人每一个愚蠢的举动都给他带来愉快的不安：他的立场左右摇摆，既对那些胡来的人所体现出的天分而怀有钦佩，又为自己不会做出这样的蠢事而沾沾自喜。

我的叔叔康拉德就是这样一个傻瓜，这并不是说他不如我父亲或村里的其他人聪明。甚至恰恰相反，他十足的机灵聪颖，但他总是被那不安的野心所驱使，这种精神甚至令旁人嫉妒。尽管他行事向来不顺，但他并不会就此垂头丧气或为自己的错误变得沮丧，相反，他会重整旗鼓，从头再来，这样甚至让他所作出的努力呈现出一种悲喜交加的意味；尽管如此，这最后的品质似乎可以归因于他乐于搞怪的习气，而且仅仅为他赢得了社区群落里的免费小丑这样的名号。我父亲对他的态度总是变来变去，一直在钦佩和蔑视之间摇摆。他对自己的这位兄弟所提出的每一项新的计划总是充满贪婪的好奇并且兴奋不已，于是便对他旁敲侧击，看似冷嘲热讽，其实在打探虚实。直到康拉德叔叔在他耳边小声嘀咕一番，于是我父亲总会带着兄弟般的热情加入这个天才的投机取巧的计划当中，康拉德叔叔几乎每次这样做都会成功赢得父亲的信任。当计划最后变成了难以避免的灾祸之后，我叔叔总是耸耸肩，我的父亲则暴跳如雷，把积攒良久的愤怒都用来谴责叔叔，然后几个月都不跟他说一句话，甚至对他都不瞥上一眼。

其实我们村子所有人都应该感激我的叔叔，是他让全村人第一次见识了帆船，这是他的一次实验，于是一艘原本属于我父亲的轻便的小船便成了牺牲品的一部分。叔叔根据日历上的木刻画，精细复制了帆的样子，而且如果我们家的那条小船有一根结实到足以将帆撑起来桅杆，那么可能之后的失败也不应该归咎于他。准备工作花了几个星期的时间，这段时间我父亲就在紧张、希望和焦虑中提心吊胆地度过，而在此期间，村里的其他人谈得最多的莫过于康拉德·卡门青这次最新的冒险计划。

帆船在湖里试航那天，对于我们所有人来说真是一个值得纪念的日子。那是夏末一个有风的早晨。我的父亲满脑子都是大难临头的预感，所以并没有参加试航，而且令我非常失望的是他禁止我跟着一起出航。面包师菲斯利的儿子成了我们这位航海专家唯一的同伴。整个村子的人都聚集在我们的小花园里，挤在遍布鹅卵石的小空地上，目睹这场旷世的奇观。一股爽朗的风从岸边向湖心吹了起来，但是面包师的儿子一开始只能不停划桨直到那阵微弱的小风儿把船帆吹满并且开始推动小船前进才停下；随即小船骄傲地掠过水面划远了。

我用钦佩又羡慕的眼神望着他们消失在最近的一片群山之中，并且准备好要给我那位天才的叔叔一个胜利者才配得上的拥抱；并且我们都对之前抱有那种讥诮的念头而适时地感到羞愧。

可是，到了夜里，小船才回来——但是船帆不见了，船上两个出航的人与其说是尚且活着还不如说已经死过一回。面包师的儿子连连咳嗽地说："你们错过了最精彩的部分，你们差一点儿要在下个礼拜天参加两场葬礼呢。"我父亲不得不自己动手在小船上补了两块新木板。从此以后，再也没有见过有帆船出现在蓝色的湖面上。事后不久，别人只要一见到康拉德匆匆忙忙去干什么事情时，就会在他身后喊道："用船帆啊，康拉德！"我父亲吞下了那口怒气，却有很长一段时间，他只要一遇上他这位倒霉的弟弟，就把脸扭转过去，往远处吐吐沫，这口唾液在空中划出一道大弧线，远远地飞出去，算是表达一种非语言所能及的轻蔑。这种情况延续了很长时间，直到有一天，康拉德带着耐火烤面包炉的计划前来找父亲商量。最后，这项计划让这位发明家遭到劈头盖脸的嘲笑和讥讽，并以我父亲白白花掉了整整四个泰勒[1]而告终。谁要是胆敢提起这四个泰勒的插曲，他就长吁短叹。很久以后，有一回家里又缺钱花了，我母亲随口说，要是这笔当时造孽般白白扔掉的钱还在的话就可以派上用场了。父亲一听，那张老脸立刻红得发紫，但他仍控

① 泰勒：taler，也有译作塔勒，德国旧银币的名称。

制住自己的情绪，只是说：“我愿意！就当哪个星期天把这些钱全买酒喝了。”

在每年冬天即将结束的时候，热风便呼啸而来。被吓得心惊胆战的阿尔卑斯山牧民们聆听着它的吼声，随着它战栗发抖，但每当人们远离家乡时，又总是怀着某种期许想要再听一听这风声。

热风临近，无论是男人还是女人，无论鸟兽还是群山都会提前几个小时就能感受得到。待它真的到来时，总会有一阵与之方向悖逆吹来的分外凉爽的风成为热风的传令官，热风随即用一阵呼呼地巨响宣告了它的到来。碧绿的湖水顷刻间变得如同墨水一般黑，而且突然从水底泛起很多一闪而过的小泡泡。尽管在几分钟之前还平静无声的，湖水却突然像愤怒的海面一样翻动起惊涛骇浪扑向岸边。同时整个风景看起来都挤在了一起。那些平日里在遥不可及的高度、通常不易看到的岩石，此刻却可以一目了然，而且可以分辨出村子里的每一个屋顶、山墙和窗户，之前这些都隐没在远处，像一片棕褐色的小点点一样。一切都似乎挨得更近了——高山、草场和房屋都像受惊的兽群。然后那轰轰隆隆、絮絮叨叨的呻吟声便开始了；大地随之颤抖。巨浪好像被鞭子抽打着腾空而起，像泡沫一样伸展破碎，这场暴风雨和群山之间令人绝望的战争持续在人们耳中回响，特别是在夜间更是剧烈。过不了多久，不幸的消息就会在整个村子流传——房屋倒塌、小船翻覆、父子失散。

当我还是个孩子时，我害怕热风，甚至痛恨它。但是，随着少年的野性在我心中觉醒，我却又爱上了它。这个反抗者，永远充满年轻的气息，傲慢无礼地带来春天的信息。当热风投入这残酷的战斗时，真是令人不可思议，它生机勃勃充满生命的力量，它横冲直撞、放声大笑、呻吟叹息，用它那双野蛮残忍的手弄弯了粗糙的老松树，于是吼声更加响亮。此后，我的爱更加深了，我张开双臂迎接热风带来的富饶的南方——这个甜蜜可爱的美人，南方是快乐、温暖与美好的大河发源的地方，现在热风却将这些倾数投向我们平坦、微寒的北方山地。

再没有比甜蜜的热风更神奇而且甘甜的了，热流压倒了山区的人们，尤其是女人，它使她们辗转难眠，挑逗着她们所有的感官。这就是南方的气息，它总是一次次地用暴风雨般的热情投入北方那冷漠寡淡而可怜巴巴的怀抱里，并为依然覆盖着积雪的阿尔卑斯小山村带来了春天的消息：如今在意大利湖边，报春花、水仙花和杏树上的花早就再一次盛开啦。

一旦热风平息下来，最后一批肮脏的积雪也随之融化崩塌之后，最为美好的季节便开始了。草场地带变成了一片嫩黄色，全方位地向高山伸展开去，带着积雪的峰顶和冰川洁白无瑕，昭示了一种纯洁的令人满足的存在。湖水又变成湛蓝色且变得温暖，映照着红日与游云的队列。

这一切就足以使一个人的童年充实而满足，甚至对于一生来说也足够受用了。因为这一切都是上帝的语言，洪亮浑厚、完整而持久，这种语言永远无法用人类的嘴唇说出。如果你在童年时代听到过上帝用这样的方式说出的话语，那么在你生命余下的时光中，你总会听到它的回声在你心中回荡，如此甜蜜、有力、震慑人心，你将再也逃脱不了这声音的咒语。在山区土生土长的人可以学习哲学和自然史，甚至不与上帝发生任何的纠葛，但是一旦他经历过热风的侵袭或者听过雪崩穿过森林时发出的摧枯拉朽的声音，那么他的心就会为之震颤不已，他也会自然而然地想到上帝，想到死亡。

在我父亲的小屋前，有一个四周围着篱笆的小花园，里面种着苦涩的莴苣、甜菜和萝卜，我的母亲还在那里修建了一个非常狭窄、仅仅勉强足够花儿生长的小花圃：有两丛月季、一株大丽花和一小片木樨草，都显得凋萎憔悴，前景堪忧。花园临近一个更加狭长的砂石小径，可以一直通到湖边。湖边总立着两只废弃不用的大破桶，还有一些丢弃木板、几根用来拴船的桩子，那时每隔几年我们就把小船修补一下，为小船上漆补缝儿。做这些事的那些日子我历历在目，像是牢牢地粘在我的记忆上面一样：初夏温暖的午后，蝴蝶跌跌撞撞地在阳光中飞过小小的花园，湖面光滑得就好像是一桶油一般，湛蓝而宁静，柔和地泛着五彩的光，远处的山尖被薄雾笼罩着，好像盖了一层薄纱；附近那条铺着砂石的小路散发出浓浓的沥青和油漆的味道。完工后，一整个夏天，小船都会泛着一股焦油味儿，后来在我的生活中，无论何时我闻到这股格外与众不同的焦油和海水混杂的气味，当年的场景就会立刻浮现在眼前：在那条铺着碎石的空地上，我的父亲穿着衬衫、手拿毛刷干着活儿，黛蓝色的烟从他的烟斗中打着旋儿飘进夏日的空气里，闪闪发光的黄蝴蝶犹犹豫豫地上下飞舞着。在这样的日子里，父亲的情绪总是异常高涨：他吹起口哨（有时可以说吹得相当好），甚至会来上一段儿简单的约德尔小调[①]——尽管他只是轻轻哼唱而已。每当这一天，我的母亲就会为晚餐准备一些好吃的东西。我现在回想起来，我觉得她这么做一定是暗自希望这个卡门青那一晚不要再泡在酒馆喝酒了。可是他还是去了。

我也无法断言在我青春年少时，我的父母到底是阻碍还是显著地助长了我性格的发展。反正我母亲总是忙着干活不让双手闲下来，而对于我父亲来说，没有什么比教育子女更让他提不起兴趣的事了。他有很多事需要操心，要照料那几棵果树，耕种那一小块长着土豆的土地，还要留心干草的收成。但是每隔几周，他要出去喝酒之前，都会一言不发地把我揪到阁楼上，在干草堆里例行一场奇怪的惩罚和赎罪仪式：把我暴打一顿，而且无论是我的父亲还是我自己都不是非常清楚为什么要这样做。我就是复仇女神涅墨西斯的祭坛上无声的祭品，作为一份赎罪的礼物献给一种难以言说的神秘力量，整个过程既没有父亲的责骂也没有我的哭喊。后来我长大后，每当听到有人提起“无法控制的命运”一词时，我都会想起童年那些颇有神秘意味的场景，对我来说，那似乎就是这个概念的生动体现。我的父亲在不知不觉之中遵从了一种简单的教育法，生活就是这样在我们所有人身上进行实践，生活会给我们一个晴天霹雳，留我们去思考到底是犯了什么样的罪行而触怒上天的这种神秘力量。遗憾的是，我从来不会这样反思自己，甚至这种事很少能引起我的注意；大部分时候我被动地接受这种例行的定期惩罚，甚至变得更加顽固，从来没有像父亲期望得那样进行自我检查，甚至在某些挨打的晚上还会格外高兴，因为这样一来就把接下来的几个星期的份儿都挨完了。

① 约德尔是瑞士传统音乐中最具特色的一种山歌唱法。擅长真假声变换。它源于瑞士阿尔卑斯山区牧民放牧时呼唤牲畜的喊叫声。

尽管如此，当我父亲努力让我去干农活儿时，我变得更加被动。令人想不通的是，上天将这两种完全相反的天赋，集中在我一个人身上：我有不同寻常的好体力，同时也异乎寻常地厌恶体力劳动。我父亲竭尽全力想让我成为一个有用的儿子和好帮手，我却千方百计逃避这些强加给我的任务。当我上学期间，古代的英雄人物当中没有一个能比赫克留斯更能引起我的同情，因为他被迫去做那些人尽皆知而令人生厌的重体力活。

在我看来，没有什么比在高山间和草场地或沿着湖边无所事事地漫游闲逛更幸福的事了。高山、湖泊、风暴、太阳，都是我的好伙伴。它们给我讲故事、塑造了我的性格，很多年以来它们是我最亲密的朋友，比任何人都亲切，我对它们的珍视胜过对任何人命运的关注。但是除了这些以外，我最喜爱的还是云，甚至远远胜过波光闪耀的湖泊、悲天悯人的红松和阳光炙烤下的巨石。

请给我指出在这个世界上还有谁比我更了解和喜爱天上的云！或者给我指出还有什么东西比云更美丽！云是眼睛舒适的玩物，是上帝的祝福和恩赐，像新生的婴儿的灵魂一样美丽、富足，如天使一般美好，但是它们也像死神的神秘使者一样阴郁而残忍，让人在劫难逃。它们就像银光闪闪的薄片那样在空中盘旋，微笑着起帆而过，让自己镶上一层金边；它们泰然自若地挂在空中，被染成了黄色、红色和蓝色。它们时而像一个杀手一般阴郁而缓慢，行动起来鬼鬼祟祟；时而像个疯狂的骑士那样发出心底的咆哮；时而像个悲哀的隐士一样忧伤而无力，在苍白的高空中做着自己的梦。它们会变成幸福岛和守护天使的形状，也会变成一只极具威胁力的魔爪、鼓满风的船帆或是迁徙的白鹤。它们在上帝的天堂和贫穷的大地之间悬浮着，就像是人们每一个美好愿望的象征，仿佛可以游走于天堂与大地之间——这是大地之梦，在这样的梦中，那被玷污的灵魂与高高在上的纯洁的天堂变得如此贴近。它们永恒象征着所有的航行与旅程，象征着每一个对家的追求与回归的渴望。就像云那样，怯懦地、充满渴望地而又顽固地悬浮于天堂与大地之间，人的灵魂也怯懦地、充满渴望地而又顽固地悬浮于瞬间与永恒之间。

哦，永不停歇地飘浮着的可爱的云朵啊！我还只是个无知的孩子，就深爱着它们、终日望着它们，却并未曾预知到我的一生就会像浮云一般漂泊——四处探险航行，到哪里都只是个陌生人，悬浮于瞬间与永恒之间。从童年时代起，它们就是我亲密的朋友和姐妹。在过马路时，我总是抬起头与头顶的浮云点头致意、互相问候。我也从来不会忘记它们教给我的东西：它们的形状、它们的性情、它们的游戏、它们回旋起舞的舞姿、它们休息时静默的神情、它们神奇的故事，在这些故事中，天堂与大地由于云的关系而有一小部分融合在了一起。

尤其是那个雪雪公主的故事，每年初冬时节，随着温暖的气流从较低的地带逐渐上移，雪雪公主就会下榻在山区的中间地带。她从高空而来，在一群小侍卫的簇拥下登上舞台，在广阔的山坳或峰顶寻找一片安宁的栖息之地。虚伪的北风总是用羡慕和嫉妒的眼神觊觎着这个纯洁的姑娘，见她躺下休息，便缓慢而贪婪地爬上山峰，随着一声咆哮，突然向她发动进攻，抖动着乌云笼罩在美丽的公主头上，嘲笑她，竭尽全能要将她掳走。一时间，雪雪公主被她弄得惊慌失措，但她耐心地等待着、忍受着她的对手；有时她也会很不高兴地打道回府，用沉默表达自己的轻蔑，回到她从前的位于高空的宫殿中。另一些时候她则聚集起周围的侍卫，掀开自己的面纱，露出她尊贵的闪耀着皇室光辉的面容，逼得北风怪兽连连后退。北风屈服了，哀号着逃走了。于是公主又安安静静地躺下，用一层白白的薄雾遮住她的尊容，我们也只能看到这样的情景了。当那薄雾散去，山尖或山坳中只覆盖着干净的、闪闪发光的、纯洁柔软的新雪。

这则小故事中蕴含着某些如此高尚、如此情真意切的东西，故事中，美丽的形象总会胜利，我为她着迷；我的心被一个快乐的秘密激荡着。

很快便迎来了那个激动人心的时刻，我获准爬上高山、接近云层、与它们齐头并行，我可以从高处俯瞰一切。在我十岁时爬上了我的第一座高山——塞纳尔斯多克峰，它的脚下就是我家乡的小村庄——尼米康。那是我第一次领教了高山的可怕与壮丽。山谷沟涧积满坚冰和融化了一半的残雪，像玻璃一般泛着绿光的冰川，碎屑堆积的冰碛石[①]丑陋得令人难以置信，悬浮其上的苍穹就好像一口倒扣的大钟。如果你在高山环绕、湖泊包围的地带生活了十年，那么一定不会忘记你第一次领略到头顶的天空之广阔、地平线之无边无垠的那一刻。即便在登高爬坡的时候，我也惊讶于那些原本以为非常熟悉的悬崖峭壁事实上是多么的巨大。现在，我全然被大自然震慑住了，目睹这辽阔的无边无际的空间突然向我快速逼近，我从心里又是恐惧又是喜悦。这样推断起来，整个世界会是何其宽广啊！我们的小村庄已经在下方很深的地方，只能看到一个小小的、颜色很淡的亮点。在山下看来相邻的山峰，如果徒步居然相距几天的路程。我猜测我对这个世界只是匆匆一瞥，尚未目睹它的全貌。我意识到在这个世界上，那些山峰可能会变得更加高耸，也可能瞬间崩塌，很多伟大的事正在发生，但随之产生的哪怕一丁点的声响都不会传到我们这个与世隔绝的小村子里来。但是在我心中有什么东西在颤抖着，就像一块罗盘的指针努力指向最有力的方向，不知不觉指示着我向更远处进发。当我凝视无限的远方，看到云朵遨游的地方时，我领会了它们的美丽与哀愁。当我们在一个冰冷的山头稍事休息时，两个与我同行的成年人夸赞我爬山的本事好。他们被我登山的热情逗乐了。我从最初的惊喜中恢复过来，便像一头蛮牛一样发出喜悦而激动的吼叫，吼声冲进山间冰冷的空气中。这是我第一次用含含混混的言语结结巴巴地赞美我爱的美人。我期盼会有响亮的回声，但是我的声音却消失在宁静的高空，就好像一声虚弱的鸟鸣一样无力。我立刻感到窘迫，于是沉默下来。

那一天只是个开始。从此，对我人生意义重大的事一件接一件地发生了。首先，那些和我一起完成高山之旅的男人们开始越发频繁地带我上山，甚至是更难攀爬的山峰都允许我去，我带着陌生又得意忘形的情绪刺探高山的秘密。于是我当上了山谷牧羊人。有一个斜坡，我经常把家畜赶到那儿去，它是我的避风港，那里长满了钴蓝色的龙胆草和

① 冰碛石：是指冻结在冰川中的石块，随着冰川的融化而沉积在一起的沉积物。

亮红色的虎耳草，那是我在这个世界上最喜欢的地方了。从那里我看不到村子，也只能在巨石的夹缝中看到湖面呈一条窄窄的闪亮的光带，而那里的花却含笑怒放，开得格外绚烂，新鲜艳丽，蓝天就像一顶华盖悬在针尖一样尖锐的峰顶，山羊脖子上的铃铛声与不远处的瀑布那延绵不断的吼声混杂在一起。在那里我伸展四肢仰面躺在一片温暖之中，用惊奇的眼神凝视着行色匆匆的白色云朵，轻轻哼唱起约德尔山歌，直到山羊发现了我的懒散于是也趁机纵情于那种被禁止的游戏当中。而在最初的几个星期里，这种田园诗般无忧无虑的生活也曾被一场残忍的插曲所打扰，一头山羊栽进山谷，我本想抱住它但也一起栽了进去。山羊摔死了，我的脑袋也撞得生疼，非但没有得到同情还挨了一顿痛打。我从家里跑出来，又在爸爸的诅咒和妈妈的哀号中被捉了回来。

要是这次冒险是第一次也是我人生中最后一次的话那就好了。这本小书也就可以戛然而止不会问世了，我也就不会做出其他那么多辛勤努力的事、闹出那么多愚蠢的笑话了。也许我会跟我其中一位堂妹结婚，甚至可能现在还冰封在某个冰川中。要真是那样也不坏，地球照转。可是一切都会变得与此不同，而我也就不能将过去发生的事与即将发生的事做任何比较了。

我父亲当时恰巧在韦尔斯多夫的修道院做一点兼职。有一天他卧病在床，便吩咐我去给修道院的僧侣捎个口信说他不能过去了。我并没有自己溜达到修道院去，而是从邻居那里借了纸笔，给修士写了一封谦恭有礼的信，并交给一个经常捎信去那边的女人，然后就自己进山去了。

过了一个星期，有一天我回家时发现有个神父坐在我的家里，正在等着那个写信的人。我有点害怕，但是神父却夸奖我信写得好，还试图说服父亲让我去修道院学习。康拉德叔叔当时尚且还得我爸的赏识，于是父亲便去征询他的意见。他非常赞同这个主意，于是我得以去修道院学习并最终进入了大学，成了一个学者和绅士。我的父亲总是允许自己被别人说服，我的未来就这样被彻底改变了，说服父亲的还有叔叔那些冒险活动——他的耐火烤面包炉、帆船和其他近乎于异想天开的计划。

我很快进入了紧张的学习生活中，特别要学拉丁语、《圣经》故事、植物学和地理。当时我完完全全沉浸在学习的乐趣中；我从来没有想到这样的事情会发生在我身上：我离开了家乡，放弃了多年无忧无虑的时光，以此为代价却可以换来所有陌生的经历。这也不能归咎于拉丁语。即便我可以将所有的《圣经》注释牢记于心，我的父亲还是乐意让我当个农民。但是这个精明的父亲却能深入我的内心，并且在那里发现我的生活总是以一个最根本的美德为重心，那就是“懒惰”。任何时候只要有任何可能，我都会逃避劳动，跑到大山里或是湖边，或者藏到山坡上躺着看书、做白日梦、打发时间。意识到这一点之后，我的父亲终于对我放弃了。

借此机会我简单地说说我的父母。我的母亲过去很漂亮，但后来只剩下健壮、笔挺的身材和一双美丽的黑眼睛。她身材高大、体力过人、勤劳稳重、少言寡语。尽管她跟父亲一样聪明，甚至比父亲在体力上更胜一筹，但在家里她并不做主，而是由自己的丈夫掌权。我的父亲中等身材、四肢单薄，甚至有点弱不禁风的样子，但他有一个固执而机灵的脑袋，肤色白皙的脸上布满细小的、不停处于运动中的皱纹，额头上还有一道短短的竖纹，会随着眉毛的挑动而加粗加深，于是他总是显得一副愁眉苦脸的样子。每当他看起来似乎在努力回想某件非常重要的事却又徒劳无望时，你都可以察觉到他脸上有一种忧伤的张力，但是没有人会注意到这一点，因为在我们那个地方大多数人都是这种顽强而阴沉的性情的受害者，几乎每个人的脸上都常年蒙着一层淡淡的忧郁神色，因为这里冬天十分漫长，处处埋伏着危险，生存的严峻需要人们付出令人疲倦的努力，而且长期与外界隔离。

我从父母那里继承了很多重要的品格。从我母亲那里，我继承了谦虚谨慎的处世智慧、对上帝的忠诚以及冷静寡言的性情，从父亲那里继承了优柔寡断、不善理财的特点，并且清楚地意识到我喝酒的本事。尽管如此，我的好酒量在我未成年的时候还没有表现出来。外表上，我继承了父亲的眼睛和嘴、母亲缓慢而沉重的步态以及她的体魄和力量。尤其是父亲，或者说我们那里一般而言的大多数人，都赋予我农民自然而然便具备的聪颖与狡猾，同时他们将那种忧伤和毫无根据的压抑感一并给了我。由于我命中注定长期远离家乡，置身于陌生人中间，在旅途中我反倒觉得更加自在、更加无忧无虑。

带着这些性格特质和一身新衣，我开始了我的生活之旅。父母赋予我的天赋在重要时刻给予了我很大帮助，因为从那时起我就远走他乡，踏上旅途，开始自谋生路了。但是还是有一些阴差阳错的事，无论是通过科学还是世俗生活从来没有将其更正弥补。尽管我善于攀爬高山、一口气划船能超过十小时，如果迫不得已我还能徒手杀死一个成年男子，但是对于生活的艺术，我到现在仍然无能为力。我早年的生活只限于跟土地、野花和动物打交道，这便是我全部的社交活动。即便是今天，我那些狂野不羁的梦想仍然可以证明我是多么地倾向于一种纯粹的动物般的存在方式。我经常梦见自己像一只小兽一样躺在滩涂之上，通常是变成一只海豹，我强烈地意识到那种快乐自得的感觉，以至于醒来以后，当我作为人类的尊严恢复之后，我的心中感觉到的不是作为人的骄傲或喜悦，而是深深的悔意与遗憾。

我接受了通常的预备学校教育，尽管食宿免费，学费也全免，却有人为你的命运做决定，他们要我成为一名语言学家。没有人确切地知道这是为什么。再没有比这更无用、更无聊的课程了，我跟这些学校教育完全格格不入。

我的学生时代很快就过去了。时间就在打架和上课之间交替度过，有时我也觉得想家，有时又对未来充满放肆大胆的梦想，或者希望自己献身于科学的崇高与神圣。期间，我那与生俱来的懒散惰性也会突然发威，让我陷入各种麻烦当中，直到它被某些新的做事的热情挫败为止。

“彼得·卡门青，”我的希腊语老师说，“你真是个又顽固又一根筋的家伙，总有一天你会弄断自己的脖子。”他说这话时我得以从近距离仔细观看这个戴着眼镜的矮胖子，心平气和地听着他对我的未来进行判决，觉得他很搞笑。

“彼得·卡门青，”我的数学老师这样评价我，“你在浪费时间方面简直是个天才，而我感到遗憾的是再没有比零更低的分数了。我估计你今天的作业也就值负二点五分。”我瞧着他，替他惋惜，因为他是个斜视眼，而且我觉得他好无聊哦。

“彼得·卡门青，”我的历史老师有一次这样说道，“你不是个好学生，不过你仍然有可能成为一名优秀的历史学家。你很懒，不过，你懂得如何区分重要的事和那些鸡毛蒜皮的小事孰重孰轻。”

这些对我来说也不是什么特别了不起的事。我仍然尊重我的老师，因为我认为他们掌握了科学的奥秘，而科学对我很有威慑力。尽管我的老师们对我的懒惰众口一词，但我仍然取得了一定的进步并且使我的学习成绩总是处于中等偏上的位置。诚然，学校和学校所教授的科学知识都是东一块、西一块拼凑而成的，非常不全面，这一点并没有逃过我的眼睛，而我也只是付出我的时间、虚度时光而已。我猜想，过了这段预备学期，我一定会进入纯正的智慧的领域，接触到真正清晰而完整的科学真理。一旦我到达这一领域，我将会发现历史上那些黑色谜团的含义、国家战争的意义以及那些困扰着每个灵魂的令人恐惧的问题。

我还有一个愿望。这个更加强烈、更迫切实现的渴望总是笼罩着我：我很想有一个朋友。有一个叫卡斯帕·豪锐的男孩，他长着棕色的头发，总是一副严肃认真的样子，比我大两岁，他给人一种冷静沉着、自信心十足的印象，总是高高地仰着头，跟同班同学也很少说话。有几个月的时间，我都对他崇拜有加。我在大街上跟着他，希望能引起他的注意。我嫉妒每一个他与之打招呼的人，嫉妒每一间他进出的房子。但是他比我高两个年级，况且，大概他觉得自己甚至比同年级的人还要厉害不少。我们从来没说过哪怕一个字儿的话。反而是一个微不足道的、病恹恹的小男孩主动依附于我，我压根儿没向他献过殷勤。他比我年幼，腼腆胆小而没有什么特别天赋，但是他有一双忧郁而美丽的眼睛，其他面部特征也很分明。由于他又瘦弱身体又有点畸形，所以他在自己班上总是被欺负的对象，他看到我强壮又受人尊敬，所以来寻求我的保护。很快他由于病得太严重而不能上学了。我一点都不怀念他，而且很快就把他忘得一干二净。

我的同班同学当中有一个特别爱闹腾的家伙，个头不高，长着金黄色的头发，逍遥自在也不严肃，而且他有得是各种各样、层出不穷的拿手好戏——他是一个音乐家、模仿高手和出色的小丑。我费了好大力气才赢得他的友谊，这个精明狡猾、像是抑制不住自己一样、兴高采烈的小家伙总是以高人一等的姿态对待我。但是最起码我有了一个朋友。我到他的房间拜访他，和他一起看很多很多的图书，替他做希腊语作业，作为回报让他帮我补习数学。我们也经常一起散步，那情景看起来大概就像是熊与黄鼠狼走在一起似的。在交谈时他总是处于主导地位，他快乐机智而且完全轻松自如，我则只是听着、笑着，也为有这样一个无忧无虑的朋友而感到高兴。

尽管如此，有一天下午，我又撞见这个玩江湖杂耍的小骗子在大街上表演他最擅长的把戏，以此取悦他的几个朋友。他刚刚模仿过我们的一位老师，然后他又喊道："猜猜这是谁！"随即他拿起《荷马史诗》，从中读了几行，他是在模仿我尴尬的窘态，模仿我因为紧张而发颤的声音，模仿我刺耳的带有方言的发音，模仿我快速眨眼的习惯，还有当我注意力集中时就会闭上左眼的样子。看起来真的非常好笑，使这绘声绘色的模仿又机灵又残忍。当他合上书时，收获了他应得的热烈的掌声，我从他背后一个箭步冲上去，我要报仇。我什么都没说，而是将我的耻辱和暴怒倾注在一个有力的巴掌上，正打在他的脸上。正在这时上课时间到了，而他又是老师最为宠爱的学生。

"是谁把你打成这样的？"

"卡门青。"

"卡门青，站到前面来。真是这样吗？"

"是的，老师。"

"你为什么扇他耳光？"

我没有回答。

"打人没有理由吗？"

"是的，老师。"

于是，我挨了一顿狠狠的鞭打，而我像个禁欲主义者那样沉浸在无辜者受苦殉难的狂喜中。但是我既不是个禁欲主义者也不是圣人，而是个还在上学的小男生，所以在我遭受惩罚之后，我向我的敌人吐舌头表示轻蔑——而且还把舌头竭尽所能地伸长。

我的老师被吓坏了，于是对我劈头盖脸就是一顿痛骂："你不为自己感到可耻吗？你这样做是什么意思？"

"这或许意味着他是一只臭老鼠，而我鄙视他。除此之外，他还是一个胆小鬼。"

我跟这个模仿秀专家的友谊就此结束。并没有人继他之后成为我的朋友，我也被迫度过了没有朋友的青春期。尽管在那之后，我的人生观和对人类的看法几经更改，但是，我总是记得打在他脸上的一巴掌以及随之带来的深深的满足感，我只希望那个长着金黄头发的小男孩也不要忘记。

在我十七岁的时候，我爱上了一个律师的女儿。她很漂亮，我真心地感到骄傲的是我这一生始终只跟美女恋爱。我在她和其他女人身上经历了什么，我以后会谈到。她名叫罗西·吉尔坦纳，哪怕时至今日，她仍然值得比我更好的男人去爱。

当时，尚未开化的年轻活力总是在我的四肢窜来窜去。和同学们在一起，我总是会卷入那些狂野不羁的扭打和刮擦当中。我很自豪，我是最好的摔跤手、击球手、跑步运动员和划船手——但是我仍然感到闷闷不乐。这跟谈情说爱带来的不快乐几乎没有任何关系，这是早春那种忧郁的甜蜜，这个季节比其他任何季节对我的影响更深，所以我得到了那些从死亡的悲伤情景与悲观厌世的观念中得到的快乐。当然，这还源于有人一定要给我一本平装版的《海涅诗歌》作为礼物。我对这本书所做的并不只限于阅读，我将过剩的精力与整个心灵都倾注到空洞的诗句当中，我和诗人一起经历苦难，与他一起创作诗赋，我进入了一种如痴如醉的抒情与陶醉状态当中，诗实在太适合我了，这对我来说就像是一件睡衣套在一只小猪身上一样合身。

直到那时，我对"文学"还一无所知。但莱瑙、席勒、歌德和莎士比亚，紧随海涅而来，突然，原本那个苍白的幽灵——文学——一下子变成了一位伟大的神。

随着一阵颤抖，我感觉到清爽、辛辣的生活的芳香从这些书中流淌出来，尽管所谓的生活不是这个世界的世俗生活，但却无比真实，这种生活的波浪正拍击着我的心，它正试图认清自己的命运——我的心在狂喜。在阁楼上我辟出来读书的那个小角落里，除了能听到附近教堂塔楼的钟声和建巢的鹳鸟发出的干燥的噼里啪啦声之外，就只能听到莎士比亚和歌德创造的文学世界中的人物在走来走去的声音了。他们为我揭示了人性中每一个庄严崇高或有趣可笑的方面：我意识到由于任性不羁而断裂分割的心灵之谜，认识到世界历史深刻的意义所在，懂得了强大有力的精神奇迹使我们的生命变得不再短暂，而且通过理智的力量，我们美丽的生命被升华到命运与永恒的高度。

当我把脑袋钻出窗户的铁棱时，就能看到美丽的阳光洒在屋顶和狭窄的小巷里，惊讶于我可以听到人们每天忙碌地工作或生活那细小琐碎而紊乱的杂音。我意识到那种阁楼书房中充斥的孤独感和神秘感，那是伟大的精神，就像在那些美好的童话中那样。渐渐地，我读的书越多，屋顶、街道、日常生活就越感动着我，真是奇怪，越是被那些胆小的或令人恐惧的感觉压倒打败，我越是变成了一个梦想家：世界在我面前缓缓展开，期待我去探索它最有特点的部分，揭开罩在那些偶然事件和寻常琐事上的神秘面纱，撕开我在纷杂混乱当中的独到发现，并通过诗的独特天赋使其不朽。

带着某种尴尬的情绪，我开始创作一点诗，渐渐地，好几个笔记本都写满了我的诗句、素描写生和短篇故事。它们都不在了，或许它们没有什么价值，但是却让我心跳加速、让我的心里充满狂喜。我批判的天赋和自我反省的力量逐渐超过了写诗的尝试。直到我在学校的最后一年，我才经历了人生第一次也是最大一次失落：我已经开始摧毁这些我创作的少年读物——我已经对那些乱涂乱写的文字感到怀疑了——当我无意中读到一些戈特弗里德·凯勒的作品时，我立刻连续不断地读了两三遍，突然我意识到自己那些胎死腹中的白日梦般的作品都跟真正的、纯粹的艺术相去甚远。我烧掉了我的诗和故事，随着那种尴尬的情绪和一夜宿醉，我清醒而沮丧地开始将目光投向外面的世界。

第二章

至于爱情，我不得不承认我的一生都对爱情保持着一个年轻的态度。对我来说，爱一个女人完全就是表达崇敬与爱慕的纯洁行为，就是从我的忧郁哀思中喷射而出的炽烈火焰，就是在祷告时我伸向蓝色苍穹的双手。由于受到我母亲的影响，以及某种模糊的预感，我将女性作为完全相异的种族崇敬着，她们美丽而神秘莫测，凭借与生俱来的美丽和恒久不变的性格而比男人更胜一筹，她们是一个我们必须奉若神明的种族。因为，就像闪烁的星辰与蓝色的高山一样，她们与我们男人相去甚远而且更接近上帝。因为生活对我并不总是温柔地眷顾，所以我对女人的爱总是又苦涩又甜蜜。尽管我仍然对女人怀有感情，我还是通常选择扮演一个神圣庄严的牧师的角色，却很快变成痛苦而可笑的傻瓜。

我几乎每天都会和罗西·吉尔坦纳在去吃饭的路上擦肩而过。她那时十七岁，她的躯体坚实而又柔软，瘦长脸，水灵的皮肤，她魅力四射，充满宁静而充沛的美感，这种美是从她所有的祖先那里继承下来的，而她的母亲至今仍然美丽动人。这个古老而高贵的家族无疑是幸福的，一代又一代地出产了一大群美女，她们宁静沉稳而又高贵杰出，周身散发着健康的活力和圣洁无瑕的美丽。有一幅出自无名大师之手的福格尔家族女孩的肖像画，这是我知道的最有味道的油画之一：吉尔坦纳家族的女人们也都生得跟这个画中的女孩有点相像，包括罗西也一样。

当然，我当时并没有察觉到她们如此相像。我只是单单见她走路的样子欢快又高贵，就感觉到她性格中的高尚、单纯与质朴。我常常焦虑不安地坐在黄昏的街道上，直到我成功地使她的影像在我脑海中清晰地浮现出来。于是，一阵神秘的、令人惊异的甜蜜就会颤动我那男孩子的灵魂。

不一会儿那个快乐的时刻就变得阴云密布，让我感到更加痛苦。因为我突然意识到她是一个陌生人：她既不知道我是谁，又从没有打听过关于我的任何事。我美好的幻景其实都是偷来的，我偷了她一部分的快乐。当我感到这剧烈的痛苦时，我又看到她的形象出现在我面前，那么高贵、栩栩如生，以至于一股黑暗的暖流涌进我的心中，让我的每条经络都疼痛起来，简直就像刚刚打了一架。我闭上眼，垂下双臂，感觉自己滑向了一个温暖的深渊，直到老师的喊叫声响起，或者同学的拳头把我从幻想中砸醒。

我变得越发孤僻寡言。我愿意跑到开放的地方，带着我那令人惊异的奇思妙想望着这个世界。现在我发现一切是多么地美丽而多姿多彩，一切是多么地光辉灿烂而充满生机，河流是多么地清澈碧绿，屋顶是多么地鲜红，山是多么地翠绿。我只是安静而悲伤地享受这美景，但它们并没有将我的愁绪排遣。它们越是美丽，就似乎越是与我格格不入，因为我无法成为它们的一部分，我是只站在它们的边缘。在这种迟钝的状态下，我发现我的思绪渐渐地又回到了罗西身上：如果我在这一刻死去，她不会知道，不会问起，更不会悲伤。

但是我并不指望她注意到我。我乐于为她做些闻所未闻的事情，表演一些她没有见过的绝技，或者送她一些礼物却不让她知道是谁送的。

我确实为她做了许多事情。在短暂的假期，我回到老家，每天都要付出巨大的体力做很多事，我做的所有的事，我都觉得是为罗西做的，我都是为了罗西的荣誉：我从最陡峭的一侧攀爬险峻的高山，划小舟到更广阔的地方旅行，用很短的时间跑很远的路。每一次完成这样的使命返回家里我都筋疲力尽、饥饿难耐，有时我不带任何食物和水，一路不吃不喝直到晚上，我做这一切都是为了罗西·吉尔坦纳。我默念着她的名字，在我所征服的每一个山顶和无人涉足的深壑峡谷中赞颂她。

前一阵我整天蹲坐在闷热的教室里，这个假期也算给了我年轻的身体一次补偿。我的肩膀变得更加宽阔了，脸庞和脖子被晒成深褐色，我的肌肉膨胀隆起，也变得更为紧绷了。

在假期结束前一天，我历尽艰辛，为我的爱人送上鲜花作为献礼。我知道，此时在许多危险的山坡上开满了雪绒花，但是，我总觉得这种没有芳香、没有色泽、病恹恹的银色小花似乎缺乏灵魂和美感。相反，我决定采一束杜鹃花，它被誉为“阿尔卑斯山的玫瑰”，只生长在陡峭的山崖绝壁那龟裂的缝隙里，在狂风中怒放。花开得很迟，没有什么比采到这样的杜鹃花更困难的事了，但我必须想办法弄到它，因为在青春和爱情面前没有办不到的事。尽管我的双手皮开肉绽，我的两腿抽搐痉挛，但我最终达成了我的目标。当我小心翼翼地割断了坚韧的花茎并把战利品捧在手里时，我真想大喊出来以表达我的快乐，身处这样的境况无疑没法这么做，但是我的心高兴得唱起了山歌而且兴奋得近乎失常地快速跳动着。我必须向下爬以返回地面，所以我把花衔在嘴里，倒着爬下去，只有天知道我这个大胆莽撞的孩子是怎样安然到达岩壁脚下的。虽然山下所有的杜鹃花早就已经过了花期而凋谢枯萎了，我却得以将这一季最后的几朵捧在手里，有的含苞欲放，有的蓓蕾初绽。

第二天整整五个小时的行程里，我始终把花拿在手里，一刻都没有放下。由于与亲爱的人所在的城市越来越近，我的心越发激动不已、越发剧烈地跳动着。但是，离开阿尔卑斯山脉越远，我的那种对故土与生俱来的爱便越是吸引着我连连回首顾盼。那次旅程，我至今记忆犹新！塞纳尔斯多克峰早就已经在视线中隐没了，锯齿状的群山也一座接一座沉到地平线以下，完全看不见了，每一座山的消失都好像从我心上撕下一块肉，带着微微的痛楚。眼下，家乡所有的山都消失得无影无踪，只剩下一片开阔的、青翠的低地风光，像波涛般起伏着冲进我的视野。在我头一次离家求学之旅中，这些情景并没有打动我。而在今天，这种不安、恐惧和悲哀却战胜了我——仿佛我被判了罪，必须继续往越来越平坦的地方驶去，永远失去我家乡的高山和在故土居住的公民权一样。

同时，我看到了我的罗西，她那美丽的面孔那么怡人又冷漠，与我格格不入，她从不关心那些让我无法呼吸的悲痛与苦难。窗外，明朗、清洁的城镇连同狭长的钟楼和白色的山墙一个接一个地向后滑去，乘客们上上下下，他们的交谈含混不清，他们大笑着、抽着烟、讲着笑话——他们都是一些快乐地生活在低地的人，他们聪明机灵、性格开朗——而我，一个体格健硕结实的山区小伙儿，郁闷地坐在他们中间，一言不发。在这里我没有家的感觉。我感到自己被人从家乡的山区绑架出来，永远也回不去了，而且我确信自己永远不会像任何一个从低地平原地区来的人那样快乐、优雅而且自信。他们总是会拿我开玩笑，他们中的某个人会跟吉尔坦纳家的女孩结婚，他们中的某个人总会挡在我的前面，什么事都比我先行一步。

这些想法在我进城的路上一直都在我的心头萦绕徘徊。回到城里，我四处进行了简单的探望，便爬上我那位于阁楼的房间，打开我的箱子，取出一大张包装纸。当我把我的杜鹃花包裹在里面，并用特地从家里带来的带子将包装纸扎拢，这才发现它并不像一件示爱的礼物。我庄严而严肃地捧着它，去到吉尔坦纳律师住的那条街，趁着一个好机会迈进了原本就开着的大门，我匆匆环顾了一下昏黄的门廊，将这一束有些变形的花安放在宽大的楼梯上。

没有人看到我，我也压根儿不知道罗西是否接受了我的致敬。但是一种满足感油然而生，因为我爬上了最陡峭的悬崖，因为我冒着生命危险采到最后一束杜鹃花，因为我把这一束杜鹃花放到她家的楼梯上。这次经历包含了甜蜜、悲伤和诗意，它不仅在当时让我非常高兴，而且直到今天，这一切我仍然能真切地感受到。只有在我彻底地陷入失望当中时，我才会想起这次“阿尔卑斯山玫瑰大冒险”跟我其他的爱情故事一样充满堂吉诃德式的浪漫。

我的这次初恋从未有一个结果——它的回音逐渐消失，神秘莫测。但它在我的整个青春期都从未减弱，在之后无论何时我陷入新的爱恋，它都一直陪伴在我左右。我无法想象出还有什么比那位天生丽质、沉着冷静、目光炯炯、大家闺秀的女孩更纯洁、更可爱、更美的东西了。很多年以后，在慕尼黑一次展览会上，我凑巧看到了那幅作者匿名的福格尔家族的女孩神秘莫测的肖像画，我顿时觉得，当年那个热情洋溢、心中又满是悲伤与忧愁的青年就站在我的眼前，并从他那深不可测的眼睛的最深处孤独而茫然地望着我。

在这期间，我经历了缓慢而谨慎的蜕变，我抛弃了孩子的外貌，渐渐变成了一个青年人的样子。从我当时拍摄的相片可以看到一个骨骼宽大、生长过于茁壮的农村男孩，穿着破旧的衣服，眼睛有点阴郁呆滞，四肢比例极不协调，野蛮地生长着，唯有脑袋在某些程度上早早地定了型。我怀着一种惊讶的心情，看到自己完全抛弃了男孩的模样和举止；我怀着某些阴郁的期望，盼着大学时代的到来。

我将去苏黎世学习，如果成绩优异，我的监护人还有可能赞助我环游整个欧洲的拓展学习旅行。这一切向我展示了美好的古典图景：我看到自己坐在一个气氛友好的小树丛间，旁边庄严地陈列着荷马和柏拉图的半身像，我正埋头于书卷之中，四周视野开阔，无遮无拦，可以眺望城市、湖泊、高山和令人心旷神怡的遥远的风景。我已经不再有那么多的困惑，而且还变得更加活泼开朗，我对正在等待着我的美好的未来充满期待，并坚信会通过努力证明它值得我期待。

中学的最后一学年，我为意大利语的学习投入了很多精力，我第一次对一些古代意大利小说家有了一定的了解。我向自己发誓，我将在进入大学的第一年，作为奖励让自己更深入地了解他们。接着，向我的老师们和房东辞行的日子来到了，我打点好我的行李箱，怀着愉快而又忧伤的心情，花了些时间在罗西家周围溜达了几圈。

接踵而至的假期，让我预先尝到了生活的苦涩，把我远走高飞、雄心勃勃的美梦好好地嘲弄了一番。第一个打击就是我见到母亲病倒了。她卧病在床，几乎很少说话，甚至见我来了也无动于衷。我并没有为此感到特别惋惜，但是使我伤心的是当我试图分享我的欢乐和年轻人的自豪感时，再也没有人会回应我了。随即而来的打击来自我的父亲，他告诉我，尽管他丝毫也不反对我去上大学，但是，他没有能力供给我上学的费用。要是那微薄的奖学金不够用的话，我就只好自己去挣剩下的钱；他在我这个年龄早就吃上用自己的双手挣来的面包了……云云尔尔。

这次假期我没有多少时间去远足、划船、爬山，因为我必须帮着干活，在家里和地里不停地忙碌，剩下半天的空闲时间，我什么事也不想做，甚至连读书的兴致都没有。平凡的日常生活麻木不仁地向人们索取它应得的部分，并且将我充沛而乐观的热情无情地吞噬，我眼睁睁地看着这一切，感到被它激怒却又精疲力竭。而我的父亲，一旦说到金钱问题，他就一如既往地草率、粗暴而又严厉，他对我其实已经够友好的了，但是这并不能让我感到高兴起来。他对我所受的教育和我的学究气并没有言语上的表示，并带着一种半是轻蔑的敬意，这让我十分苦恼，并深感遗憾。而且我时常想起罗西，于是那种恶劣的感情又占了上风，我愤愤不平于我这个农民没有能耐让自己转变成为一个自信的“这个世界”的人。连续几天，我都在考虑如果我待在家里、忘掉什么拉丁语、将我的憧憬与希望埋葬在我这可悲的家乡那令人讶异的程式化的生活中，这样会不会更好一点。我四处乱跑，被痛苦所折磨，自轻自贱。即使在卧病不起的母亲身边也得不到慰藉和安宁。那幅想象中的图景又浮现在我眼前，而那个摆着柏拉图与荷马半身像的小树丛却似乎是在嘲弄我，于是我把所受的全部轻蔑、侮辱与恶毒的念头统统发泄在上面，我毁了这幅幻景。几个星期的时间漫长难熬，就好像我注定会在这段愤怒而崩溃的时光中失去我的整个青春一样。

如果说，我眼睁睁地看着生活轻率鲁莽而又彻彻底底地毁灭了我美好的极乐梦境，我因此又是震惊又是气愤，那么现在，我又惊异于如此剧烈的痛苦竟然可以被一扫而光，多么唐突而迅速。生活已经向我展示了它灰暗的日常工作的一面，现在它突然在我凝神专注的眼前展开它无限的深度，并且由于经历了更多事情，生活将随之产生的负担压在我年轻的心上，并对我产生了发人深省的影响。

炎炎夏日里一个燥热的早晨，我在床上感到口渴，便起身去找水喝。当我去厨房经过父母的卧室时，我听到了母亲的呻吟。我走到她的床边，可是，她既不瞧我，也不答应一声，而是发出同样干巴巴的、令人恐惧的呻吟声；她的眼皮在抽搐，她的脸似乎在苍白中泛着一阵蓝色。尽管我有点担心，但我并没有被吓到，直到我注意到她的双手平放在床单上，像一对熟睡的双胞胎那样没有一丝动静。这双手是在向我昭示母亲正在死去，因为这双手是如此无力，如此没有生气，活人的手绝不会是这样的。我忘记了自己仍然口渴，而是在她身边跪下，将一只手放在她的前额上方、挥舞摆动着试图寻找她的目光。当我们目光交汇时，她的眼神是那么坚定、平静而没有任何烦恼忧愁，但几乎就要熄灭了。我并没想到去叫醒我的父亲，尽管他就睡在一边，呼吸沉重。将近两个小时的时间，我都跪在那里，眼睁睁地看着我的母亲步入死亡。她死得沉重、庄严而勇敢，这跟她的性格相符。她给我树立了一个高尚的榜样。

这个小房间里一片寂静，渐渐地被新一天的晨光所充满，整个房子和村庄都还在沉睡，我有足够的时间放任我的思绪陪伴我母亲的灵魂穿过房间、村庄，越过湖面和白雪覆盖的山尖，来到清晨纯洁、清冷而自由自在的天空之中。我并没有感到悲痛，因为一种震撼的情绪压倒了我，对于能够获得允许而目睹伟大的生命之谜自行解开的瞬间，对如此近距离地感受到生命的圆环随着一次微小的震颤而合拢在一起，我感到了一种敬畏之情。这种面对死亡毫无怨言的勇气是如此崇高，以至于让我的灵魂也荫泽了这种精神，就好像一道清冷明澈的光芒。我的父亲就在她身边睡着，没有牧师在场、没有得到祈祷或圣礼祝福母亲归天的灵魂——但这一切都不是我此刻所关心的。我只感觉到一种永恒的气息在这个被晨光照亮的小屋中弥漫，与我的心灵融合在一起。

就在她眼睛中的光辉即将消失的最后一刻——我亲吻了母亲枯萎冰

冷的嘴唇，这是我有生以来的第一次。这种接触带来一种陌生的战栗，一瞬间，恐惧将我填满。我坐在床沿，感到泪珠一颗接一颗缓缓地流了下来，犹犹豫豫地流过我的脸颊、下巴和双手。

这时，父亲被吵醒了，还在半睡半醒之间，他见我坐在那儿，就问我出了什么事。我想回答他却一句话也说不出来。我走出房间，恍恍惚惚地回到自己的房间。缓慢而机械地穿上衣服。不多一会儿，父亲到我房间来了。

“她死了，”他说，“你知道这事？”

我点点头。

“那你为什么不把我叫醒？而且还没有神父在场照料她！你真该……”他发出痛苦的诅咒。

就在那时，我感到脑子里产生一种难以确切描述的刺痛，就像一根血管突然绷断了一样。我上前走了几步到他面前，紧紧地握住他的双手——跟我相比，他的力量简直像个孩子——盯着他的脸。我一句话都说不出来，但是他平静下来，甚至有点怯懦了。当我们俩一起去照顾母亲的遗体时，死神似乎也攫住了他，而且让他的脸看起来非常陌生而庄重。然后他弯下腰，用身体覆盖在遗体之上，发出悲痛的、柔和的、孩子一般又尖厉又细微的声音，就像一只鸟的鸣叫。我把他留在那儿，去邻居家报告死讯。他们听了我的话什么都没问，只是握着我的手，向我们这个孤独的家庭提供帮助。有的人立刻跑去修道院请神父，当我报丧回来时，我看到已经有个女人在牲口棚帮我们家挤牛奶了。

神父来了，村子里几乎所有的女人都来了，一切事情都办得很准时而妥当，就好像每件事都有自己的意愿可以自行完成一样。甚至连棺材也不用我们费心就备好了，我有生以来第一次清楚地意识到在困难时期，能在自己人中间做一个自给自足的小集体中的一员是多么好的事。或许我应该更深刻地思考一下这件事。第二天，遗体入殓、祈祷赐福、棺材下葬，一群悲伤的人聚集在一起，他们都戴着老式的硬质的高帽子，包括我的父亲——葬礼结束后他们又会把这些奇怪的帽子放回盒子或柜子里，但是我的父亲却被一阵突如其来的虚弱感攫住了。他会突然为自己感到遗憾，为自己的苦难叹息恸哭，而且用一种奇怪的、《圣经》中的词组，向我抱怨起来，说什么现在她的妻子已经入土，他又快要失去自己的儿子了。他没完没了地诉说，我被他吓到了，听着他的话我几乎要答应他留下——我的嘴唇几乎要张开了——但却发生了奇特的事情。

自从童年时代我就曾思考过、憧憬过、期盼过的一切在很短的一瞬间浮现在我的脑海。我看到一个伟大而美好的使命正在等着我，我要读书，我还要写书。我听到热风席卷而过，看到远处泛着喜悦的湖泊和沙滩沐浴在南方的光芒与色彩中。我看到充满智慧的人、一张张有教养的面孔在我面前走过；我看到优雅美丽的女人们；我看到街道、高山越过阿尔卑斯山、火车呼啸着从一个国家到另一个国家——我同时看到这一切，但是它们是截然不同的几个部分。我看到所有一切都向一条点缀着云朵的清澈的地平线伸展蔓延。我在学习，在创造，在观察，在旅行——生活的丰富多彩骤然在我的眼前燃烧，发出银色的闪光。再一次，就像在我的少年时期，有什么东西在我心中颤抖，一种强大有力的无意识的力量拉近了我与世界的距离。

我一言不发，听任父亲滔滔不绝，只是时不时地摇摇头，我在等他暴躁的情绪平息下来。他一直持续到了晚上。于是，我向他解释自己去外面学习的决心是无法改变的。我要去寻找我智慧国度的未来家园——尽管如此我并不奢求他给我任何支持。此时此刻，他停止了对我的哄骗，用遗憾的眼神望着我，摇了摇头。因为他意识到从今往后我要走自己的路了，很快我就要跟他一生所走的路彻底分道扬镳了。当我写到这里时，我可以看到我父亲的脸，就是在那天晚上他坐在窗前的扶手椅中的样子：他那轮廓分明的脸、精明的农民的脑袋一动不动地撑在倾斜的脖子上，他短短的头发已经开始变成灰色，他严厉而简单的容貌泄露了他在努力抗争，看得出他坚强的男人气概正在跟悲伤和衰老战斗。

对于那段时间，有一件微小但非常重要的事仍然需要提一下。有一天晚上，大约在我出发前的一个星期，我的父亲戴上他的帽子准备出门。

“你去哪儿？”我问他。

“关你什么事？”他说。

“如果不犯法的话，你应该可以告诉我。”我说。

他一听哈哈大笑，便嚷道：“没有理由不让你一起去啊。你已经不再是个小孩子了。”于是，我们一起出门，并肩来到一家小酒馆。几个农民坐在一桶好劳尔瑞士红酒前面，两个我不认识的马车夫在喝苦艾酒，围坐在一张桌子周围的年轻人在大吵大闹地带头玩一种叫加斯的牌。我已经习惯于偶尔喝一杯红酒，但这是第一次不是出于口渴或什么特别的原因而进到一家酒馆来。我早就听人家胡乱传言说我父亲是个特别能喝的酒徒。他酒量大而且只喝好酒，因此导致了他的家业几经折腾，永远地陷入了振兴无望的境地，即使从严格意义上来说并不是他疏于打理或者不善经营。酒馆老板和其他酒客对他的态度是多么的尊重啊，我因此留下了很深的印象。他要了一升瑞士沃州酒，吩咐我斟酒，一边给我讲解正确的倒酒礼仪。他说：你一开始一定要以一个很低的角度把酒倒出，然后慢慢地把倾倒而出的酒柱提高，最后尽量缓慢地把酒瓶放下。随后，他开始给我讲他所知道的各种各样的葡萄酒，那些酒只有当他趁着极少的机会到城里去或者冒险穿过国境线到意大利那边时才能品尝得到。当他说起深红色的韦尔特利纳酒时，他的语气中怀有深深的敬意，时而又压低声音，用急迫的语调继续讲述某种瓶装瑞士沃州酒；最后他几乎是用絮絮低语对我评说纳沙特尔酒，他那种表情看上去就像是在讲述美好的童话故事一样。他告诉我这种葡萄酒陈酿在倒进杯子时会泛起如同星星一般的泡沫，他边说边用沾湿的手指在桌子上画了一个星星的图案。然后他就大胆推测起那些他从没喝过的香槟的味道和特性，其中有一种酒他相信能让两个壮汉一瓶就倒。

他沉默了，似乎陷入了沉思，他点燃了他的烟斗。当他发现我没有烟抽，便给了我十个生丁去买香烟。于是，我们两个面对面坐着，用烟喷着对方的脸，慢慢地、大口地喝完了第一升酒。我觉得这种金色的、浓烈的沃州酒味道好极了。邻桌的农夫渐渐地壮起胆子来加入我们的谈话，其实他们最后都加入了进来——一个接一个小心翼翼地挪过来，用清喉咙的声音示意自己的到来。不一会儿，我就成了大家注意的焦点，这表明我有个登山能手的好名声。形形色色的人们议论纷纷，这个说这是一种蛮干的行为，那个说这可真是惊人的壮举，也有人说这是神话，有的人复述着当时的情景，有人为此争论不休，还有人为我辩护。谈着谈着，我们的第二升酒也快喝光了。我觉得血往头顶上涌，我一反常态，开始自吹自擂起来，讲述了如何大胆攀登高得多的塞纳尔斯多克峰上的峭壁，那就是我为罗西·吉尔坦纳摘到我的阿尔卑斯玫瑰的地方。他们都不信我的话，我对天发誓，他们都笑了。这下可把我惹火了。我要跟任何不相信我的人挑战摔跤，并且告诉他们我能把他们所有的人制伏。随即，一个罗圈儿腿的老农民走到放酒的架子旁边，拿来一个大陶罐，把它横放在桌子上。

“我跟你说啊，”他说道，“要是你真有这么强壮，为什么不用拳头砸碎这个陶罐呢？你要是办得到，它能装多少酒我们就付钱买多少酒给你。要是你砸不碎，就由你掏钱给我买酒。”

我父亲当即表示同意。于是，我站起身，用手帕包住手，砸了下去。头两下没起作用。第三下陶罐就碎了。“买酒！”我父亲边喊边开怀大笑。那老头子似乎并不反对。“很好，”他说，“这个罐子能装多少酒，我就买多少。不过它再也装不了多少酒了。”陶罐的碎片自然连半升酒都盛不了的。我只能认栽，他们拿我寻开心而我只换来了胳膊疼。现在就连我的父亲也笑起我来了。

“好，算你赢了！”我一边冲他喊，一边拿起我们的酒瓶，倒满陶罐最大的一块碎片，把酒泼到老头子的秃脑袋上。现在我们又成了胜利者，酒客们看了都鼓起掌来。

接下来我们像这样大吵大笑玩闹了很久。后来，我父亲把我拖拽回家，我们情绪高涨，踉踉跄跄地在屋里乱跑，这是三个星期以前停放母亲棺椁的地方。不一会儿，我就睡得像个死人一样，第二天早上我感觉全身彻底散了架。我父亲还嘲笑我，他倒是心情愉快，继续做自己的事，为他的酒量明显比我更胜一筹而得意扬扬。我暗自发毒誓再也不出去喝酒了，并且急切地盼望着启程的日子。

这一天终于来了，我出发了，但是，我并没有信守自己的誓言。从那次以后，金黄色的沃州酒、深红色的韦尔特利纳酒、纳沙特尔酒和各种各样其他的酒，我不仅对它们越发了解，而且把它们当成了最好的朋友。

第三章

穿着一身崭新的鹿皮套装，带着一只小行李箱，里面塞满书籍和其他物品，我就这样来到了苏黎世，我已经做好准备要征服世界的这一小部分，以便尽快回家乡那些粗鲁的庄稼汉证明我跟其他卡门青不是同一块料。我在一间通风良好、风景宜人的阁楼度过了愉快的三年时间。我住在那儿，学习、写诗、渴望一切美好的东西并感受到我自己已经被灌输了它们的强烈感情。尽管我不是每天、每周都能吃到热腾腾的饭菜，但每个白天、每个夜晚我的心都在歌唱、在欢笑、在快乐地哭泣、充满热诚地努力、对生活充满渴望。

这是我的第一个真正的城市。我不谙世事，有几个星期的时间，我到处乱逛、眼界大开，感到眼花缭乱。我从来没有真诚地钦佩或嫉妒过城市生活——对城市来说我毕竟是个农村小子——但是那难以计数的街道、楼房，那许许多多的人都让我感到高兴。我观看车水马龙的街巷，我游览湖边的码头、广场、公园、豪华建筑和教堂；观察行色匆匆、拥挤不堪、着急去上班的人流；遇到懒散闲逛的学生、外出郊游的有钱人、招摇过市的花花公子、没有目的地漫步的外国人。那些穿着入时、端庄典雅、趾高气扬的阔太太在我看来就像鸡群中的孔雀，漂亮、高傲还有点傻。不，我不是真的腼腆——只是笨手笨脚、固执而倔强——我毫不怀疑自己已经是个真正的男人，对这个生机勃勃的城市变得彻底熟悉，我已经具有足够的男子气概在这里开拓我自己的路。

我跟一个帅气的青年相识了，这也是我在开拓自我之路上的第一步。他在我所住的那座房子的二楼，租住着一间两居室的房子，他也在苏黎世上学。当然并不是我主动迈出的这一步，而是他来找我的。我每天都能听到他连续弹奏钢琴，我听着钢琴的声音，第一次感受到了音乐的魔力，这是一种最阴柔、最甜蜜的艺术。我能看到他离开房子，左手拿着一本书或一本乐谱，右手夹着一根烟，他迈着轻盈而优雅的步子，袅袅的烟也随之在他那身后如影随形。我被这一情景深深地吸引住了，但是我却跟他保持着那段安全的距离。我害怕结识一个逍遥自在、自由散漫的富家子弟，担心那样做会让我蒙羞，害怕那会凸显我的贫困和举止的粗鲁。可是他却上门来找我了：一天晚上，有人敲我的房门，我不免有点吃惊，因为之前还从未有人来访。是他，他走进屋子，同我握手，介绍自己，他的动作是那么轻松自然，就好像我们已经认识了好多年一样。

“我想问问你是否愿意和我一起演奏音乐？”他友好地说道。可我有生以来从没碰过任何乐器，更别提演奏了。我照实告诉了他，并补充道除了能唱点儿约德尔小调之外我对艺术一窍不通；不过，他的琴声时常悦耳地飘进我的屋子，充满诱惑力。

“怎么可能呢！”他大叫起来，“从你的外表来判断，我还发誓你肯定是一位音乐家呢！太奇怪啦！但是你会唱山歌。那么你一定乐意为我唱一首约德尔小调啦。拜托，就这一次。我喜欢山歌的声音。”

对于这个想法我感到惊愕不已，赶忙解释道，对我来说约德尔小调可不是人家点歌我就能唱的。只有在大山顶上，至少是在一个开阔地带，而且一定要即兴地演唱才能唱得出来。

“好吧，山上的约德尔，那么，明天对您来说方便吗？我们可以在明天傍晚时分一起到什么地方走走。只是散散步、聊聊天、爬爬山。这样你就能随心所欲地唱约德尔了。然后我们可以去某个乡村旅馆吃点东西。你有时间的，是吧？”

哦，是啊，我有这个世界上所有的时间，于是我赶快答应了。然后我请他随便弹点什么给我听，于是我们来到楼上，到他那间宽敞的、陈设着不错的家具的房间里。一幅崭新的油画镶嵌在时髦的画框中，旁边摆着一架钢琴，屋里显出一种装饰性的杂乱与无序，弥漫着昂贵烟草产生的一种令人舒服而放松的优雅氛围，这一切对我来说都很陌生。理查德在他的钢琴边坐下，弹了几小节。

“知道我弹的是什么，对吧？”他问我，并向我这边点点头。他看起来是那么的不同凡响，他将目光从琴键上移开时，眼睛闪闪发光。

“不知道，”我说，“我对音乐一窍不通。”

“这是瓦格纳的曲子，”他大声说道，“出自歌剧《纽伦堡的名歌手》。”他接着演奏。乐声轻快而又富有活力，充满热情与渴望，显得生机勃勃，我觉得好像泡了个热水澡一般温暖、畅快。我怀着一种暗暗的喜悦注视着他的脖子，看到他那双艺术家的手指和苍白的手背时，我被一种当我看到中学时那个黑头发高年级学生时所产生的一模一样的感觉战胜了，又是紧张又是心怀敬意。我还害羞地预感到这个英俊帅气、杰出卓越的男子会成为我真正的朋友。友谊——这个令我难以忘怀的旧日心愿这一次或许能够成真。

第二天，我去找他。我们一路上闲聊着，慢慢地登上一个中等高度的山丘顶端，俯瞰城市、湖泊、园林，尽情享受着傍晚那丰厚的美景。

“现在你可以唱约德尔小调了吧！”理查德说，“如果你还觉得不好意思的话，那就转过身去，背对着我。但是，如果你愿意，请唱得大声些。”

他可以满意了——我欢欣鼓舞近乎狂野地唱起约德尔小调，尽可能地把所有停顿、变调、换音都用上了，一直唱到星光闪烁、夜色深沉。

当我停下的那一刻，他刚想说话，却又竖起耳朵对着群山的方向倾听。从远方的山顶传来回应，那么温柔、绵长，渐渐变得更加高亢而悠扬，是猎人或长途远行的旅人在回答我的歌声。我们静静地听着，心里非常高兴。当我们站在那儿一起聆听的时候，我不禁打了一个寒战，我突然意识到我还是有生以来第一次站在一个朋友身边，我感到由衷的快乐，我们一起展望那遥远而又朦胧的生活美景。在夜色下湖面泛起柔和的色彩，变得更加生机勃勃。在日落之前，我见到几座倔强而胆大的、锯齿状的山峰从四散的雾气中显露出来。

“那儿就是我的家乡，”我说道，“中间的峭壁叫红崖，它右边那座山是山羊角，左边远处的是塞纳尔斯多克峰，就是顶端圆圆的那座。我第一次登上那个宽阔的圆形顶峰时，才十岁零三周。”

我举目远望，努力想区分出位于南方更远处的一座座山峰。过了片刻，理查德说了句什么话，但我没有听清楚。

“你刚才说了什么？”我问道。

“我说，现在我已经很清楚你的天分是什么了。”

“什么呀？”

“你是一个诗人。”

一听到这个词，我立刻羞红了脸，而且恼羞成怒，我很惊讶他怎么猜到的。

“不，”我大声宣布，“我可不是什么诗人。虽说我在学校时确实写过一些格律诗，但我已经很长时间没写过任何东西了。”

“你会把它们给我看看吗？”

“我已经把它们全烧了。即便我没有那么做，我也不会给你看的。”

“一定是非常时髦的那种，其中蕴含很多尼采的思想对吗？”

“谁是尼采？”

“尼采？我的上帝，这里竟然有个不知道尼采是谁的人！”

“不知道。我为什么就得知道他呢？”

我不知道尼采这件事竟然让他如此得意，我因此变得更加愤怒了，于是我问他翻爬过多少座冰山。当他说他根本没有爬过冰山时，我也像他方才戏弄我那样嘲笑了他。这时，他把手搭在我的肩膀上，用一种非常严肃的语调说道：“你太敏感了。不过你自己并不知道，你是一个何其纯洁而未经世事污染的人啊，在这个地球上像你这样的人已经很少了。你就瞧着吧，只需一年左右的时间，你就能知道跟尼采有关的一切甚至更多，你会知道得比我还多，因为你比我更能洞悉一切，比我更聪明。但是我喜欢你现在的样子。你不知道尼采、不知道瓦格纳，但是你爬过很多山峰，你已经拥有一张如此坚毅强健的大山般的面孔。毫无疑问你就是个诗人。我从你的眼神和你的额头就可以看出来。”

我很惊讶于他这样直接地直视我，而且他如此坦诚的眼神给我留下了很深的印象同时并没有使我难堪。还有一件最为不同寻常的事发生在我身上，甚至更让我惊讶而快乐：一个星期后，在一个非常拥挤的啤酒花园里，他发誓与我结成永远的兄弟关系，他又唱又跳，在众目睽睽之下，他一跃而起，吻我，拥抱我，然后围着圆桌与我跳舞，好像发疯了一般。

“人家看了会怎么想啊？”我试图劝告他说。

“他们会这样想：这两个人幸福极了，要不就是醉得不成样子了，大多数人则根本就不在意。”

理查德年纪比我大，比我聪明，比我受过更好的教育，各种事情都比我精通而熟练，又比我精明；但是和我相比，他看起来还仅仅是个孩子。比如说，在大街上他会带着一丝嘲弄的意味跟十几岁的小女孩调情；有时对于非常严肃的钢琴曲，他会弹着弹着突然停下来，讲一个幼稚的笑话再接着弹。有一回，我们随兴走进一座教堂，在牧师布道期间，他笑着在我耳边说：“你难道没发现那个神父就像一只干瘪的老兔子一样吗？”这个比喻贴切得很，不过我觉得，他完全可以在我们出了教堂之后再把这个想法告诉我。所以后来我就这么对他说了。

“但是我说得没错，对吧？”他抱怨道，咕咕哝哝地说，“过后我可能就不记得这事儿了。”

他说的俏皮话平淡无味，往往不过是从别人的书上引用的，对此无论是我或者别人都不以为然。我们喜欢他并不是因为他的机智幽默，更多的是他自由自在、无忧无虑的性格和他周身散发的孩子般的天性而带来的难以抑制的快乐，正是这些东西可以随时迸发出来。

理查德去跟同龄人见面时经常带着我一同前往，这些人中有大学生、音乐家、画家、作家、各种各样的外国人，这个城里只要是爱好艺术、卓越非凡又有趣的人无不与理查德有一定的交情。他们当中还有某些非常严肃、对事认真而坚定的人——哲学家、美学家、社会学家等——我从他们所有人的身上都能学到东西。我从各个领域广泛涉猎各种知识，随后再通过阅读大量书籍使之更为完整全面。渐渐地，对于当代最令人着迷同时让人困扰纠结的问题，还有很多最具有活力的时代精神，我都有了一个非常清晰的概念，并且形成了自己的主张，而且，我深受激励、开拓了视野、怀有美好的愿望、对未来有所感应、获得了成就并树立了知识分子的理想。这一切都深深地吸引着我，我理解他们，但是我自己缺乏强有力的激励使我投向任何一边，无论是正面还是反面。我发现在很多方面，知识分子热衷于直接分析社会现状和社会结构，他们的热情集中在对国家、科学、艺术、教育方法上面。只有少数的人似乎对于自我发展的必要性有一定的认识，并且明白个人存在与时间和永恒的关系。对于我自己来说，这种必要性当时也并没有显得特别重要。

出于我对别人的排斥心理还有对理查德的嫉妒，我并没有结交更多的朋友。出于这种排外心理，我甚至试图引导理查德让他不跟他认识的女人们交往。当我们安排好见面，我总是格外小心谨慎地守时，即便是不那么重要的事情也是这样，如果他来晚了让我等，我就会变得非常敏感而气急败坏。有一次他叫我在一个小时内一起去划船，我发现他没在家，就一直等了他三个小时。第二天我难过地责备他。

“你干吗不一个人去划船呢？”他笑着说，“我完全把这件事给忘了。不过这毕竟不是什么大灾大难，对吧？”

“对于严格信守诺言我已经习惯了。”我怒气冲冲甚至盛气凌人，“当然了，我现在也已经习惯了等你赴约而你根本没把它当回事，就让我一个人等着——要是我有很多你这样的朋友那该怎么办？”

他万分惊讶地望着我，说："你对每件小事都这么认真吗？"

"我的友谊对我来说可远远不是一件小事。"

"这句话留下了如此深刻的印象，以至于他立刻发誓改正……"

理查德庄严地引用了这句诗，他抱住我的头，用他的鼻子亲昵地蹭我的鼻尖儿，这是一种爱斯基摩人的方式，直到我又是气恼又是高兴地笑出来，才从他身边挣脱开来。我们又言归于好。

在我住的阁楼上，放着许多书，都是借来的，往往都是一些珍贵的版本。都是当代哲学家、诗人、评论家写的德国和法国的文学评论、新创作的剧本、巴黎的专栏副刊和维也纳风行的审美家的大作。这些书我看得非常快，以便留下足够的精力将重点集中在我的古代意大利小说和历史研究上。我很想尽我所能突破语言关，然后专门致力于历史研究。在通史和史学研究方法的论著之外，我主要阅读关于意大利和法国中世纪后期的史料和专著。通过阅读，我初次认识了我最爱的人，也是圣徒中对神最为虔诚、受到最多祝福的阿西西的方济各。

我的梦想为我展示了生活的多姿多彩，智慧每天都让其变成可能，我的心被伟大的抱负、喜悦快乐和年轻人的虚荣与浮华温暖着。在课堂上，我必须集中精力去应付那些严肃甚至枯燥的、有时还有些沉闷冗长的学科。到了家里，我又回到那个与我亲密无间的、时而虔诚忠实、时而阴森恐怖的中世纪故事当中，或者投奔某个更加悠闲自得的古代小说家，置身于他那美好而完备的世界，在那里找到我的避风港，就像我身在一个被施了魔法的影影绰绰的角落之中一样。再者，我感受到当代思潮那狂野而激情的波涛向我席卷而来，将我吞没。间或我会听一点音乐，跟理查德一起说笑，和他的朋友们在一起，约见法国人、德国人、俄国人，听人高声朗读奇怪的现代书籍，走访画家的工作室，或者去参加社交晚会，在那里总有一群兴奋躁动、头脑混乱的知识分子围着我，就好像举行某个不可思议的嘉年华大狂欢一样。

一个星期天，理查德同我去参观一个小型的油画新作展览。我的这位朋友在一幅画前站住了，画面上是一处高山和一些山坡上的山羊。看得出来画得小心翼翼而且精美，但是画风有点老派且缺乏真正的艺术气息。每一个沙龙里，你都能发现不少这种漂亮、相对琐碎且微不足道的作品。但是这幅画还是让我很高兴的，因为它逼真地描绘了我家乡的高山牧场。我问理查德这幅画对他有什么吸引力。

“是这个。”他一边说着，一边指了指画的一角上画家的签名。我辨认不出这红棕色的字迹。“这幅画并非达到了什么了不起的艺术成就。”理查德接着说，“——有得是比这更美的画——但是，没有哪个画家能比这幅画的女作者更美了。她名叫埃米尼亚·阿格丽哀蒂，如果你愿意的话，我们可以明天去见她，告诉她，她是一位伟大的画家。”

“这么说你认识她？”

“当然。假如她作的画跟她本人一样美，那她早就发财了，而且也不用再画画了。因为她并不是在作画中得到什么享受，而只是恰巧学了画画儿而且没有其他谋生的手段。”

理查德又把这件事给忘了，在此期间他也没有再提起这位女画家，直到几个星期前的一天。“昨天我遇到了阿格丽哀蒂了。我们本来几周之前就想去拜访她了，你记得吧。走吧！你的衣领干净吗？她在这方面可是有些过分讲究的。”

我的衣领很干净，于是，我们便一起去找这个姓阿格丽哀蒂的女孩，我心里却不无担忧，因为理查德还有他的这些朋友和女画家、女学生这些不清不楚、随随便便的关系向来对我没有任何吸引力。这些男人非常冷酷无情——有时他们粗俗下流，有时尖刻挖苦；另一方面那些女孩则非常实际、精明又机灵——唯独缺少一点神圣的、暧昧的轻雾，我更喜欢透过那种轻雾去看女人并对她们尊敬崇拜。

我是带着某种不安的情绪踏进画室的。我对画家工作室的氛围已经非常熟悉了，但那是我第一次进到一位女性画家的工作室里。这间工作室给我留下陈设简单、井井有条的印象。三四幅已经完成的画镶在框里，另一幅画立在画架上，还只是开了个头。其他墙面都被精巧细致、引人入胜的铅笔素描写生所占据。还有一个书架有一半空着。女画家冷淡地接受了我们的问候。她把画刷搁到一边，穿着工作的肥大罩衫靠在书橱上，看样子她不愿在我们身上浪费太多的时间。

理查德对于我们那天在画展看到的画大加赞美。她笑着让他不要再恭维她。

“但是我或许会打算买下这幅画的。另外，画上的母牛实在太逼真了……”

“但它们是山羊啊。”她不动声色地说。

“山羊？当然啦，山羊。通过精确的观察，那真是一幅绝对会让人屏息凝视的画。生动得简直要从画框里一跃而出了，完全就是山羊的样子嘛。只要问问我的朋友卡门青就行，他自己就是大山的儿子；他会证明我说的话一点也不假。”

我带着一种既尴尬又好笑的心情在一旁观望着这场闹剧，就感觉到这位女画家的目光挑剔地打量着我。她端详我良久，毫不拘束。

“你来自山地？”

“是的。”

“看得出来。好吧，你怎么看我画的那些山羊？”

“哦，画得很好。至少我不会像理查德那样把它们当成母牛的。”

“非常感谢你这么说。你是音乐家？”

“不，我是个学生。”

她再也没有同我讲一句话，而我却得到了观察她的机会。她那件长长的工作服遮住了她的体形，使她的身材显得不太一样。她的脸我也并不觉得美：脸型尖尖的，缺乏线条与棱角。眼睛显得有些严厉，头发浓密、乌黑而且柔软；使我感到困扰——甚至几乎让我感觉讨厌的是她的脸色：立刻让我想到戈贡佐拉干乳酪，如果我发现那上面有绿色的脉络，我一点也不会惊讶。我还从未见过面色如此苍白的意大利人，现在，令人不快的晨光照进画室，她的皮肤看起来跟石头惊人地相像——还不是大理石，而是像某些在空气中暴露良久而变得惨白的石头。而我又不习惯于检视女人的脸，我只喜欢在女人脸上寻找温柔、红润和可爱的脸色——这是我仍然沿用的青少年时的某些方式。

这次拜访也令理查德情绪非常不好，所以之后的某个时候，当他跟我说阿格丽哀蒂想给我画画儿时，我真是又惊诧又有点害怕。只不过画几张素描，而且她对我的脸孔不感兴趣，而只想画我那“非常典型的”宽阔魁梧的身体。

但是就在我们还没有深入讨论一下这件事之前，就发生了一件改变我的生活，而且决定了我的未来并影响了我的余生的事：一天清晨，当我醒过来时，我突然成了作家。

在理查德的劝说下，我偶尔写点简短的小文章或描绘我们圈子里某些人的形象，也写一些书面的随笔散文和历史性的研究文章——这一切我都尽量写得精准无误，但纯粹是各种题材的练笔。

这天清晨，我还在床上躺着，理查德来了，把三十五个法郎放在我的被子上。“这是你的。”他用一种生意人的口吻说。我把各种可能的猜测都问了个遍，最后他终于从口袋里掏出一份报纸，给我看刊登在上面的我的一篇散文随笔。原来他把我的手稿誊写了几篇送到他的一位编辑朋友那里，并且背着我悄悄地把它们卖了。我现在拿到的就是报纸刊登的我的第一篇作品的稿费。

我从来没有过这么奇怪的感觉：尽管我恼羞成怒，为理查德居然扮演了一个降福天使的角色感到很恼火，但是，我却享受到了第一次当上作家的那种甜蜜的骄傲感，还享受着因此而挣得的钱。一想到能在文学方面小有名气，尽管微不足道但是我向往已久的，这种想法便战胜了我的激动情绪。

理查德要我去咖啡馆同那位编辑会面。这位编辑请求允许他保留理查德给他的其他作品，还要求我给他寄去更多的文章。他说，我的作品有一种与众不同的格调，尤其是那些有关历史专题的文章，他非常乐意再要几篇同种风格的东西，而且还会付给我一笔不错的稿费。直到这时，我才明白到底发生了什么，这意味着我不仅可以天天按规律吃饭，还能还清数目不大的一笔债务，而且还可以抛弃原本就很勉强的专业课学习，甚至或许过不了多久，就可以在我自己选择的领域找一份可以维持生计的工作。

同时我收到那位编辑寄来的一大堆新书并要我写评论。几周以来，我埋头看这些书并且一直很忙。由于稿费要到一个季度末了才支付，而且我对这笔钱有所预期，所以就超出了以往的生活开支。直到有一天我才发现我名下没有了一分钱，而我又要被迫饿肚子了。连续几天，我都在自己的阁楼上节食，只吃面包、喝咖啡，后来，阵阵袭来的饥饿感迫使我走进一家餐馆。我随身带了三本供我写评论的书，准备留下当做付饭费的抵押品，在这之前我已经徒劳地尝试过将这些书卖到二手书店。饭菜真是一级棒，直到我喝下一杯黑咖啡，我才开始感觉到心神不宁。

带着恐惧与疑虑，我吞吞吐吐地向女招待承认身上没有钱，问她可否把这些书留下做抵押？她伸手拿了其中一本——是一本诗集——很明显她具有强烈的好奇心，迅速地翻了几页，然后问我，她可不可以看看那本。她说她喜欢读书，但就是没有机会弄几本好书看看。这时我知道我得救了。我建议她留下这三本书顶替我的饭费。她接受了我的建议，并且在一段时期内从我手上收去了价值十七法郎的书。用那本薄一点的诗集，我要求换一块奶酪三明治；那本小说，我换了同样的东西外加一杯葡萄酒；而单行本的中篇小说只值一杯咖啡和一份面包。

据我回忆，那不过是一些无关痛痒没多大意义的书，用令人痛苦艰涩难辨的时髦文风写成的，所以这个好心的姑娘大概对当代德国文学留下了一个奇怪的印象。在那段时间我真的非常愉快，每天我都抓紧上午的时间快速浏览一本书，潦潦草草写出几行书评，这样到了中午我就能写完并用它换来我的午餐。但是我一直煞费苦心在理查德面前隐藏我在财务方面的困难，因为我觉得没必要拉下脸来，并且不情愿接受他的帮助，除非是在万不得已的时候。

我并不认为自己是个诗人。我偶尔写的都是专栏副刊，而非诗词歌赋。但是我魂牵梦绕的愿望是有一天我能成功创作出一部文学作品，一首歌颂渴望与生活的伟大而骄傲的歌。

我灵魂那清澈而快乐的镜子有时也会因为某些忧郁的事而变得阴云密布。然而一开始这种忧郁并没有严重扰乱我的生活。这种阴云也只会存在一个白天或者一个晚上，以一种如梦似幻的、绝望而难过的形式出现，然后消失得不留一丝痕迹，几个星期或几个月后又突然卷土重来。渐渐地，我对它已经习以为常，就好像对待我的一个情人一样。我并没有感到备受折磨，而是坐立不安，觉得疲惫，却自有某种甜蜜蕴含其中。如果这种愁绪在夜晚将我包裹，我便躺在窗户边上，俯身盯着黑色的湖水，或是抬头仰望直入云霄的群山的轮廓，还有星星悬在上空。随后，一种令人恐惧的甜蜜和一种无法抵抗的情感攫住我——就好像这夜间一切美丽的景象都用责难的眼光盯着我，星星、群山、湖泊，它们都期待有人能理解它们的美丽，能用激情歌颂它们喑哑的存在；它们期待有人能为它们表达这一切，而我就是这样一个人。我有意要做它们希望我做的事，就好像我的天职就是用诗歌表达无声的自然。

我从来也没有想过如何才能做到这一点，我只是感觉到这美丽的、肃穆的夜虽一言不发但对我有所期待。我也从未在这样的情绪之中写过诗，尽管我觉得应该对这黑夜的沉默负责，于是通常我会在这样的夜晚过后，进行独自拓展远行。我觉得地球用无声的祈祷将自己的爱给了我，我用这种方式可以对它的爱进行一点点的回报，过后我又会对自己的这种想法一笑了之。尽管如此，这种徒步漫游为我日后的生活打下了基础，成了我日后生活重要的一部分：我成了一个漫游者，用几星期或几个月的时间徒步从一个国家到另一个国家。我开始习惯不定期的旅行，只在口袋里揣上很少的钱和一块面包就出发，连续几天孤独无伴，晚上就露宿野外。

我一心想着当个作家的事，便忘了那个姓阿格丽哀蒂的女孩。这时，我收到她的一张便笺：“周四在我家将举行一场小型茶会。为什么不赏光参加并带上你的朋友呢？”

于是我和理查德都去了。一进门我们就发现这是一个艺术圈内人士的小型聚会。他们中的大多数都默默无闻、遭人遗忘、无所成就，这使我颇有感触，好在他们个个看起来都非常自信而且很是愉快。主人给大家端来了茶、三明治、火腿和沙拉。由于我谁都不认识，又不擅长社交活动，于是我向饥饿的痛苦投降了，一个小时的时间里我除了安安静静而且近乎固执地吃东西以外几乎没做别的什么事，与此同时别人都在小口品茶、忙于交谈。等到大家准备吃点东西时，我几乎已经把那半只火腿一个人吃掉了。我以为至少还会备上一盘吃的东西再端上来。于是，他们都轻声地笑了起来，还向我投来几道嘲讽的目光。我一下子恼羞成怒，开始暗暗咒骂那个意大利女人以及她的火腿。我站起身来，走到她面前冷冷地道了声歉，并且轻率地解释道下一次我将自带晚餐来，说罢，拿起我的帽子就准备离开。

阿格丽哀蒂从我手里夺下帽子，惊讶地望着我，并诚恳地请求我留下。柔和的灯光落在她的脸上，我一下子被这个情景击中，惊异于这个女人成熟的魅力。我突然觉得自己很傻而且任性淘气，就像个小学生遭到训斥一样，我远远坐在房间的角落里。我留在那里，浏览一本科莫湖风光的图片集。其他人继续喝他们的茶、来来回回地踱着步子，有说有笑。附近一把大提琴和几把小提琴开始调音演奏。一副帘幕拉到一边，我可以看到四个乐手在临时搭起的小舞台上准备开始演奏一曲弦乐四重奏。就在此刻，埃米尼亚朝我走来，把她的杯子放在旁边的小桌子上，友爱地对我点了点头，然后在我的身边坐下。不一会儿，四重奏开始了，但是我根本没怎么听。随着逐渐增长的惊奇情绪，我凝视着这位身材苗条、举止优雅的女人，我曾怀疑过她的美，我曾狼吞虎咽地吃光了她准备的点心零食。带着一种又是快乐又是忧虑恐惧的心情，此时的我记起了她曾表示要给我画素描的提议。接着我回忆起罗西·吉尔坦纳，想起我为了她攀登绝壁、为了她采摘杜鹃花；还想起雪雪公主的故事，我感到，这一切仿佛都是为此时此刻而做的准备。当音乐结束时，埃米尼亚并没有像我所害怕的那样离我而去，而是安静地坐在我身边，然后开始同我聊起天来。她祝贺我的一篇作品已经发表在报纸上，她已看过了。她开理查德的玩笑，这家伙现在身边正围着一群年轻的姑娘，而他的无忧无虑的笑声传进我的耳朵里，很是刺耳，几乎掩盖了其他人的笑声。当她再次问到是否可以给我画速写时，我突然想到用意大利语继续我们的谈话。我不仅获得了她那双活泼快乐的地中海式的眼睛里焕发出的饱含惊喜的目光作为嘉奖，而且享受到了听她讲家乡话带给我的喜悦之情，这种语言跟她的嘴、她的眼睛、她的身材搭配在一起简直再合适不过了——这悦耳优雅的托斯卡纳方言带着一种迷人的瑞士提契诺地区的感觉。我自己的意大利语讲得既不优美也不流利，但这并没给我带来多少困扰。我同意第二天来到这里让她给我画画的。

“A rivederla（意大利语：再见）。”当我们临近分开时我这样说，并用尽全力深深地鞠了一躬。

“Arivederci domani（意大利语：明天见）。”她微笑着，冲我点了点头。

我离开了她的住处，一直往前走，顺着一条路一直走，直到我到达一座小山的山脊，我俯瞰黑暗中的城市风景在我眼前像一位酣然入睡的美女一般徐徐展开她的身体。多美啊！一叶孤舟上挂着红色的灯笼正快速从湖面划过，平滑的黑色湖面被闪烁飘忽的猩红色撕扯出一条条裂纹，偶尔的波浪只能显出它银色的轮廓。从附近露天的啤酒花园里传来人们的笑声和曼陀铃的演奏。天空阴云密布，一股强有力的温暖的小风吹过山岗。

就像风儿亲热地摩挲着、摇晃着、弄弯一棵棵果树、抚弄着栗子树黑色的皇冠，让它们呻吟、欢笑、颤抖不已，我此刻的激情也是这样与我嬉戏。在山脊上，我双膝跪倒，匍匐在地上，时而一跃而起，时而长吁短叹，时而手舞足蹈，时而把帽子抛向高空、把脸没进草丛，时而紧紧地抓住树干，大哭、大笑、抽泣、发狂、羞愧又幸福地颤抖着，感到完全要崩溃了。

这样疯疯癫癫地折腾了一个小时，之后我感觉所有的紧张感都离我远去，整个人被一种热火攻心、闷热难耐的感觉弄得窒息了。我的思绪变得空荡荡的，下不了任何决心，我什么也感觉不到；就像一个梦游者，我从山上下来，漫无目的地走着，回到城市，找到一家仍在营业的小酒馆，没有任何明确的欲望便走了进去，喝了两扎酒，然后回家时已是早晨，我醉得厉害。

下午，我去找她，埃米尼亚一见我便大惊失色。

“出了什么事？你病了吗？”

“没什么要紧的，”我回答道，“似乎我昨天醉得很厉害，仅此而已。”

她让我坐在一张椅子上，要求我不要动，而我也做到了。因为我不一会儿就打起了瞌睡，而且在她的工作室里睡了整整一个下午。可能由于画室里松节油的气味，让我梦见了在故乡给我家的小船刷油漆的情景。我躺在旁边的鹅卵石上，瞧我父亲拿着罐子和刷子干活；母亲也在那里，当我问她是不是没有死去时，她低声说道："没死啊，如果我没在这儿的话，你早晚和你老爸一个下场。"

我从椅子上摔到地上才醒了过来，这才意识到自己换了地方，竟然在埃米尼亚·阿格丽哀蒂的工作室里睡着了。尽管我没见到她，只听见她在隔壁小房间里盘子和刀叉相互碰撞的声音，这才断定又是晚餐时间了。

"你感觉如何？"她在隔壁向我呼喊着。

"感觉很好。我睡了很长时间吗？"

"四个钟头。你难道不为你的所作所为感到害羞吗？"

"有一点害羞。但是我做了一个美梦。"

"给我讲讲。"

"只有等你过来这边并且原谅我我才说。"

她过来了，不过要我把梦讲给她听以后才肯原谅我。所以我详详细细地把梦重新叙述了一遍，在此过程中，我深深地陷入已经逐渐有些忘却的童年往事之中。当我说完这些，外面天色已经暗了下来，我把童年的故事告诉了她，也是对我自己的一种回顾。她主动让我把她的手握在我的手里，还把我皱皱巴巴的上衣抚平，并且邀请我明天再来给她当模特画画。所以我感觉到她已经理解了、并且已经原谅了我今天的失礼行为。

在接下来的几天里，我都去给她当速写模特，坐在她的工作室里，一待就是几个小时，我们很少交谈。我通常只是简单地安静地坐着或站着，就好像被施了魔法一般。我倾听着炭笔轻柔地摩擦声，闻着油画颜料淡淡的气味，享受着在我爱的女人身边的欢愉之情，因为在此期间她的眼睛一直停留在我的身上。白色的光线沐浴着工作室光洁的墙壁，几只昏昏欲睡的苍蝇嗡嗡叫着撞在玻璃窗户上，在与工作室毗邻的小房间里，酒精灯哔哔啵啵地燃烧着，这样她就能在每次绘画告一段落时为我端上来一杯热茶。

即便是回到我那位于小阁楼的家里，我的脑子里仍然都是埃米尼亚的身影。虽然我无法对她的绘画艺术怀有钦佩或赞美之情，但这种思念并没有因此而有丝毫的减弱。她本身就那么美丽、善良而又自信——她的画对我来说还算得上什么问题呢？相反，她的作品有一种英雄主义气质：一个为了生存下去而顽强战斗的女性，一个安静沉稳、坚韧不拔、充满勇气的女英雄。

无论如何，再没有什么比反反复复思念自己所爱的人更没有出息的事情了，这种思念就像是一辆循环往复的脚踏车一样。这就是为什么后来我在回忆起这个美丽的意大利女孩时，尽管她的形象还算清晰，但却缺乏很多琐碎的细节，也缺乏我们对待靠近我们的一般的陌生人时会注意到的那些相貌特征。比如说，我记不起她留着什么样的发型，记不起她穿着什么颜色的衣服，如此等等，甚至连她的身材究竟是高是矮都记不清。每当我想起她时，眼前出现的她的相貌就是头发乌黑，发型高贵，一双闪闪放光的眼睛嵌在一张苍白但生气勃勃的脸上，嘴型也非常好看。当我想起她，想起我爱上她的那个时刻，我总要回忆起在小山上的那个夜晚，和风从湖上吹来，我喜极而泣、癫狂不已。我还总要忆及另一个夜晚，现在我就要讲到它。

我一定要以某种方式表达我的爱意并追求这位女画家，这个念头越来越清晰。如果我不是几乎每天都能看到她，我本可以满足于远远地尊敬她，用沉默忍受这爱的疼痛。但由于我跟她见面太频繁了，我跟她交谈，握她的手，进到她的房子里，我的心总是处在一种被痛苦折磨的状态之中，我简直无法再忍受下去了。

正好在仲夏温和的夜晚，她的一些艺术家朋友在美丽的湖边安排了一场小型派对。我们喝着冰凉的酒，听着音乐，观赏用花环串起来挂在树中间的日式红灯笼。大家有说有笑，讲着笑话，最后大声地唱起歌来。一个傻乎乎的年轻画家颇为自恋地扮成一个浪漫而放荡不羁的诗人，歪戴着他那顶贝雷帽，背靠着栏杆，弹着一把长颈吉他。一些比较知名的艺术家也接到了邀请，但他们要么根本没露面，要么低调地坐在一边。一些女孩穿着轻薄的夏日长裙亮相，其他人则穿着日常的、并不怎么讲究的衣服。理查德同平常一样和年轻姑娘调情。我虽然内心忐忑不安，但感到很冷静，酒也没怎么喝，只是等候埃米尼亚的到来，她承诺今天让我带她去划船。当她如约来到时还送我几朵鲜花作为礼物，于是我们一同上了一条小船。

湖面就跟油的表层一样光滑，跟夜一样漆黑别无他色。我迅速地划着小船向平静而宽阔的区域驶去，同时目不转睛地望着对面这位苗条的女人，她舒适而满意地背靠在船帮上。天空渐渐地暗了下来，星星也一颗接着一颗地从越发深沉的蓝色中闪耀起来，岸边此起彼伏的音乐和人们开心的欢闹声向我们飘荡而来。湖水懒洋洋地用温柔的、汩汩的声响接受我的船桨，别的船零星地漂浮在湖面上，在一片沉寂中几乎难以看清。对这一切我几乎很少加以关注，我的眼睛一刻不离我的伴侣，我的思绪锁定在爱情的表白之上，就像一个沉重的铁环箍住了我疑惧的心。此时此刻既美好又富有诗意，小船、繁星、温和平静的湖面，一切都让我踌躇迟疑，似乎我必须要在这美丽的舞台上表演事先预备好的多愁善感的故事情节一样。这巨大的寂静让我感到恐惧又使我麻木呆滞——因为我们两人谁都不说一句话——我只是用最大的力气划着小船。

“你是多么强壮啊！”女画家若有所思地说。

“你是说我笨重吧？”我问。

“不，我指的是你肌肉发达。”她笑了。这可不是个合适的开场白啊。我伤心又气愤，继续向前划去。过了片刻，我请她讲点关于她这一生经历的故事给我听。

“你想听什么？”

“每一件事，”我说，“最好是一个恋爱故事。然后这样我就能告诉你我的一个故事作为回报。虽然我的这个很短、很美，而你听了可能会觉得可笑。”

“好啊，那么就让我们先听你讲吧！”

“不，你先讲！我的事你已经知道了很多，远远比我了解你的事要多。我想知道你是否真的恋爱过，或者说是跟我所猜想的那样——你在这方面太机灵、太高傲。”

埃米尼亚沉思了一阵。

“这大概又是你的一个浪漫想法吧，”她说，“夜里，在漆黑的水面上，让一个女人给你讲故事。可惜我不会讲。你们诗人惯于把一切美好的事都诉诸言语，对于那些不怎么谈论自己感受的人，你们从来不相信他们也有真心。好吧，你可把我看错了，因为我不信还有人比我爱得更激情澎湃。我跟一个已婚男人相爱，他也一样爱我。但是我们俩谁都不知道我们是否能永远在一起。我们互相通信，偶尔也见面……”

“请允许我问一句，这种爱情让你快乐还是痛苦呢，或者两者兼而有之？”

“哦，爱情并不是让我们快乐的。我相信爱的存在只是为了检验我们能忍受多久。”

对于这一切我理解得如此深刻，以至于我无法抑制，一声轻微的呻吟从我的嘴唇脱口而出代替了我的回答。她听到了。

“啊哈，”她说，“这么说你懂得这种感觉。而你还只是这么年轻啊！你现在想把你的故事告诉我了吗？——但是如果你不想就不用说。”

“或许改天吧，埃米尼亚。我觉得对这个故事我此刻难以应付，如果败了你的兴致我很抱歉。我们还是回去吧？”

“随便你好了。我们现在离岸边有多远了？”

我没有做出任何回答，而是猛烈地将船桨插进水里，船身左右摇摆起来，就好像被一阵暴风推动着一样匆匆地划过水面。我的心中翻江倒海，感到混乱不已、痛苦不堪而且带着屈辱。我感觉到大颗的汗珠从脸上淌下，同时我打起了寒战。当我意识到我险些就要像个求婚者一样下跪示爱，而我的爱人会用慈母一般友好的理解将我拒绝，我就感受到一阵透彻脊背的寒意。现在至少我免于出丑，而且我还可以心甘情愿地向我自己的痛苦作出妥协与让步。我像是着了魔似的划着小船。

埃米尼亚多少感到有些惊讶，因为我一踏上岸边就匆匆离开了她。

湖水一如既往的光洁平滑，音乐一如既往地令人欢快，纸糊的月亮一如既往的色彩斑斓充满节庆气氛，但对现在的我来说这一切是那么愚蠢和荒谬。我很想过去把那个穿天鹅绒外套的花花公子痛打一顿，而他还招摇地抱着他的吉他在炫耀，脖子上环绕着挂吉他的丝带。接下来人们还要放烟花。这一切是多么幼稚！

我向理查德借了几法郎，把帽子压到颈项上，开始徒步远行，出了城，不断向前，走了一个又一个小时，直到困倦为止。我躺在一片草地上睡着了，过了还不到一个小时我就醒了，露水把我全身打湿，我浑身僵硬，冻得直打哆嗦，于是又起身继续走，一直到了附近的村子里。现在已经是清晨了。割苜蓿的人穿过尘土飞扬的小巷，睡眼惺忪的农场雇工从牲口圈的门里呆呆地盯着我看，随处可见农夫夏日繁忙的景象。你本来就该当个农民，我心里这么说着，一脸羞愧地穿过村子，迈着大步朝前疾走，阳光送来的第一缕温暖的光芒才允许我停下来休息一下。在一片新栽的山毛榉林子边有一片干燥的草地，我就在那里躺下身来，沐浴着暖和的阳光，一直睡到临近傍晚。我醒来时，脑袋里充斥着草甸的芳香，我的四肢是那么沉重而令人愉快，似乎它们只能寻求上帝的乐土才能安然卧于其上。派对游园、湖上泛舟还有那场艳遇似乎都已经离我远去，显得那么悲伤而逐渐被忘却，就像一本数月前读过的小说一样。

整整三天的时间我都在外面漫游，任凭太阳将我的皮肤晒成褐色，一边考虑着我是否应该一头扎回老家去——我现在走的就是回家的路——还可以帮我父亲种第二茬的牧草。

当然，我的痛苦并没有这么简单地一扫而光。当我返回城里以后，我总是避免和埃米尼亚见面。但是这种状况也不可能持续很久，我们还是在某个时刻见面了，再一次体验到那种如鲠在喉的痛苦。

第四章

单恋的痛苦超越了我父亲的力量，完成了他当时没有完成的事——把我变成一个坚定的酗酒者，喝酒对我的一生产生的影响比迄今为止我描述过的任何东西都要持久。强壮而又甜蜜的酒神成了我最具魅力的朋友，而且陪伴我至今。还能有谁具有跟他一样的力量呢？谁能和他一样美丽、一样神奇、一样令人无忧无虑同时却又平添忧愁呢？他是英雄又是魔术师，他充满诱惑，是爱神厄洛斯的兄弟。他能做不可能之事；他用美妙的诗填满贫瘠穷困的人心。他使我这个农夫、我这个隐士变成了一个国王、一个诗人、一个智者。他给空虚的生活之舟重新装满新的命运，让搁浅的生命之船重新驶回激荡的激流之中。

这就是酒的特性。但是，就跟所有令人快乐的天赋以及艺术本身一样，对于酒，一个人必须珍爱、追求、理解，并为此付出极大代价和努力。只有很少的人能完成如此壮举，而且酒神也因此征服了成千上万的人，他使人们变得苍老，使人毁灭，或者熄灭原本熊熊燃烧的精神之火。尽管如此，他邀请珍惜他的人们参加盛宴，并为他们架起通往极乐岛的彩虹当作桥梁。当他们感到疲惫时，酒神给他们的脑袋底下垫上枕头，当他们变得悲伤时，他像一位母亲一样拥抱他们、安慰他们。他将生活的混乱与困惑变为伟大的神话，并在力量的竖琴上演奏出创造的赞歌。

在其他一些时刻，他又如同孩子一般天真烂漫，拥有长长的、如丝般柔顺的卷发，双肩窄窄的，四肢精致。他会偎依在你的心口，抬起无辜的脸对着你，如同做梦一般地盯着你，惊讶之情从大眼睛中流露出来望着你，这双令人宠爱的眼睛里深深地印刻着天堂的记忆以及与天神的联系，就像森林中喷涌着活力的泉眼一般。甜蜜的酒神好像是一条大河，水流湍急，在春天的夜晚发出深深的、冲撞翻滚的涛声；他又似大海，用他冰爽的浪涛摇曳太阳和风暴。当他同他的宠儿们谈话时，秘密、记忆、诗赋的风暴和预言中的大洪水令他们陶醉其中。熟悉的世界变小了、消失了，灵魂抛弃自我，带着恐惧与欢愉奔向未知而遥远的地方，在那里一切都是陌生的，一切却又那么熟悉，说着音乐、诗歌和梦的语言。

我必须说说我是如何发现这个秘密的。

有的时候，我会忘记自我，这样我就能彻底地快乐起来——我会学习、写作、听理查德弹钢琴。但是每一天总会有些许烦恼的、让人不高兴的事情发生。有时，直到我躺到床上准备睡觉时，这天的烦恼才向我袭来、将我压垮，以至于我呻吟叹息辗转反侧，或是猛地从床上一跃而起，或是埋头抽泣，只能很晚才沉沉睡去。有时在我见到阿格丽哀蒂后便产生这种情绪，将我搅得心神不宁。但是，通常它会在傍晚时分向我袭来，就在美丽、暖和的夏夜伊始开始发起进攻。每当这时我会徒步来到湖边，解开一艘小船的缆绳，用力划船直到我精疲力竭、全身发热，而且不一会儿我就发现自己走回家已经变得不可能。于是，我便会来到一家小酒馆或者某个露天啤酒花园。在那里，我会品尝各种各样的酒，边喝边沉思，次日我会偶尔感觉有点病态。大多数的时候，这种令人恐惧的痛苦和自己觉得自己恶心的感觉会将我压倒，于是我总会下定决心再也不喝酒了。但是，之后我又会走出家门，一次又一次地贪杯成性。渐渐地，由于我学会了如何在各种酒中区分它们酒劲儿的大小，所以我可以有意识地享用不同的酒了。最终，我发现自己最喜欢的还是深红色的韦尔特利纳酒。头一杯喝起来感觉粗糙而刺激，但是很快它就能使我思绪迷糊，感觉云里雾里，于是它也变得冷静而如梦似幻。当我接着喝几杯，它就开始对我施展它的魔法了，它像个诗人一样吟诗作赋。不一会儿，我就看到我自己被很多我所深爱的情景环绕着，沐浴在美好的光芒之中，我看到自己从这些美景中穿过，边唱歌边做梦。之后，我意识到我已走完自己的整个生命历程。所有这一切的经历都将自行融入到令我舒适的忧郁当中，就如同我听到用小提琴演奏的民族歌曲一样，我像是知道在某个地方有某种幸福的东西，我曾经与它离得很近，而它却与我擦肩而过。

我逐渐很少一个人喝酒，恰逢此时有了各种各样的人陪我开怀畅饮。当我不再孤单时，酒对我的作用也变得不同了，在酒的作用下，我变成了一个善于交际的人，尽管并不是那么生气勃勃、热情开朗。我感觉到了一种陌生而冷酷的狂热。我性格中的某个部分突然之间如花般怒放，它可不是用来装点花园的那种美丽鲜艳的花，而更像是带刺的蓟类或者荨麻。酒让我变得更善于雄辩，尖锐、冷酷的精神头儿会将我攫住，让我突然信心十足、出类拔萃、才华横溢又善于批评。如果在场有什么人把我惹毛了，我很快就会针对他们——起初还只是用微妙的方式，然后就变得粗鄙并且顽固起来，直到他们离开才行。自打童年时代算起，我还从来没遇到我离不开的人或者让我觉得非常需要的人。现在我开始用一种批判的、讽刺的眼光看待他们。我偏爱新的创作尝试，喜欢讲这种类型的故事：故事里的人跟别人的关系总是被描绘成具有讽刺意味的，或者经常遭受苦涩而残酷的嘲笑。我从来都不知道我是如何形成了这种总是跟别人唱反调的文风；它就这样从我的心中爆发而出，就像一处积怨已久、溃烂化脓的伤口，其实它已经伴我多年了。如果哪一天我碰巧再一次自斟自饮地消磨夜晚的时光，为了换换口味，我会再一次梦到高山、星辰和悲伤忧郁的音乐。

在这段时间，我写了很多短平快的文章，关于社会、文化和当代艺术，这个言语恶毒的小集子便是我在酒吧聚会上跟人交谈的成果。我仍然孜孜不倦地继续我的历史研究，这为我提供了很多历史背景作为写作材料，我便以这些材料为基础创作我的讽刺诗集。

这本书助我一跃成为某家较大的报纸的定期供稿人，我现在赖以为生的钱几乎足够用了。很快那些短平快的文章集结成书，出版问世，我甚至因此获得了成功。现在，我完全放弃了语言学等科目的学习。我已经获得了更高的地位，所以跟德国期刊扯上的关系理所当然地被淡忘了，并且让我从之前身份卑微、贫困无助的状态一跃跻身到了公认的知名作家的圈子。我自己挣钱糊口，放弃了累赘的奖学金，迅速向一个职业爬格子手的卑微生活驶去。

尽管取得了成功，助长了我的虚荣心，尽管写了讽刺小品，尽管有爱情的烦恼，但不论在快活还是忧郁的时候，青春那温暖的光辉始终笼罩着我。尽管我极具讽刺批判的天赋以及些许无伤大雅的高傲自大，我从来没有迷失自己梦想的目标——完成伟大的使命，成就完美的自我。我不知道这个目标会以何种形式实现。我只是感觉到，有朝一日生活必定会将一份特殊的幸运掷到我的脚边——或许是名誉和爱情，或许是自我欲望的满足和人生价值的提升。我就像一个卑微的男侍从做着美梦，梦里全是高贵的夫人、人们的赞美和至高无上的荣誉。

我以为自己濒临某个重大事件的起点。我并没有意识到迄今为止我所经历的一切只不过是偶然的际遇，我的生活仍然缺乏一个深刻的、个性化的属于自己的基调。我也并不知道我正在经受由于渴望而带来的巨大痛苦，而这种渴望并不是名誉或爱情可以满足的。因此，我享受这小小的甚至某些程度上令人怀疑的成功，用尽我所能掌控的全部热情与活力。跟具有智慧的人一起相处让我感觉很好，当我说话时，我就会看到他们的脸齐刷刷地向我这边转过来，满脸的渴望，一副洗耳恭听的样子。

有时，我发现人们狂热地渴望某种形式的救赎。但是为了达到他们的目标，他们却选择了一条多么奇怪的路啊。尽管信仰上帝被视为一种愚蠢的行为，甚至被视为品位恶劣，但是人们仍然信仰着另外一些名字：叔本华、佛祖、查拉图斯特拉以及其他许多人。有些没有名气的年轻诗人，在他们陈列着时髦家具的公寓里，在那些塑像或油画前举行庄重的仪式。他们可能羞于对上帝顶礼膜拜，但却跪倒在奥特拉里科利的宙斯像前。有些穿着寒酸破烂的苦行者，他们用节制欲望来折磨自己，他们所信仰的上帝不是佛陀就是托尔斯泰。有一些艺术家，他们精心挑选房间中的墙纸、营造房子的色调，还依靠着音乐、佳肴、美酒、香水或者雪茄来激发超凡脱俗的状态，这一切让他们超乎寻常地兴奋不已。他们谈笑风生，说到音乐的线条啦、色彩的一致性啦以及诸如此类的东西时，总是带着一种虚假做作而又看似潇洒自如的姿态，他们总是在试图寻找“个性的”感动，大体上来说，这所谓的感动是由一种微小的、无害的自欺欺人或怪僻嗜好所组成的。尽管我发现这样的奇观非常有趣且荒谬至极，然而我却意识到有多少深切的渴望和真诚的热情在这奇观中炽烈地燃烧，又被这一切所耗尽。

在那段时间，我结识的人都是一些穿着怪异时髦的诗人、艺术家、哲学家等，我不记得他们获得过任何杰出的成就。他们当中，有一个来自德国北部地区和我年纪相仿的家伙倒是挺让人喜欢，是个又文弱又亲切的人，只要跟艺术有点关系的事情他都很敏感。他被视为未来最伟大的诗人之一，我还记得他给我背诵的几首他写的诗作，这些诗句至今还在我的记忆里散发出独特的芳香，带有灵魂的质感。在我们所有的人中间，要说谁有可能成为真正的诗人，他或许是唯一的一个。后来我意外地听说了发生在他身上的事：他写的书籍当中有一本遭到了恶评，或许是被这些评论吓坏了，这个过分敏感的诗人退出了大家的视野并且落入了一个赞助商之手，这个无赖非但没有鼓励他继续创作，而且在很短的时间内就将他推向了彻底的毁灭。他在这个赞助商的别墅里过着一种索然无味的唯美主义的生活，同那些神经质的太太们一起，而且把自己说成一个怀才不遇的英雄，可悲地被引入歧途：他在肖邦的音乐和前拉斐尔派的狂喜中丧失了理智。

我意识到频繁徜徉在这个圈子的危险性，但是后来当我想起这些初出茅庐、衣着反常的诗人时，总会想到他们美丽的灵魂，对此我除了恐惧和遗憾之外并无其他。幸亏我农民的本性才使我免于成为这个圈子的牺牲品。

比荣誉、美酒、爱情、智慧更高贵、更有益处的是友谊。唯有它能帮助我摆脱天生的惰性，并让我的青春丝毫没有受到玷污与损坏，保持着活力，如同朝霞一般殷红鲜艳。我至今还不知道有什么比两个男人之间诚挚率性的友谊更加香甜的东西，在回首过去的岁月时，如果对我的青春时代有种如同思乡之情一般的眷恋与哀愁将我压倒，我想那只是对于我学生时代的友谊的深深渴望，除此别无一物。

自从我迷恋上埃米尼亚以后，我便冷落了理查德。一开始我甚至都没有注意到这一点，但是几个星期以后，我开始感到内疚，我向他坦白了一切。他也告诉我，他早就看出不幸会降临并且为我感到惋惜。我们又重归于好，恢复了一直以来那种率真而又有些嫉妒的关系。在那段时间，我所获得的轻松机敏的待人处事的方法以及日常生活的能力应该说完全归功于他。在他的身心和灵魂当中都洋溢着一种帅气和快乐的气息，似乎生活并没有在他身上留下任何阴暗面。尽管他聪明而又流于世俗，肯定能意识到我们这个时代的激情与困惑，但这些却与他擦肩而过，对他毫发无损。他走路的姿态，他说话的方式，甚至他全部的为人，都八面玲珑、无忧无虑而且令人无限疼爱。

即便如此，他却并不怎么欣赏我对酒的喜好。偶尔他也陪我一起喝一点，但是大多数时候他两杯过后就不胜酒力，对我的好酒量带着一种孩子气的惊讶。但是当他注意到我处于痛苦之中或者即将被忧郁压垮时，他会为我弹奏钢琴曲、为我读书、带我出去散步。在那小小的户外探险过程中我们总是快乐得像两个小男孩。我记得，有一次，中午时分，我们躺在葱葱郁郁的山谷里互相朝对方扔松果，用虔诚的曲调吟诵虔诚的赞美诗。清澈明快的小溪飞溅起凉爽的水花，诱惑我们脱掉衣服，躺在透心儿凉的水中。这时理查德冒出一个表演哑剧的念头。他坐在一块长着青苔的大石头上，扮演传说中的水妖罗蕾莱，而我要游泳经过他身边，扮演乘船经过的船夫。

他看起来多么像个少女一般娴静端庄，这幅模样弄得本该假装一脸苦相的我忍不住也大笑起来。突然我们听到有声音。是一个徒步旅游者的队伍出现了，赤身裸体的我们只好赶忙躲到从小溪上方凸出的岩岸下面。这一队人喜气洋洋有说有笑，对我们毫不知觉，就从我们附近走了过去，理查德却故意弄出一系列又怪异又尖锐的噪声，他轮换着发出呼噜声、吱吱声、嘶嘶声，那些人惊恐地在路上站住，回过头，朝水面张望，就在他们将要发现我们的一刹那理查德突然从我们的藏身之处跳出来，望着这些有些愠怒的人们，用一种低沉的声音模仿着牧师的手势说："安详地上路吧！"然后又立刻藏了起来，拉着我的胳膊说："这也是在玩模仿游戏。"

"模仿什么？"我问。

"潘神吓唬牧羊人。"他笑着回答，"可惜刚才那些人当中有几个女士。"

尽管他很少注意我的历史研究，却很快就分享了我对阿西西的圣徒方济各的迷恋。但是他就连这个圣徒也不放过，偶尔会拿他开玩笑，这让我很是恼火。我们想象着这个幸福的受难者热情洋溢地徒步穿过翁布里亚地区，就像一个可爱纯洁的孩子，因为感到上帝的恩宠并且满怀对所有人的爱而欢欣鼓舞。我们一起阅读他的不朽的《太阳颂》，几乎每一句都熟记于心。有一回，我们乘汽船游湖归来，夜晚的微风吹皱了金色的湖水，他温柔地问我说："我们的圣徒对此情此景会说些什么呢？"我便引述那位圣徒的诗句说：

"Laudato si，mi signore，Per frate Uento et per aere et nubilo et sereno et onne tempo！（赞美我主为我风云变换天时调剂群生）"

当我们争吵或互相谩骂的时候，这样的斗嘴总是以理查德给我起一大堆好玩的昵称为止，我很快就被他逗笑了，气也就此消了。我这位朋友唯一能稍微严肃一点的时候是在他演奏或聆听一段由他最喜欢的作曲家们写的钢琴曲时。但是即使在这种情况下，他也会用一个玩笑将其突然打断。尽管如此，他对艺术的爱是纯洁的，对艺术的奉献是全心全意的，而且在我看来，他对真诚和重要的东西具有独到的感觉，在这方面永远正确可靠。

他自有一番安慰别人、同情别人的诀窍，简直可以成为一种优雅的艺术，当他的朋友遇到困难时，他能分担其忧愁。如果碰巧看到我情绪恶劣，他便用许许多多趣闻逸事逗我笑，而他温柔的声音有种抚慰情绪、让人快乐的质感，我很少会对此无动于衷。

理查德对我有某种尊敬之意，因为我比他严肃而且我的体格远远要比他强壮。他会在他的朋友面前吹嘘我的健硕，并且为有一个能用一只手就可以轻易把他掐死的朋友而骄傲。他很重视体育技能与灵活度的锻炼，他还教我打网球，和我一起划船、游泳，带我骑马出游，而且非要让我的台球打得和他一样熟练才肯罢休。台球是他最喜欢的游戏运动，他打台球不仅仅是因为能够熟练掌握它，而且因为这种活动具有艺术性，在打台球方面，他总是格外生气勃勃又富于机智。

他对我的文章的看法并不超过我自己的评价。有一次他对我说："看啊，我过去一直把你当做诗人，现在我仍然这么想，不是因为你那些文学期刊上的作品，而是由于某种美好的、深刻的、生机勃勃的东西在你身体里，它迟早都会爆发出来。那就会是真正的诗。"

时间就像薄薄的硬币在我们指缝中滑落，好时光过得出人意料的快，眼看理查德返回故乡的日子就要到了。我们有意做出情绪高涨的样子，享受这越来越少的几周时间，最后，我们决定用某些喜悦的方式来迎接我们即将到来的痛苦分别，或许这段快乐的日子会为我们画上一个快乐又充满希望的句号。我建议到伯尔尼阿尔卑斯山脉去度个假，但时值初春，去登山确实还太早了。我绞尽脑汁试图想出别的建议时，理查德却给他父亲写了一封信，不声不响地为我准备了一个大大的惊喜。一天，他带着一张面额很是可观的支票出现在我面前，邀请我作为向导陪他穿越整个意大利北部地区。

自从童年时代，我就怀有这样的梦想，而现在它就要成真了！我狂热而又兴奋地为自己做了些许准备，还教我这位朋友说了几句速成而实用的意大利语，直到临出发前的最后一刻还忧心忡忡，生怕我们的计划会落得一场空。

我们早就把背包提前送走了，此刻我们坐在火车里，望着绿色的田野和山丘向身后闪过，额纳湖和阿尔卑斯山系的圣哥大山脉也从我们身边穿过，之后就是瑞士提契诺地区的山间小村庄、溪流、圆山脊、山坡、雪峰，接着是种在缓缓的斜坡上的葡萄园和它里面的黑石头小屋，我们都对这次旅行充满期待，火车沿着湖泊继续向前，穿过富饶的伦巴第平原，向着生机勃勃、喧嚣热闹、具有独特魅力又令人有所厌恶的大城市——米兰驶去。

理查德从来没有设想过米兰大教堂是什么样子，他只是听别人提起来时都会说这是一座人类建筑的杰作。所以很是失望，然而对我来说看到他愤愤然而沮丧的样子挺有趣的。然而，一旦他克服了最初的打击并恢复幽默感之后，他首先建议我们爬到教堂顶上去看看，这样我们就可以置身于那些混乱的石像当中了。我们心满意足地爬到楼顶，注意到这上百个不幸的圣徒雕塑压根儿没有什么大不了的，至少那些比较新的几个看起来不过是工厂里批量生产的东西。我们在宽阔倾斜的大理石板上躺了差不多两小时，四月天里晴朗的阳光已经把石板晒得微微发热了。理查德愉快地向我承认："你知道的，用这样的方法到这里，即使再失望一次我也不会介意。在这次旅途中，我已经有一点点害怕我们看到的好东西太多以至于会将我们淹没。现在一切一切似乎都有了这样一个有点人情味儿又有点荒谬的开始。"我们躺在这些混乱的石头人儿石阵中间，于是他有了一个巴洛克式的梦想。

"假设推测一下，"他说，"在那个唱诗班塔上，最杰出的也是位于最高位置的圣人有他自己的位置，也就是最高的尖顶处。但是，由于让同一个人像个走钢丝的杂耍演员一样一直站在小小的尖塔顶上保持平衡绝对不是什么令人愉快的事，所以，每隔一段时间，这位站在最高位置的圣徒就得到解救，并且进入天堂，这样才公平嘛。现在我们只要想象一下，当这种情况发生时是场面何其壮观，其他圣徒都要根据他们在这一等级制度下的排名向上移动一个位置，每个人都必须跳上他上一任的位置，每个人都你推我搡，每个人都会嫉妒他们前面领先的那个人。”

后来，我每次路过米兰，便会回想起那天下午，便会想到那上百个大理石圣徒壮起胆子从塔尖跳到塔尖的表演，脸上露出忧伤的微笑。

热那亚也是一样，这个城市给了我丰厚的馈赠。在一个有风但阳光明媚的午后，我双臂支撑在一道宽阔的胸墙上沿，身后便是这座五光十色的城市，我第一次看到这么伟大的蓝色浪潮隆起的波涛，这就是大海，永恒的、不曾改变的大海。带着深不可测的期望，它颤抖着将自己投掷在我的面前，我感到自己心中有什么东西同这泛起泡沫的蓝色海潮结下了生与死的友情。

地平线的无边无际同样深刻地打动了我。再一次，一如回到了童年时代，我看到了那遥远而温柔的蓝色向我点头致意，如同为我敞开一扇大门。这种感觉从我周身掠过，我觉得我就不是为了过平庸的正常人的日子而生的，我不想跟我熟悉的人待在家里，或者待在同一个城市，我的命运就是要周游外国的疆域并且在海上展开我的奥德赛之旅。那种以往忧伤的渴望又从我的心中冉冉升起，将我投入上帝的怀抱，将我那可怜的、微不足道的生活与无限和永恒融合在一起。

在拉巴洛附近地区，我第一次下海游泳。我和海浪摔跤，品尝它的咸涩又浓烈的滋味，感受大海的实力。环绕着我的只有明净的蓝色海浪、棕黄色的岸边岩石、深邃寂静的天空，还有大海那永恒的、巨大的咆哮声。往远处可以看到轮船正沿着海平线驰骋，此情此景再一次感动了我：黑色的桅杆、耀眼的白帆，或者驶向远方的轮船冒出的一抹轻烟。除了我的宠儿——云朵——我再不知道还有什么比一艘在远处扬帆远航的小船更美的东西了，我一直看着它越变越小，终于消失在开阔的海平线之后。

随后我们来到了佛罗伦萨。这座城市将自我展开铺陈在我们面前，它就跟我在成百幅图画、成千个梦中留下的记忆一模一样——光亮、宽敞、友好，一道绿水贯穿整个城市，许多的桥横在上面，城外青山环抱。韦奇奥宫尖尖的塔楼直冲明净的蓝天，在它之后，在同样的高度坐落着美丽的菲埃索勒城，由于阳光普照显得白亮亮的。所有的小山被果树盛开的花朵装点成了白色或玫瑰红色。无忧无虑、与世无争的托斯卡纳人的生活在我眼前展开，就像一个奇迹一般。很快我就感到这里比其他任何地方都更像我的家。白天，我们在教堂、广场、小巷、凉廊、市场闲逛，夜晚，我们在小山上的花园中懒洋洋地做着美梦，在那里，柠檬已经熟透；或者我们会在简朴的小酒馆里饮酒聊天，那里供应上好的基安蒂红葡萄酒。其间，我们还有大把时间走访巴杰罗宫、修道院、图书馆、圣器室，收获颇丰，受益匪浅；还在菲埃索勒、圣米尼亚托、赛蒂格那诺、普拉托度过了许多个午后的大好时光。

按照我们之前的约定，现在我们要分开一周的时间，我要去经历我青年时代最神圣、最美好的一次旅行：横跨富饶、葱绿的翁布里亚丘陵地带。我踏上圣方济各曾经走过的路，我经常感觉似乎他与我结伴而行，我心中充满深不可测的爱，怀着感恩和欢乐的心情，问候每一只小鸟和每一股清泉。我在阳光明媚的山坡旁摘食柠檬，在小村落中过夜、在心中唱歌作诗，还在阿西西参加复活节庆典，我可是身在我的圣人的教堂中啊。

我始终觉得在漫游翁布里亚的八天时间就是我的青春的冠冕和夕阳。每天都有一股新的清泉从我心眼里喷薄而出，我欣赏这光明的、节日般绚丽的景色，就像注视着上帝慈祥的眼睛。

在翁布里亚，我忠实地沿着圣方济各的足迹前进，他是上帝的乐手；在佛罗伦萨，我幻想着自己生活在十五世纪文艺复兴初期，并且沉浸其中。尽管我过去就曾撰文讽刺当代的生活，但直到我踏上了佛罗伦萨的土地，我才真正意识到现代文化是多么的荒谬而卑贱。也是在佛罗伦萨，我开始意识到在我的余生恐怕会跟当代社会成为永远的陌生人，我生来就有这样的欲望要让我的生活游离于社会之外，而南方正是最完美的地方。在这里，我身处人群当中却没有作为陌生人的感觉，生活的自由自在与浑然天成让我狂喜不已，特别是传统经典文化与历史使这个城市更加高贵、更加优雅。

为期几周的美好时光在一系列令人惊异的快乐经历中悄然流逝；

我还从未见过理查德这么开心。在我们的城市漫游中，我们会造访偏僻的、沐浴在阳光下的山间村落，跟旅馆老板、过路僧侣、农家姑娘、乡下神父为友，聆听淳朴的乡村小夜曲，把面包和水果分给那些棕色皮肤的漂亮孩子们吃，从阳光充沛的托斯卡纳小山上远眺银光闪闪的利古里亚海。我们两人都强烈地感到应当珍惜自己的幸福，并期待着更加丰富多彩的新生活。工作、奋斗、快乐、荣誉就在我们触手可及的地方，因此我们尽可以不慌不忙地享受我们的快乐时光。即使分别在即，似乎也变得不那么重要了，因为我们比以往任何时候更加坚信，我们需要彼此，我们可以在余生相互依靠。

这便是我青春的故事。当我回想起这段时光，它似乎就跟夏天的夜晚一样短暂。一点点的音乐、一点点的爱和一点点的虚荣——但这是美好而富足的，就像一次狂欢节一样多姿多彩。

而这一切，又像是风中的残烛一般被一场意外迅速而令人痛惜地扼杀掉了。

理查德和我在苏黎世告别。从此我就再也没见过他。他两次从火车车厢里下来同我亲吻，还一直从窗口探出身来深情地向我频频点头。两周以后，他在德国南部的一条小河里游水洗澡时荒谬地淹死了。我未能参加他的葬礼，因为我是在他入殓下葬好几天以后，才听说了他的死讯。我瘫倒在我那间阁楼的地板上，我怀着恐惧，用最恶毒的话咒骂上帝和生活的无常，我大哭大嚷，几近疯狂。直到那时我才意识到我的友情是我唯一的财产。如今我却一无所有。

我无法忍受待在城里的生活，因为在这里我每走一步，都被那些似乎会让自己窒息的回忆充斥着。如今我觉得什么都千篇一律；我灵魂最中心的内核生了病，我对一切活着的东西都充满恐惧。对于我那千沟万壑的心能否自己愈合、勇敢地扬起新帆、起航驶向成年人的时代，我几乎不抱有什么期望，而现在似乎更加渺茫。上帝命令我把生命中的最好的一部分献给了纯洁、快乐的友谊。就像两条快速划过水面的轻舟一般，我们在风暴中破浪前行，理查德是那只色彩绚丽、脆弱易碎、快乐幸福同时被我深爱的小船，我的目光始终拥抱着他，我相信他会将我带到美好的目的地。现在他却沉默了，除了一声短促的呼喊什么都没有留下，只剩下我漫无目的地漂浮在骤然黯淡的水面上。

现在本该轮到我自己来通过这场严峻的考验，用漫天星斗确定方位，为了生活的王冠而开始新的航程——就以我再一次失去自己的道路的这一刻为契机。我已经相信过友谊、相信过对女性的爱、相信过青春。如今它们一个接一个地离我而去，我何不将我所有的信任交给上帝呢？但是我的一生都像个孩子似的胆怯而固执，我总是相信真正的生活会像暴风雨一般骤然将我压倒。它会让我聪颖并富有，之后用它那巨大的翅膀带我飞向成熟的幸福。

尽管如此，这明智而简朴的生活仍然保持沉默，听凭我四处漂浮。它既不给我送来狂风，也不给我送来星星，而是等待着，这样我就会再一次意识到我的微不足道，并且耐心地抛弃我的固执。它让我表演我那骄傲与知识的小型喜剧，这样我就不会注意到它是在等迷途的孩子发现回到妈妈怀抱的路。

第五章

我现在进入了生命的一个新时期，比以往任何时候明显更加具有活力、更加多姿多彩，这段经历为我提供了丰富的写作素材，足以让我写出一本虽然薄薄的但却很时髦的小说。我或许应该在小说中提到我是如何成为一家德国报纸的编辑，如何赋予我的笔杆子和这副毒舌太多的自由而遭受严重的后果，如何成为声名狼藉的酒鬼，经历了一场不愉快之后最终辞去编辑的职务，又成功让自己以特派记者的身份被派遣到巴黎，又是如何活得这么狂野不羁，在一个腐败的地方虚度年华，并且卷入了所有磕磕碰碰的事件当中。

如果我跳过这段小插曲不提，就会丧失那些品味龌龊、专门喜欢私密细节的读者们，但我对这些避而不谈并不是由于胆怯。我承认自己一次又一次地钻进死胡同，见过各种各样卑鄙肮脏的事，也曾经卷入这些是非当中。但那些罗曼蒂克已经失去了对我的吸引力，你必须允许我专注于那些纯洁、美好的事物，并且远离那些肮脏无用的人，拒绝回忆那些已经被我抛之脑后的岁月。

一天晚上，我独坐在法国的布洛涅森公园里，考虑着我到底应该跟巴黎一刀两断，还是干脆在这里虚度余生，我想着想着，回顾了自己的一生，这是许久以来的头一回。我得出了这样的结论：即便现在自杀也没有多少损失。

就在此时，我突然想到了一个早就过去的场景：初夏的一天清晨，在群山的环抱下，我跪在一张床前，床上躺着我垂死的母亲。我已经很久都没有想起这个清晨，这让我感到震惊同时羞愧不已，于是那个愚蠢的自杀的冲动立刻消失了。我相信，除非一个人已经傻了或者疯了，否则没有人有资格结束自己的生命，更何况他亲眼目睹过另一条鲜活的生命走到尽头的那一刻。再一次，我看到了母亲的死，看到了死神冷静而严肃地完成自己的工作，使她的面容变得高贵。死神，有一副严厉的面孔，但又像一位父亲领回走丢的孩子那样，既强壮有力而又和蔼亲切。

现在我才恍然大悟，原来死神是我们聪明而又善良的兄弟，他知道每个人离开的时间，我们可以放心依赖他。我开始懂得，痛苦也罢，失望也罢，忧愁也罢，它们的存在不是为了让我们烦恼困惑或者自我轻贱，更不是要剥夺我们的尊严，而是为了让我们成熟起来、使我们更加俊美。

一周后我打点行装并打包托运到巴塞尔。自己步行穿越法国南部大片地区。巴黎那段不光彩的经历却在我的记忆中像一股恶臭似的紧追不放，如今这段回忆却随着我每天的步伐，也在一步一步地遁入浓雾、吹散不见了。我出席了一场农村当地的通奸审判，在城堡、磨坊或者谷仓里过夜，跟皮肤黝黑、健谈多话的农村小伙子们共饮法国南部出产的葡萄酒。

两个月后，我到达巴塞尔，头发乱蓬蓬的、身体消瘦、皮肤晒黑，内心也发生了变化。这是我第一次完成这么长距离的徒步旅行，也将会是未来很多次中的第一次。从洛迦诺到维罗纳，从巴塞尔到布里格，从佛罗伦萨到佩鲁贾，这些城市之间极少有我没涉足的地方，我那双沾满灰尘的皮靴已经将那些路走过两三遍——这是我的追梦之旅，尽管这些梦没有一个圆满实现。

我在巴塞尔城郊租了一所公寓，打开箱子，取出我的东西，便开始工作。生活在这样一个寂静的城市里，又没有一个人认识我，使我暗暗高兴。我还跟几家报刊和杂志保持着联系，这样我就能获得足够的薪水维持我的生活。最初的几周还算不错，但是渐渐地，我悲伤的情绪又卷土重来，几天甚至几周都挥之不去，甚至在工作时也跟我形影不离。那些从来不识愁滋味的人，是难以理解这对我意味着什么的。

我该怎么描述它呢？我被一种可怕的孤独感包裹着。城市和住宅里、广场和街道上的人们及其生活，与我和我的生活之间，始终存在一条巨大的裂隙。什么地方出了意外、报上的头版头条报道了什么，这些跟我一点关系都没有。哪里有节庆活动、出殡送葬、定期集市和音乐会——这一切有何意义？又是为了什么呢？我奔出房门，在森林里、山丘间、公路上漫游闲逛，草地、树木、农田都缄默不语，它们望着我，用无声的语言恳求我。它们寻求交流，它们有自己的义务，它们想要问候我。但是它们只能站在原地，一句话也说不出来，我理解它们的苦恼，并且感到痛苦，因为我无力解救它们。

我去看医生，并带去了详细的描述病情的文字记录，试图向他诉说我的苦恼。他读了那些记录，问了几个问题，并为我检查身体。

“您健康得很，简直让我嫉妒。”他称赞道，“身体一点毛病也没有。试着多读点书、听听音乐可能会使您高兴起来！”

“由于职业关系，我每天都要读一大堆新东西。”

“这么说来你需要到室外去活动活动，或许会对您有好处。”

“我每天要散步三四个小时，假日里至少比这走得多一倍。”

“那您就得强迫自己同别人打交道。您有变成隐居孤僻的人的危险，而且会越来越严重。”

“这跟我的病有什么关系？”

“关系大着呢！眼下，您越是不爱与人交际，就更得强迫自己去同人们接触。您目前的状况还不是病，在我看来还不算严重；但是，如果您在社交方面仍然不积极的话，总有一天会失去精神上的平衡。”

这位医生非常同情我的状况，而且出于善意，他向我推荐了一位学者，这位学者的家算是文学界和知识分子小圈子活动的中心场所。我来到他家。人们知道我的名字，于是对我非常友好，几乎可以说得上是亲切的，于是我便经常登门造访。

在一个晚秋寒冷的夜晚，这里只有一位年轻的史学家和一位苗条的黑发姑娘，没有其他人在。这个姑娘为我们看茶，一直滔滔不绝地说话，还影射讽刺那位史学家。过了一会儿，她开始弹钢琴。然后，她又告诉我，她读过我的讽刺小品，不过并不怎么欣赏。我觉得她很聪明，但有点太过聪明了。我没留多久便回家去了。

在这段时期，渐渐地，人们发现我经常在酒馆里泡掉很多时间，于是他们打听到我确实是个酒鬼。他们能有这样的发现我一点也不觉得奇怪，因为流言蜚语在学术圈里最为盛行。况且，这个让人丢脸的发现丝毫不影响我去拜访学者一家，反倒使我成为一个求之不得的对象，因为恰逢当时戒酒运动正如火如荼，那里大多数的女士和先生们都是各种各样名目繁多的戒酒协会的成员，对每一个落入他们掌心的罪人都喜出望外。有一天，他们第一次彬彬有礼地向我的个人习惯发起进攻，我只记得他们说：频繁出入酒吧是件粗俗丢脸的事啦、酒精中毒的危害啦——所有这些观点都是站在卫生、伦理和社会的立场上——铿锵有力、不容置疑。他们还邀请我参加协会的戒酒活动。我受宠若惊，因为迄今为止，我对所有此类协会及其活动和他们为之努力的东西还只有一个模糊的概念。当天，无论是协会的会议还是伴奏的音乐，都不乏宗教的弦外之音，让我觉得像一场闹剧，而且我也没有试图掩饰我的这种感觉。后来一连几个星期，他们都对我胡搅蛮缠，强求我戒酒——当然是用一种再友好不过的方式——直到让我觉得这事无聊透顶。一天晚上，当同样的规劝例行公事一般从头上演时，我陷入绝望之中，并且坚持用很大的声音请求他们放过我，别再对我喋喋不休。那个年轻姑娘也在场。她全神贯注地听我说话，末了还鼓掌叫好，只是我当时心烦意乱，并没有对她多加关注。

有一次我很高兴地亲眼目睹了一场稍显幽默的意外事件，就发生在一次重要的戒酒大游行活动中。这个协会的成员与许多客人一起在协会总部用餐，期间有人演讲，有人结成友谊对子，有合唱队高唱赞美诗，有人又喊又闹来庆祝伟大的戒酒事业取得进步。其中有一名男仆担当标语棋手的角色，他嫌戒酒演讲冗长又沉闷，便溜进附近的一家小酒馆。于是，当庄严的游行活动开始招摇过市时，那些在路边人行道上看热闹的酗酒者们便观赏到了这样一出令人捧腹的好戏：一个乐呵呵、醉醺醺的家伙带领一群热情高涨的游行队伍，他还走在最前面，挥舞着蓝色十字架的大旗，就好像一艘即将沉底的帆船的桅杆在水面摇摇晃晃。

尽管这个醉酒的男仆很快就被协会扫地出门，但是由虚荣、嫉妒和钩心斗角而形成的混乱却在各种各样相互竞争的协会之间以及协会的委员会内部滋生蔓延。这场运动以分裂告终，一些野心过剩的家伙要把一切荣誉都归到自己头上，高声诅咒每一个不在他们名义之下接受再改造的酒徒无赖。当然协会中也不乏品质高尚、忘我工作的会员，但他们被他人冷酷无情地利用了；那些知悉内情的人会看到，在理想主义外壳的笼罩下，人性的弱点就能轻易繁衍滋长。这些意外情况我都是通过二手资料听说的，并因此衍生出些许满意的情绪。甚至很多时候，在一夜畅饮之后回家的路上，我还会在心里暗自庆幸：我们这些人虽然放荡不羁，反而比那些革新者更要真诚一些呢。

在我的小屋里，莱茵河河畔的风光一览无遗，我在这里做了很多细致而深入的研究与思考。我郁郁寡欢，觉得似乎生活就这样在我身旁悄然逝去，既没有强有力的激流裹挟着我，也没有激情将我点燃，或者将我从这种昏昏欲睡的恍惚状态中拉出来也好。除去常规的工作以外，我正着手准备一部有关早期的方济各派修道士生活的书，但是这不是创作，而只是需要耐心而谦逊地收集各种信息资料。它无法满足我的渴望。

回顾我在苏黎世和巴黎度过的时光，我试图为我自己理清与我同时代的人们心中真实的愿望、激情和理想。他们当中，有人致力于说服别人放弃过时的家具、墙纸和衣服，并将更自由、更美好的生活环境和生活方式介绍给他人；有人以传播普及黑克尔的一元论为己任；有人为争取世界持久和平而努力奋斗；还有人为贫困的下层阶级争取权益，或者筹集善款，在集会上呼吁剧院和博物馆应为广大民众而建。而在此地，在巴塞尔，有人还反对酗酒。

所有这些努力都充满了生命的活力和运动的激情，但是它们跟我没有任何关系。即便其中任何一项，甚至所有这些全都成功实现，也不会让我和我的生活产生任何不同。

我闷闷不乐地陷入我的扶手椅中，推开面前的书和纸，苦苦思索。我能听到窗外莱茵河的波浪拍打的声音，听到风在树枝间簌簌作响的声音。我聚精会神地聆听这种伟大而忧伤的语言，这种语言似乎让悲哀与渴望弥漫到每个地方。我看到苍白的云朵像受惊的鸟群一样不安地掠过夜空，我听着莱茵河在流淌，想着我母亲的死、想着圣方济各、想着我的故乡和戴着雪帽的群山、想着溺水而死的理查德。我看到自己征服了峭壁绝境，只为给罗西·吉尔坦纳采摘“阿尔卑斯玫瑰”；我看到自己在苏黎世沉湎于书本、音乐和高谈阔论而意气风发；我看到自己与阿格丽哀蒂一起在夜色中划船；看到自己因理查德的死而绝望、出行、回国，情绪刚刚恢复又重新陷入绝望。这一切有何意义？又为了什么呢？啊，上帝啊，这一切难道只是一场喜剧、一次偶然，还是一幅海市蜃楼的空想？难道我没有为友谊、美人和真理而努力奋斗并忍受痛苦吗？渴望与爱的巨浪不是仍然在我心中激烈地翻腾着吗？但一切思考都徒劳无益，反而成就了我的痛苦，也未必能让别人快乐！

所以这正是出去大喝一杯的好时候。我吹灭了灯火，摸索着走下高而陡的环形楼梯，来到供应韦尔特利纳酒的大酒店或者卖沃州酒的小酒馆里。尽管由于我是常客所以总能受到礼貌的尊敬，但我总是脾气暴躁，有时还说不出的粗鲁不堪。我读着一份名为《西姆普利齐西姆斯》的讽刺漫画杂志，它每回都使我勃然大怒。所以我喝着我的酒，等待酒力将我的怒气平息。每当甜蜜的酒神用他那双温柔的手抚摩我时，我的四肢就变得舒服而无力，而我的灵魂就会随着他的指引进入美梦之地。

有时，我自己都惊异于我待人怎么如此粗暴无理，甚至以厉声辱骂别人取乐。我经常光顾的酒店里的女侍者都怕我，诅咒我，说我是无赖，因为我总是挑她们的毛病。当我凑巧加入别的顾客之间的谈话时，我也总是粗暴鲁莽或对他们冷嘲热讽，别人自然用同样的方式回敬我。

尽管如此，我仍然获得了少数几个能一起喝酒的伙伴，他们全都是些上了年纪、不可救药的大酒鬼，我有时同他们一起消磨掉整个夜晚，相处得还算可以。其中有个老家伙，外表粗鲁而心地不坏，是个职业设计师，他讨厌女人，好讲一些猥亵下流的笑话，是第一流的酒鬼。如果我们碰巧在哪个酒馆相遇，接着总是一通开怀畅饮。我们一开始总是善意地拿对方开玩笑，一来二去一小瓶罗特酒就下肚了，接下来，渐渐以喝酒为主，交谈逐渐减少，最后我们默默地面对面坐着，各抽各的雪茄，喝光各自酒瓶里的酒。我们两人真是棋逢对手，总是在同一时间重新把酒瓶灌满，然后怀着半是尊敬半是幸灾乐祸的心情望着对方。有一次，在深秋葡萄丰收的季节，我们两人一同徒步穿行马克格赖夫勒一带盛产葡萄酒的小村庄。在教堂的鹿苑里，这个老东西向我讲述他生平的故事。我只记得这些故事又好玩又非同寻常，可惜细节我全都忘了。

我只记得他讲的一则近几年发生在他身上的跟喝酒有关的一件逸事：他去参加农村的一次当地节庆活动。他是客人，坐在尊贵的位置，所以一开始就跟神父和乡长频频干杯，以至于他们很快就酩酊大醉。可是那位神父还得上台致辞呢。大家好不容易把他拖到台上，他却发表了一通令人难以接受的讲话，被大家心怀厌恶地请了下去，这时乡长觉得自己应该挺身而出、力挽狂澜，于是开始大声地即席演讲，一开始他还用了一种大胆而令人印象深刻的方式，但是他突然感到身子不适，于是用一种非同寻常而粗俗无礼的方式草草结束了讲话。

我真的很高兴听到这个故事，也愿意听听我这位酒桌伙伴讲讲别的经历。可是我们闹翻了，在一次射击比赛的晚会上，我和他争吵起来，从此我们变成势不两立的敌人。现在即使我们两人碰巧在同一家酒店相遇，也各占一张桌子，就像两个仇敌。但是出于习惯，我们仍然默默地互相观察、以同样的速度喝酒，一直待到其他顾客早已散尽，人家也来请我们走时方才罢休。我们再也没能言归于好。

我一直思索着自己的悲哀，以及在生活方面显得无能的原因，但是毫无结果而且令人疲倦。但是我并不觉得自己已经精疲力竭，反而被神秘的内在冲动所充满，它令我相信总有一天我会创作出某些深刻又优秀的东西来，至少能从生活那里抓住些许幸运或幸福。但是，这样幸运的时刻真的会来吗？我心怀苦涩地想起，那些神经敏感、容易亢奋的时髦艺术家们，他们借助一些人为的刺激促使自己投身到艺术的创作当中，因此我允许自己的灵感与能量在我身上保持一种尚未开发的状态。我试图分析在自己的这样一副精力充沛的身体当中，到底是什么东西阻塞了我的灵魂，或者被什么样的魔鬼所驱使。于是，我产生了一个奇怪的念头：我是一个非同寻常的人，我遭受生活的虐待，而我所吃的苦头任何人都不知道，所有人都误解我。

忧郁是一件如同恶魔一般邪恶的事，它不仅使人病恹恹的，而且会让人自以为是、狂妄自负、目光短浅，是的，它几乎令你目空一切。它会让你陷入一种恶品位中不能自拔，总以为自己是海涅笔下的阿特拉斯，世界上的一切痛苦和谜团都担在他一人的肩上，就好像其他那些成千上万的、迷失在同一座迷宫中的人无法忍耐同样的痛苦一样。另外，处于离群索居、与世疏离的状态中，我并没有意识到我原本以为只是唯我专有的这种特质以及性格中的怪癖，其实是一种家族遗传，是我的家庭造成的影响，是所有姓卡门青的人本身所特有的。

每隔数周我就到那位好客的学者家去一次。渐渐地，我跟去他家的大多数客人都认识了。那些人很多是年轻学者，其中有一些是德国人，各种学科的都有，还有几个画家，几个音乐家，也有一些普通市民，他们带着自己的妻子一起登门。我经常用一种非常惊异的眼光望着他们。因为我知道他们一星期要互相见面很多次。我就不理解他们这样怎么还有这么多话可以说。他们大多数人都已经形成固定的社交模式，我觉得他们都有点相似，以至于他们所有人似乎都有些雷同，他们分享这种合群性，并且对大多数事情都形成雷同而肤浅的看法，这是我所唯独不具备的。他们当中只有极少数出类拔萃、与众不同的人，这些人精力旺盛、思想独树一帜，似乎跟谁都完全不能苟同，或者只有很少的一致性，但这也被这种恒定不变的社交规则消解、削弱了。我只能偶尔同他们当中少数人短暂交谈。

游走在人群中间，跟这个说一句，跟那个聊一会儿，在每个人身边停留片刻，尝试恭维某位帮大家沏茶的女士，两人的交心私语、演奏钢琴曲，同时做几件事情还要看着那些有趣的娱乐活动——这样的事我可做不到。我最受不了的是，我非得谈论文学和艺术不可。我观察到，对于这样的话题，人们大多不经思索、虚伪矫情，他们只是为更多的谎言和空谈提供了发挥的机会。我也用尽全力跟着说谎，但是没有任何乐趣，反倒觉得这样的废话实在无聊而且让人丢脸。我宁愿听一个女人聊她的孩子，或者跟别人讲讲自己的旅行以及旅途中发生在我身上的小事，或者聊点实际发生的事情也好。如果真是这样，我通常会变得很亲切，几乎很愉快。但是，在这种无聊的聚会结束以后，我多半还要在酒店结束这个夜晚，用韦尔特利纳酒滋润一下干渴的嗓子，用酒冲掉我难以形容的厌倦与不快。

在某一场社交聚会中，我又见到了那个黑发姑娘。那天在场的人很多，还有音乐演奏，交谈声、笑声一如平时一样嘈杂而令人难以忍受。我躲在一个远离喧嚣的角落里，膝盖上放着一个画夹，里面有一些托斯卡纳的写生风景画，不是司空见惯平庸无奇的那一种，它们非常亲切：画的都是旅行途中的风景写生，还有与作者同行的朋友，正是画里的人把这些画送给了这间房子的主人。我甚至从中发现一幅画里有我熟悉的场景，画的是圣克利门蒂幽静的山谷里一所窗户狭长的石砌小屋，我知道这个地方是因为我曾徒步经过那里好几次。山谷离菲埃索勒城很近，但大多数的游客不会涉足那个地方，因为那里没有什么名胜古迹。这是一个险峻而陡峭的山谷，到处贫瘠荒芜，几乎无人居住，但是却有一种非凡而显著的美，它被光秃秃的山包围着，所以偏僻而与世隔离，凄凉而具有原始风貌。

那个姑娘走到我身后，视线越过我的肩上望过来。

“您为什么总是这样一个人坐着，卡门青先生？”

我颇感不悦，心想，她准是被那些先生们冷落了才会到我这儿来。

“好吧，您不想回答这个问题吗？”

“请原谅，不过，我该怎么回答呢？我一人坐着是因为我喜欢这样。”

“这么说，我打扰您了？”

“您真幽默。”

“谢谢，彼此彼此啊。”她坐了下来。而我并不想把那个画夹放到一边。

“您来自山区是吗？”她说，“我想知道您是否愿意对我描述一下那个地方呢？我哥哥说，您那个村子里只有一个姓氏，全姓卡门青。真是这样吗？”

“事实上，”我嘀嘀咕咕地说，“还有一个姓菲斯利的面包师和一个姓尼德格尔的酒馆老板。”

“剩下的都姓卡门青吗？他们都是亲戚吗？”

“差不多。”

我把那张画递给她。她拿在手里，我发现她懂得拿画的正确方法，于是我把观察到的这一点告诉了她。

“您这是在夸奖我了，”她笑着说，“不过您的口气就像个小学老师。”

“您难道不想看看这张画吗？”我唐突地问道，“要不然我就把它放回去了。”

“上面画的是什么？”

“圣克利门蒂。”

“在哪儿？”

“菲埃索勒附近。”

“您去过那儿吗？”

“是的，去过好几次。”

“那里的山谷什么样子呢？这里画的只是局部。”

我想了一会儿，那冷峻荒凉但美丽的景色浮现在我眼前，我半闭双眼试图固定住脑海中的画面。过了好一会儿，我才开始说话而且在此期间她一直没有打扰我，我为此感到高兴。她似乎意识到我在冥想沉思并懂得不去打扰。

于是我向她描述了圣克利门蒂在夏日午后阳光的炙烤下是如何干燥炎热、广阔无边。附近的菲埃索勒城已经实现了工业化生产，人们用草编帽子和篮子，或者兜售纪念品和橙子，欺骗游客或向他们乞讨。佛罗伦萨是一个新旧交替的城市，但它位于比这个山谷更南边的地方。不过从圣克利门蒂是看不到这两处胜地的。没有画家常年去那里作画，也没有古罗马的历史遗迹矗立在那儿，人类的历史忘记了这个荒无人烟的山谷。在那里只有太阳和雨在同土地斗争，歪斜弯曲的松树辛苦而艰难地维持着自己的生命，几棵瘦弱的柏树用倾斜的树梢感受即将到来的暴风雨，狂风大雨将缩短它们悲惨痛苦的生命，而它们焦干的树根则坚守着。偶尔有附近大农庄的一辆牛车打这里经过，或者一个农夫带着全家去菲埃索勒，他们只是偶然的过客。农家妇女所穿的红裙，在别的地方看起来可能鲜艳欢快，但却跟圣克利门蒂格格不入，所以将这样的场景排除在画面之外你是绝不会介意的。

我告诉她年轻时我是如何跟一个朋友徒步来到那个山谷，在柏树下休息，告诉她这个奇怪而孤独的山谷如何用它那悲哀而美丽的景象让我回想起家乡的山坡沟壑。然后我们都陷入了沉默。

“您是位诗人。”过了好一阵，姑娘这么说道。

我朝她扮了一个鬼脸。

“我是指另外的方面，”她继续说，“并不是因为您写过一些故事，而是因为您理解并热爱大自然。风在树枝间的歌唱，山在阳光下的灼灼亮光，在别人看来可能觉得于己无关，但是您却能从中发现生命，一种您可以与其感同身受的生命。”

我回答说，没有人能够理解大自然，人们越是寻找、越是渴望去理解，便会发现这件事越复杂而且越发令人感到悲伤。阳光下的一棵树、一块风化了的石头、一头野兽、一座山——它们都有生命，都有故事可讲，它们都是活生生的，它们承受苦难、它们忍受痛苦、它们也经历欢乐与死亡——但是我们无法理解这一切。

随着我继续讲述，我的情绪由于她的耐心与专注而缓和平复，我更仔细地端详起她来。她的眼睛正对着我的脸，也不回避我的目光。她的表情沉静而入迷，像一个孩子怀着极大的兴趣——或者更恰当地说，像一个在倾听时忘记了自我的成年人在不知不觉中获得了一双孩子的眼睛。我观察着她的一举一动、一笑一颦，我通过一点一滴发现她其实非常美丽，我为这个发现而喜出望外。

我停了下来不再说话，她却仍然沉默着。这时，她好像突然想起什么一样，斜着眼望向旁边那盏灯。

“我还不知道您的尊姓大名。”我突然问道。

“伊丽莎白。”

她离开了我，不一会儿就被人请去弹钢琴。她弹得还不坏，但当我走进围在钢琴周围的人群去看时，我却注意到她不再那么美了。

当我顺着那条舒适的老式楼梯走下去时，我无意中从两个画家的谈话中听到了几句，当时他们正在大厅里穿大衣。

“至少他整晚都跟伊丽莎白调情，过得挺开心嘛。”其中一个边说边哈哈大笑起来。

“还真看不出来，他这么……”另一个说，“他倒是找了个不错的人选。”

这么说来这些傻瓜已经在嚼舌根了。我突然想起我已经把我最私密的想法和记忆中最美好的部分都向这个年轻的姑娘倾诉而出，这样对一个陌生人吐露心声几乎违背了我的意志。到底是什么驱使我这么做？那些人已经议论纷纷了吗？那些可恶的浑蛋！

我走了，几个月都没再去过这户家。期间，我在街上碰到了那两个画家的其中一个，他碰巧成了第一个问起我为什么不去聚会的人。

“为什么您不去了？”

“因为我觉得那些该死的闲言碎语很恶心。”我说。

“哦，是啊，那些女人们！”这家伙笑了。

“不，”我回答说，“我说的是男人，尤其是画家先生们。”

至于伊丽莎白，我在这数月内只在街上见过她有限的几次，一次在商店里，一次在艺术馆。她通常是漂亮的，但不美。她的身材过于苗条，动作有点与众不同，在通常情况下，这些也许都对她正合适，但有时也会有点做作，略显浮夸。但是在艺术馆那次，她可是真美——美得超乎语言可以形容的地步。她没有看见我。我就坐在不远处一边休息一边翻看展览说明。她离我不远，完全被塞甘蒂尼所作一幅巨画所吸引，看得出了神。那幅画画的是在稀疏贫瘠的高山草地上干活的几个农家姑娘，背景是锯齿状的陡峭山峰，使人联想起施托克霍恩山脉，在这一切之上，是清爽透明的天空，空中云朵的象牙白渲染得极为出彩，真是神来之笔。当你的视线集中在这片白云上时，你会感到眩晕：它的形状纷繁卷曲、复杂多变，你可以从中看到风刚刚将其团压揉捏的痕迹，似乎那云即将飘向远处、渐渐散去。

伊丽莎白显然能够领会这一切并且彻底为之屈服。她真是全神贯注哪！她往常深藏不露的心情又浮现在她的脸上了，从她那睁得更大的眼睛里露出微笑，使那张小小的嘴变得天真而温柔，并且抚平了她眉间那两条彰显聪明与严厉的细纹。伟大艺术品的美丽与真诚促使她的灵魂也展示出本身固有的美丽与真实。

我安安静静地坐在一旁，观赏塞甘蒂尼的云朵以及这位被云朵施了魔法并为之着迷的女孩。随后，我居然胆怯了，我怕她会转过身来，看见我而跟我交谈起来，这样她的美又会丧失了，所以我赶紧悄悄地离开了展厅。

在那段时间里，我又开始在大自然当中寻找快乐，而我对大自然的态度也经历了一次巨大的变化。一次又一次地，我漫游徜徉在城郊壮丽的美景当中，大多数时间我都去侏罗山，那是我最喜欢的地方。无论何时看到那些树林、群山、草场、果园，我都意识到它们站在原地是为了等待着什么。或许就是在等我，反正可以肯定的是，它们在等待爱。

所以我开始爱它们，爱所有这一切。一种压倒性的渴望在我心中回应着它们无声的美丽，在这种美感中涌动出一种情感，迫切地渴望被理解、被爱，在我心中也涌动着同样的感情。

很多人说自己“爱自然”，这话的意思是他们不讨厌大自然，有时也喜欢大自然在他们面前所展示出的魅力。他们走出家门，为自己能置身于大地的美而高兴，于此同时他们践踏草地，攀折花朵与树木的嫩枝，末了不是随手扔掉，便是带回家去任其枯萎。这就是他们爱自然的方式。遇到风和日丽的星期天，这种爱在他们心中便会油然而生，他们就会为自己有这么一副善良的心肠而感动不已。其实他们根本不需要这种感觉，因为人不就是“大自然至高无上的荣誉与骄傲”吗？是啊，至高无上！

我于是越来越热衷于窥探事物更深处的奥秘。我聆听风穿过树冠时发出的簌簌声响；聆听江河咆哮着穿过峡谷、溪流悄悄地滑过平原。我知道这些声音都是上帝的语言，如果能懂得这神秘的、原始的、美丽的语言，便能重新发现天堂的伊甸园。一般的书籍都很少提到它，只有《圣经》暗含了这种神奇的经历，通过这句“万千造物的呻吟与阵痛”表达出来。但是，我也隐约地知道，古往今来总是有很多人被生命中难以言喻的东西所吸引而抛弃了他们的日常工作，逃遁归隐，为的是细心倾听万物的歌声，为的是对着浮云凝视冥想，不知疲倦而充满渴望地做一个隐士、一个忏悔者、一个圣徒并祈求永恒。

你去过位于比萨的坎波桑托墓地吗？那里的墙壁都被历经数百年而有些褪色的壁画所覆盖，其中一幅画描述了底比斯沙漠中隐士们的生活。这幅质朴的画，虽已褪色，但画面散发出幸福与宁静的气息，顷刻间悲伤会笼罩你，你渴望在泪水中将你的罪孽与堕落洗刷，带你去一个遥远而神圣的地方，一去不复返。无数艺术家都曾在很多精美绝伦的画作中表达他们对极乐世界的乡愁，路德维希·里希特尔任何一幅饱含深情的儿童画都在唱着与坎波桑托的壁画同样的歌。

提香热爱现世的东西与美妙的人体，为什么这样一位画家总是要赋予他那些具象的画作一种最为缥缈而细腻的蓝色做背景呢？这一抹温暖而深刻的蓝色，是为了彰显远处的群山还是表现空间的广阔无垠呢？没有人说得清楚。提香，这位现实主义者，自己也说不明白。并非像艺术史学家一相情愿所认为的那样，提香这样做并不是为了色彩的和谐。而是这个快乐的无拘无束的男人奉献的一份礼物，就献给自己灵魂中那个鲜活而深刻的难以用语言说清的东西。对我来说，在任何时期，艺术总是在寻求某种方法，为我们心中那个神圣而无声的渴望提供一种表达的语言。

圣方济各也在表达这种渴望，只是他的语言更完整、更美丽，而且还用了一种更孩子气的表达方式。我那时才真正理解了他。他把对于整个大地、植物、星星、动物、风雨、河海的爱都包含在他对上帝的爱中，从而超越了中世纪，甚至超越了但丁，找到了永恒的人性的语言。他将世间万物和一切自然现象都视为自己亲爱的兄弟姊妹。当他到了晚年，医生们用火红的烙铁烫焦他的额头时，尽管他对疼痛心怀恐惧，但仍然向这个可怕的工具致意，对它说："火啊，我亲爱的兄弟。"

我也开始像爱一个人一样去爱大自然，像对待一位操着外国语言的同事或旅行伙伴那样聆听它的声音，这虽说并未治愈我的忧伤，但却使之变得高尚而纯洁。我的耳朵和眼睛变得更为尖锐，我学会捕捉微妙的音调变换以及细小差别，我渴望更贴近、更清晰地听到一切生命的心脏的跳动，这样也许有朝一日能听懂，也许有朝一日这种用心跳说话的天赋在诗歌中变得理所当然，这些诗能唤醒人们的意识。这种脉动能为人们带来青春之泉，让生命焕发活力、心灵得到净化。眼下，这还是一个狂热的愿望，一个梦想……我不知道它是否能够实现，我只能关注眼下最接近的事物：我把我的爱奉献给一切可以用眼睛看得到的东西，并且对任何东西再也不会漠不关心或轻蔑鄙视。

它使我恢复了元气、使我的心灵得到慰藉，它到底对我忧郁昏暗的生活起了怎样的作用我不可能说得清。世界上再没有比这种沉默无言的、忠诚不变的、心平气和的爱更高贵、更快乐的了，如果让我说出唯一发自内心的愿望的话，那就是希望我的读者当中，能有若干人，哪怕只有一两个，在我的带动下，开始学习这种纯洁而神圣的本领。有些人生来便知道这种爱，并且在他们的一生中都在不自觉地将这种爱付诸实践——他们是上帝的宠儿，是凡人当中的好孩子。有些人付出了巨大的代价、忍受了巨大的痛苦才学会它——如果你注意一下那些残疾人或者遭遇不幸的受害者，你就会在他们那一双坚决、宁静、炽烈的眼睛中证实我说的是真的。如果你对我漠不关心，根本不想听我无力的言语，那么你可以去拜访一下这样的人，他们通过冷静的爱克服了巨大的苦难，而且爱使他们的痛苦变得美丽而高尚。

令人惋惜的是，我自己尚未达到完美的境界，这种完美只有一些我崇拜景仰的人才能具备，他们都为此忍受了巨大痛苦。在这些年里，极少有缺乏这种使人慰藉的信仰的时刻，我相信自己知道一条正确道路。但说我完全没有背离这条正轨也是不正确的，因为每当我能休息时我便停滞不前，甚至由于拐错了弯走上歪路而虚度人生。有两种自私而强烈的内在倾向在我心中反对这种真正的爱。我是个酒鬼，又不善交际。我虽然大大限制自己饮酒的数量，但每隔几个星期，我就不得不向这个奸诈狡猾的酒神彻底投降。但是，几乎不再发生在大街上倒头就睡、酩酊过夜这样的酒后越轨行为。因为酒神爱我，只有在他的灵魂与我的灵魂能够像朋友一般友好对话时才引诱我喝酒。尽管如此，每次一夜畅饮之后，心中的负罪感总是久久地纠缠着我。但是我不能放弃我对酒的热爱，对酒的强烈嗜好是我父亲的遗传。多年以来，我都满怀孝心、小心谨慎地保存这份遗产，并把它彻底培养成我的本性，为了让自己摆脱这一窘境，我只好定下一个半是严肃、半开玩笑的协议。我那方济各赞美诗从现在起要加上这样这一句话：“美酒啊，我亲爱的兄弟。”

第六章

更为糟糕的是我另一个恶习。通常来说，我对人没有什么好感，离群索居过着隐士般的生活，对于人的事情始终抱着轻蔑和讽刺的态度。

当我决心要过一种崭新的生活之际，还根本没有想这么多。我原以为让人们自己管好自己的事儿就够了，而我则把自己的温情、奉献、爱慕与同情留给无声的大自然。夜里，我上床睡觉的时候，突然想起我好久没去过的某座小山，在树林边缘处，有一棵我最喜欢的孤零零的树。此时此刻，它正在夜风中做着梦，也许只是浅睡一下、呻吟着、摇曳着。它会是什么模样呢？我走出屋子，去那座小山探望它，极其温柔而多情地端详它，心中怀着它的朦胧形象回家。

你在笑我。这种爱也许会被误解，但绝对不会平白浪费。不过，唯一的问题在于，我如何才能找到一条正确的路，从对自然的爱通往对人类的爱呢？

一旦开好头，好事自然跟着走。我那部长诗巨著的创作构想在我的脑海里萦绕，越来越清晰，越来越现实，只要我对大自然的爱使我能够说出森林和江河的语言——我这样做又是为了谁呢？当然不仅仅是为我挚爱的人，而且是为了广大人类，我想要引导他们去爱，甚至教给他们如何爱。尽管我对大多数人冷漠粗暴、冷嘲热讽、缺乏爱心。我感觉到了自己心中内部的矛盾，感觉到有必要克服这种与众人格格不入而且不友好的态度。这很困难的，因为正是孤独疏离的性格和个人环境际遇使我变得严厉冷酷、顽固卑劣，尤其是在处理社交关系方面。在家里或在酒吧中，我可能稍稍不那么严厉苛刻一点，或者偶尔我会在街上向一个过路人打招呼，但是这些都是远远不够的。除此之外，只要我试着对人友好，我就会意识到我跟别人的关系就会彻底崩溃：即便我的行为举止没有表现出敌对，人们也总是用冷漠的态度或怀疑的眼光来回应我——人们以为我是在讽刺嘲弄他们。最糟糕的是，我差不多已有一年没去那位学者家里了，而那是我唯一有熟人的地方。我感到必须首先去那里拜访一下，这样才能找到一条进入当地社交圈子的途径。

具有讽刺意味的是，我一直如此不屑而轻蔑的人情味这回居然帮了我的大忙。我只要一想到去教授家，伊丽莎白的形象就立刻浮现在我的脑海中，就跟她站在塞甘蒂尼画前凝望画中的云朵时一样美好！我突然意识到对于我的渴望以及我的忧郁，她都扮演了一个重要角色。于是，我生命中第一次产生了这样一个严肃的念头：我要结婚。直到刚才，我都确凿地相信自己跟那种婚姻生活完全不搭调，以至于我在没有妻子的现实面前屈服，自己都会嘲笑自己。我是一个诗人！一个游子！一个醉鬼！一个隐士！但是现在，我感觉到我的命运因为爱而有了具体的形态，它将会为我架设一座通往人世的桥梁。这个念头是如此诱人，而又如此志在必得！伊丽莎白！我已经注意到她同我意气相投，另外，她善于接纳我，她是一个高尚的人。我记得在谈论圣克利门蒂以及后来观赏塞甘蒂尼的画时，她的美是多么生动。这么多年以来，我从艺术和自然那里收集到了一个伟大的宝物，它们赋予我能力，让我为她揭示在世间万物当中什么才是美好的东西；我会用一切真实而美丽的东西包围她。

她的脸上、她的灵魂都将摆脱悲伤的阴霾，我会让她发挥出所有的潜能。奇怪的是，我根本没有感觉到自己这样突然的转变是多么可笑。我这个完全按照自己的方式做事的独居隐士一夜之间变成了一个被爱情迷昏了头的傻瓜，竟梦想着新婚的幸福以及思考如何安排自己的家庭生活了。

学者一家人在我第一次去拜访的时候就对我友好而周到，这一次我一进门就受到了他们友好的责备。我紧接着几天连续又去了几次，终于在那里又遇到了伊丽莎白。真的，她真美！她看起来正好符合我对自己情人的想象：美丽而快乐。有那么一小段时间，我完全沐浴在她外貌的美丽之中。她跟我打招呼的方式是友好的，甚至可以说是饱含深情的，带着一种亲密挚友之间才有的氛围，这让我心花怒放。

您还记得那个挂着红色的日式灯笼、音乐飘扬、泛舟湖上的夜晚吗？就在那个夜晚，我的爱情宣言被消灭在了萌芽状态。那是一个恋爱中的少年值得同情的故事。然而作为一个成年人，恋爱中的彼得·卡门青的故事要更令人悲哀，更值得同情。

有人顺口提起伊丽莎白已经订婚的消息。我一听，便祝贺了她，还结识了她的未婚夫，他是来接她回家的。我也向他表示了祝贺。整个晚上，我的脸上都挂着一种和蔼亲切、充满善意的微笑，就像一个假面具一样令我讨厌、心烦。事后，我既没有奔入林中，也没有跑去酒店，而是坐在自己的床上，呆望着油灯，直到它发出浓烟随即熄灭。一瞬间，我慌乱无措、情绪崩溃，最后终于重新恢复了理智。悲伤和绝望再一次展开黑色的翅膀将我包裹住，我躺在那儿，觉得自己渺小、软弱，伤心得像个孩子一样哭了一夜。

我马上收拾行装，翌日清晨便到车站乘车返回故乡，我渴望着重新攀登塞纳尔斯多克的巨峰，我要重访我的童年，去看看我的父亲是否还活着。

我们都变得生疏了。父亲头发全白了，背也不再那么直挺挺的，看起来再也不那么威风凛凛的了。他待我态度温和，带点羞怯，也不问什么问题，甚至要把他自己的床让给我睡；看来我这次回家不只使他感到出乎意料，还弄得他有些尴尬而不知所措。这所小房子仍旧归他所有，只是草场和牲口都被卖掉了，他收到一点养老金，到处找一些很轻的活儿干。

当他离开房间，只剩下我一人时，我走到先前我母亲的床铺放置的地方，站在那儿，往事就像一条平静宽阔的大河从我心中流过。我不再青涩年少，我想，光阴似箭，日月如梭，就连我自己也将变成一个白发苍苍的驼背老头，躺在那里随时准备在痛苦中死去。这间老旧、寒碜的小屋似乎自从我出生就没有发生过任何改变，我在这里度过了童年、学过拉丁文、目睹母亲去世，产生这些念头是很自然的，这些念头让我思绪宁静、心平气和。我怀着感激的心情回忆着青年时代丰富多彩的生活，这时，我突然想起在佛罗伦萨学到的罗棱索·德·美第的诗句：

Quant’и bella giovenezza,
Ma si fugge tuttavia.
Chi vuol esser lieto, sia:
Di doman non c’и certezza.

（青春多美好，
时光手中逃。
欢乐趁今朝，
明日谁知晓。）

我同时感到惊异的是，我把对于意大利、对于历史、对于疆域辽阔的精神王国的回忆也带到故乡的这间古老破旧而熟悉亲切的小屋里来了。

我给了父亲一点钱。晚上，我们一同去酒店，那里一切如故，就好像我昨天晚上刚刚去过一样，唯一不同的只是酒钱由我来付。我父亲谈到香槟以及那种在倾倒时会产生星星状泡沫的纳沙特尔酒时，他让我就像这方面的权威人士一样为他做证，甚至承认了我现在的酒量已胜过他。我问起那个干瘪瘦弱的老农民，我上一次来到这个酒馆时还往他光秃秃的头顶上泼过酒的那个。他爱讲笑话，脑子里满是鬼点子，但他早已去世，连同他讲过的那些笑话一起被人遗忘了。我喝着沃州酒，听别人闲谈，也讲了一些我自己的经历。在月光下，我同父亲一起走回家去时，他一边漫无边际地闲聊，一边手舞足蹈、比比画画，醉醺醺地一刻不停，我像是中了某种特殊的魔法一样入迷地听着、看着，这样奇特的感觉我以前还没有过。过去的一些人的形象又浮现在我眼前——康拉德舅舅、罗西·吉尔坦纳、母亲、理查德和埃米尼亚·阿格丽哀蒂，他们就像是一本美丽的画册，画里的内容让我感到惊异，因为这一切在现实生活里似乎并不是那么珍贵的东西，但在我此刻看来却是非常完善而美丽。这一切都曾从我脑海中穿过，以惊人的速度被人很快遗忘。但是现在它们却又清晰而逼真地印刻在了我的脑子里：半辈子的生活，不需要我的有意识地去操控就能在记忆中完整地存留下来。

我们回到家里，我父亲讲着讲着不出声了，他睡着了，这时，我才又想起伊丽莎白。就在昨天她还跟我打招呼呢。我开始还对她钦慕赞美，随后就祝福她和她的未婚夫新婚幸福。现在我觉得这好像已经是发生在很久之前的事情了。似乎在那以后发生了很多事——我的悲伤与痛苦苏醒了过来，掺杂着记忆的洪流，击垮我那自私又害怕受伤因此急于自我保护的心，就像热风摇撼塞纳尔斯多克峰顶那年久失修、摇摇欲坠的茅屋一般。我在屋里待不下去了，便从低矮的窗户爬出去，穿过小园子，来到湖边，解开已经被人忽视了很久而无人使用的小船，轻轻地划进湖面上苍茫的夜色中。群山都披上了一层银雾做的面纱，依旧保持着庄严肃穆的形态，几乎圆满的月亮看起来似乎就悬挂在塞纳尔斯多克峰的山尖儿上。我甚至都能听见瀑布的声音。故乡和我的少年时光都如同鬼魅一般用它们苍白的羽翼抚摩我，它们登上了我的小船，伸出双臂，做出痛苦的、难以理解的动作。

那么，我的生活究竟有什么意义呢，我经历了这么多的欢乐与痛苦又是为了什么呢？我为什么那么渴求真和美？而且，为什么经历了那么多是非，我的这种渴望仍然未曾熄灭？为什么我要为这些女人坠入爱河，还要为她们忍受这么多痛苦与折磨？我为什么还要眼含泪水，执着而固执地追求那些美丽的女人？——我再一次为不圆满的爱情而羞愧地低下了头。上帝真是难以捉摸，他既然注定要我去过一种孤独的隐士生活，注定没有人爱我，又何苦在我心中燃起渴望被爱、需要被爱的烈火呢？

湖水在船首两侧发出咕咕的、沉闷的声响，船桨带起一串串银色的水珠，四周的群山似乎在很近的地方伫立着，沉默无言，清冷的月亮从浓雾笼罩的山头移到另一个山头。我少年时代的精灵默默地站立在我周围，用深邃的眼睛望着我，沉默着、寻找着。我仿佛看到美丽的伊丽莎白也在这些精灵之中，如果我没有错失时机，她会爱上我，成为我的人。

我觉得，如果我悄无声息地沉入这苍白的湖水，恐怕没有人会去打听我的下落，那么这样的下场真是最好不过了。然而，当我发现这条破船正在漏水时，我却加快速度划了起来。我突然觉得身子发冷，于是毫不犹豫地回到家里。

一到家我就疲倦而无力地躺到床上，但是头脑清醒，回顾我的生活，试图找出我到底缺少什么能引导我通向更幸福、更真实的生活的东西。我清醒地意识到爱的核心是善良、幸福与快乐。我必须开始去爱众人而不顾我在伊丽莎白那里遭遇的新的悲痛。但是如何去爱呢？又去爱谁呢？

这时我想到了我的年迈的父亲，我第一次注意到自己从未真正爱过他，尽管我应该去爱他。在我的童年时代，是我让他的生活更为艰难，后来我离开了家，母亲去世后，又把他孤零零一人留在家里，我还常常生他的气，末了几乎完全把他给忘了。临终时他躺在床上、奄奄一息的情景在我脑海中挥之不去：我站在旁边，看着他的灵魂慢慢消逝隐去——我从来都不了解这副灵魂，我也从未努力试图得到他的爱。

于是我着手去完成这项又艰难又甜蜜的任务：我要从一个脾气暴躁又难相处的老酒鬼那里学会如何去爱，反倒不是从一个美丽而可爱的姑娘那里。我不再粗暴地回应他的问话，尽可能周全地为他着想，尽可能多花点时间陪陪他，给他念日历上的小故事，给他讲法国和意大利产的葡萄和那里当地人喝的酒。我让他继续做那些他力所能及的活儿，否则的话，他就会完全失去对自己的控制。不过我却没有办法使他习惯于晚上不去酒店而在家里喝酒。我把酒和烟买回家，想方设法逗他开心让他在家消磨时间。这样尝试了四五个晚上，他犯了犟脾气，一声不吭，我问他有什么不舒服，他便抱怨说："我猜着你想永远都不让你父亲踏进酒店一步了。"

"哪儿的话，"我说，"你是父亲，我是你儿子，我们要做什么完全取决于你的决定。"

他眨巴着眼睛打量我，然后快活地拿起帽子，于是，我们便一同朝酒店走去。

很明显我父亲不喜欢和我长时间地待在一起，尽管他并没有这么说过。况且我感到自己迫切希望去国外什么地方转转，让我受伤的心得以恢复。我便问老爷子："如果我再一次把你一个人留在家里你有什么想法吗？"他搔了搔脑袋，耸了耸肩膀，狡猾地微笑着，用一种期待的口吻说："随你的便啊！"启程之前，我走访了几家邻居以及修道院的管事人，请他们照应一下我的父亲。

我还留出一天的时间去攀登塞纳尔斯多克峰。我站在宽阔的半圆形峰顶，俯览群山、葱绿的山谷、波光闪闪的湖面和远方城市上空笼罩的雾气。在我的童年时代，这一切曾使我充满强烈的憧憬之情，于是我背井离乡，为自己征服那美好而辽阔的世界，如今，它就在我的眼前铺陈开来，一如既往美不胜收，一如既往神秘莫测。我已经准备好再一次踏上前进的路去追寻属于我的命运。

我早已下决心到阿西西去度过一段较长的时间，这对我的研究工作一定大有裨益。我先乘火车回到巴塞尔，买了点必需的东西，收拾好几件行李，托运到佩鲁贾。我自己则乘火车到佛罗伦萨，从那里不慌不忙、心情舒畅地徒步走到南方，过了佛罗伦萨，同当地人打交道是不需要任何伎俩的；他们的生活始终是那么简单、开放、自由、淳朴，因此，从一个小镇到另一个小镇，你能随心所欲地结交很多朋友。我又感到安全熨帖，如同在家里一样，于是暗下决心，日后回到巴塞尔，我不会在社交圈子里而是要在普通人中间寻求与人相伴带来的慰藉。

仅有的一点快乐便是在佩鲁贾和阿西西，我又重新对历史研究生了兴趣，焕发了新的活力，我受伤的灵魂也康复起来，并架起了通往生活的桥梁。我在阿西西的女房东是一位健谈而虔诚信教的蔬菜商，有那么几次，我同她谈论关于圣徒方济各的事迹，她便同我结下了深厚的友谊，还到处宣扬，给我带来了一个“虔诚的天主教徒”的好名声。虽说我不配享受这种荣誉，但由此而来的好处是人们不再怀疑我是异教徒了。往常，任何外来人都会被贴上这种标签。这样，我便可以深入地同当地人交往。这位太太名叫安农齐亚塔·纳尔迪尼，三十四岁，寡妇，身材高大，很懂礼貌。星期天，她常穿一件颜色明快而花哨的连衣裙，像是在过真正的节日，除了耳环以外，胸前还挂上金项链，项链上有不少金箔圣牌闪闪发光，叮当作响。她走到哪里，都带着一本银套祈祷书，使用起来一定非常笨重；还有一挂带银链的念珠，黑白相间，非常漂亮，使用起来当然灵便得多。在等待进教堂的时候，她常坐在凉廊里，向女邻居们逐条列举缺席的女教友们所犯的罪孽，引得听者长吁短叹，在她那虔诚的圆脸上的表情虽然尖酸辛辣，但却反映出她那与上帝和睦相处、和谐一致的灵魂。

由于我的名字对当地人来说发音太过困难，我干脆自称彼耶特罗先生。在美好的金色夜晚，我和纳尔迪尼太太一起坐在窄小的门廊里，周围环绕着邻居、孩子、猫和狗。店铺里有水果、菜篮子、成盒的种子和从天花板上倒挂下来的烟熏香肠，我们就这样互相诉说各自的经历，谈论庄稼的收成，我会抽一根烟，或者吃一块甜瓜。我讲述圣方济各的事迹，波蒂翁库拉方济各教堂的历史，讲述建立方济各会的圣克拉拉以及方济各会最早的教友们。每一个人都全神贯注地听着，向我提出无数的问题，称颂这位圣徒；接着人们就谈起一些新近发生的更为轰动的事件，七嘴八舌地发表意见；大家特别爱听的是强盗抢劫和政治争斗。与此同时，猫、孩子和小狗在我们脚边嬉戏玩耍。

出于我自己的兴趣，也为了保持我的好名声，我遍寻各种圣人传说中富有教化意义又感人至深的奇闻异事。使我喜出望外的是，在我带来的少量书籍中，有一本阿诺尔德的《创办者及其他圣人生平事迹》一书，我把这些真诚踏实而又简单明了的故事翻译成意大利语，并稍加改编，使之变得符合当地语言习惯，之后便把这些故事讲给大家听。就连过路的人也会停下来，听上一阵儿，甚至一起加入进来聊上几句，就这样，一个晚上，在场总要更换三四拨人。唯有纳尔迪尼太太和我从头至尾坐在那里，也从不缺席。我身边总是放着整瓶红酒，我在酒上的花销显出了贵族气质的奢侈，给这些平素简朴过活的老百姓们留下深刻的印象。渐渐地，邻家腼腆的姑娘也不见外了，她们信任我，便坐在自家的门槛上加入谈话。她们允许我把小画片送给她们作为礼物，开始相信我是一个圣人，因为我从不用暗示性的玩笑戏弄她们，也似乎并没有想方设法去博取她们的信任。她们当中有几个姑娘眼睛很大，是人们梦想中的美人，简直都可以去给大画家佩鲁基诺当模特作画了。我喜欢她们，也享受着她们欢天喜地、温柔和气的陪伴。可是我从来没有爱上她们当中的任何一个，因为她们虽然都是美人，但太相像了，所以我始终不把她们的美看作个人的特质，而只是种族的共性。马泰奥·斯皮内利也常来，他是个年轻小伙子，当地面包师的儿子，狡猾而且幽默。他会模仿许多动物，所有最新的流言绯语他都了如指掌，时不时就会冒出一个放肆无礼而又聪明的鬼点子。他专心致志地听我讲述那些传奇故事；比谁都要虔诚和谦卑，然后他会用稚气的口吻，提出一些或严肃认真、或蓄意作恶的问题，要么就打比方，要么就自行猜测，他还会拿圣徒开涮，让那位蔬菜店老板娘为之大惊失色，也让大多数听众笑得前仰后合。

我也经常单独同纳尔迪尼太太在一起，听她讲一些寓教于乐的话，从她众多的人性弱点中获得一种并不圣洁的快乐。她的邻里乡亲要是有什么过失和恶习都逃不过她的眼睛，她贬低、咒骂他们，并且事先果断而明智地一一为他们安排好了在炼狱里合适的位置。但是我却占据了她心中的一席之地，她把自己所有零零散散的经历和观察到的任何鸡毛蒜皮的琐事，都向我倾数吐露出来。事无巨细、不厌其烦地讲给我听。每当我买了一点东西，她总要问我付了多少钱，这样我就不会被人占了便宜。她让我给她讲圣徒们的生平事迹，作为回报，她会教给我经营水果、蔬菜生意的秘密，以及做饭的技巧。

一天晚上，我们坐在破旧的前厅里，我唱了一首瑞士歌曲，孩子和姑娘们听了都欣喜若狂，发出兴奋的尖叫，接着，我又高声唱了几曲简短的约德尔小调。孩子们快活地在人群中钻来钻去，模仿着我那用外国腔调演唱的歌声，还把我唱歌时喉结忽上忽下的样子做给我看。这时，大家轮流讲起来各自的恋爱故事。有些姑娘们痴痴地笑着，纳尔迪尼太太两只眼睛溜来溜去，眼神中近乎哀求，并发出多愁善感地叹气声。末了，大家一齐起哄，要我讲我的爱情经历，我没讲伊丽莎白，但讲了我如何同阿格丽哀蒂一道划船，本想表白爱情，结果落得一场空。我自己都莫名其妙，这件事，除去理查德以外，我从来没有对任何人吐露过一个字，而现在，面对着南方狭窄的石头路面的小巷，金红色暮霭笼罩下的小丘，我却讲给翁布里亚心怀好奇的乡下人听了。我讲述时没有多加回想，只是按着古体小说的方式，可是，我的心、我的感情却融在了里面，我暗自害怕听的人会取笑我、嘲弄我。但是当我讲完我的故事时，所有的眼睛都用一种悲伤而充满同情的眼神望着我。

“这么帅的男人！”一个姑娘大声呼喊起来，“这么帅的男人偏偏在爱情上不顺利！”

纳尔迪尼太太用圆滚滚的柔软的手抚摩我的头发，并说：“Poverino！（意大利语：真可怜）”

另一位姑娘把一只很大的梨子送给我当做礼物，于是我请她先咬第一口，她照办了，并且严肃地望着我。我接着要让别人也来吃，这下她不干了。“不行，您自己吃！我可是把它送给您的，因为您把自己的不幸讲给我们听了。”

“您肯定又爱上了什么人。”一个棕色皮肤的种葡萄的农妇说。

“没有。”我说。

“这么说您还一直爱着这个狠心的埃米尼亚？”

“我现在只爱圣方济各，他教导我要爱所有的人，爱你们，爱所有佩鲁贾人，也爱此地所有这些孩子们，甚至爱埃米尼亚爱的人。”

现在，我这田园诗一般无忧无虑的生活变得复杂了，甚至因此而彻底改变了。我察觉到，好心的纳尔迪尼太太一心希望我永远留在那里，娶她为妻。这场小风波把我训练成为一名诡计多端的外交家；既要让她放弃这个梦想，又不伤和气，不破坏我们之间的友谊，能做到这样可不是一件容易的事。另外，我也不得不考虑归去了。如果不是挂念着自己希望写成的大作，如果不是因为即将陷入财务危机，我本来会留在那里的。或许由于缺钱的缘故，我真的应娶纳尔迪尼为妻。可是我并没有这样做，让我下决心离开的真正原因是我仍然希望见到伊丽莎白——她给我留下的痛苦的创伤还没有愈合。

这位丰满的寡妇带着令人意外的善意与和气，接受了这个无法避免的事实，这样也就使我无须因为她的失望而痛苦难受。其实，临行时，我要比她更加感到难舍难分。我在这里所离弃的东西远比我辞别故里时抛下的更多，这么多的人亲切地同我握手告别，之前还从来不曾有过。人们送我水果、红酒、甜烧酒、面包和香肠，让我路上吃。我有一种非同寻常的与朋友离别的感情，对这些朋友来说我是去是留确实与他们息息相关，他们确实在乎这事。同他们分手，我又怎能不动感情呢。安农齐亚塔·纳尔迪尼太太在分手时吻了我的双颊，眼睛里充满泪水。

过去我曾以为获得一份无须回报的爱必定是一件令人快乐的事。我现在才发现当你无法回报这份爱时是多么痛苦。不过，一个外国女人爱上了我，希望我成为她的丈夫，对此我多少有点扬扬得意。

对我而言，这点不足道的虚荣意味着我正在恢复。我为纳尔迪尼太太感到遗憾，不过我想以后我还是会怀念这段经历的。我也渐渐地认识到快乐幸福与外在愿望的实现，二者之间的关系其实微乎其微。当少年们陷入热恋当中，便要承受巨大的痛苦，尽管非常痛，却不会有一丝一毫的悲剧性。我不能拥有伊丽莎白这件事让我感到很受伤，但是，我的生活、我的自由、我的工作和思想却完好无损，我仍然可以在远处一如既往、随心所欲地爱着她。这些想法以及我在翁布里亚那几个月过的自由自在、轻松悠闲的生活对我很有好处。我的眼睛总是盯着那些有趣可笑、荒谬无稽的事情，但是我善于讽刺嘲弄的性格却让我无法从我所感知到的东西中享受乐趣。现在，我开始欣赏那些幽默的东西。并觉得越来越有可能屈服于我的命运，并且不再吝惜让自己享受那些生活中的小快乐。

是啊，如果您恰巧也是刚从意大利回来，您也会有那样的感觉。无须理会那些所谓的原则或者偏见，您只要放任自如地大笑，游手好闲无所事事，把自己想象成一个世界上最精明的生活艺术大师。每过一段时间，您就放任自己在南方轻松而温暖的生活中自由漂浮，并且开始相信即便您回到自己家里，仍然能继续过上这样惬意的生活。我每次从意大利旅行回来，也是这样的心情，而且这一次这种感觉比以往更为强烈。当我到达巴塞尔，却只看到古老沉闷、顽固守旧的生活，它们并没有任何变化，而且也不可改变。我原本欢畅的心情一步一步消退下沉，我习惯了逆来顺受、甘心谦卑同时又气又恼。但是，我在旅途中所获得的某些东西仍有一部分在我的身体里，从此我的小船无论是在清澈的水面上还是在浑浊的污水中漂流时，我都至少要挂上一面明快的彩色小旗，任其大带有挑战意味而大胆地迎风飘扬、充满信心。

在别的方面也是一样，我很多的观点也渐渐地发生了改变。虽然青春华年已逝，自己也日趋成熟，但是我并不觉得有什么遗憾，关键在于：生活呈现了一段短短的行程，你自己就是一个旅人，这一生游历旅行、最终消失不见，这些对这个世界没有任何影响。你可以将自己的目光集中在自己的目标之上，实现你最心爱的梦想，但是你永远不要自以为是地认为自己是不可或缺的，所以，就在剩下的时光中时不时地放纵一下自己，如果能躺到草丛中，吹一段口哨小曲儿，无牵无挂地享受眼前的快活，不为未来思前顾后，那么因此耽误一天的行程也无须介意。迄今为止，我虽然从未崇拜过查拉图斯特拉，可我实际上是个优越感很强的人，直到现在我也少不了自我崇拜和对下等人的轻视。然而，我渐渐地越来越认识到，固定不变的界线是不存在的：贫穷的、受压迫的、谦卑的人们的生活跟那些出类拔萃的、受到命运垂青的人们的生活一样丰富多彩，甚至总体来说要比后者更温暖、更真诚、更具有典范性。

除此之外，我回到巴塞尔正是时候，恰巧赶上参加伊丽莎白在她家里举行的第一次社交晚会——在我离开的这段时间她已经结婚了。旅行归来，我的情绪仍然很好，还对我的旅行充满新鲜感，我的皮肤在旅行途中被晒成健康的古铜色，精神抖擞、心情愉快，沿途各种有趣的奇闻异事就在嘴边，信手拈来。整整一个晚上我都对自己能够在那次迟到的求婚中获得宽恕而暗自欣喜。因为尽管我经历了快乐的意大利之旅，我仍然怀疑女人是不是都要在爱上她们的男人那毫无希望的痛苦中获得残忍的快乐才行。对于这种令人耻辱而且痛苦的状况，我曾在一个五岁小男孩的那里听到一个与之有关的小故事，并在我的脑海里形成了最为鲜活生动的例证。在这个男孩念书的小学里，实行下面所说的这种不同寻常的而且具有象征意义的习俗。一个男孩子如果太过淘气而犯了大过错，就要遭到惩罚。六名小女孩就会被派去抓住他，强迫不断挣扎的男孩摆出接受体罚必要的姿势。抓住男孩这样的差事被女孩们视为最大的快乐和莫大的特权，所以这个具有虐待性的任务总是留给班里最听话、表现最好的六名女生——她们都作为那一刻的道德模范出场。我经常想起这则滑稽可笑而孩子气的逸事，有时这个体罚的场景竟然会偷偷潜入我的梦中。由此我可以得知，即便是在我梦中的经历，也能体现出一个男人在这种情况下的感受是多么的痛苦而绝望。

第七章

我一如既往地对自己写的那些文字没有什么尊敬之情。然而我好歹可以靠这些作品获得的收益为生了，还能存下一点钱，甚至可以时不时地给我父亲寄去一些。他总会兴高采烈地拿着钱去酒馆，在那里为我大唱赞歌，甚至会为我做点什么事作为回报。有一次我告诉过他我大部分的钱是靠给报纸写文章赚来的，所以他以为我是报社编辑或者那种效力于省报的记者。于是，口授了三封信寄给我，汇报了一些他认为重要的事情，好让我模仿着写成文章去挣钱。头一封信关于一次谷仓失火，接着一封信讲了两名登山的游客在爬山时出了意外，最后一封他把最近的一次乡长选举的结果发给我。这些信函本身就是用怪腔怪调的小报体表述的但是却使我由衷地感到高兴，因为这是我们父子俩真正建立友好关系的标志——它们也是多年以来我收到的第一批来自家乡的信。这些信还变成了对我自己随笔涂写的那些文字的无心嘲弄，当真使我阅读之后神清气爽；因为我月复一月评论的那些书，它们的出版就重要性和影响而论，与在农村发生的那些大事相比简直微乎甚微。

当时正好有两本书付梓出版，两书的作者我在苏黎世时就认识，当年他们可是两个感情出乎寻常地丰富而激亢的小青年。现在那两人，一个住在柏林，以擅长描写大都市的色情故事和妓院里的风流韵事而广为人知。另一个在慕尼黑郊外给自己盖了一所奢华的别墅，过起了隐居生活，时而神经兮兮地做自我内省，时而用招魂术为自己带来刺激，在卑鄙与绝望之间恍惚不定。我不得不对这两本书写书评，当然我也对他们开起了无害的玩笑。那个神经衰弱的家伙唯一的回应就是一封充满轻蔑与侮辱的来信——尽管如此，还用一种真正的高贵文风写成。那个柏林人却在一本文学期刊上对我的评论加以诽谤，声称我误解了他真正的意图。他还援引左拉的文学理念，并借着我这篇不识货的评论作为攻击点，不仅骂了我个人，而且将所有瑞士人作为整体评价，说瑞士人自以为是而且平庸无趣。我从来不是过度爱国主义者，但是我觉得这个柏林人做得太过分，所以我又写了一封表达我的不满与反抗情绪的信，并且毫不掩饰我对他那过分渲染的大都市现代派文风的轻蔑。

这次的口诛笔伐让我感觉好了一些，并促使我重新评估我对于现代文化生活的看法。但这件事冗长沉闷又困难重重，还很有可能费力不讨好。如果我一开始就忽视这些看法，可能我的书几乎就不会受到什么刁难了。但是这些言论也迫使我对于那本长期策划的毕生大作进行更为深刻的思考。

一如你所了解的那样，写一部长篇著作是我的夙愿，在这个大部头中，我决心要让人们与宏伟壮阔却沉默不语的大自然的生活更为接近，他们或许会爱上这种生活。我想要教给人们倾听大地的脉搏，体验世间万物的全部生活，在琐碎庸碌的命运的重压之下，不要忘记我们并不是神，并不是我们自己创造了自己，我们是大地之子，我们是宇宙的一小部分。我想要提醒人们：夜晚、河流、海洋、浮云、暴风骤雨都像诗人的想象，都是我们的梦所创造出的产物，它们象征着并承载着我们的渴望，这种渴望在天堂与人世之间展开了巨大的翅膀，它们的目标便是生活那不容置疑的正确性和所有生命的永恒与不朽。我们自身携带的一切罪恶、疾病与痛苦都与生活背道而驰并且宣布了生命的死亡。但是我也想教育人们在对大自然的热爱中发现快乐的来源、发现生活的源头。我想要提倡一种快乐，提倡大家凝望自然、在自然中漫游、享受现时之乐。

我要让群山、海洋和郁郁葱葱的岛屿用诱人的口吻和极具说服力的语言对你们说话，我想强迫你们去注意，在你们的住所与城市之外，每天都在发生难以计量又无穷无尽、丰富多彩的变化，繁茂旺盛的生命正蓬勃怒放、溢满活力。我要使你们对自己感到羞愧，因为你们只是于国外的战争、时尚文化、流言八卦、文学艺术有所了解，却不知道郊外的清泉涌向何方，不知道河流就在你们每日走过的桥下流淌，不知道你们的火车加速行驶而过的茂密的森林和美妙的草场。我想要让你知道我这个忧伤的隐居者在这个世界上发现了多么令人难忘的快乐的金链子，而且我要求你——或许你比我更开心和愉快——但我仍然要求你应该在其中发现更伟大的快乐。

我首先要把爱的秘密播种在你们的心田。我希望教会你们如何成为一切生命的兄弟或姐妹，变得充满了爱，当恐惧和死亡向你袭来时，甚至不会感到害怕并且像对待自己的兄弟或姐妹那样接受它们。

我不是用赞歌而是最为诚恳、简单、真实地传达的一切——就像一个回归的旅行者讲述他的朋友和他的旅行经历那样，将严肃和幽默融为一体。

我想，我愿，我希望：我知道这话听来有些奇怪，但是我仍然期待着这许多想法能从形式上确定下来，并形成确切的写作计划的那一天。我已经收集了很多资料，有些记在脑子里，有些记在许许多多的小笔记本上，在旅行或远足时我就把小本子随身携带，每几个星期就能写满一本。在这些小本子中，我把自己在这个世界上所看到的一切都用寥寥数笔记录下来，不加思考，不加过渡。这些本子更像是画家的速写本，三言两语就记下真实而具体的事物：乡村土路和交通繁忙的公路、群山和城市的轮廓、在农夫、工匠、市场女贩那里偶尔听到闲语杂谈、还有天气变换的规律、对光影效果、风、雨、石、动植物、鸟飞翔的方式、波浪的形成、波涛和云朵的形状、大海的颜色等的记录。偶尔，我也把这些记录创作成短小的故事，作为自然研究和游记发表，但这些故事都与人没有任何关系。这些故事都只关于一棵树、一只动物、一片云朵，即便没有人的故事加以构架就已经趣味盎然。

当然我也想到如此规模宏大的作品却没有任何人的形象出现会显得怪异可笑。但是多年以来，我一直在为这个理想而努力，并寄希望于获得某个伟大的灵感而助我克服种种不可能。终于，我意识到我必须将人物置于我的那些美丽的风景当中，但是我也意识到我没有能力表现这些风景本身的样子。我还要做出很大的努力才能弥补这些，甚至时至今日我仍然在弥补那些缺憾。我总是将人类视为一个群体、视为某种异化了的东西；现在我已经认识到个体的伟大价值——不是“抽象的人性”——所以我的笔记本和我的记忆开始被全新的速写笔记填满。

一开始，这种言论还是有益处的：我不再对人漠不关心，而是开始对更广范围的人群产生兴趣。我发现有那么多在某些方面理所当然的东西对我来说却非常陌生；我也意识到多次的旅行和远足开阔了我的眼界，使我的眼光更为锐利。由于我总是被孩子所吸引，有他们的陪伴也让我感受到一种独特的快乐。

我仍然感觉观察浮云和波浪要比对人类的研究更为心旷神怡。我惊奇地察觉到人与大自然中其他生物最基本的区别在于一层用假象与谎言组成的保护层包裹着人的全身。不久我在所有我认识的人身上都观察到了这种现象。每个人都太过相信自己是一个独立的个体，因此没有人真正知道自己内心深处的本性，于是便形成了这个保护层。然而让我多少有些困惑的是，我注意到在我自己身体中也有同样的特性，所以现在我放弃了探索人性内核的尝试。不管怎样，在大多数情况下，这层保护膜意义重大。我发现它无处不在，甚至在孩子身上也有，无论孩子是有意为之还是下意识地，反正他们总是扮演着某个角色并且本能地替代了他们原本应该表现出来的样子。

过了一些时候，我开始觉得自己再也不可能有什么进展，而且在太多琐事上浪费了时间。起初我先在自己身上找错误，可是我不能长时间地自欺欺人：我幻灭了，我周围的环境没有为我提供想要的人。我需要的不是一个角色而是一个人物的雏形，这人既不能是学术圈子里的，也不是我的社交范围所能提供的。我带着渴望的情绪回忆意大利，想起我多次徒步远行时交到的朋友和同行的伙伴，那些旅行学徒和到处游走的短期工。他们和我并肩同行，其中倒是有很多出色的小伙子。

探访当地的青年旅社或廉价酒店也是徒劳。川流不息的过客和行色匆匆的旅行者都对塑造我的人物雏形毫无帮助。于是我再一次茫然无措起来，并且将我的观察与研究禁锢于小孩子的范围。之后我开始频繁出入小酒馆，当然，在那里我也一无所获。接下来几个星期我都闷闷不乐，这段时间我开始怀疑自己的判断力，并且推断我的希望和意愿太过奢侈也太过荒谬。于是我在郊外到处闲逛打发时间，或是整晚喝酒度日。

在那段时间里我的桌上又堆了好几摞书，我宁愿把它们保留下来而不想卖给二手书商；可是我的书柜已经没有空地方了。为了解决这个问题，我去寻了一位木匠并且让他来到我的斗室量一量如何做个合适的书架。

这天，他来了，是一个个头矮小、行动缓慢、态度谨慎的人。他测量房间的大小，跪在地上把米尺伸到天花板，然后煞费苦心地把这些尺寸一个接一个地用一英寸大小的字体记在本子上。他身上闻起来有一股胶水的味道。由于移动身体，他碰巧撞上了一把堆满书籍的扶手椅。上面掉下了几本书，他弯腰去捡。其中一本口袋书是手工行业术语辞典。这种平装书你几乎可以在德国任何一个四处旅行帮工的工匠的住处找到。而这一本装帧精美，让人很是喜欢。

那位木匠见到这本他所熟悉的小书时，便向我投来了好奇的目光，半是高兴半是怀疑。

“怎么了？”我问。

“我看到一本我熟悉的书。您真的认真看过这本书吗？”

“我在旅行途中看过，”我回答说，“有时也喜欢翻翻，我喜欢查找专业的表达。”

“是这样！”他大声说，“您也自己一人到处旅行帮工吗？”

“同您说的情况不完全一样。但是我已经徒步走过不少地方，而且住过很多廉价的小旅馆。”

说话的工夫他已经把书又重新摞好，准备走了。

“您当年去过哪儿？”我问他。

“从这里到科布伦茨，后来再南下到日内瓦。那可不是我最糟的年头。”

“我猜您还在监狱里待过一两个晚上？”

“只有一次，在杜拉赫。”

“您要是愿意请给我更详细地说说您的经历。我们可以再见面，对了，去喝一杯怎么样？”

“我对酒不怎么感兴趣。但是如果您愿意下班后到我家来一起聊聊天吹吹牛，我倒是不介意。希望您不是在拿我开玩笑。”

过了几天——正值伊丽莎白家举行社交晚会——我出了门，却又在大街上站住了，思量着与其去参加晚会虚度整个夜晚还不如到木匠家去。我于是回家，换下大礼服，去拜访木匠。作坊已经上锁，里面一片漆黑，我摸索着穿过阴暗的门廊和天井，在后屋的楼梯爬上爬下、磕磕绊绊，终于在一扇门上找到写着这位师傅姓名的门牌。我径直走进一个很小的厨房，那里有一个憔悴干瘦女人在准备晚饭，同时照顾着三个孩子，以至于那间小小的屋子被生活的气息和巨大的吵闹声充斥着。那个女人看到我多少有些惊讶，然后领我进到隔壁的房间，木匠师傅正坐在窗边借着黄昏的微光读报纸。一开始他还嘟嘟囔囔地抱怨，因为他以为我是某个有急需的客人，接着他认出是我，便和我握起手来。

他感到意外和窘迫，我便转过身去逗那些孩子们，但孩子们立刻跑回了厨房。我跟着他们一起过去，见木匠的夫人正在那儿准备做米饭，这使我记起了我在翁布里亚时那位女房东，于是我就帮了她一把手。在我们这里多半把米煮成糊状，什么味道都没有了，像糨糊一样黏牙。眼看这种灾难要在这里重演，我总算及时拯救了这些大米，要了锅和漏勺，接替了煮饭的活儿。那位主妇带着惊讶之情屈服于我的强行闯入。米饭做得还算可以。她把饭菜端上桌，点亮油灯，我自己也动手盛了一盘。

木匠妻子一直事无巨细地跟我聊如何做饭，她丈夫几乎插不上嘴，他的漫游经历只好推迟到以后的晚上再说。他们很快就意识到，我只是表面上看起来是个绅士，骨子里仍然是个农民的儿子，是普通人家出身。所以，第一个晚上我们的关系就已经很和睦了。他们把我当作与他们平等的人对待，我也在这贫苦的一家人身上感受到了老家的氛围。这里的人没有工夫附庸风雅、故作姿态或多愁善感。他们那严酷而艰辛的生活对我来说十分亲切，而且无须用华丽的辞藻加以粉饰。我越发频繁地去拜访木匠，在那里，我不仅忘掉了虚伪无用的社交礼仪，而且忘掉了我的悲伤和弱点。似乎我突然发现了我的一部分童年碎片，仿佛当时被神父所打断、被送进学校以前的那段生活又在这里继续下去了。

在一张已经被撕破并且发黄的老式大地图上，木匠和我俯身上去，分别追寻着他和我昔日的旅途足迹，凡是我们两个都熟悉的每一座城门、每一条小巷，都使我们心花怒放，我们又讲旅行者的老笑话，甚至有一回，我们唱了许多漫游者的老歌。我们谈论着现在木匠生意难做、养家不易、孩子的琐事和城里的桃色新闻——渐渐地，我们俩的角色转变了。我对他心怀感激，他成了我的老师并把他自己的某一部分给予我。随着一种巨大的减压解脱感，我感到周身被现实的氛围环绕着，而不是聚会上的嘈杂。

在孩子们中间，木匠五岁的女儿吸引了我的眼球，因为她特别可爱。她叫阿格涅斯，人们昵称她阿吉。她的头发金黄，面色苍白，脆弱多病，有一双胆小羞涩的大眼睛，又柔弱又害羞的性格。一个星期天，他们一家人外出散心，我也加入其中，而阿吉病了，她的母亲留下陪她，我们其余的人走得很慢，出了城郭外，身后就是圣玛格丽特大教堂，我们两个大男人在一条长凳上坐下来，孩子们则跑去到处找石头、野花和小甲虫，我俩望着夏日生机勃勃的草地、宾宁公墓，以及连绵不绝的美丽的蓝色侏罗山脉。木匠却显得疲惫不堪而且心情压抑。

“出什么事了？”待孩子们走远了我才问他。他悲伤地望着我的脸。

“您没看到吗？”他说话了，“阿吉要死了。我很早之前就知道了，我甚至还惊讶她能活这么久。她眼中总是流露出死亡的神色，现在这事确定无疑了。”

我试图去安慰他，可是很快就放弃这个念头了。

“您瞧，”他苦笑着说，“您也不相信这孩子能活下去。您知道的，我不太相信宿命，隔着很长一段时间我才去一次教堂，但是这次我从骨子里感觉到万能的上帝现在有话同我讲。她只是一个孩子，我知道她从来没有健康过，但是上帝知道我爱她胜过其他几个孩子。”

孩子们快乐地大喊大叫向我们这边跑过来，不断问出成千上万个为什么，让我告诉他们那些花花草草的名字，末了还要我给他们讲故事。所以我告诉他们，每一朵花、每一棵树、每一片树林都有自己的灵魂，就像每个孩子那样都有自己的守护天使。他们的父亲也倾听着、微笑着，时不时地插上一两句表示强调的话。我们望着蓝色的群山变得更美，我们听到了晚钟敲响，于是开始往回走。夜空深红的呼吸笼罩在草坪上，教堂的尖顶直冲云霄显得又小又细，夏日蓝色的天空渐渐变成美丽的浅绿色和金黄色，树木投下的影子越来越长。孩子们都累了，变得安静而顺从。或许他们还惦记着罂粟花、丁香花、风信子，想着它们的守护天使，与此同时我们两个大人想的是小阿吉，她的灵魂就要展开翅膀，将我们这些胆小的人们留在身后。

此后的两个星期似乎一切都有所好转。阿吉似乎恢复了一些，可以每天离开她的小床几个小时之久，躺在凉垫上时也比以往任何时候漂亮得多也快乐得多了；然后接连几夜发烧，这时我们尽管都对此只字不提，但都意识到她跟我们只有几天的时间能在一起了，不会超过一星期。只有一次，她的父亲谈到了这一点。那是在他的工作间里，我见他翻找堆积在一起的木板，我本能地明白了他要做什么：他要选一块木料为孩子做棺材。

“无论如何就是这几天的事儿了。”他说，“我情愿在每个人都下班回家后自己一个人来做。”

我坐在一个长凳上，他在刨床旁干活。木板都刨光后，他带着一种骄傲的神情把木板给我看。他选用了一块上好的、毫无瑕疵的松木。

“不用钉子，我要它们用卯榫咬合在一块儿，这样才是一件又好又耐用的作品。但是今天我们已经做得够多了，我们上楼去看看我老婆吧！”

仲夏时光一晃而过，每一天都比前一天更加温暖而可爱，每一天我都要跟小阿吉坐上一两个小时，给她讲讲美丽的草地和森林，用我宽大的手掌托住她虚弱幼小的手，我付出全部的精力，吸收着她眼神中的甜美与清澈，这种神情直到她生命的最后一天才消失。

当时，我们紧张而悲伤地站她身边，眼看这瘦小憔悴的身体再一次集中全力同死神角逐，但是死神轻而易举地战胜了她。她的母亲依旧沉稳而坚强，然而她的父亲俯身在她的小床上，无数次地告别，抚摩她的金色的头发，亲吻他死去的孩子。

随后的葬礼简短而朴素，之后的那个夜晚却令人难受，我们可以听见孩子们在隔壁屋子里的床上抽泣的声音。然后我们徒步去公墓祭扫她，在她的坟墓边种上鲜花，一起在阴凉的墓地广场的长凳上坐了一会儿，我们望着这片土地的眼神都变了，我们的目光落在埋葬我们心爱的人的泥土上，落在由泥土中生长而出的树上，落在树上的鸟儿身上，它们仍在唱着无拘无束的歌，跟以前一样自由而快乐，歌声从宁静的教堂后院飘过。

与此同时，严格而琐碎的日常工作仍在进行，孩子们又开始歌唱、打闹、欢笑、争着要听故事，几乎在不知不觉中，我们已经习惯了再也见不到阿吉的日子。

发生这些事的这段时间里，我再也没去拜访过那位教授。只去过伊丽莎白家寥寥数次，而为数不多的几次聚会都让我觉得莫名其妙的拘谨而强颜欢笑，对于那不温不火的对话我茫然不解。现在再去这两家，发现两家都是大门紧锁。原来大家很早之前就都到乡下避暑去了。我这时才惊讶地发现，与木匠一家的友谊以及对那个孩子病情的全身心的投入与关心，使我完全忘记了这个夏季的炎热、忘记了要去度假。换到过去，要我在七、八两月待在城里，是完全不可能的。

我于是暂时同这一家人分手，进行一次穿越黑森林的徒步旅行。途中我的心情难得的高兴，我每到一处美丽的地方，就把所有当地风景的明信片寄给木匠的孩子们，并想象着回去后如何向孩子们以及他们的父亲描述我看到的每一件东西。在法兰克福，我决定额外停留几天，接着去了阿沙芬堡、纽伦堡、慕尼黑和乌尔姆。我怀着新的乐趣欣赏了古代艺术作品。最终我还是在苏黎世短暂地逗留了一段时间。这几年来，我一直刻意避开这个城市，好像它是一座坟墓一般。如今，我漫步于熟悉的街道上，重访旧日的小酒馆和露天啤酒花园，回想起我在这里度过的美好岁月。

女画家阿格丽哀蒂已经结婚。有人给了我她的新住址。一天晚上，我去拜访她。我看到大门上写着她丈夫的姓氏，抬头仰望窗户，我犹豫起来。这时，以往的岁月在我心中变得鲜活而生动，带着一丝温柔的疼痛，旧日的爱情从蛰伏沉睡的状态中苏醒。我转身离去，不想让我爱的田园诗般的情景遭到不必要的破坏。走着走着，我来到当年艺术家们举行消夏晚会的那座湖边花园，又找到我住过的那座小房子，抬头望了望我度过短暂而美好的三年时光的那间阁楼，从这条记忆的长河中，伊丽莎白的名字突然跃出我的嘴唇。毕竟，新的爱情比之前的倾慕、迷恋更为强大，也更为宁静、没有那么多的苛求，更让我心怀感激。

为了保持这种良好的心情，我租了一条小船，轻快地划起来，悠然自得地掠过温暖闪亮的湖面。夜晚在即，一片孤零零的雪白的云朵挂在天空中。我目不转睛地望着它，友好地向它点头，因为我回想起童年时代对云的爱，想起伊丽莎白，以及她站在那幅塞甘蒂尼画作前面凝望的那片云，我看到那一刻的她是那么美、那么着迷而入神。我之前还从未感到我对她的爱——从来没有因为任何一句不当的言辞或低贱的欲望而使它失去光泽——简直如同白雪一样纯洁又高尚。看着这片云，我可以心平气和地回顾往昔，对我生命中每一件美好的事心存感激，不会再因为困惑与混乱而陷入麻烦，再也没有青春期狂乱的激情，经历过古老的渴望，却用一种更为成熟而宁静的方式。

合着船桨拍打水面的节奏，我总是喜欢唱上一曲或者轻声哼着小调。此刻我也为自己轻声唱起歌来，唱着唱着我才发现，我是在吟诗。我把这首诗记住并在回到住处后写在纸上，作为在苏黎世湖上度过的这个美好夜晚的纪念品：

就像白云
挂在天边，
闪亮美丽难以企及，
伊丽莎白，是你。

当你向它张望，
浮云就会飘往远方。
但是在夜晚的黑暗中
它又会溜进你的梦，
它如此幸福地漂浮又闪光，
你永远会为白云心痛，
同时怀着甜蜜的渴望。

回到巴塞尔，我收到一封从阿西西寄来的信，是安农齐亚塔·纳尔迪尼太太写来的，带来的全是好消息。毕竟她已经找到第二个丈夫！但是我想我还是直接引用这封信的全文比较好：

尊敬可爱的彼得先生：

请允许您忠诚的女友给您写信的自由。上帝开颜，为我降下好运。如果您能于十月十二日参加我的婚礼我将感到非常高兴。夫家姓梅农蒂，他钱不多，但是非常爱我，而且对水果生意很是在行。他很帅，但是不及您那么强壮俊美，彼得先生！往后，我照看店里的生意，他就去市场卖水果。可爱的玛丽哀塔——您记得她的，就是我们的邻居女孩——也要结婚啦，但只嫁给我们村外的一个石匠。

每一天，我都非常想念您，我已经跟很多人说起您的事迹。我非常喜欢您，并且在圣方济各面前供奉了四支蜡烛为您祈福，以此纪念。如果您能光临我们的婚礼，梅农蒂也会高兴的。如果到时候他对您不友好，我自会教训他的。不幸的是，小马泰奥·斯皮内利果真被我说着了，他就是个坏蛋。他经常偷我的柠檬。现在他被抓走了，因为他偷了他的父亲——那位面包师傅——十二里拉，还因为他毒死了乞丐吉安吉亚科莫的狗。

愿上帝和圣徒保佑您。我十分想念您。

您忠诚的而乐于奉献一切的女友

安农齐亚塔·纳尔迪尼

附言：

今年收成一般。葡萄极糟，梨也没有多少，柠檬倒是收获了一大堆，所以我们只好将其贱卖。在斯佩罗发生了一件可怕的惨案：一个小伙子用铁耙子杀死了他的哥哥。没人知道他为什么这样做。他一定是出于嫉妒，尽管他们是亲兄弟。

虽然这次邀请有莫大的吸引力，可惜我不能应邀前往。我写了一封信，送上我的祝福，并答应她明年春天一定会去拜访她。然后我带着从纽伦堡带回来给孩子们的礼物到木匠家去。

我一进门就发现那里发生了出乎我意料的巨大变化。在桌子和窗户之间狭小的空间里，有一个奇形怪状的人，就在一把类似于婴儿坐的有挡胸横木的高椅子里蜷缩着。他是木匠妻子的弟弟，名叫博比，一个可怜的半瘫痪的驼背，对于他来说没有地方可去，因为不久前，他年迈的母亲去世了。木匠非常不情愿地暂时收留了他。这个残疾人的存在就像一块沉重的死亡砝码，压在这个孤独荒凉的家庭之上。大家对他都还没有习惯，孩子们害怕他，他的姐姐虽然出于好心同情他，但又未免觉得尴尬，木匠则很明显地把不高兴挂在脸上。

博比没有脖子。他那一对儿丑陋的驼背支撑着巨大的尖尖的脑袋，长着大鼻子、宽额头，一张嘴巴倒是很美，充满渴望。他的眼睛清澈而沉稳，但是有些惧色，一双小巧的手掌苍白而静止不动，平放在窄小的胸脯上。

我也感到很尴尬，觉得这个可怜的不速之客妨碍了我们。听木匠叙述这个残疾人的身世，与此同时他就坐在同一间屋子里，这很让人不舒服。残疾人一直盯着自己的双手，我们俩谁都没跟他搭话。他生下来就有残疾，可是仍然完成了小学教育。他还能用稻草编织用品，借此使自己多多少少还有些用处，这样持续了很多年。后来关节炎一再向他脆弱的身体发起进攻，最后终于导致他半身瘫痪。

很多年以来，他不是躺在床上就是依靠垫子枕头支撑身体，坐在他那把怪异的椅子里。木匠妻子说她记得以前他还常常自己唱歌，歌声优美，不过只有那么一段时间，她已经好几年没再听到他的歌声了；而且自从搬进这里以后，他也从未唱过。说这些话的时候，他就坐在那儿，眼睛直直地望着远处的某个地方。我感到不自在，没待多久就告辞了，而且好多天都没再来过。

我这辈子总是身强体壮，甚至从未得过什么严重的病，所以对于病人，尤其是残废人，总怀着同情心但也多少带着轻蔑。现在木匠家也不适于我去拜访了，我在这个家里悠闲从容而快活愉悦的生活被这样一个残缺的造物给破坏了。他让我不安。因此我一再推迟下一次的拜访时间，并且徒劳地试图想出让这个残废离开这个家的办法。一定能用什么不算昂贵的方法就把他送进医院或者护理院去。但是我又对自己主动去做这样的事而心存犹豫，对于见到这个残疾人我有种孩子般幼稚的恐惧心理。一想到还要跟他握手，就让我的心立刻被一种厌恶的情感填满。

然而我就是这样不情愿地同博比握了握手。木匠的情绪很坏，所以他建议一起出去走走。在路上时，木匠说他已经受够了这种不幸。我高兴地发现他有这个想法，这样他就能接受我的建议了。木匠妻子想要陪博比一起待在家里，但是他请她跟大家一起去。他说让他一个人待在屋子里没什么问题。如果能给他一本书并在他能够得着的地方放上一杯水，他们就可以放心地锁上房门把他留在家里，完全不需要担心什么。

我们把他锁在家里出来散步，而且都自觉是高尚且心地善良的好人。我们玩得很开心，跟孩子们逗笑取乐，在秋天美丽的金色太阳下感到心情舒畅愉悦。我们把那个残疾人独自留在家里，却并没有因此感到可耻或有丝毫的担心。恰恰相反，我们都乐于摆脱他。带着一种解放的感觉，我们尽情呼吸着干净清新、被太阳晒得暖暖的空气，并且表现出一个健康向上的家庭应有的样子，欣赏并享受着上帝赐给我们的星期天，心中满是理解和感激。

我们没有一个人提到博比，直到我们来到一家露天酒店，大家在一张圆桌周围就坐之后。木匠才开始抱怨这个外来寄居者简直是个沉重的负担，唉声叹气地诉苦，说他又要供养家庭，而花销还在增加，最后他苦笑起来，说道："算啦，至少我们在这儿还能快活一小时，而没有他来打扰我们！"

这句轻率的话让我突然意识到这个残疾人博比是如此无助，他恳求着、忍受着，我们仍不爱他，都想方设法摆脱他，他现在就独自一人悲伤地坐着，被锁在屋里。很快，天就要黑了，而他没有能力点亮灯火或移到更靠近窗口的位置。他只能无助地放下手中的书，坐在黑暗中等待，没有人和他说话，或者陪他度过这段无聊的时光。而与此同时，我们却喝着酒、有说有笑、享受着快乐。我突然想起在阿西西时曾给左邻右舍讲过圣方济各的事迹，并且自吹自擂地说他教给我如何去爱所有人。为什么我要去研究这位圣人的生平、用心学习他爱的圣歌，还尝试沿着他的足迹穿越翁布里亚山区呢？为什么我现在却能允许一个可怜的无助的人瘫在那里，忍受痛苦，尽管我有能力去帮助他？

一股看不见的力量沉重地压在我的心头，出于羞愧与伤痛，我将他粉碎并且开始浑身发抖。我知道上帝现在有话要对我说。

"你爱这一家人，"他说，"在那里人们对你很好，在那里你度过了很多愉快的时光。就在我要在这间房子里显出圣迹让它荫泽我的恩惠的这一天，你却逃跑了，还想用阴谋将我赶出门外！好一个圣徒！好一个先知！好一个诗人！”

我感觉就好像在一面光洁而绝对正确可靠的镜子前面盯着我自己一样，在这面镜子里，我看到我是一个骗子，是个吹牛大王，是个胆小鬼，还是个发假誓的坏蛋。这种感觉使我难受，它这么苦涩、这么使人蒙羞、这么可怕。但是，这些伤害我、让我受尽折磨的巨大痛苦以及这令我疼痛的挣扎应该立刻被终结和毁灭才行。

我唐突地站起身来，匆匆离开，酒或面包都没吃完，而是向城里飞奔而去。我不仅激动，而且被一种难以忍受的恐惧折磨着，我害怕博比会发生什么意外：房间有可能失火；他或许从自己的椅子上摔了下来，正躺在地板上忍受着痛苦，或许他即将死去。我简直能看到这个样的情景：他躺在那儿，我就站在他身旁、被迫承受着这个残疾人责备的目光。

我气喘吁吁地来到那所房子，横冲直撞地上了楼梯，这时我才想到门是锁着的而我没有钥匙。但是就在那一刻我一直提心吊胆的情绪突然平息了，因为我还没有走到门口，就听见了里面的歌声。这真是一个奇妙的时刻。我的心颤抖着，我上气不接下气地站在阴暗的楼梯平台上，听着残疾人博比在里面唱着歌。慢慢地，我恢复了平静。他温柔而优雅地唱着，多少有些浅吟低唱的意味。那是一首流行的情歌：“花儿啊，有的粉红有的白。”我知道他有好长时间没有唱歌了，而现在他却借此打发这段平静而孤独的时光，用自己的方式让自己短暂地快乐一下。我被他深深地感动了。

事情就是这样：生活就喜欢把严肃深刻而感性的事情放在一个幽默的环境当中。我立刻明白此刻的处境是多么的令人羞愧又荒谬可笑。我没有理由的惊慌失措地跑了好几里路，到头来却发现我没带钥匙。现在我既不能离开又不能冲里面大喊，让自己的声音穿过两道门表达我对他的同情以及要陪他打发时间的好意，与此同时他坐在屋里，对我的存在浑然不知，只是唱着自己的歌。如果我现在敲门或大声喊叫来吸引他的注意，无疑会吓到他。

所以我别无选择，只好走开。我在大街上星期天熙熙攘攘的人群中闲逛了一个小时，这才发现他们一家人已经回来了。这一次我主动同博比握了手而没有一点勉强的意思。我坐在他身旁，同他交谈，好让他有事可做，我问他刚才在读什么书。我乐意为他提供一些读物，他也表示感谢。当我向他推荐耶雷米亚斯·戈特赫尔夫的书时，却不料他对这个作家几乎所有作品都很熟悉。尽管如此，他没看过戈特弗雷德·凯勒的书，于是我便答应借给他几本凯勒的作品。

第二天，我给他送书去。木匠妻子正要出门，木匠则在作坊里干活，于是我得到了同他单独相处的机会。现在我坦白地告诉他昨天把他一人留在家里我是多么地愧疚，并且对他说：如果他能允许我有时就待在他的身边，和他交个朋友，我将深感欣慰。这个残疾人把他的大脑袋稍微朝我这边转过一点，望着我，说了声“谢谢”。仅此而已。但是即便是这个简单的动作对他来说也要做出极大的努力；这就像我从某个健康人那里得到十个拥抱那样有意义。他的目光是如此明亮、如此纯洁，不禁映得我出于羞愧而满脸通红。

现在我要面对更艰巨的使命：我要同木匠谈谈。我以为最好的办法便是把我昨日的担忧和羞愧向他和盘托出。可惜他并不理解我真实的想法，但是至少他乐于跟我探讨这件事。最终他接受了我的建议：这个残疾人的生活由我们两人共同负责，这样我们就可以分担为了留下他而多出的那部分微不足道的开销，而我也获得允许，任何时候只要我乐意就能过来拜访博比。这样我就可以轻松地把博比当做自己的兄弟对待了。

那一年的秋天异乎寻常地漫长，却格外美丽而温暖，这就是为什么我为博比做的第一件事便是给他买了一辆轮椅，因为这样我就可以每天推着他外出走走，大部分的时间还有孩子们的陪伴。

第八章

我从生活中和朋友那里所得到的总是要比我给予的多得多，这似乎就是我的命运。同理查德、伊丽莎白、纳尔迪尼太太和木匠相处时都是如此。现在，作为一个成年男子并且对自己有充分的考量之后，我发现就连在这个可怜的残疾人面前，我都像一个对一切惊奇不已却心怀感激的小学生一样。如果我在很早之前就完成并出版了我理想中的那部长篇巨作，那么这部作品将无法涵盖任何我从博比那里学到的东西。这是我生命中一段美好又快乐的时光的伊始，从那时到现在，我一直通过这段经历汲取养料。我享受着我的特权，得以清晰而深入地凝望着这个高尚而杰出的灵魂，它经历了疾病、孤独、贫困和冷漠的虐待却依旧毫发无损、纯洁无瑕。

看似琐碎的恶习能糟蹋并败坏我们美好却短暂的生活——愤怒、暴躁、猜忌、欺骗，所有这些让我们变得难看而难以忍受并化脓溃烂的疮痍——在他身上都通过长久以来强烈的苦难而消除、焚毁。他既不是圣人也不是天使，而是一个对人谅解宽容、慷慨大方的人，他在恐怖而深重的苦难的重压下被剥夺了健康的生活，但他已经学会接受自己的弱点，将自己的命运交到上帝的手掌心里，而且并没有因此而感到羞愧。

有一次我问他是如何甘心屈服并接受自己这虚弱且饱经病痛折磨的身体。

“非常简单，”他一边回答一边露出微笑，“我与我的病痛展开了一场旷日持久的战争。有时我赢了一个回合，有时我输一场，但无论如何我们都接连不断地发生冲突。有时我们都撤退，这样就会有暂时的停火休战期，但是我们都伺机等待着，一旦对方鲁莽行事，这时我们就再一次重燃战火。”

我总是感觉我有一双犀利的眼睛，所以我看人很准，是个不折不扣的观察家。但是，即便在这一点上博比都比我更胜一筹。他热爱大自然，尤其喜欢动物，所以我经常带他去动物园，我们在那里度过了愉快的时光。没过多久，博比就认识了那里所有的动物，因为我们总带着面包和糖，有些动物也认识了我们，这样一来，我们就有了各种各样的动物伙伴。说来也够奇怪的，我们都对貘这种动物格外喜欢。它唯一的优点是爱干净，这种特点是其他动物所不具备的。除此以外，我们发现它不聪明、不友好、不懂得感恩而且格外贪食。其他动物，尤其是大象、鹿、羚羊，甚至于粗野的北美水牛，在得到了糖以后，总要用某种方式表达谢意，要么向我们这边投来感激的眼神，要么会允许我们摸摸他们。动物园里这只貘决计不会给我们这样的暗示。只要我们一靠近，它就敏捷地在自己的栅栏后面现身，慢条斯理、有条不紊地把我们给它的东西咀嚼咽下，当它看到从我们这里得不到更多的东西之后，便立刻走掉，连正眼都不瞧我们一眼。由于它既不向我们乞食又不会为我们给它东西而感谢我们，还例行公事一般顺理成章地接受我们的馈赠，就像个天生受人供奉的神物一般。我们将其视为一种傲气和性格的象征，而且给它起了个绰号，叫收税官。

由于没有合适的位置让博比自己给动物喂食，因此我们之间有时也会为了喂貘的事而争论不休：貘吃够了吗，还是我们应该再让它征一份税呢？我们总是特别正经而不带感情色彩地去考虑这件事，就好像这事关国家大计一般。有一次，我们已经喂过貘并从它的笼子离开了，可是博比觉得应当再给它一块糖，于是我们转身回去。但是貘觉得在自己的稻草上趴着很是舒服，所以只是傲慢地歪斜着眼睛瞄我们，拒绝到栅栏这边来。“打扰了，收税官先生！”博比冲着它喊，“不过我相信我们少纳了一块糖税。”最终，我们只好去找大象了。

大象早就在等着我们了，它来来回回地踱着步子，伸出它那热乎乎的、柔软灵活的长鼻子表示欢迎。这样博比就能自己喂它了，他流露出孩子般快乐的眼神，看着大象用它那巨大的棕红色的鼻子从博比那平伸的手掌中拿走面包，还用两只小而快乐的眼睛机灵而亲切地偷看我们。

我和其中一个动物管理员达成协议，这样当我们没有时间陪着博比时，他也可以坐在轮椅上自己待在动物园里，这样他可以一边晒太阳一边看动物。当我们去接他回家时，他总会津津有味地向我们描述他这一天看到的一切。令他印象最为深刻的是看到雄狮子对待母狮子是多么地相敬如宾。雄狮子总是喜欢不知疲倦地走来走去，但是只要母狮子一躺下休息，雄狮子就会立刻改变他原来的路线，这样他的大爪子既不会碰到她，也不用从她身上跃过去。其实博比最喜欢的消遣活动是看水獭表演杂耍。这种轻盈的水生动物乐于沉浸在水中，行动迅捷而灵活，博比对此怎么也看不腻，而他只能在轮椅里一动不动地坐着，每次移动一下头部或胳膊，他都要付出巨大努力。

在秋日最美的一天里，我把我的两次恋爱经历讲给博比听。现在我们两人已经亲密无间，所以我觉得不能再跟他保守什么秘密，即便是这两次既不太愉快又不光彩的经历。他面色凝重地听着，并且对我很是同情，但是没有做出任何评论。后来他承认他很想见见伊丽莎白，并请求我假如哪天在街上和她邂逅时，不要忘记跟她提这件事。

但我并没有遇见她，况且天气开始转凉，于是我去伊丽莎白家里拜访，请求她赏光与那个可怜的驼背男见一次面，这样一定能为他带去快乐。她很爽快地答应了我的请求，于是我们约定了日子，在那天我去接她，带她去了动物园，博比已经坐在轮椅里等待着。当这位衣着讲究、美丽文雅的太太握着残疾人的手时，还微微朝他弯下身子，而可怜的博比抬起头用他的大眼睛感激地、近乎温柔地仰望着她，我简直无从断定，在这一瞬间，这两个人之中究竟谁更美，更贴近我的心。这位太太讲了几句亲切友好的话，而残疾的博比闪闪发亮的大眼睛从未在她身上离开。我站在一旁，惊讶地望着两个我最爱的人，他们的生活被一条无底的深渊隔开，而此刻他们却手拉手站在我面前。整整一个下午，博比说的话都跟伊丽莎白有关，他赞美她的美丽外貌、她的与众不同、她的心地善良，称赞她的衣裙、黄手套、绿皮鞋，她的声音，甚至她的可爱的帽子。但是，我站在一边眼看着我爱的女人向我最好的朋友施舍她的善良美德，一阵痛苦与怪诞的感觉向我袭来。

在这一段日子里，博比读了凯勒写的《绿衣亨利》和《塞尔德维拉的人们》。他觉得那些书中的奇异世界让他感慨良多，而凯勒的《施莫勒的潘克拉茨》、《阿尔贝图斯·茨维汉》和《三个正直的制梳匠》这三本书成了我们共同的朋友。我一度考虑该不该给他读点康拉德·费迪南德·迈耶尔的书，但是似乎他未必会对那种几乎全是拉丁文而且文风简练的书感兴趣。在他那欢乐而沉稳的眼睛前面展开历史的深渊，对此我也心存顾虑。所以我给他讲了圣方济各的事迹，让他读默里克的短篇小说。

看着我们如何逐渐称呼对方为“你”的过程很有趣。其实，我从来没有提出过这种要求，即使提了他或许也不会接受，但是这一切就这么自然而然地发生了：有一天，我们意识到我们互相以“你”相称时，忍不住哈哈大笑起来，索性就一直这样称呼下去了。

冬天阻止了我们的外出活动，于是我又开始在木匠家里消磨掉整个夜晚。我这时才注意到原来获得新的友谊也是要付出代价的，我这样说是因为木匠现在脾气很坏，对我们也不友好，或者通常寡言少语。这个累赘的寄居者的出现以及我和博比的友谊一并把他激怒了。

有时，我整晚都坐在那里和残疾人博比欢天喜地地有说有笑，与此同时，这个房间的主人满腹牢骚地闷头看报。即便她的妻子非常有耐心，现在也经常跟木匠发生争执，她坚持自己的立场，坚决不把博比送到别处去。我几次试图平息木匠的怒气，并且提出一些可供他选择的解决建议，但是他似乎总是那么不高兴。他变得尖苛刻薄，甚至开始嘲笑我和残疾人的友谊，并且觉得生活故意刁难他。我每天都花很长的时间与博比坐在一起，这个残疾人和我都是这个家庭的沉重负担，而这个家对我们任何一个来说都过于拥挤了。但是我仍然抱有希望，觉得木匠总有一天对待博比的态度会跟我一样好。尽管如此，最终，对我来说，要做到既不顶撞木匠又不让博比不高兴已经变得不可能。因为我总是对做出迅速而具有约束力的决定深恶痛绝——理查德过去就叫我“喜欢拖延的彼得”，即便我在苏黎世那时就是这样了——我等了几个星期，害怕我会失去他们俩任何一个人的友谊，处理不好这件事，或许两个人的友谊便都破裂了。

这种左右为难的境况越来越令人不舒服，它驱使我又来到我以前的老地方：小酒馆。一天晚上，我又被这种令人恶心厌恶的事情弄得格外生气，就到一家卖沃州酒的小酒馆寻求庇护，在那里灌了好几升酒来冲刷恶劣的心情。这是两年以来的头一回，我就连直着身子找到回家的方向都觉得困难。就跟以往一样，酩酊大醉一场之后，第二天我的情绪稳定而且轻松，我鼓足勇气去木匠家，要将这场闹剧做个了断。我建议他完全把博比留给我来照看。他似乎并不反对，最后经过了几天的考虑，他也当真同意了。

很快我就和我的残疾朋友搬进了新租住的公寓。我觉得几乎就像是结婚一样，因为从现在开始我不再过那种临时凑合的单身汉生活，而是开始打理一个真正的家了。尽管我的首次家务打扫经历并不那么成功，但一切总归还好。我们请了个女孩过来每天打扫、收拾、洗洗刷刷。饭食也让人送到家来。虽然我从此以后不得不放弃无忧无虑远足或徒步出行的活动，但并没有因此而平添担忧。我甚至发现，我这位朋友的出现对于我的工作有一种令人感到平静舒缓又卓有成效的影响。博比在生活上的需要虽然不多，但也由我全权服务，当然了，一开始我对这样的事觉得很陌生而且不太乐意去做，尤其是为他更换衣服。但是我的朋友却那么耐心并充满感激，以至于他让我感到羞愧，于是我开始越发尽心尽力地照料他。

我很少再去那位教授家，但却比以前更频繁地拜访伊丽莎白，尽管发生了那么些事，她的家始终对我具有吸引力。我坐在那里，我可以喝茶或者喝上一杯酒，看着她料理家庭琐事，尽管我随时准备好了被心里那种少年维特式的感觉所攫住，但偶尔还是会突然感情用事起来。尽管如此，青春期那种寡淡无味、自私自利的爱情已经永久性地消失了。我和伊丽莎白之间总是保持着一种微妙而又亲密的争斗状态，我们俩只要碰面，基本上都会上演那种好朋友式的斗嘴。这个聪明的女人，有着活泼爱闹、娇柔可爱又不合逻辑的女人性情，跟我那种多情思恋又粗线条的性格倒是很合得来。而且，由于都由衷地尊重对方，我们才能允许我们自己故意冒傻气，才能在一些鸡毛蒜皮的小事上更针锋相对。尤其让我感到好笑的是，我竟然在她面前为我的独身生活而辩护，这可是那个不久以前刚刚让我这辈子第一次动了结婚的念头的女人啊。我甚至拿她丈夫跟她开玩笑，她的丈夫是个有为的青年，并且为他聪明的妻子而自豪。

而在我心底，对她的昔日的恋情开始重新燃起。但是旧日的烈焰已经被现如今绚烂而持久的余烬所取代，这微微的光亮可以保持年轻的心态，还可以让一个单身老汉偶尔在冬夜温暖一下他的手。自从博比变成我的朋友以来，我已经意识到他对我的这种恒定持久而真挚诚恳的情感，于是我可以安心地让我的旧爱作为青春的一个碎片或我诗篇的一个章节而徘徊、消磨掉。除此之外，由于伊丽莎白频繁地耍小性子，也让我冷静下来，并且使我对自己的单身生活心存感激。

我和可怜的博比住到一起之后，就连伊丽莎白家也越来越懒得去了。我和博比一起读书，翻看旅行图册和日记，玩多米诺骨牌，为了让生活更有趣味，我们甚至还养了一只卷毛狗。我们看着窗外越来越浓的冬日气息，每天都会浮现出很多或是机智或是傻得可爱的谈话。这位残疾人博比已经形成了一种崇高的世界观，他的善良与幽默让原本实用主义的态度变得更为充实，我每天都能从他那里学到某些东西。大雪纷飞的时节，冬天终于将它那纯洁无瑕的美丽在窗外尽情展示。我们坐在屋里，靠近火炉，就好像为我们自己做了一只安全舒适的茧。通过观察而揣摩了解人的内心的艺术迄今为止已经让我着实费了不少力气，现在我却能毫不费力地在博比这里学到。博比在观察别人方面虽然安静无声但敏锐准确，他的心已经被过去周围环境的图景所充满，因此一旦他开了头，便会滔滔不绝地讲出很多精彩的故事。在他的一生当中，真正认识的人可能不会超过三十几个，而且他一直不属于主流生活的一部分，但是他对生活的理解却比我准确得多，因为他已经习惯留心生活中即使最微小的细节，并且能从每个人身上发现经历、快乐和理解的源泉。

虽然现在我们无法出门去动物园了，但是因动物而衍生的快乐仍然是我们最喜爱的娱乐活动，我们讲动物的故事、自编动物的寓言。我们事先并不告诉对方故事如何进展，而是用对话的形式即兴进行。比如两只鹦鹉宣告他们恋爱了，野牛一家反目成仇，或者几只野猪的夜间闲谈。

“您好吗，貂先生？”

“多谢，狐狸先生，还凑合。您知道的，上次我遭到捕猎，失去了我挚爱的妻子。她名叫毛刷尾巴，我之前已经不胜荣幸地告诉过您了。珍珠一样的女孩，我向您担保……”

“哦，我亲爱的邻居，忘了这些老掉牙的故事吧。这颗珍珠的故事你已经给我讲过上百次了。我的老天爷，我们只有一次生命，那所剩无几的快乐不能被多愁善感的情绪给糟蹋了。”

“悉听尊便，狐狸先生，但是如果您见过我的爱妻，您就不会这么说了。”

“当然，当然。她名叫毛刷尾巴，对吗？多美的名字，一定是个你可以拥抱热吻的尤物！但是，我现在真正想说的是：您难道没有注意到麻雀这一次是如何打扰我们的吗？我有了一个小主意。”

“对付麻雀？”

“是啊，专门为对付麻雀而谋划的。您听着——我想这将是咱们最得意的一条妙计：咱们在笼子的栏杆前面放一些面包，自己躺下，安静地等着那些小乞丐过来。用这法子咱们要是连一只也抓不到才怪了呢。您看怎么样？”

“真是一条妙计，我的好邻居。”

“那么可否有劳您在那边放上一点面包呢？对，很好！但是或许您应该把面包再往右边挪一点，这样当麻雀过来时咱俩都能有机会。现在集中精力。来，我们躺平，闭上眼睛……嘘，一只麻雀飞来了！”

（停顿）

“咦，狐狸先生，怎么这么久了一只麻雀都没过来？”

“您可真没有耐性啊！就好像这是您头一回打猎似的！一个猎手最大的优点就是等待的耐心，必须等待再等待。现在，我们再来一次！”

“好吧，哎？面包哪儿去了？”

“您在说什么？”

“面包，面包不见了。”

“好吧，让我看看……真的不见了！面包呢？千真万确，面包没有了！真见鬼。肯定又是风吹的。”

“好吧，但是我记得我听见您刚才在咀嚼什么东西。”

“什么？我？还嚼东西？”

“大概是面包。”

“您这样的指控简直是对我的侮辱，貂先生。虽说从邻居嘴里听到一两句不中听的话也不得不忍气吞声，但是您刚才的话可太过分了。我再重复一遍：太过分了！您明白吗？所以我理应就是那个偷吃面包的家伙吗？这算什么高见？一开始我就被迫听您讲那个讲了一万次的无聊的宝贝珍珠刷子尾巴的故事，然后是我想出了一个好主意把面包放在外面……”

“但是那块面包是我的！那是我的面包。”

“……把面包放在外面，我躺下并且负责监视。一切都很顺利，这时您却开始说话，麻雀自然飞跑了，这次狩猎也泡汤了。现在，我还被指控吃了面包！好了，我宣布！我永远不再跟你说一个字儿的话！”

我们的下午和晚上就是这样在轻松与愉快中一晃而过。我保持着最为旺盛的精神头儿，所以工作起劲，自己都惊讶于我以前这么懒惰、总是心怀不满、行动迟缓，现在却非常享受我的工作。当雪花在窗外漫天飞舞，我们两人和我们的卷毛狗围在火炉边的日子是那样的宁静而快乐，即便是我和理查德最幸福的时光也比不上。

然而就在这时，我深爱的博比却不得不承受我头一次也是最后一次的愚蠢错误！我处在心满意足当中，所以疏忽了，我根本没有注意到博比正在经受着比以往更大的痛苦。尽管如此，他完全出于谦虚和对我的感情，而表现得比以往更快乐，从来没说过一句抱怨的话，甚至从来都没有向我提出不要抽烟的要求，然后一到晚上他就痛苦地咳嗽起来，轻声呻吟着。非常偶然的一次，因为我在隔壁房间写作到很晚，他以为我已经睡了，我这才听到他的呻吟。当我走进他的房间，手里拿着灯盏时，这个可怜的家伙简直吓坏了。我把灯放到一旁，坐在他身边，审问他。开始的一阵子，他试图回避我的问题。

“没什么大事啦，”最后，他犹犹豫豫地说，“只是在做某些动作的时候，感觉胸口周围有点紧压，有时夜晚呼吸的时候，也有这样的感觉。”

他连连道歉，得病简直像是犯罪似的！

我一早去找医生。这是一个冰冷的晴天，而且我越走越觉得那种担心的情绪在减少，我甚至开始思考圣诞节送给博比什么礼物。我跑到医生家里才找到他，他一听情况就立刻来了。我们乘坐他舒适的四轮马车来到我住的地方，上了楼梯，进了博比的房间，开始对博比检查身体，又是听诊又是试探。医生的口气变得越来越严肃也越来越和蔼，这时，我心里原本的乐观情绪也随之消失了。

痛风，心衰，病情严重——我认真听着，并把听到的一切都记了下来，当医生要求将博比送进医院时，我的不反对让我自己都感到吃惊。

救护车是在下午来的。当我从医院回来时，感到公寓里的气氛阴森可怕，卷毛狗挤在我的身边，残疾博比的大椅子被挪到了一边，旁边的房间空荡荡的。

当你真正去爱时就是这样。爱让你痛苦，这些年我已经受了不少这样苦。但是，只要你在这种与一切活生生的东西形成的亲密与团结中感到生命的活力、只要爱不死，受点苦也不要紧！如果我能再一次深深地凝望这段时间以来最为神圣的经历，那么我愿意用我余生每一天快乐的日子作为交换，连同我所有的爱慕、迷恋和我那伟大的写作计划一起。这种凝视会苦涩地灼伤你的眼睛和心灵，你的骄傲和自命不凡也在劫难逃，但在这之后，你会感到心中如此宁静、如此清澈，更加聪颖而生机勃勃。

金发女孩小阿吉的死就已经带走了我旧日自我性格的一部分。亲爱的驼背博比——我已把全部的爱都给了他并同他分享了我生活的全部——现在我眼睁睁地看着他承受痛苦，看着他一点一点地死去。我天天和他一起受苦，分担着死亡的恐惧与神圣。对于生的艺术，我还只是个初学者，在这个课堂里，现在的我已经上了这悲伤的第一课。对于我生活中的这段经历我不会再像我在巴黎的那段日子一样闭口不提，我要大声地把它讲出来——就像一个女人述说她的蜜月期，就像一个老人说起他的童年，虽然残忍但仍要大声说出来。我目睹了一个男人的死亡，爱与痛苦构成了他的一生。

我听他像个孩子那样开着玩笑，与此同时死神却在他身上做着死亡的工作。我看到他饱经痛苦的眼睛仍然在寻找我的目光，并不是乞求我的怜悯，而是为了给我力量，告诉我他的病痛与痛苦不会触及他心中最美好的东西。有些时候，他的眼睛变得更大。你再也看不到他消瘦的脸庞，只有那眼中的光芒。

“我能为你做点什么呢，博比？”

“给我讲点什么吧。就讲貘吧。”

于是我就开始讲貘的故事，他闭上眼睛，我发现用正常的声音说话已经变得很困难，因为我几乎就要哭出声来了。当我以为他不再听我讲，或者已经睡着了时，我便停了下来。这时，他却再一次睁开眼睛。

“后来又发生了什么呢？”

我于是接着往下讲，讲貘，讲卷毛狗，讲我的父亲，讲小坏蛋马泰奥·斯皮内利，讲伊丽莎白。

“是啊，她嫁错了人。事情总是这样，彼得。”

他常常突然开始谈论关于死亡的事。

“这一点都不好玩，彼得。在这世上没有什么比死更难了。但是你仍然能掌控它。”

或者他会这么说：“一旦这次的折磨结束以后，我就当真有理由笑了。我死得其所，这样我就能摆脱这个驼背，摆脱瘫痪的双腿还有僵硬的腰胯。而如果死的是你，那将会是一种遗憾——你有宽阔的肩膀、健康强壮的双腿。”

在最后几天里，有一次他从短暂的昏睡中醒来，他用非常大的声音说道：

“神父所说的天堂根本不存在。天远比那要美得多，美得多。”

木匠妻子经常过来探望博比，她很善良，也帮了不少忙，通情达理。然而令我遗憾的是，木匠本人甚至一次都没有来过这里。

“博比，你是怎么想的，”我偶尔问他，“天上也有貘吗？”

“哦，肯定有。”他点着头回答说：“那里每一种动物都有，甚至还有羚羊。”

圣诞节到了，我们在他的床边稍事庆祝了一下。寒潮袭来，天寒地冻，接着又解冻，新雪落在薄冰上，但是我对这一切视而不见。我听人说，伊丽莎白生了个儿子，但立刻就把这事儿给忘了。纳尔迪尼寄来了一封令人捧腹的信，我匆匆读完，就放在了一边。我始终清楚地意识到我用于工作一小时，在博比身边的时间就少了一小时，我总是简练地完成工作，文思泉涌，然后急急忙忙冲回医院，在那里我能找到一种安静祥和的氛围。我可以在博比床边一坐就是半天，周身被一种深沉的、如梦一般的宁静包裹着。

在死前很短的时间里，有那么几天他感觉好多了。奇怪的是刚刚发生的事似乎立刻就从他的记忆中消除了，而他完全生活在早年的时光中。两天以来他只说到他的母亲。当时，他已经不能长时间地说话了，但是，即便在几小时不能说话的间歇里，很明显他也是在想着她。

“关于我的母亲，我说得实在太少了。”他悲伤地说，“你一定不要忘记我对你说的关于她的一切，否则很快在这个世界上就再也没有人记得她、感激她了。你看，彼得，如果每个人都有一个像她这样的好妈妈，那将会是一件多么幸福的事。当我再也不能工作的时候，她都没有不管我而把我推给社会福利机构。”

他躺着，吃力地呼吸着。一个小时过去之后，他才接着说道：

“在她所有的孩子中间，她最爱我，把我留在了她的身边，直到她去世。几个兄弟都移居外乡了，姐姐嫁给了木匠，而我却留在家里。尽管她非常穷，但从来都没让我为此受苦。彼得，你一定不能忘记我妈妈。她非常瘦小，我猜，甚至比我还要小得多。她把手放在我的手上时，就好像只是一只极小的鸟儿在我手上栖息一样。当她去世时，邻居吕蒂曼告诉我，一只小孩的棺材对她来说就够大的了。”

对他来说，一口小孩子的棺材也差不多就够了。他躺在干净的病床上，瘦小而又萎缩成一团，他的手就像一个日渐消瘦的女人的手，又细长又苍白，还有一点点粗糙。当他不再白日梦一般地想念他的母亲时，他就对我全神贯注起来。他谈论我的那种口气，就好像我并没有坐在他的身旁一样。

“当然了，他不算走运，但这对他来说也不是什么坏事。他的母亲死得太早了。”

“你认不出我来了吗，博比？”

“认得出啊，你是卡门青先生。”他开玩笑地说，笑了一下，笑声非常轻。

“我要是能唱歌就好了。”他说。

在他最后的那天，他突然问我：“在医院住花销很大吧？可能有些太贵了。”

可是他并不期待任何答复。他苍白的脸上泛起微微的红晕，他闭上眼睛，有片刻的时间他看上去充满至高无上的快乐。

“他即将走到生命的尽头。”护士说。

但他却再一次睁开眼睛，恶作剧一般地望着我，动了动眉毛，好像在试图消除我心头的疑虑。我站起身来，把手垫到他的左肩下，把他的身体微微抬起来一些，过去这样做总让他感觉少许轻松。他依靠在我的手上，他的嘴唇再一次因为短暂的痛苦而抽动扭曲了一下，然后他稍稍转动了一下脑袋，仿佛突然受了凉，打了一个寒战。这就是解脱。

“好一点吗，博比？”我还在问。但他已经摆脱了痛苦。那是一月七日，下午一时。傍晚前，我们已把一切料理完毕。瘦小、畸形的躯体躺着，安详，干净，不会再有任何的扭曲变形，直到被人抬走，埋葬。在接下来的两天时间里，我始终感到惊讶的是，我既不特别悲哀，也没有因痛苦而紧张无措。我一次都没有哭。在他生病期间，我已经彻底经历了别离与分手的伤痛是如此深刻，以至于我现在什么感觉也没有。我的悲伤渐渐消退，随之我也重新获得了心理的平衡。

然而似乎现在正是我静悄悄地离开这个城市找个什么地方落脚的大好时机。如果可能的话去南方，休息一下，我一直着手准备的长篇诗歌，就像稀松的一团乱线，我应该着手把它放在织机上编织紧实。我还剩下一点钱，所以我可以暂时把所有已经接手的文学上的工作都暂时推迟。我打点行装，初春一到就启程。首先，我会去阿西西，在那里，安农齐亚塔·纳尔迪尼还在盼着我的到来。然后我决心隐退，到一个安静的山村去做一份节俭克制而繁重艰辛的工作。似乎对我来说我已经看透了生生死死，如果我决定滔滔不绝地以生死为题，那么足够说服那些愿意听我的话的人了。

我焦急地等待三月的到来。耳朵已经预先听到了地地道道的意大利语，我的鼻子已经闻到了意大利调味饭、橘子、基安蒂红酒馋人的香味。我的计划似乎完美无瑕，我对它想得越多，就越是喜欢。但是，我正沉浸在对基安蒂红酒的美妙想象中的时候，每一件事都发生了不同的变化。

在二月，酒店老板尼德格尔给我寄来了一封让我深受困扰的信，信里说老家下了一场严重的暴雪，村里的动物和人不是一切如常，我的父亲的状况尤其令人担忧，总而言之，要是我能寄点钱去就好了，或者最好亲自回去一趟。由于非常担心我的父亲，所以我觉得寄钱并不合适，所以我别无选择只能返回老家。我到达村子的那天，天气非常恶劣，让人心情不好。由于风雪交加，高山或者房屋我都区分不出来。幸好我对那条回家的路非常熟悉，即使被蒙上双眼我也能找到自家的老房子。

老卡门青并没有像我一开始预期的那样卧床不起。而是可怜巴巴、畏畏缩缩地坐在炉边的角落里，一位女邻居离他很近，看起来像是把他堵在墙角那样，她为我父亲带来了牛奶，还逮住机会就开始彻头彻尾、事无巨细地数落他邋遢的生活方式，我的到来并没有打扰他们。

“看啊，彼得回来了。”这白发苍苍的罪人宣布道，还朝我眨了眨他的左眼。

但她继续对他说教。我在一张椅子上坐下，等待她那过剩的邻里亲情渐渐平息下来，况且她的高谈阔论当中有几处还有点意义，我听了去照着做也有益无害。于是我只是在那里安静地坐着，眼睁睁看着自己的大衣和靴子上的雪渐渐融化，椅子周围先是湿了一片，随后形成了一个小水洼。直到那个女人唠叨完了，我们父子两人才正式团圆。这个女人也惊喜、亲切、喜气洋洋地加入到我们当中。

父亲的身体已变得虚弱了很多。我回想起以前我曾经试图照顾他。我这样把他一个人留下显然毫无益处；把他照顾好现在已经成了比以往任何时候都更严峻更迫切的任务。

毕竟我的父亲是一个糙老农，即便是在他最风光的时期也不是什么道德楷模，你不能指望这样一个人会在他年老糊涂时变得温顺谦恭起来，或者被这一番突然出现的孝子奇观弄得感动不已。况且那或许是我父亲最不愿任其发生的事。而且他身体越是虚弱，就越是令人讨厌。过去我让他遭的罪他现在都一并还给我了，即便不加利息也最起码等价还了本钱。他和我说话总是惜字如金而且小心谨慎，但是当他不满或刻薄起来，却能找到很多比长篇大论更为猛烈刺激的表达方法——他甚至都用不到只言片语。有些时候，我也好奇地想，自己到了老年，会不会也变成一个这么总是心怀不满而狰狞扭曲的怪物。他一如既往地嗜酒如命。我每天给他倒两杯南方的好酒，但他总是不情不愿地享用它，原因是我倒完酒就把酒瓶放回到空空如也的地窖里去，而且从来不把地窖的钥匙交给他。

到了二月底这才有几周晴朗的天气，这使得冬天高耸的阿尔卑斯山脉呈现出一片壮阔绚丽的奇妙景象。高耸的山峰被白雪覆盖却傲然挺立直直插入那像矢车菊一般湛蓝的天空，在那么明净的空气中看起来好像与我们近得简直不真实。草场和山坡也覆盖着山区严冬的雪，那积雪洁白、干燥、颗粒分明，似乎在山谷地带还从未见过。到了中午，阳光在地面隆起的地方闪闪发亮，而在凹陷处与斜坡边缘却洒下蓝色的阴影。经历了数周的暴风雪之后，空气是那么的干净，以至于每一下呼吸都令人心情舒畅。孩子们从那些不那么陡峭的山坡上一滑到底，在中午的时间，你会看到老人们站在街道上，用阳光款待自己。到了夜里时分，屋顶上的椽子由于严寒冰冻发出咯吱咯吱的声响。白雪覆盖的田野中间，是永不结冰的湖，比在夏天时看起来更安静、更祥和、更蓝。

每天午饭前，我搀扶父亲到门口，看着他在阳光下伸展自己褐色的多节而粗糙的双手。过了片刻，他便开始咳嗽，连声叫冷。这是他无害的小把戏，他以此向我要酒喝，因为他咳嗽得其实并不厉害，天气也没他说得那么冷。但是他仍然能从我这里得到一小杯龙胆酒或苦艾酒。他巧妙地渐渐停止了咳嗽，心中还为再一次以智取胜而窃喜庆祝。午饭过后，我留他一人在家，扎上绑腿，用几个小时的时间去爬山，只要时间允许就尽量往高处爬。然后就用我随身带去的一只装水果的麻袋，回来时坐在上面，从倾斜的雪地滑行回家。

一直到了我原先打算动身去阿西西的日子，积雪还有几尺深。到了四月才初见春天的气息，而随之冰雪迅速的消融使我们村子经历了几年来最危险的时期。无论白天还是黑夜都能听到热风呼啸，远处雪崩的冲撞坍塌，山洪愤怒地奔腾直泻。卷来大块山岩和断裂的树木，扔在我们贫瘠狭长的耕地和果园中。热风令我不能入眠。整夜整夜，我全神贯注而又心怀恐惧地听着风暴的呻吟、雪崩如雷、愤怒的湖水拍打着岸边。

这春天令人烦躁得如同战争期间一样，而这段时间我昔日的旧爱之痛再一次肆虐发作，而且如此激烈以至于我不得不从床上起身，倚靠在窗边，大声地将那些对伊丽莎白的爱的话语倾吐在暴风雨中。在那个温暖的夜晚，在那座可以俯瞰埃米尼亚的房子的小山丘上，我曾为爱如痴如狂，从那以后，爱的激情还没有像现在这样如此恐惧又难以抵抗地令我着魔。我经常觉得：似乎这个美丽的女子就站在离我很近的地方，对我微笑，但是我向她的方向走近一步，她就后退一步。我所有的想法最终一定会回到这幅画面上来。我就是一个伤口感染的人，老是忍不住要去搔发痒而溃烂的痛处。我自惭不已，这既折磨我自己又毫无用处，我咒骂热风，但我所有的痛苦都秘密地伴随着一种若隐若现的由欲望而生的温暖，以此我找回了童年时代对罗西的渴望。黑暗而温暖的激情从我周身流动，将我淹没。

我意识到这种病无药可救，便试着做点工作。我开始构思我的作品，也写了几篇草稿，但很快我就明白现在不是做这件事的时候。在此期间，热风带来的不幸的消息从四面八方涌来，我们村子也遭受了严重打击。暴怒的河水把大坝冲垮了，一些房屋、谷仓、牲口棚都严重损坏，从外乡来了许多无家可归的人想要从我们这里寻求庇护。怨声载道、遍地灾荒、到处没钱。幸运的是乡长派人请我到他的办公室，问我愿不愿意加入救灾委员会。他很有信心让我到州政府去代表我们村子，并且通过在报纸上发表文章，从而发动全国其他地方进行募捐，帮我们村子渡过难关。对我来说，这个任务来得正是时候，对我非常合适，而且我可以全力以赴从事更严肃也更有意义的工作，借此忘掉我自己那徒劳无益的痛苦烦恼。所以我全身心地投入到我的事业当中。我四处投函，很快在巴塞尔争取到几个愿意为我们筹钱的人。我就给各大报纸写呼吁书和书面报道：信件、汇款、慰问函蜂拥而来。我除了要应付大量的文书信函以外，还要跟那些一根筋的农民做工作让他们处理好地方理事会的事务。

几个星期紧张有序的工作对我很有好处。事情慢慢地步入正轨，一切开始正常运转，我也就没有必要在那里效力了。这时，草场转绿，环绕村庄，湖水重新映照艳阳，山坡也没有了积雪。我父亲的身体初见转好，我的相思病也像雪崩的遗迹一样消失不见了。换作以前，正是我父亲给他的小船上漆涂油的好时候，同时母亲从花园向这边观望，我看着，看着父亲的眼睛注视着自己熟练敏捷的双手，看着他的烟斗里卷曲腾升的烟，看着黄色的蝴蝶。现在已经没有小船需要上漆了，母亲很久之前就去世了，而父亲情绪不稳定，蜷缩在这无人照管的屋里。

康拉德叔叔也使我回想起那些旧日时光。有时，趁着父亲没有看到，我就带着他去小酒馆喝上一杯酒，听他有说有笑、情绪高涨地追忆往昔，还不忘提起他那众多骄傲的大胆尝试。现在他的不再这样冒险了，尽管他的脸上、他的笑声中仍然保存的某种孩子气的东西，他的表情让我感到高兴，但时间与年龄已经用别的方式在他身上留下了记号。通常，当我受够了我的父亲时，叔叔总能给我安慰和消遣。如果我请他去喝酒，他便在我身边一路小跑，竭尽全力让他那双已经变得弯曲的细腿跟上我的步伐。

“挂起船帆啊，康拉德叔叔！”我鼓励着他，而只要一提到船帆，我们就必然会谈起我家的小船，小船已经没了，他一讲起它就像哀悼一位失去的朋友一样。我也很喜欢这件老古董，所以也怀念它，于是我们细细地追忆一切同它有关的故事。

湖水同以前一样的蓝，阳光照旧灿烂而温暖。这么多年以来我也变老了，我经常望着黄蝴蝶出神，而带着一种几乎从未改变的感觉。我还能像以前一样再一次平躺在草场上，放任我自己进入梦乡吗？再也不可能了。这一点，我每天洗脸时都能越发明显地感觉到：从生锈的洗脸盆里看到我高耸的鼻子，我酸臭而微笑的嘴。这个苍老的卡门青使我更加确信无疑时间在我的身体上做出的改变。如果我想要改变我的命运让它回到现在，那么，我所要做的一切只是打开自己屋里紧紧楔入桌子里的那个抽屉，我未来的作品就在那里蛰伏安躺着，那是一包旧时的笔记和六七份写在四开纸张上的草稿。但我很少打开这个抽屉。

除去照顾老人，我忙于修整我家那疏于照料的破房子。有一大堆的活要干：地板到处坑坑洼洼，炉灶都有问题，一生火屋里就灌满了恶臭呛人的浓烟，房门也没法完全关上；通往阁楼的梯子变得非常危险，那个阁楼一度是我父亲体罚我的地方。在着手开展一切修理工作以前，我必须先磨斧子，修锯子，借锤子，找钉子。接下来的问题就在于从过去剩下的烂木头堆里找出可用的木料。在修工具和弄那块老磨刀石的时候，康拉德舅舅还能助我一臂之力，但他年纪太大，以至于实在帮不上什么大忙。所以我那原本舞文弄墨的、柔软细嫩的双手在粗糙开裂的木头上磨出了口子；我用脚踩着摇摇晃晃的磨石；爬上满是漏洞的房顶，钉钉子，敲锤子，铺瓷砖，削木条。这一切忙忙活活让我掉了不少赘肉。有时候，特别是当我精疲力竭地修补屋顶的时候，我会突然停下来，放下悬在半空中的锤子，在房顶上坐下来，拿起那根快要熄灭的烟，凝视着深深的湛蓝的天空。我享受着片刻的悠闲，为我父亲再也不能因为我偷懒便对我非打即骂而暗暗高兴。如果邻居恰好经过，不论是妇女、老人，还是上学的孩子，我都用邻里乡亲的口吻同他们聊天，这样我就可以再休息一会儿了。渐渐的我得了个平易近人自来熟的好名声。

“天气暖和啊，是吧，丽莎白！”

“是啊，彼得。你在干吗呢？”

“修整房顶。”

“这可是件好事儿，这房顶早该补补了。”

“你说得对啊，丽莎白。”

“这些天里你家老头子干吗呢？他都快七十了吧。”

“八十，丽莎白，他都八十了。我们到了他这把年纪，你觉得我们会是一副什么样子啊？这可不是开玩笑的。”

“你说得对，彼得，可我得走了。我男人等着吃午饭呢。干活儿小心点哦！”

“回见，丽莎白！”

望着她提着午餐篮子走远，我朝空中喷了一口烟，我的眼睛追随着她的背影，很奇怪怎么在这两天时间里人们可以完成那么多的事情，而与此同时，我连一块木板还没钉好。不过，屋顶最终还是修葺完毕。这一次，父亲表现出极大的兴趣，由于我没法把他弄到屋顶上来，所以我只得详详细细地把我修过的每块木板都给他描述一番。即便有点夸张也毫无大碍。

“那就好，”这次父亲的口气倒是很宽容，“那就好，但是我相信你今年肯定不能完工。”

当我回顾自己全部的旅程以及我为了生活所做出的一切努力时，我都会想到那句老话：“鱼儿归水，农人归田”，这话总会让我又是欣喜又是烦恼。没有什么手段能让一个姓卡门青的人从尼米康迁往大城市定居。我对这种情况已经习惯了，虽然完全违背了我的意愿，但我很高兴，我对命运的追求把我带回了家乡，带回这个夹在群山和湖泊中间的容身之处，这是我的开始，这里有我一切的善与恶，特别是后者正是人性中最为正常也最传统的恶。在外面的世界里，我已经忘记家乡的恶习，甚至几乎因此而认为自己是一个不同寻常、奇怪而少见的人。现在我再一次认识到那只不过是尼米康精神在我身体里作祟，让我无法适应外面世界的世俗习惯。

在我的小村子里没有人觉得我与众不同。当我细细打量我的父亲和康拉德叔叔时，便觉得自己是他们再正常不过的儿子和侄子。我在智慧的国度和所谓的文化界当中横冲直撞了几下，就好像叔叔那次著名的帆船出航一样——只是我为此花费了更多的金钱、付出更多努力以及那些宝贵的时光。现在，我的表兄弟库奥尼给我修短了胡子，我又穿上阿尔卑斯山民特有的皮短裤，挽起袖口，走在大山之中，我再一次完全变回了本地人的样子。当我上了年纪白发苍苍时，我会顶替父亲的位置，在这个小山村里扮演一个不起眼的小角色，没有人会注意到我。人们只知道我离家多年。我也小心翼翼，不告诉他们我在外面过着多么痛苦的生活，经历了多少磨难——否则他们立刻会给我起各种各样的绰号。无论何时我同他们讲到德国、意大利或者巴黎时，总要稍稍吹嘘一番，有时，我自己甚至都开始怀疑起我生命中这些难以忘怀的故事有多少真实性可言。

盲目地走了这么多的弯路，白费了这么多的岁月，又有什么结果呢？我爱过而且始终还爱着的那个女人，现在在巴塞尔抚养两个漂亮的孩子。另一个爱过我的女人，已经找到了归宿，继续着她的蔬菜瓜果和种子生意。父亲呢，托他的福我回到这个被上帝遗弃的小山村，回到了我的避难所，他的病情既不恶化也不见他康复，他只是懒散地瘫坐在我对面的床上，盯着我看。他是在嫉妒我把地窖的钥匙据为己有。

但这并非全部。除了母亲和溺水而死的朋友理查德以外，我还有金发阿吉和小驼背博比，他们都成了天堂中的天使。我亲眼见到一栋栋房屋重新修好，大坝重新建起。只要我愿意，我也可以加入地方理事会——但是那里的卡门青已经够多了。

最近，我的生命中出现了一种全新的可能。酒馆老板尼德格尔的生意开始迅速下滑，于是他对继续经营失去了兴趣。父亲和我都在他家小酒馆里喝过如此之多的韦尔特利纳酒、瓦利斯酒和沃州酒。这几天以来，酒馆老板一直向我抱怨他麻烦不断。最糟糕的是，如果找不到本村的买主，一家外地的啤酒厂就要收购，那样一来，这个小酒馆就算是走到头了，尼米康再也没有舒舒服服的地方可以喝酒了。会有一些外来的租客入住经营，他们宁愿供应啤酒也不愿意卖红酒，这样，尼德格尔家那个上乘的葡萄酒酒窖就糟蹋了。我获悉此事以后一直坐立不安。我还有一点钱存在巴塞尔的银行里，老尼德格尔也觉得由我来继承没什么不妥。唯一的问题在于我不想在父亲仍然健在期间，去当一个酒馆老板。因为这样一来，不仅没有人能再阻挠这个老爷子喝酒，而且他也彻底的胜利了：我满腹学识，精通拉丁语，却要留在这个小山村，以尼米康酒馆老板的身份终结一生。一定不能让这样的事发生，所以我现在止步不前，凑合着过日子，直到老爷子去世再说——注意了，我这样可不是因为没有耐心，只不过是权宜之计。

沉寂多年以后，康拉德叔叔终于又充满冒险的渴望了，我可一点也不喜欢他这样做。他到处走来走去，还总是把食指衔在嘴里，在思考时，额头上便冒出一道挺深的皱纹，在他的房间里快速地踱着小碎步，当天气晴好时，他还对着湖面望眼欲穿。“我觉得他又要造船了。”他的妻子岑青这么说。确实，康拉德叔叔看起来比以往更加兴致勃勃、也更有勇气，已经多年以来未曾有过，脸上露出狡猾诡异而又胸有成竹的表情，就好像他这次确切地知道该怎么做一样。但我相信他搞不出什么名堂。或许只是他疲倦的灵魂渴望一对翅膀，这样就能把他带回原本的归宿了。扬帆起航吧，我的老叔叔！

如果这一天真的来临，尼米康的父老乡亲将目睹一次空前的壮丽奇观。因为我已经打定主意，在他的墓前继神父之后讲几句话，说一点大家都不知道的事。我会这样评论他，说他是上帝赐福的宠儿。结束这段有益的发言之后，我会用尖酸刻薄的语言评论这些亲爱的哀悼者，说一些他们在日后既不会忘记也不会原谅的话。我希望我的父亲也能莅临现场，亲自见证那个时刻。

在我的抽屉里躺着我那本只开了一个头的长篇巨著。我可以称之为“我的毕生的作品”——但是这听起来太过自命不凡。我宁愿不这么叫它；因为我必须承认就连我自己都怀疑它是否还有下文或是结尾。或许这一刻终会来临：我会重头再来并且将其进行到底。既然那样，我青春的渴望将会证明是正确的，我会变成一个真正的作家。

或许对我来说，这就跟当上地方理事会成员——或者当个修筑大坝的石匠的意义差不多，可能还更有意义一点吧。然而，却远远不及那些虽已消逝但永远不会迷失的青春岁月，更比不上那些我挚爱之人所留下的回忆——从苗条的罗西到可怜的博比。